포르토벨로의
The Witch of Portobello 마녀

A BRUXA DE PORTOBELLO
by Paulo Coelho

Copyright ⓒ Paulo Coelho, 2007
Korean Translation Copyright ⓒ MUNHAKDONGNE Publishing Corp., 2007

This Korean edition is published by arrangement with
Sant Jordi Asociados, Barcelona, SPAIN(www.santjordi-asociados.com)
through Sibylle Books Literary Agency, Seoul, KOREA.
All rights reserved.
www.paulocoelho.com

이 책의 한국어판 저작권은 시빌 에이전시와
스페인 Sant Jordi Asociados 에이전시를 통해
저자와 독점 계약한 (주)문학동네에 있습니다.
저작권법에 의해 한국 내에서 보호를 받는 저작물이므로
무단 전재 및 무단 복제를 금합니다.

표지 사진
Cover photo ⓒ Archivo Idee

포르토벨로의 마녀
The Witch of Portobello

파울로 코엘료 장편소설

임두빈 옮김

문학동네

발 디디는 모든 곳에 빛과 열기를 전하는 태양이자
지평선 너머의 세상을 꿈꾸는 사람들이 바라보는
S. F. X.를 위하여.

오, 순결한 동정녀 마리아여, 우리를 위하여 기도하소서.
아멘.

누구든지 등불을 켜서
움 속에나 말 아래 두지 아니하고 등경 위에 두나니,
이는 들어가는 자들이 그 빛을 보게 하려 함이라.
누가복음 11장 33절

여기 실린 모든 증언이 내 책상을 떠나 세상에 나가기 전에, 나는 그것들을 전통적이고 엄격한 조사를 거친 실화에 바탕한 전기로 엮고자 했다. 그리하여 여러 전기문들을 참조하기 위해 읽어나가면서, 나는 한 가지 사실을 깨닫게 되었다. 대상인물에 대한 글쓴이의 시각이 어쩔 수 없이 조사결과에 영향을 미치고 있다는 사실이었다.

그것은 내가 원하는 바가 아니었다. 나는 내 생각을 전하려는 게 아니라, '포르토벨로의 마녀'를 여러 주요 인물들의 눈에 비춰진 그대로 옮기려는 것이다. 그래서 나는 전통적 방식의 전기를 쓰려던 생각을 포기하고, 사람들이 내게 들려준 이야기를 그대로 옮기는 것이 최선이라는 결론을 내렸다.

헤런 라이언, 44세, 신문기자

문 뒤에 숨겨두려고 등불을 밝히는 사람은 없다. 빛의 존재이유는 어둠을 밝혀 인간을 눈 뜨게 하고, 세상의 경이로움을 드러내는 것이다.

자신이 가장 소중히 여기는 것, 사랑을 희생물로 내어주는 이는 없다.

자신의 꿈을 망가뜨릴 사람의 손에 그것을 맡길 이도 없다.

아테나를 제외하고는 그 누구도.

아테나가 죽은 지 한참 뒤, 그녀의 옛 스승이 내게 스코틀랜드의 프레스턴판스 마을까지 동행해달라고 요청해왔다. 다음 달 그 마을에서 옛 중세법이 폐지되면서, 16세기부터 17세기까지 마녀사냥으로 처벌된 여든한 사람—그리고 그들의 고양이들까지도—에 대한 공식 사면령이 내려진다는 것이다.

프레스턴그레인지와 돌핀스턴* 장원(莊園)재판소 공식대변인의 말에 따르면, "그들 대부분은 어떤 구체적 물증도 없이, 단지 악령의 존재를 느꼈다는 기괴한 증언만으로 유죄판결을 받았다".

증오와 복수를 토양 삼아 가혹한 고문을 일삼고 화형식을 거행한 옛 종교재판소들의 과도한 월권행위를 지금 재삼 거론하는 것은 무의미한 일이지만, 그들의 제스처만큼은 도저히 용납할 수 없다고 에다는 여정 내내 몇 번이고 되풀이했다. 마을과 14대 영주의 장원재판소가 행하는, 참혹하게 처형된 희생자들을 '사면'한다는 제스처 말이다.

"우린 지금 21세기를 살고 있어요. 그런데 그 무고한 사람들을 죽인 진짜 범죄자의 후손들은 아직도 자신들에게 '사면할 권

---

* 16세기부터 스코틀랜드의 다섯 귀족 가문이 다스린 두 영지.

리'가 있다고 생각한다고요. 헤런, 무슨 말인지 알겠어요?"

물론 나도 알고 있다. 그리고 이제 다시, 새로운 마녀사냥이 벌어지려고 한다. 벌겋게 불에 달군 쇠꼬챙이 같은 고문도구가 아니라 '모순'이나 '억압' 같은 형태를 빌려서. 어느 날 갑자기 누군가가 자신의 숨겨진 능력을 발견해 그것을 입밖에 내게 되면, 그때부터 그는 사람들의 불신을 받게 된다. 남편이든 아내든, 아버지든 자식이든, 그의 가족은 그런 능력을 자랑스러워하기는커녕, 가족 전체가 조롱거리가 될 것이라는 두려움으로 입도 뻥긋 못 하게 한다.

아테나를 알기 전까지, 나 역시 그런 일들이 그저 사람들의 절망을 볼모로 삼는 사기행각일 뿐이라고 여겼다. 흡혈귀에 관한 다큐멘터리를 찍기 위해 트란실바니아로 향했던 나의 여행 역시, 사람들이 얼마나 어수룩한지를 증명하기 위한 것일 따름이었다. 어떤 믿음은, 겉보기에 아무리 터무니없어 보일지라도 인간의 상상력에 뿌리내려 사악한 이들의 수단이 된다.

관광객들에게 희한한 곳이라는 이미지를 심어줄 정도로만 재건된 드라큘라 성을 방문했을 때, 그 지역의 한 공무원이 나를 찾아왔다. 그는 제작한 영상물이 BBC에 방영된다면, 내가 '상당한' 선물을 받게 될 것이라고 암시했다. 그의 관점에서 나는 전설의 전파자인 셈이었고, 그런 행위에는 마땅히 넉넉한 보상이 따라야 한다는 것이었다.

어떤 가이드에 따르면, 방문객 수는 해마다 늘어가고 있으며, 이 장소에 대한 어떤 언급, 예를 들어 드라큘라 성(城)이 가짜이며 '블라드 드라쿨'*이 '흡혈귀 미신'과 아무 상관없는 역사 속 인물이고, 드라큘라 전설이란 게 이곳에 와본 적도 없는 한 아일랜드 작가(『드라큘라』의 작가 브램 스토커를 지칭한다)의 헛소리에 지나지 않는다는 부정적인 내용의 프로그램이라도 관광객을 끌어모으는 데 기여한다는 것이었다.

그 말에 나는 내가 아무리 실체적 사실에 접근한다 해도 결국 내 의지와는 상관없이 그런 거짓말에 일조하게 되리라는 사실을 깨달았다. 방송원고의 의도가 이 장소에 덧칠된 신화를 벗겨내는 것이라 해도, 사람들은 자신이 믿고 싶은 대로 믿을 것이다. 가이드의 말이 옳았다. 나는 그저 또다른 홍보매체일 뿐이었다. 여행과 자료조사에 이미 많은 비용이 들어간 상태였지만, 나는 지체 없이 그 다큐멘터리 기획을 접어버렸다.

하지만 트란실바니아 여행은 내 인생에 지울 수 없는 궤적을 남겼다. 거기서 어머니를 찾고 있던 아테나를 만난 것이다. 운명, 불가사의하고 불가피한 운명은 우리를 그저그런 호텔의, 그보다 더 그저그런 로비에서 만나게 했다. 나는 그녀와, '에다'라고 불리기를 더 좋아하는 디어드러의 첫 만남을 목격한 유일한

---

*현재 루마니아 남부에 속하는 왈라키아 왕국의 왕. '드라큘라'는 그의 이름에서 기원했다.

증인이다. 나는 마치 타인을 관찰하듯, 내 심장이 나와는 다른 세계에 속한 한 여자에 대한 이끌림에 희미하게나마 저항하는 것을 관조했다. 이성의 힘이 그 싸움에서 패했을 때 나는 환호했다. 그리고 내게 남은 길은 그녀에게 빠져버렸다는 사실을 인정하고 항복하는 것뿐이었다.

그 사랑은 존재하리라고 상상조차 하지 못했던 세계로 나를 이끌었다. 그것은 종교의식(儀式)과 영혼의 체현(體現), 강신(降神)의 세계였다. 나는 내가 사랑으로 눈이 멀었다고 생각했다. 모든 것을 의심했다. 하지만 그 의심은 나를 얼어붙게 만드는 대신, 전에는 존재조차 인정할 수 없었던 드넓은 바다에 나를 빠뜨렸다. 바로 그런 힘 덕분에 나는 가장 어려웠던 순간에 동료기자들의 빈정댐을 이겨내고 아테나와 그녀에게 일어난 일들을 글로 남길 수 있었다. 내 사랑이 영원하기에, 그 힘은 아직도 건재하다. 아테나가 죽었다 해도, 그리고 비록 지금의 내가 그녀로부터 보고 배운 모든 것을 기억에서 모조리 씻어내기를 갈망하고 있다 해도. 나는 아테나의 손을 잡지 않고는 그 세계를 건널 수 없었다.

그 세상은 그녀의 정원이었고, 강이었고, 산이었다. 하지만 이제 그녀는 떠났고, 나는 하루빨리 예전의 나로 돌아가야 한다. 교통체증과 영국의 대외정책, 우리가 낸 세금이 어떻게 사용되는지 하는 것들에 집중했던 시절로. 마법의 세계란 정교한 속임수에 불과하고, 사람들은 그저 미신에 사로잡혀 있고, 과학으로 설명할 수 없는 것은 그 어떤 것도 존재할 권리가 없다고 생각했던 그 시절로 돌아가야 한다.

포르토벨로의 모임이 통제할 수 없어지기 시작했을 때, 그녀의 행동은 격렬한 논쟁을 불러일으켰다. 하지만 돌이켜보니 그녀가 내 말에 귀 기울이지 않았던 게 다행스럽게 여겨진다. 너무도 사랑했던 사람을 잃어버린 비극의 밑바닥에도 한 가지 위안이 있을 수 있다면, 그게 결국 최선이었으리라 믿는 어쩔 수 없는 희망일 것이다.

나는 그런 확신을 가지고 하루를 시작하고 마감한다. 이 땅의 지옥으로 내려서기 전에 아테나가 떠난 게 다행이라는 확신 말이다. 일련의 사건들로 인해 그녀가 '포르토벨로의 마녀'로 낙인찍힌 후부터 그녀의 마음은 더이상 평안을 찾을 수 없었다. 그녀 삶에 남은 것이라고는, 공동체의 현실과 그녀 개인의 소망이 부딪쳐 일으킬 쓰디쓴 갈등뿐이었으리라. 내가 아는 그녀는, 세상 누구도 믿으려 하지 않을 것을 증명하기 위해 자신이 가진 에너지와 기쁨을 모두 쏟아부으며 끝까지 싸웠을 테니까.

누가 알았을까. 섬을 찾아 헤매는 조난자처럼 그녀가 죽음을 갈구하며 헤매 다녔다는 사실을. 그녀는 새벽녘 지하철역에서 오지 않을 강도를 기다렸고, 어디 있는지도 모를 살인자를 찾아 런던의 우범지역들을 헤매고 다녔다. 힘세고 괄괄한 사람에게 시비를 걸기도 했다. 하지만 불행히도 그들은 화를 내지 않았다.

결국 그녀는 참혹한 모습으로 살해되었다. 하지만 우리 중 과연 누가 삶에서 가장 소중한 것이 시간의 흐름에 따라 사라져가는 장면을 목격하며 견딜 수 있을까? 내가 여기서 얘기하는 것은 사람만이 아니다. 우리의 이상이나 꿈도 그렇다. 하루, 한 주, 어쩌면 몇 년은 견딜 수 있을지도 모른다. 하지만 우리 모두는 결국 그 싸움에서 지게 되어 있다. 몸은 계속 살아 있더라도 정신은 이르든 늦든 결국 치명타를 맞게 되는 것이다. 그것은 하나의 완전범죄다. 누가 우리의 기쁨을 앗아갔는지, 그 이유가 무엇인지, 그리고 그들을 어디서 찾을지 결코 알 수 없다.

그 이름 없는 살인자들은 자신들이 진정 무슨 짓을 저질렀는지 알고나 있을까? 아닐 것이다. 억압당하는 사람들, 거만한 사람들, 무력한 사람들, 힘 있는 사람들 그 누구를 막론하고, 그들 역시 결국 스스로 만들어낸 현실의 희생자들이기 때문이다.

그들은 아테나의 세계를 이해하지도, 이해할 수도 없을 것이다. 그래, 아테나의 세계, 그렇게 말하는 편이 좋겠다. 그리고 나는 그 세계가 호의적으로 받아준 임시거주자였다. 아름다운 저택에 앉아 세상에서 가장 맛있는 음식을 먹으면서도, 이것이 파티이고 저택도 다른 사람의 것이며 음식도 다른 이가 베푼 것이라는 사실을 잘 알고 있고, 곧 불이 꺼지고 집주인이 잠자리에 들고 일하는 사람들도 숙소로 돌아가고 문이 닫히면, 다시 길거리로 나와 평범한 일상으로 데려다줄 택시나 버스를 기다려야 하는 사람이었던 것이다.

나는 이제 돌아가는 중이다. 아니 좀더 정확히 말하자면, 나의 일부가 돌아가고 있다. 눈에 보이거나 손으로 만질 수 있는 것만이 의미를 지니는 세계, 속도위반 딱지와 저잣거리에서 싸우는 사람들의 세상, 날씨에 대해 버릇처럼 불평을 늘어놓는 사람들의 세상, 공포영화와 에프원 카레이스가 있는 세상으로 나는 돌아가고 싶다. 그곳이 바로 내가 남은 생애를 살아갈 세상이다. 결혼을 하고 자식을 낳게 되면 과거는 먼 기억이 될 테고, 더 시간이 흐른 어느 날 오후 나는 스스로 되묻게 될 것이다.

"어쩌다 그렇게 눈이 멀었을까? 어떻게 그토록 순진할 수 있었을까?"

그리고 또한 알고 있다. 밤이 내리면 내 영혼의 다른 부분이 앞에 놓인 담배와 진토닉 잔만큼이나 실제적인 것들과 함께 텅 빈 공간을 배회하리라는 것을. 내 영혼은 아테나의 영혼과 함께 춤출 것이다. 잠에 잠긴 동안 나는 아테나와 함께할 것이고, 식은땀을 흘리며 깨어나 부엌으로 달려가 냉수를 들이켤 것이다. 환영들과 싸우기 위해서는 현실의 것이 아닌 무기가 필요하다는 것을 나는 잘 알고 있다. 그리하여 할머니가 일러준 대로 침대 머리맡에 입을 벌린 가위를 놓아두고 그 꿈의 자락을 잘라낼 것이다.

그리고 다음 날 아침, 잠자리에서 일어나 밀려드는 후회에 젖어 가위를 바라보게 될 것이다. 하지만 나는 이 세계에 다시 적응해야 한다. 그러지 않으면 미쳐버릴지도 모른다.

앤드리아 매케인, 32세, 여배우

"누구도 타인을 조종할 수 없다. 두 사람의 관계에서 한 사람이 상대에게 이용당했다고 불평을 하는 순간에도 그 두 사람은 자신들이 무엇을 하고 있는지 정확히 알고 있다."

아테나가 내게 한 말이다. 하지만 그녀 자신은 그 말과 달랐다. 그녀는 내 의지나 감정에 전혀 상관없이 나를 이용하고 조종했다. 마법에 대해 이야기하자면 상황은 더욱 심각해진다. 어쨌든 그녀는 내 스승이었다. 우리에게 내재되어 있는 알 수 없는 힘을 일깨우고 비밀에 싸인 신비로움을 전달하는 임무를 맡은 스승. 낯선 바다로 모험을 떠날 때, 사람들은 자신들을 인도하는 사람들을 맹목적으로 신뢰한다. 그들이 자신보다 아는 것이 많다고 믿는다.

하지만 나는 장담할 수 있다. 그들도 모른다. 아테나는 물론이고, 에다와 그녀들을 통해 알게 된 사람들 역시 마찬가지다. 아테나는 자신이 다른 사람을 가르치면서 배워간다고 말했다. 처음에는 그녀의 말을 믿기 힘들었지만, 나중에는 그게 사실이 아닐까 생각하게 되었다. 훗날 그것이 낯선 것에 대한 우리의 경계를 늦추게 하고 그녀의 매력에 빠져들게 하는 많은 수법 중 하나라는 걸 깨닫게 되었지만.

영적 추구에 빠져드는 사람들은 깊이 생각하려 하지 않는다. 단지 결과를 보고 싶어할 뿐. 그들은 자신이 일반 대중들보다 강력하고 우월하다는 것을 느끼고 싶어하고, 특별해지고 싶어한다. 아테나는 꽤나 놀라운 방식으로 사람들의 감정을 가지고 유희를 벌였다.

아테나가 오래전부터 리지외의 성 테레사를 깊이 찬미하고 있었다는 걸 나는 알고 있다. 나는 가톨릭이라는 종교에는 그다지 관심이 없지만, 성 테레사가 하느님과 영적 육체적 합일을 경험했다는 말을 들은 적이 있다. 언젠가 아테나는 자신의 운명도 그녀와 닮기를 원한다고 말했었다. 그렇다면 그녀는 수녀원에 들어가 자신의 삶을 기도하고 가난한 이들을 돕는 데 바쳤어야 했다. 그게 세상을 위해서도 덜 위험하고 더 이로웠을 것이다. 음악과 의식을 통해 사람들을 도취 상태로 이끌어 자기 내면의 최고선과 최고악을 맛보게 하는 것보다는.

첫 만남에서 내색하지는 않았지만 나는 삶의 의미를 찾기 위해 그녀를 찾았다. 아테나가 그런 데에는 관심이 없다는 사실을 처음부터 알아차렸어야 했다. 그녀는 살아가고 춤추고 사랑을 나누고 여행하고, 자신의 현명함과 재능을 드러내며 이웃을 자극하고, 우리가 지닌 내면의 이교적 요소들을 최대한 이용해 사람들을 자기 주위에 끌어모으고 싶어했을 뿐이다. 그런 추구에 언제나 영적 휘광을 입히려 하긴 했지만.

마법 의식에 참여하든 술을 마시러 가든, 그녀와 만날 때마다 나는 그녀의 힘을 느낄 수 있었다. 그 힘이 어찌나 강렬했던지 손만 내밀면 바로 만질 수 있을 것 같았다. 처음에 나는 그 힘에 매료되어 그녀처럼 되고 싶어했다. 하지만 어느 날, 그녀가 술집에서 성적 요소가 가미된 "제3의 의식"에 대한 얘기를 내 애인 앞에서 하기 시작했다. 그러고는 나를 가르친다는 핑계로 그녀는 내 애인 앞에서 그 의식을 치렀다. 하지만 그녀의 진짜 목적은 내가 사랑한 남자를 유혹하는 것이었다고 생각한다.

그리고 당연히, 그녀는 목적을 달성했다.

이미 저세상으로 떠나버린 사람에 대해 나쁘게 말하는 것은 아름답지 못한 일이다. 하지만 아테나는 내게 뭐라 하지는 못할 것이다. 그녀가 모든 힘을 인간의 선과 자기 영혼의 승화를 위한 통로를 만드는 데 사용하지 않고, 자기 이익을 위해서만 사용했기 때문이다.

최악의 문제는 바로 그것이었다. 그녀가 강박적으로 자기과시에 빠지지만 않았어도, 우리가 함께 시작한 모든 일들은 잘될 수 있었다. 그녀가 좀더 분별 있게 행동했더라면, 오늘날 우리가 함께 믿었던 사명은 이루어졌을 것이다. 하지만 그녀는 분별을 잃었다. 그녀는 자신이 매혹의 힘으로 모든 장애들을 초월하고 극복할 권능을 가진 '진리의 주인'이라고 착각해버렸다.

　결과는 어땠는가? 나는 혼자가 되었다. 그리고 나는 이 일을 중도에 그만둘 수가 없다. 끝까지 가야 한다. 간혹 나 자신의 유약함을 느끼면서 사기가 꺾이더라도.

　그녀 인생이 그런 식으로 끝나버린 게 그다지 놀랍지는 않다. 그녀는 위험을 희롱하면서 살았다. 외향적인 사람들은 내성적인 사람들보다 덜 행복하다고들 하며, 이에 대한 보상심리로 자신이 행복하고 만족스럽고 편안한 삶을 누리고 있다는 사실을 스스로에게도 증명하려 든다고 한다. 아테나의 경우만 두고 볼 때, 백 퍼센트 맞는 이야기다.

　아테나는 자신이 지닌 카리스마를 의식하고 있었다. 그리고 그녀를 사랑한 모든 사람들에게 상처를 주었다. 나를 포함하여.

디어드러 오닐, 37세, 의사, 일명 '에다'

만약 한 낯선 남자가 전화를 걸어와 잠시 이야기를 나눴는데, 별다른 암시도 없었고 무슨 용건이 있는 것도 아니지만 그가 여자들이 거의 경험하지 못한 방식으로 주의를 기울여준다면, 당장 그날 밤 그 남자와 잠자리를 하게 될지도 모른다. 그리고 그와 사랑에 빠졌다고 생각하게 될지도 모른다. 여자란 그런 존재다. 잘못된 것은 없다. 사랑에 마음을 쉽게 여는 것이 여자의 본성이니까.

바로 그 사랑이 열아홉의 나로 하여금 '어머니'와 만나도록 문을 열어주었다. 아테나 역시 춤을 통해 처음으로 강신을 접했을 때가 그 나이였다. 처음 발을 들여놓은 나이, 우리의 유일한 공통점은 그뿐이었다.

우리는 다른 모든 면에서 근본적으로 달랐다. 일단, 사람을 대하는 방식부터 달랐다. 스승으로서 나는 그녀가 내적 성장을 이룰 수 있도록 내가 가진 가장 좋은 것만을 주었다. 친구로서의 나는—아테나가 나를 친구로 여겼는지는 알 수 없지만—아직 세상이 그녀가 원하는 만큼의 변화를 수용할 준비가 돼 있지 않다고 충고했다. 그녀가 자기 마음이 말하는 대로 자유롭게 행동하도록 허락하자고 마음먹기까지, 나는 며칠 밤을 새우며 고민했다.

아테나의 가장 큰 문제점은 21세기를 살아가는 22세기 여자라는 것이었다. 그리고 그 사실을 숨기지 않았다. 아테나가 그 대가를 치렀냐고? 두말할 나위도 없다. 하지만 그녀가 자신의 충만함을 억제했더라면 더 큰 대가를 치러야 했을 것이다. 쓰디쓴 절망적인 삶을 살면서 항상 "다른 사람들이 어떻게 생각할까" 노심초사하고, "이것부터 해결하고, 내 꿈에 매진해야지"라고 늘 되새기고, "꿈을 실현할 수 있는 상황은 결코 오지 않을 거야"라고 한탄하며 좌절의 삶을 이어갔을 것이다.

누구나 완벽한 스승을 만나고자 한다. 그러나 스승의 가르침이 아무리 신성하다 해도—바로 이 부분에서 사람들은 오판하는 경향이 있다—스승은 인간일 뿐이다. 스승과 그 스승의 가르침을 혼동해서는 안 된다. 종교의식과 엑스터시를, 상징의 전달자와 상징 자체를 혼동하지 마라. '전통'은 삶 속에 깃든 힘에 연결된 것이지, 그것을 전파하는 사람들에 연결된 것이 아니다. 하지만 우리는 나약한 존재들이다. 우리는 '어머니'께 안내자를 청했으나, '어머니'가 우리에게 보내준 것은 오로지 우리가 따라가야 할 길의 표지(標識)뿐이었다.

자유를 갈구하는 대신 목자를 청한 이들에게 자비가 있기를! 전능한 힘을 만나는 길은 누구에게나 열려 있지만, 스스로 찾지 않는 이들에게는 요원하다. 우리가 이 땅에 머무는 시간은 신성한 것이다. 매 순간에 축복이 깃들어 있다.

우리는 이런 매 순간이 지닌 소중함을 완전히 잊고 살아간다. 심지어 종교적인 기념일조차 해변, 공원, 스키장으로 놀러가는 날로 바뀌어버렸다. 이제 의식이나 제례는 사라져버렸다. 신이 일상에 깃들어 있고 발현된다는 생각은 찾아볼 수 없는 세상이다. 사랑을 담아 요리를 해야 할 때에도 우리는 시간낭비라며 투덜거린다. 온 세상에 기쁨을 선사하고, '어머니'의 에너지를 널리 전파하기 위해 솜씨를 발휘해야 할 때도 우리는 이를 '신이 내린 저주'로 여긴다.

아테나는 사람들이 스스로의 권능을 받아들일 준비가 되었는지를 고려하지 않은 채, 우리 모두의 영혼에 담긴 풍요로운 세계를 바깥으로 끌어내고 말았다.

우리 여자들은 삶의 의미를 찾을 때나 또는 지식의 길을 구할 때, 네 가지 타입의 전형을 통해 스스로를 파악한다.

첫째, 동정녀(성적 동정을 말하는 게 아니다)는 완전한 독립체로서 탐구하는 인물로, 그녀가 배운 모든 것은 직면한 고난에 홀로 맞서는 능력에서 얻어진 과실이다.

둘째, 순교자는 고통받고 체념하고 수난 속에서 자기 자신을 발견할 길을 찾아나서는 인물이다.

셋째, 성녀는 무한한 사랑과 조건 없이 베푸는 성정을 통해 삶의 진정한 존재이유를 찾는 인물이다.

마지막으로 마녀는 완전하고 끝없는 쾌락을 모색하는 길에서 자기 존재의 근거를 찾는 인물이다.

우리는 대부분 위의 네 가지 여인상 중 하나에서 자신의 이미지를 찾으려 하지만, 아테나는 네 가지 모두를 동시에 갖고 있었다. 물론 강신이나 엑스터시에 몰입된 사람들이 현실과 유리되어 있다는 예로 그녀의 행실을 정당화할 수는 있다. 하지만 그것은 사실이 아니다. 물리적 세계와 정신적 세계는 동일하다. 티끌한 점에서도 신성을 발견할 수 있지만, 그렇다고 젖은 걸레로 그것을 닦아내지 않는 것은 아니다. 그래도 신성은 사라지지 않는다. 깨끗한 바닥으로 모습을 바꾸는 것이다.

아테나는 좀더 신중했어야 했다. 내 제자의 삶과 죽음을 회고하노라면, 나 자신의 행동방식도 조금은 바꾸는 편이 좋으리라는 생각이 든다.

렐라 자이납, 64세, 수(數)점술사

아테나라. 재미있는 이름이군! 어디 보자…… 이 여자가 가질 수 있는 최고의 숫자는 9로군. 낙관적이고 사교성도 좋아서 사람들 사이에서 돋보이겠어. 항상 사람들이 몰려와 이해와 용기, 위안을 구하려 하기 때문에 긴장을 늦출 수 없을 게야. 인기라는 게 워낙 허망한 꿈 같은 것이라 올라간 것보다 더 빠르게 추락할 수 있기 때문이지. 그리고 말을 조심해야 해. 말이 너무 많아. 이 여자가 가질 수 있는 최소수는 11이군. 이 여잔 대표성을 띤 자리를 갈망하는 기질이 있어. 신비로운 주제에 관심이 많고 그걸 통해 자기를 둘러싼 모든 사물의 조화를 구하려고 해.

하지만 이런 성향은 그녀의 출생일시의 합이 하나로 축약된 숫자 9와는 어울리지 않아. 항상 질투심에 불타고, 늘 슬픔에 빠지고, 내성적이면서 충동적인 기질이 강해. 이 아테나라는 여잔 과도한 야망, 조바심, 권력의 남용, 사치 같은 부정적인 울림에 휘둘리지 않도록 주의하면서 살아가야 할 팔자야.

이런 문제들 때문에 이 여자는 사람들과 감정적 접촉이 발생할 일이 없는 직업을 갖는 게 좋아. 정보통신이나 공학 분야 같은.

이미 이 세상 사람이 아니라고? 저런, 안됐군. 그런데 뭐 하는 사람이었지?

아테나가 뭘 하는 사람이었냐고? 아테나는 무엇이든 조금씩 다 해보았지만, 그녀의 삶을 요약한다면 자연의 힘을 이해한 사제(司祭)였다고 답할 수 있으리라.

더 간단히 설명하자면, 그녀는 더는 잃을 것도 바랄 것도 없는 사람, 사람이 감내할 수 있는 정도의 위험부담을 넘어서서 결국 자신이 지배하려 한 힘들에 환원되어버린 사람이라고 할 수 있다.

그녀는 슈퍼마켓 점원, 은행원, 부동산중개인 등 다양한 직업을 가졌으나, 그 직업들이 그녀의 내면에 원천적으로 내재된 사제로서의 기질을 덮어줄 수는 없었다. 팔 년이라는 세월 동안 그녀의 곁을 지킨 나는 그녀에게 빚이 있다. 그녀에 대한 기억과, 그녀의 정체성을 되찾아야 할 빚.

이 증언들을 모으면서 가장 힘들었던 것은, 증언을 해준 사람들의 실명을 밝힐 수 있도록 허락을 구하는 일이었다. 어떤 이들은 이런 종류의 이야기에 연루되길 꺼려했고, 또 어떤 이들은 자신의 의견이나 감정을 내보이고 싶어하지 않아했다. 나는 그녀와 연관된 모든 사람들이 그녀를 좀더 잘 이해하게 할 계기를 만드는 것이 내 의도라고 재차 강조했다. 익명의 증언을 신뢰할 사람은 아무도 없을 테니까.

결국 그들은 동의했다. 그들은 아무리 사소한 일이라 해도, 자신의 증언이 유일무이하고 결정적인 증언이라고 생각했기 때문이다. 증언들을 녹취하면서, 나는 절대적인 사실은 없다는 것을 깨달았다. 모든 것은 각자가 인식한 바에 따라 상대적으로 존재한다. 우리가 누구인지 알아낼 최상의 방법은 타인의 시각으로 우리 자신을 바라보는 것이다.

그렇다고 타인의 시각에 따라 행동해야 한다는 것은 아니지만, 스스로를 더 잘 이해할 수 있다는 것이다. 내가 아테나의 이야기를 복원하고 그녀의 신화를 써내려가면서 그녀에게 빚진 것이 있다면, 바로 이것이다.

사미라 R. 칼릴, 57세, 전업주부, 아테나의 어머니

제발 그 아이를 '아테나'라고 부르지 마세요. 그애의 진짜 이름은 셰린이랍니다. 사랑스러운 우리 딸 셰린 칼릴은 우리 부부가 낳았으면 하고 간절히 원했던, 정성을 다해 키우려 했던 아이예요.

하지만 인생이란 게 마음대로 되는 게 아니죠. 운명의 여신이 관대한 미소를 지을 때에도, 모든 희망과 꿈을 한꺼번에 무너뜨려 파묻어버리는 우물이 동시에 존재하니까요.

우리는 베이루트에 살았는데, 그때는 사람들이 베이루트를 중동에서 가장 아름다운 도시라고들 했었죠. 남편은 잘나가는 사업가였고, 우리는 사랑에 빠져 결혼했죠. 우리 부부는 매년 유럽으로 여행 가고, 친구들도 많았고, 모든 중요한 사교 파티에 초대받았어요. 한번은 우리집에서 미국 대통령을 맞이한 적도 있었어요. 그 사흘은 정말 잊을 수 없어요. 그중 이틀 동안은 비밀경호원들이 우리집 구석구석에 배치돼 있었어요(그 사람들은 이미 한 달도 더 전에 도착해 숙소를 잡고는, 거지나 연인으로 위장해 경호에 필요한 안전지대를 확보했다더군요). 그리고 마지막 하루는, 아니 두 시간 동안이죠, 파티가 열렸어요. 나는 그때 우리를 향해 부러운 표정을 짓던 친구들과, 세상에서 가장 막강한 권력을 지닌 사람과 함께 사진을 찍을 때의 흥분을 영원히 잊을 수 없어요.

우리는 그때 모든 것을 가지고 있었어요. 단 하나, 우리가 그토록 갈망했던 아이만 빼고요. 그러니까 결국 아무것도 가진 게 없는 거나 다름없었죠.

아이를 갖기 위해 갖은 애를 썼어요. 신께 기도 드리고, 기적이 일어난다는 곳은 빠짐없이 찾아다녔죠. 불임클리닉에서 진단을 받기도 했고, 마법사가 만든 묘약을 마시기도 했어요. 인공수정도 두 번이나 시도했지만 유산해버리고 말았어요. 두번째 시도에 제 왼쪽 난소를 잃게 되자, 의사들도 더는 위험을 무릅쓰고 인공수정 시술을 집도하려 하지 않더군요.

친구 중 우리의 그런 사정을 잘 알고 있던 사람 하나가 입양이라는 해결책을 제시하더군요. 그는 루마니아와 선이 닿는다면서, 그 나라를 통한다면 입양과정도 그리 오래 걸리지 않을 거라고 알려줬어요.

한 달 뒤, 우리는 비행기를 탔지요. 친구는 당시 독재가 횡행했던 그 나라에서 이름이 정확히 기억나지 않는 독재자(니콜라이 차우셰스쿠를 가리킨다)와 중요한 비즈니스 거래를 하는 사이였어요. 우리는 친구 덕분에 복잡하고 피곤한 과정을 거치지 않고 트란실바니아의 시비우에 있는 입양센터로 직행할 수 있었지요. 이미 그곳에는 모든 절차가 끝난 서류와 커피, 담배, 미네랄 생수가 우리를 기다리고 있었어요. 우리는 그저 입양해갈 아이를 고르기만 하면 되었어요.

우리는 아기들의 침실로 갔지요. 몹시 추운 방이었어요. 어떻게 이런 열악한 장소에 아기들을 놔둘 수 있을까 하는 생각이 들었어요. 처음 심정으로는 거기 있는 아기들을 모두 입양해서 따뜻한 태양과 자유가 있는 레바논으로 데려가고 싶더군요. 하지만 그건 비현실적인 감상일 뿐이었죠. 아기들을 눕힌 침대 사이를 지나며 아기 울음소리를 들으니 이것이 얼마나 중요한 결정인지 새삼 느낄 수 있었어요.

한 시간 넘도록 우리 부부는 서로 아무 말도 하지 않았어요. 밖으로 나와 커피를 마시고 담배를 피운 뒤 우리는 다시 방으로 들어갔어요. 그리고 계속 방 안을 오갔죠. 입양센터 책임자는 점점 인내심을 잃어가고 있었고요. 나는 이제 결정을 내릴 순간이 왔다고 느꼈어요. 그 순간, 한 아이가 눈에 들어왔어요. 마치 내 아이여야 하는데 다른 여자의 자궁을 빌려 세상에 나온 아이를 발견한 것 같았어요. 감히 모성본능이라 말할 수 있는 그런 느낌에 따라 그 아이를 가리켰어요.

책임자가 한 번 더 신중하게 결정해보라고 권하더군요. 잠시 전까지만 해도 인내심이 거의 바닥났다는 표정이었던 사람이 말이에요! 하지만 나는 이미 마음을 굳힌 후였어요.

그럼에도 그녀는 내 심경을 거슬리지 않으려고 조심스레 애쓰면서(아마 우리가 루마니아 고위관리와 친밀한 관계라고 여겼던 모양이에요), 남편이 듣지 못하게 조그만 소리로 속삭이더군요.

"별로 좋은 선택이 아니에요. 집시의 딸이거든요."

나는 문화라는 것은 유전자를 통해 이어지는 게 아니라고 대꾸해줬지요. 고작 태어난 지 석 달밖에 안 된 아기, 우리 자식이 되어 우리의 보살핌 속에서 자라고 교육받을 아기였으니까요. 곧 아이는 신앙심을 갖고 성당을 다니게 될 테고, 해변으로 산책을 다니고, 프랑스어 책을 읽으면서 베이루트에 있는 미국인 학교를 다니게 될 거니까요. 사실, 나는 집시 문화라는 것에 대해 그때나 지금이나 문외한이지요. 내가 알고 있는 건, 집시들이 항상 떠돌아다니며 목욕도 하지 않고, 신용이 별로 없고 귀걸이를 하고 다닌다는 정도였지요. 집시들이 곧잘 아이를 훔쳐서 자기들 포장마차로 데려간다는 괴담들도 듣긴 했지만, 이 경우엔 그

반대잖아요. 내가 아이를 데려갈 수 있도록 집시들이 버리고 간 거니까요.

입양센터 책임자는 나를 좀더 설득하려 들었지만 나는 서명을 한 뒤, 남편에게 서류를 넘겼어요. 베이루트로 돌아올 때는 세상이 달리 보였어요. 하느님께서 내게 존재하고, 일하고, 슬픔의 늪에서 싸워나갈 이유를 주신 거예요. 우리는 이제 우리의 모든 애정과 노력을 쏟아부을 아이를 가지게 된 거죠.

셰린은 지혜롭고 아름다운 아이로 자랐어요. 다른 모든 부모들도 그렇겠지만, 내 눈에 이 아이는 정말 특별했지요. 아이가 다섯 살이 되었을 때, 내 오라버니 중 하나가 권하더군요. 만약 그애가 커서 외국에서 일하게 된다면, 지금 쓰는 이름 때문에 출생이 드러나게 될 텐데, 아무 추측도 할 수 없는 '아테나' 같은 이름으로 개명하는 게 어떻겠느냐고요. 물론 그 '아테나'라는 이름이 그리스의 수도 이름이고, 지혜와 전쟁의 여신이기도 하다는 건 알고 있었어요.

우리 가족 모두가 그랬듯 아랍식 이름 때문에 생겨날 문제점들을 뼛속 깊이 알고 있었던데다가, 오빠는 정계에 몸담았던 터라 자기 눈에는 보이는 미래의 지평선에 깔린 어두운 먹구름으로부터 조카를 보호하려 했는지 몰라요. 그런데 놀라운 건, 셰린이 그 이름을 좋아했다는 거예요. 바로 그날 오후부터 그애는 스스로를 아테나라고 부르기 시작했고, 어느 누구도 그에 대해 뭐라고 할 수 없게 되었어요. 그리고 아이를 기쁘게 해주기 위해 우리 역시 그 이름을 받아들이기로 했지요. 얼마 후면 잊혀질 에피소드 정도로 가볍게 생각했던 거죠.

이름이 사람의 운명을 좌우할 수 있는 걸까요? 시간은 흘러갔지만 그 이름은 결국 남았어요.

세린이 십대가 되었을 때, 우린 그애가 강한 종교적 소명을 타고났다는 걸 알았어요. 그애는 성당에서 살다시피 했고 복음서들에 통달했지요. 축복인 동시에 저주이기도 했어요. 종교적 신념에 따라 점점 더 갈래갈래 찢어지는 이 세상에서, 나는 내 딸의 안전이 걱정되었어요. 그런 와중에 세린은 세상에서 가장 평범한 사실을 얘기하듯, 자기에겐 성당에서 볼 수 있는 천사나 성자의 모습을 한, 눈에 보이지 않는 친구들이 있다는 거예요. 아이들은 으레 그런 환상을 갖기도 하고, 인형이나 헝겊으로 만든 호랑이 같은 장난감을 마치 살아 있는 양 대하기도 하지만, 나이가 들면서 전부 잊어버리잖아요. 그런데 어느 날 세린을 데리러 학교에 갔는데, 그애가 "성모 마리아처럼 보이는 흰옷 입은 여자"를 봤다고 말하는 거예요. 상태가 심각하다고 생각했죠.

나 역시 천사의 존재를 믿지요. 천사들이 어린아이들에게 말을 건다는 것도 믿는데요. 하지만 아이가 어른들이나 볼 법한 환상을 본다면 얘기가 달라지죠. 흰옷 입은 여자를 보았다는 양치기들이나 시골 사람들의 이야기는 나도 알아요. 그런 사람들의 삶은 결국 엉망이 되어버리죠. 기적을 바라는 사람들이 떼를 지어 찾아가고, 그러면 사제들이 거들고 나서면서 마을 전체는 순례지로 바뀌어버리고, 그 가련한 아이들은 결국 수도원에서 인생을 마치게 되지요. 그래서 나는 셰린이 한 이야기를 듣고 근심에 잠겼어요. 셰린 정도 나이의 여자애라면 화장품이나 매니큐어 칠하는 데 관심을 보이고, 텔레비전 드라마를 보거나 어린이 프로그램을 시청하는 게 정상이잖아요. 내 딸에게 뭔가 이상한 일이 일어나고 있었던 거예요. 나는 전문가를 찾아 나섰지요.

"진정하세요."

의사가 그러더군요.

아동심리치료 전문의인 그는 그 분야의 의사들이 다들 그러듯이, '눈에 보이지 않는 친구'는 일종의 꿈의 투영이며 아이들이 자신의 욕구를 찾고 느낌을 표현하는 데 도움을 주는 현상으로, 직접적으로는 아무런 해가 되지 않는다고 설명했어요.

"하지만 흰옷 입은 여자는요?"

그러자 그는 우리가 세상을 보고 설명하는 방식이 셰린에게는 이해가 되지 않을 수도 있다는 것이었어요. 그러고는 셰린이 아기일 때 입양되었다는 사실을 그애에게 얘기할 마음의 준비를 하라고 권했어요. 그의 말에 따르면, 최악의 상황은 셰린이 어쩌다 자신의 입양 사실을 스스로 알게 되는 것이었어요. 그애가 다른 모든 사람을 불신하게 되면 그애의 행동이 예측 불가능해질 수도 있다면서요.

그후부터 우리는 셰린과 대화하는 방식을 바꿨어요. 사람이 자기가 아기였을 때 일을 기억하는지는 모르겠지만, 우리는 셰린에게 그애가 사랑받고 있다는 것, 따라서 상상의 세계로 도피할 필요가 전혀 없다는 걸 알리려 애쓰기 시작했지요.

그애는 눈에 보이는 실재하는 현실이 더할 나위 없이 아름답고, 어떤 위험에서도 엄마아빠가 자기를 보호해줄 거라는 사실을 믿을 필요가 있었어요. 베이루트는 아름다운 곳이었죠. 해변에선 태양이 빛나고 사람들이 넘쳐났어요. 그 "흰옷 입은 여자" 이야기를 하지 않고도 나는 딸과 더 많은 시간을 보낼 수 있었어요. 종종 아이의 학교 친구들을 집으로 초대하기도 했고, 그 아이에게 애정을 보여줄 기회가 생기면 결코 놓치지 않았어요.

그 작전은 효과가 있었어요. 남편이 출장을 자주 떠나는 편이라 셰린은 아빠를 그리워했어요. 사랑의 힘으로 남편도 자기 생활을 조금씩 바꿔나가기 시작했지요. 그렇게 자기만의 세계에서 독백을 일삼던 아이는 차차 엄마아빠와 함께하는 놀이에 동참하기 시작했지요.

모든 일이 순조로워 보였죠. 어느 날 밤 그애가 울면서 내 방을 찾아오기 전까지는요. 그날 밤, 딸은 내게 지옥이 가까이 왔다며 몹시 무서워했어요.

아빠가 부재중이라 집에 엄마밖에 없고 셰린이 겁에 질렸을 수도 있겠구나 생각했어요. 그런데 지옥이란 말이 대체 왜 나왔을까요? 학교나 성당에서 뭘 가르치고 있기에? 나는 다음 날 학교로 가서 선생님과 면담을 해봐야겠다고 생각했죠.

하지만 셰린은 울음을 그치려 하지 않았어요. 나는 아이를 창가로 데리고 가서 달빛에 빛나는 지중해를 보여줬어요. 그리고 악마 같은 건 없고, 하늘에 떠 있는 별과 우리 아파트 앞 큰길을 걸어가는 사람들뿐이라고 다독거렸지요. 아이를 진정시키기 위해 겁먹을 이유가 없다며 달랬지만 셰린은 떨면서 울음을 멈추지 않았어요. 거의 삼십 분이 지나서야 겨우 진정하게 됐지만 그래도 아이는 신경질적으로 투정을 부리기 시작했지요. 그만 하라고 일렀지만, 가만 생각해보니 셰린은 그런 투정을 부릴 나이는 이미 지났더군요. 혹시 애가 초경을 한 것이 아닐까 하는 생각이 들었어요. 그래서 조심스럽게 혹시 피를 보았느냐고 물었지요.

"응, 많이요."

나는 솜을 들고 와서 아이에게 '상처'를 치료할 테니 누우라고 했어요. 아무 일도 없단다, 애야, 내일 설명해주마. 그런데 초경은 아직 시작하지 않은 상태였어요. 셰린은 계속 울먹이다가 지쳤는지 잠시 후 잠들어버리더군요.

다음 날 아침, 우린 피를 보았어요.

네 명의 남자가 살해당한 끔찍한 사건이 일어난 거예요. 내게 그 사건은 그저 우리 민족이 영원히 떠안고 있는 종족분쟁이 불러일으킨 한 사건일 뿐이었어요. 셰린에게도 별 의미가 없는 일이었죠. 아무튼 전날 밤에 꾼 꿈을 다시 언급하지 않았으니까요.

그런데 그날 이후로 지옥이 점점 가까이 다가와 오늘날까지도 떠나가지 않고 있지요. 같은 날, 보복으로 스물여섯 명의 팔레스타인 사람이 버스 안에서 죽었어요. 그후 온 사방에서 쏟아지는 총알 때문에 스물네 시간 동안 길을 나다닐 수가 없었지요. 학교는 휴교했고, 셰린은 한 선생님의 집으로 피신했어요. 그때부터 모든 일이 엉망이 되어버렸어요. 남편은 출장 도중 급히 돌아와서 하루 종일 정부 요직에 있는 친구들에게 전화를 돌려댔어요. 하지만 누구에게서도 현 상황에 대한 시원한 답은 듣지 못했지요. 밖에서 들려오는 총소리와 남편이 전화기에 대고 질러대는 고함을 듣고 있던 셰린은 놀랍게도 한 마디도 하지 않고 입을 다물고 있었어요. 나는 셰린에게 이런 소동은 그냥 지나갈 테고, 잠시만 지나면 다시 해변으로 산책하러 갈 수 있을 거라고 말하려 했어요. 그러나 그애는 눈길을 피하더니 그저 읽을 만한 책이나 들을 만한 음반을 가져다달라고 부탁할 뿐이었지요. 지옥이 점점 깊이 뿌리를 내리는 동안, 셰린은 책을 읽고 음악을 들었어요.

제발, 그 얘기는 더는 떠올리고 싶지 않아요. 우리가 당했던 위협과, 과연 누가 옳고 누가 가해자이고 피해자인지 다시 생각하고 싶지 않아요. 결국 몇 달 뒤엔, 길을 건너가려면 배를 타고 키프로스 섬까지 갔다가 다시 다른 배로 갈아타고 반대편 길 쪽에 내려야 할 만큼 상황은 악화되었죠.

우리는 상황이 호전되기를 기다리며 실제로 일 년 정도 집 안에만 갇혀 있었어요. 이런 일들은 금방 지나가는 한시적인 상황일 뿐이고, 정부에서 곧 통제권을 회복할 것이라 믿으면서 말이죠. 그런 어느 날 아침, 셰린은 조그만 시디플레이어에서 흘러나오는 음악을 들으면서 춤을 추기 시작했어요. 그러곤 말했죠.

"아주, 아주 오래 걸릴 거야."

딸의 그런 행동을 막으려는데, 남편이 저를 붙잡았어요. 남편은 숨도 쉬지 않고 딸아이의 말 한마디 한마디를 들었어요. 저는 남편이 왜 그러는지 이해할 수 없었어요. 지금까지도 그날 일은 우리 부부 사이에 입 밖에 내지 않는 금기로 남아 있죠.

다음 날, 남편은 생각지도 못한 조치를 취하기 시작했어요. 그리고 이 주 뒤에 우리는 런던에 도착했지요. 연도가 언제더라, 아무튼 그 내전이 이 년 동안 계속되었고, 사만 사천 명이 죽고 십팔만 명이 부상을 입고 수백만 명의 난민이 발생했다는 사실은 나중에 알게 됐지요. 그후에도 분쟁은 갖가지 다른 이유로 계속 이어졌고, 결국 레바논에 외국 군대가 주둔하게 됐고 지옥은 아직도 계속되고 있지요. 셰린이 말했었죠. "아주, 아주 오래 걸릴 거야"라고요…… 세상에, 불행히도 그애 말이 맞았던 거예요.

루카스 예센 페테르센, 32세, 엔지니어, 전남편

내가 아테나를 처음 만났을 때, 그녀는 자신이 입양되었다는 사실을 이미 알고 있었다. 당시 그녀는 열아홉 살이었는데, 학교 식당에서 한 동급생과 막 싸움을 벌이려던 참이었다. (흰 피부에 생머리, 녹색과 회색이 섞인 눈동자를 지닌) 아테나도 영국인일 거라 생각한 한 여학생이 중동지역에 대해 뭔가 안 좋은 소리를 해댄 모양이었다.

그날은 개강 첫날이었다. 모두들 처음 보는 날이라 서로에 대해 아는 것이 아무것도 없었다. 그런데 아테나는 자리에서 일어나 시비가 붙은 여자아이의 멱살을 붙들고 미친 듯이 고함을 질러댔다.

"이 인종차별주의자!"

나는 멱살을 잡힌 여자애의 겁에 질린 눈과, 무슨 일이 벌어질지 궁금해하는 다른 학생들의 호기심 어린 눈길을 보았다. 그들보다 일 년 먼저 학교에 입학한 나는 다음에 일어날 일들을 정확히 예측할 수 있었다. 일단 둘은 총장실에 불려가서 야단을 맞게 될 테고, 퇴학시킬 거라는 위협에 직면하고, 재수 없으면 실제로 인종차별이 있었는지 조사하는 경찰의 심문 대상이 되는 등등의 일에 휘말리게 될 것이다. 둘 다 득될 게 하나도 없는 상황이었다.

"입 닥쳐!"

나는 내가 무슨 말을 하는지 채 의식하기도 전에 소리부터 질렀다.

두 여자애 모두 내가 알지 못하는 사람들이었다. 나는 세상을 구하는 구원자도 아니었고, 사실 젊은 사람들에겐 가끔 싸움 같은 자극이 필요하다고도 생각하는 쪽이었지만, 그 순간엔 나 자신을 억누르지 못했다.

"그만두지 못해!"

나는 예쁘게 생긴 다른 여자아이의 멱살을 잡고 있는, 역시나 예쁘게 생긴 여자애에게 소리쳤다. 그녀가 이글거리는 눈으로 나를 쳐다보았다. 그리고 순간 눈길에 어떤 변화가 일어났다. 그녀는 여전히 자기 동급생의 멱살을 붙든 채 미소를 지었다.

"당신, '부탁해'라는 말을 빠뜨렸군요."

모두가 킥킥대며 웃음을 터뜨렸다.

"부탁이니 그만둬요."

나는 그녀 말대로 부탁조로 말을 바꿨다.

그녀는 멱살을 놓더니 내 쪽으로 다가왔다. 모든 학생의 눈길이 그녀의 움직임을 따라갔다.

"매너가 있군요. 담배 한 대 빌릴 수 있어요?"

그녀에게 담배를 건네주고, 우리는 밖으로 나가 함께 담배를 피웠다. 좀전에 보여준 터질 것 같던 분노는 눈 녹듯 사라진 그녀는 웃으며 날씨 이야기를 했고, 내게 이런저런 밴드들의 음악을 좋아하는지 물었다. 강의 시작을 알리는 종이 울렸지만, 나는 그때까지 내 인생을 지배해온 그 종소리를 완전히 무시하고 계속 그녀와 이야기를 나눴다. 대학도, 싸움도, 바람도, 추위도, 태양도 존재하지 않는 것 같았다. 내 앞에는 그다지 흥미롭지도 않은 쓸데없는 얘기를 하는, 그러나 내 남은 인생을 사로잡을 운명을 가진, 회색 눈동자의 그녀만 존재할 뿐이었다.

만난 지 두 시간 후, 우리는 점심을 같이 먹었다. 일곱 시간 뒤에는 바에 앉아 저녁을 먹고 우리 주머니의 돈을 모두 털어서 술을 마셨다. 대화는 갈수록 점점 진지해졌고, 얼마 지나지 않아 나는 그녀 삶의 거의 모든 것을 알게 되었다. 아테나는 내가 묻지도 않은 자신의 유년시절, 사춘기의 일들을 시시콜콜 모두 얘기했다. 더 나중이 되어서야 그녀가 다른 모든 이들에게도 마찬가지로 그랬다는 것을 알았지만, 그때는 내가 지구상에서 가장 특별한 사람이 된 것 같았다.

그녀와 가족은 레바논에서 내전을 피해 런던으로 왔다. 그녀의 아버지는 마로니타 분파(바티칸에 예속된 로마가톨릭교회 분파로, 신부의 독신생활 의무가 없고 동방정교 의식을 행한다) 가톨릭신자이고 레바논 정부를 위해 일했다는 이유로 살해위협을 당했지만 레바논을 떠나 다른 나라로 망명할 생각은 하지 못했다고 했다. 그런데 전화 통화를 엿듣고 상황을 파악한 아테나는 자기가 뭔가 해야 한다는 책임감을 느꼈다. 이제 자기도 컸고, 딸로서 사랑하는 가족을 보호해야 한다는 생각을 한 것이다.

그녀는 마치 무아경에 빠진 듯 춤을 추면서(성자들의 삶을 공부할 때 학교에서 배운 춤이었다) 예언하듯 말했다고 한다. 어른들이 어린애의 행동이나 말에 따라 그런 중대한 결정을 내렸다는 게 믿기지 않는 일이지만, 아테나의 말에 따르면 그랬다. 그녀의 아버지는 미신에 민감한 사람이었고, 그녀는 자신이 가족을 살렸다는 확신을 가지고 있었다.

그녀와 가족은 이곳에 난민으로 왔지만 거지는 아니었다. 레바논 공동체는 전 세계에 흩어져 있었고 그녀의 아버지는 곧바로 공동체 안에서 사업을 재개하면서 집안을 다시 일으킬 수 있었다. 아테나는 좋은 사립학교를 다니면서 그녀가 좋아하는 춤도 배울 수 있었고, 고등학교를 마치고는 공학을 공부할 수 있는 대학을 선택했다.

 어느 날 그녀의 부모는 아테나를 런던에서 가장 비싼 레스토랑에 데려가 저녁을 사주면서, 아주 조심스럽게 그녀가 입양되었다는 사실을 밝혔다. 그녀는 몹시 놀라는 척하며 양부모를 포옹했다. 그리고 그렇다 해도 부모와 자기 사이에는 아무런 변화도 없을 거라고 말했다.

 하지만 사실, 그녀는 그런 사실을 이미 알고 있었다. 훨씬 전에 친척 중 한 사람이 악의에 찬 말투로 그녀가 "은혜도 모르는 고아"이고, "'친자식'이 아니니까 행실이 이따위"라고 퍼부은 적이 있었다. 놀란 아테나는 재떨이를 던져 그 사람의 이마에 상처를 입혔고, 이틀 동안 처박혀 울기만 했다. 하지만 그녀는 곧 그 사실을 받아들였다. 이마에 흉터가 난 친척은 누구에게도 사실대로 말하지 못하고 길거리에서 강도를 당했다고 둘러댔다.

 첫 만남에서 나는 이 모든 일들을 알게 되었다. 다음 날, 나는 그녀에게 데이트를 신청했다. 그러나 그녀는 자기는 아직 처녀고 주일마다 성당에 나가며, 사랑놀이에는 관심도 없을뿐더러 중동 상황을 알려주는 기사들을 읽기에도 충분히 바쁘다고 말했다.

 실제로 그녀는 바빴다. 그것도 무척이나.

 "사람들은 여자의 꿈이 결혼해서 가정을 이루고 자녀를 갖는 것이라고들 생각하지. 또 너는 내게 들은 이야기 때문에 내가 고통스러운 삶을 산다고 생각할지도 몰라. 하지만 그건 사실이 아니야. 게다가 난 그게 뭔지 이미 안다고. 비극으로부터 '널 보호해주고 싶어'라고 하는 남자들을 여럿 만나봤으니까. 근데 그 사람들이 잊고 있는 게 있어. 고대 그리스시대 이래 전쟁에서 돌아온 사람들은 죽어서 자기 방패에 실려오든가, 아니면 더 강해져서 돌아오지. 상처입고, 상처 때문에 죽거나 상처 때문에 더 강해지거나. 그게 더 좋아. 나는 태어날 때부터 전쟁터에서 자랐어. 아직 살아 있고. 그러니 누가 나를 보호해줄 필요는 없어."

그녀는 잠시 침묵을 지키다가 물었다.

"이젠 내가 얼마나 잘 배운 사람인지 알겠지?"

"엄청 잘 배웠네. 하지만 너보다 약한 사람을 공격하면, 넌 정말 보호를 필요로 하는 사람이 될 거야. 어제 식당에서 있었던 일로 넌 대학생활에 큰 지장이 생길 뻔했다고."

"그건 그래. 네 말이 맞아. 데이트 신청을 받아들일게."

그날 이후 우리는 정기적으로 만나게 됐다. 그녀를 만나면서 나는 점차 내면의 빛을 발견하게 되었는데, 그녀가 내 안에 깃든 최선의 것을 끌어내라고 격려를 아끼지 않은 덕분이었다. 그녀는 마법이나 주술에 관한 책은 결코 읽지 않았다. 그런 건 모두 사탄의 짓이라면서, 유일한 구원은 예수를 통해서만 가능하다고 못 박았다. 하지만 그런 그녀가 간혹 성당의 가르침이라고 보기 힘든 것들을 이야기하기도 했다.

"예수는 거지, 창녀, 세리, 어부들을 자기 곁에 두었어. 내 생각에 예수는 이를 통해 신성은 결코 소멸되지 않고 모든 이의 영혼에 깃들어 있음을 보여주려 한 것 같아. 나는 내가 침묵하고 있을 때나 고양되어 있을 때, 온 우주와 함께 호흡하고 있다는 걸 느껴. 그리고 그 순간 마치 신이 내 걸음을 인도하는 것처럼, 전에는 몰랐던 것을 알게 되지. 그럴 때면 모든 비밀이 내 앞에 드러나는 것만 같아."

그러더니 그녀는 곧바로 자신의 말을 정정했다.

"아냐, 아냐, 그건 아니야."

아테나는 항상 두 세계를 동시에 살았다. 자신이 진짜라고 느껴온 세계와 신앙을 통해 받아들인 세계.

방정식, 수치계산, 건축학으로 보낸 한 학기가 거의 끝날 무렵, 어느 날 그녀는 대학을 그만두겠다는 말을 꺼냈다.

"난데없이 무슨 소리야? 한 번도 그런 말을 한 적 없잖아!"

"사실, 이런 얘기를 꺼낸다는 게 나 스스로도 겁났어. 그런데 오늘 단골 미용실에 갔는데, 미용사가 자기는 사회학을 공부하는 자기 딸이 무사히 졸업할 수 있도록 밤낮으로 일했다는 거야. 딸은 대학을 마친 뒤에 수많은 회사 문을 두드리다가 고작 무슨 시멘트 회사의 비서로 취직했대. 오늘 그 미용사가 자랑스러운 목소리로 그러더라고. '우리 딸은 대학 졸업장이 있답니다.' 우리 부모님 친구분들 대부분과 그 자식들 대부분은 대학을 나왔어. 하지만 대학 졸업장이 반드시 자기가 하고 싶은 일을 하게 해준다는 보장은 없잖아. 오히려 그 반대인 것 같아. 대부분의 사람들이 대학에 가는 건, 대학이 중요하다고들 생각하는 이 시대에 신분상승을 위해선 다들 대학 졸업장이 필요하다고 여기기 때문이야. 그리고 그렇기 때문에 이 세상엔 솜씨 좋은 정원사와 제빵사, 골동품상, 조각가, 작가들이 사라지고 있는 거라고."

나는 그녀에게 그런 과격한 결정을 내리기 전에 한 번 더 심사숙고해보라고 충고했다. 하지만 그녀는 대답 대신 로버트 프로스트의 시구를 읊었다.

내 앞에 두 갈래 길이 있었다고.
나는 사람이 적게 간 길을 택하였다고.
그리고 그것 때문에 모든 것은 달라졌다고.

다음 날, 그녀는 강의실에 나타나지 않았다. 그녀와 다시 만났을 때, 나는 앞으로 뭘 할 거냐고 물었다.

"결혼해서 아이를 가질 거야."

그렇게 결정할 문제가 아니었다. 나는 당시 갓 스무 살이었고, 그녀는 열아홉이었다. 아직 그런 문제를 책임지기에는 이르다고 생각했다.

하지만 아테나는 진지했다. 그리고 나는 내 사고를 송두리째 지배하고 있는 소중한 것—그녀를 향한 사랑—을 잃어버리느냐, 아니면 내 자유와 미래가 보장된 선택의 기회를 포기하느냐 하는 갈림길에 서게 됐다.

솔직히 말해, 결정을 내리는 건 조금도 어렵지 않았다.

잔카를로 폰타나 신부, 72세

그 어린 커플이 성당으로 찾아와 결혼식을 올리겠다고 했을 때 당연히 적잖이 당황스러웠죠. 루카스 예센 페테르센은 예전부터 내가 좀 알던 청년입니다. 그리고 그날, 그의 가족에 대해서도 좀더 알게 되었는데, 덴마크의 그저그런 귀족 집안 출신이더군요. 루카스의 가족은 두 사람의 결혼을 결사반대하고 있었죠. 결혼뿐만 아니라 성당에서 예식을 올리는 것에 대해서도 마찬가지였어요.

그의 아버지 말이—아주 확실한 과학적 논리에 근거한 말이라더군요—성서란 게 사실 하나의 책이 아니라, 근본도 정체도 알 수 없는 사람들이 쓴 서로 다른 예순여섯 개의 문서들을 엮어 붙인 것에 불과하다는 겁니다. 더구나 첫째 권에서 마지막 권까지 쓰는 데 걸린 시간이 천 년인데, 그 세월은 콜럼버스가 아메리카를 발견한 이후 흐른 시간보다 더 길다는 거죠. 그러니 원숭이에서 새에 이르기까지, 모든 생명체가 지구 위에서 살아가기 위해 반드시 십계명을 알아야 하는 건 아니라고 했답니다. 가장 중요한 것은 자연의 법칙이고, 그에 따라 세계의 조화가 유지될 것이라나요.

저는 당연히 성서를 읽습니다. 당연히 성서에 얽힌 역사도 잘 알지요. 그러나 성서의 필자들은 성령의 도구였고 예수께서는 십계보다 더 강력한, 사랑이라는 연결고리를 만드셨지요. 새나 원숭이 같은 하느님의 피조물들은 본능에 충실하고 주어진 운명에 순응하여 살아갑니다. 인간은 모든 것이 좀더 복잡합니다. 그 이유는 인간이 사랑과 거기에 얽혀 있는 함정에 대해 알고 있기 때문이죠.

이런, 지금 아테나와 루카스를 만난 이야길 해야 하는데 또 설교를 늘어놓고 있군요.

그 청년과 이야기를 나누는 동안(나는 이야기를 나눴다고 말하고 싶습니다. 그 청년과 내가 같은 신앙을 가진 것도 아니고, 그의 고해를 받아들일 입장도 아니었기 때문이죠), 그의 집안이 기독교에 대해서뿐 아니라, 아테나가 외국인이라는 점에도 큰 거부감을 가지고 있다는 사실도 알 수 있었죠. 나는 그 청년에게 최소한 성서 한 구절이라도 인용해주고픈 마음이 굴뚝같았습니다. 신앙고백은 전혀 언급하지 않고 상식에 근거한 깨달음을 알려주는 구절이지요.

"너는 에돔 사람을 미워하지 말라, 그는 너의 형제니라. 애굽 사람을 미워하지 말라, 네가 그의 땅에서 객이 되었음이니라."

또다시 성서 얘기로 돌아와버렸군요. 앞으로는 조심하도록 하죠. 청년과 이야기를 나눈 뒤에 셰린, 아니 그녀가 더 좋아하는 이름으로 부르자면 '아테나'와 두 시간에 걸쳐 이야기를 나눴습니다.

아테나는 항상 저를 당황하게 하는 아가씨죠. 성당에 처음 나올 때부터 그녀에겐 명백한 포부가 있는 것 같았어요. 그건 바로 성녀가 되는 것이었지요. 그녀의 남자친구는 모르는 사실이겠지만 그녀는 베이루트에서 내전이 발발하기 얼마 전, 자신이 리지외의 성 테레사와 비슷한 경험을 했다고 말했습니다. 거리에 유혈이 낭자한 것을 보았다더군요. 그런 일을 그냥 유년기나 사춘기의 트라우마 정도로 치부할 수도 있겠죠. 하지만 정도의 차이는 있어도 '성령의 깃드심'이라고 알려진 이런 경험은 모든 사람에게 일어납니다. 갑자기 일순간 우리 삶의 목적을 깨닫고, 죄사함을 받으며, 사랑이 우리를 변화시킬 수 있는 가장 강력한 힘이라는 사실을 깨닫게 되는 것이지요.

하지만 동시에 우리는 두려움 또한 느끼게 됩니다. 성스러운 것이든 세속적인 것이든 사랑에 우리를 온전하게 맡긴다는 것은 모든 것을 내려놓는다는 의미이기도 하니까요. 우리의 안녕과 결정권을 포함해서 말이지요. 그것은 사랑이라는 말이 의미할 수 있는 가장 깊은 사랑이지요. 사실 우리 인간은 하느님께서 우리를 구원하시기 위해 안배해놓으신 방식대로 구원받기를 원하지 않습니다. 우리는 매 단계마다 스스로 완전한 통제력을 갖추길 원하고, 우리의 결정을 자각하고, 신앙의 대상을 선택할 수 있기를 원합니다.

하지만 사랑에 대해서라면 경우가 달라지지요. 사랑은 살며시 다가와 자리를 잡고 모든 것에 영향을 미치죠. 오직 강한 영혼만이 그 흐름에 온전히 몸을 맡길 수 있습니다. 아테나는 강한 영혼의 소유자였죠. 그녀는 몇 시간 동안 깊은 명상에 빠질 수 있을 만큼 강했어요. 음악에도 특별한 재능이 있었죠. 춤 솜씨도 수준급이라고들 하더군요. 하지만 성당이라는 장소가 춤 솜씨를 뽐내기에 어울리는 장소는 아니었기 때문에 그녀는 매일 아침 기타를 가지고 와 학교에 강의 들으러 가기 전까지 성모 마리아 앞에서 연주를 했죠.

그녀의 연주를 처음 들었을 때가 아직도 생생합니다. 겨울날이었는데, 아침 일찍 찾아온 몇몇 교구민들과 새벽미사를 마치고 나오다가 헌금함을 챙겨오는 걸 깜박 잊어서 본당으로 다시 돌아가는 길이었죠. 문득 선율이 들렸어요. 그 순간 마치 천사의 손이 공간을 어루만지기라도 한 듯 모든 것이 달리 보였어요. 성당 한구석엔 무아경에 빠져든 스무 살 남짓한 처녀가 벽에 걸린 성모 마리아상에 시선을 고정한 채 기타를 연주하며 성가를 부르고 있었지요.

나는 헌금함이 있는 곳으로 다가갔어요. 그녀는 인기척이 들리자 연주를 멈추더군요. 나는 고갯짓으로 계속해도 좋다고 했어요. 그리고 자리에 앉아 두 눈을 감고 그 선율에 빠져들었죠.

그 순간, 낙원이, '성령의 깃드심'이 하늘로부터 내리는 걸 느꼈답니다. 내 마음에 무슨 일이 벌어지고 있는지 이해하기라도 한 듯, 그녀는 연주와 휴지(休止)를 조화롭게 이어갔어요. 연주를 멈출 때마다 나는 기도했지요. 그러면 다시 연주가 시작됐고.

그때 나는 잊을 수 없는 무언가를, 그 순간이 지나간 후에야 이해할 수 있는 마법 같은 무언가를 경험하고 있음을 깨달았어요. 과거도 미래도 없이 오직 현재 속에서, 나는 그 아침과 음악과 그 감미로움, 그리고 갑자기 터져나온 기도를 음미하는 데 빠져 있었어요. 나는 이 세상에 존재하는 것에 대한 경의와 환희 그리고 감사함을 느끼며, 가족과의 반목도 불사하고 하느님의 부름을 따른 것에 행복을 느꼈지요. 그 조그만 성당의 소박함 속에서, 어린 처녀의 목소리에서, 여명을 밝히는 새벽햇살에서, 나는 모든 작은 것 안에 존재하시는 하느님의 영광을 느낄 수 있었어요.

눈에서 기쁨의 눈물이 흘렀죠. 그리고 끝나지 않을 것처럼 느꺼지던 순간이 흐른 후, 처녀의 연주가 멈췄어요. 그제야 나는 몸을 돌려 그녀를 보았고, 그녀가 교구 신자임을 알아차렸어요. 그 이후로 우리는 친구가 되었고, 시간 날 때마다 음악을 통해 함께 경배하는 시간을 가지게 되었지요.

어쨌든 그녀가 결혼한다는 건 무척 놀라운 소식이었어요. 우리는 어느 정도 친분을 쌓았기 때문에, 남자 집안에서 그녀와 그 결혼을 어떻게 받아들이는지 궁금했어요.

"싫어하세요. 아주 많이."

가능한 한 조심스럽게 나는 갑작스레 결혼해야 할 무슨 이유라도 있는지 물어보았지요.

"저 아직 처녀예요. 임신하지 않았어요."

그녀 가족도 이러한 사실을 아는지 물어봤습니다. 그렇다고 하더군요. 그녀 부모의 반응도 만만치 않았던 모양입니다. 어머니는 눈물만 하염없이 흘리고 아버지는 불같이 화를 냈다고 하더군요.

"여기 와서 기타를 연주하며 성모님을 찬양할 때, 저는 다른 사람들이 무슨 말을 하든 상관하지 않아요. 그저 성모님과 제 감정을 나눌 뿐이죠. 제 자신을 돌아볼 나이가 된 이래로 늘 그랬어요. 저는 성스러운 힘이 깃들어 현현(顯現)하시는 그릇이에요. 이제 그 힘이 제게 일러주고 있어요. 제가 아이를 가질 때가 되었다고요. 저는 제 친어머니가 제게 주지 않았던 사랑과 안전을 아이에게 베풀어줄 거예요."

"이 세상에서 안전한 사람은 아무도 없단다."

내가 대답했지요. 아테나는 아직 앞날이 창창한 처녀였어요. 아기를 가지는 기적은 언제든 경험해볼 수 있을 터였죠. 하지만 아테나의 마음은 단호했어요.

"성 테레사는 당신을 쓰러뜨린 질병에 맞서지 않았어요. 오히려 그 역경에서 주님의 영광을 알리는 표지를 보았죠. 성 테레사가 수녀원에 몸담고자 결심했을 때가 열다섯 살이에요. 저보다 훨씬 더 어린 나이였어요. 수녀원에서 받아들이지 않자, 성녀님은 교황님께 직접 청원하러 갔지요. 상상할 수 있으세요? 교황님을 알현하고 청원하다니! 그리고 소원을 이루게 되었죠. 그런 주님의 영광이 저에게는 그보다 훨씬 쉽고 자애로운 일을 요구하셨어요. 엄마가 되는 것이죠. 더 오래 기다리면, 제 아이와 친구가 될 수 없을 거예요. 나이 차가 너무 많아서 제 아이와 공통의 관심사를 가질 수 없을 테니까요."

나는 아테나에게 혼자서만 걱정을 떠안지 말라고 말해주었어요. 하지만 아테나는 마치 아무 소리도 들리지 않는다는 듯 계속 말을 이어갔지요.

"제가 유일하게 행복할 때가 언제인지 아세요? 하느님께서 실재하시고 제게 귀 기울여주신다고 생각할 때예요. 하지만 그것이 삶의 이유가 되기에는 불충분해요. 아무런 의미도 없고요. 저는 느끼지도 못하는 행복을 느끼는 척하죠. 저를 사랑하고 걱정해주시는 분들에게 심려를 끼치지 않으려고 슬픔을 감추는 것뿐이에요. 최근에는 자살하고 싶다는 생각까지 했어요. 그런 생각을 떨쳐버리려고 잠들기 전에 제 자신과 많은 대화를 나눴어요. 스스로 목숨을 끊는 건 모두를 배신하는 짓이고, 도피일 뿐이고, 이 땅에 비극과 불행을 퍼뜨리는 거잖아요. 아침이면 저는 이곳에 와서 성모님과 얘기를 나눴어요. 밤새 저를 유혹한 악마들로부터 절 구원해달라고 간청하려고요. 지금까진 그렇게 버틸 수 있었지만 저는 점점 약해지고 있어요. 전 알고 있어요. 제게 아주 오래전부터 거부해온 소명이 있다는 걸요. 이제 그걸 받아들일 때가 왔어요. 바로 어머니가 되는 소명을 말이에요. 그러지 못하면 미쳐버릴지도 몰라요. 제 안에서 자라는 생명을 느끼지 못하면 더는 제 밖의 삶을 받아들일 수 없게 될 거예요."

루카스 예센 페테르센, 전남편

비오렐이 태어났을 때 나는 스물두 살을 앞두고 있었다. 대학 친구와 결혼한 나는 더이상 학생 신분이 아니라 어깨에 무거운 짐을 짊어진, 가족을 부양해야 하는 가장이었다. 당연히 부모님은 결혼식에도 나타나지 않았다. 그분들은 내게 아테나와 헤어지고, 양육권을 당신들에게 넘겨주면 경제적 지원을 해주겠다고 했다(사실 부모님이 아니라 아버지의 말이었다. 그건 순전히 어머니가 나와 통화할 때마다 내가 미쳤다고 울면서 질책하면서도, 한 번만이라도 손자를 품에 안아보고 싶어했기 때문이었다). 나는 부모님이 아테나에 대한 나의 사랑과 끝까지 그녀와 함께할 것이라는 결심을 이해해주기를 기다렸고, 그분들의 반대는 시간이 지나면 누그러질 것이라고 생각했다.

하지만 부모님은 예상보다 완고했다. 나는 스스로의 힘으로 아내와 아들을 부양해야만 했다. 공대 학적부에서 내 이름이 빠진 사실을 안 아버지는 협박과 회유가 섞인 전화를 해왔다. 아버지는 계속 이런 식으로 나가면 상속 명단에서도 내 이름을 빼버리겠다며, 만약 다시 학교에 등록을 하면 '한시적'으로 도움을 주겠다고 했다. 하지만 나는 아버지의 제안을 거절했다. 젊은 날의 넘치는 혈기는 극단적인 방향으로 치닫게 마련이다. 나는 혼자 힘으로 모든 것을 해결하겠다고 선언했다.

비오렐이 태어나는 날까지 아테나는 내가 나 자신을 더 잘 이해할 수 있도록 도와줬다. 하지만 그건 우리의 육체관계를 통해서가 아니라—지금 고백하지만 그녀는 잠자리에서 수줍음을 많이 탔다—바로 음악을 통해서였다.

훗날 알게 된 사실이지만, 음악은 인류의 기원만큼이나 오래 되었다고 한다. 동굴에서 동굴로 옮겨다니며 살았던 인간의 선조들은 많은 물건을 들고 다닐 수가 없었지만, 고고학자들이 밝혀낸 바에 따르면, 먹을 양식도 많이 지니지 못했던 그들의 짐 속에는 항상 북 같은 악기가 들어 있었다고 한다. 음악은 우리를 편안하게 하고 즐겁게 해주는 것만이 아닌 그 이상이다. 음악은 이데올로기이다. 우리는 음악 취향에 따라 사람을 판단할 수도 있다.

임신한 아테나가 추는 춤을 보면서, 뱃속의 아기를 어르고 달

래면서 아기에게 얼마나 사랑하는지 알려주기 위해 연주하는 기타 소리를 들으면서, 나는 그녀가 세상을 바라보는 방식에 나 역시 동화되어가고 있음을 깨달았다. 비오렐이 태어났을 때, 우리가 그 아이를 안고 집에 돌아와서 처음으로 한 일은 알비노니의 〈아다지오〉를 들려주는 것이었다. 우리가 다툴 때마다―갈등을 음악으로 해소하는 히피적 사고방식이 아니라면, 부부싸움과 음악 사이에 어떤 상관관계가 있는지 나로선 논리적으로 설명할 순 없지만―고비를 넘길 수 있도록 도운 것도 바로 음악의 힘이었다.

하지만 '낭만'이 현실적인 문제들을 모두 해결해주지는 못했다. 다루는 악기도 없고, 바에서 손님들을 즐겁게 해줄 수도 없었던 나는 간신히 한 건축회사의 견습사원 자리를 얻어 구조 계산 일을 맡을 수 있었다. 시간당 급여가 쥐꼬리만도 못했기 때문에 새벽같이 일어나 밤늦게까지 일해야 했다. 퇴근해서 집에 돌아오면 아들은 이미 잠든 뒤라 얼굴 보기도 힘들었고, 나는 녹초가 되어서 아내와 대화를 나누거나 사랑을 나눌 기력조차 없었다. 매일 밤 나는 스스로에게 물어보았다. 과연 언제쯤이면 우리 경제사정이 나아져서 품위 있는 삶을 살 수 있게 될까? 대부분의 경우 나는 대학 졸업장이 큰 의미가 없다는 아테나의 말에 동의했지만, 공학(그리고 법학, 의학 같은 학문들)의 경우에는 기본으로 갖춰야 할 기술적이고 전문적인 요소들이 있다. 이를 배우지 못하면 다른 사람들의 생명을 위험에 빠뜨릴 수도 있다. 그런데 나는 내가 선택한 직업에 필요한 교육과 훈련을 단념할 수밖에 없었다. 내 소중한 꿈을 포기한 것이었다.

싸움이 벌어졌다. 아테나는 불평했다. 내가 아이에게 너무 관심을 보이지 않는다고, 아이에겐 아버지가 필요하다고, 그저 아이만 원한 거라면 나 때문에 생긴 이런 문제 없이 자기 혼자서도 낳았을 거라고. 나 역시 그녀가 나를 이해하지 못하고 있으며, 최소한의 경제적 여건도 없이 이십대에 부모가 된다는 게 얼마나 '미친 짓'인지 이제야 알겠다며 고함을 지르고는 문을 박차고 집을 뛰쳐나간 적이 여러 번이었다. 갈수록 우리는 잠자리를 멀리하게 됐다. 피곤하기도 했고 서로 신경이 날카로워졌기 때문이다.

사랑했던 여자에게 이용당하고 속았다는 기분이 들면서 나는 우울증에 빠져들었다. 아테나는 이런 나의 이상한 심리 상태가 점차 잦아진다는 걸 눈치 채면서도 힘들어하는 나를 도와주기는커녕, 모든 관심을 비오렐과 음악에 쏟았다. 나는 일을 탈출구로 삼았다. 그리고 가끔 부모님과 대화를 나눴는데, 그분들은 이전부터 늘 그랬듯이 "그애가 네 발목을 붙들려고 애를 낳은 거야"라고 말했다.

아테나는 점점 더 신앙에 매달렸다. 그녀는 자기가 정한 이름으로 아이에게 세례를 받게 하자고 고집했다. 비오렐. 루마니아식 이름이었다. 극소수의 이민자를 제외하고 영국에서 과연 '비오렐'이라는 이름을 쓰는 사람이 있기는 할까. 하지만 그녀는 그 이름에서 어떤 영감을 얻은 것 같았고, 나는 그녀가 이를 통해 자신이 기억하지도 못하는 루마니아 '시비우'에서의 고아 시절과 어떤 기이한 접점을 가지고자 한다는 것을 깨닫게 되었다.

나는 그 모든 것에 적응하려고 애를 썼지만, 날이 갈수록 아이 때문에 아테나를 잃고 있다는 느낌이 들었다. 다툼을 벌이는 횟수가 점점 잦아지자, 그녀는 우리가 싸울 때마다 뿜어나오는 "부정적 에너지"가 비오렐에게 나쁜 영향을 미칠지도 모르니 집을 나가겠다고 위협했다. 어느 날 밤, 아테나가 또다시 그런 위협을 했을 때 정작 집을 나온 건 나였다. 잠시 진정한 뒤에 돌아가리라고 생각하면서.

나는 정처 없이 런던의 밤거리를 걸었다. 그리고 내가 선택한 운명과 일찍 낳은 아들, 이제 나에게 더는 관심이 없어 보이는 아내에 대해 불평을 퍼부어댔다. 제일 가까운 지하철역 근처의 술집에 들어가 위스키 네 잔을 연거푸 들이켰다. 술집이 열한시에 문을 닫자, 나는 새벽까지 문을 여는 편의점에서 위스키를 사 들고 광장 벤치에 앉아 계속 마셔댔다. 근처에 있던 젊은 애들이 다가와 술을 나눠 마시자고 했다. 나는 거절했고, 시비가 붙어 그들에게 얻어맞았다. 곧 경찰이 왔고 우리는 모두 경찰서로 끌려갔다.

우리는 심문을 받고 바로 풀려났다. 나는 우발적으로 일어난 말다툼이었을 뿐이라고 하면서 누구도 고소하지 않았다. 그러지 않으면 나 역시 폭행 피해자로 몇 달을 법정에 불려다녀야 할 판이었다. 경찰서를 막 나서려 할 때, 가시지 않은 취기 때문에 나는 조사관의 책상에 엎어졌다. 조사관은 화를 냈지만, 공무집행 방해로 유치장에 집어넣는 대신 바깥으로 나를 쫓아냈다.

나를 공격했던 애들 중 하나가 일이 복잡하게 되지 않게 된 데에 내게 감사를 표했다. 그는 내 옷이 피와 흙으로 엉망이 되었다며 집으로 돌아가기 전에 새 옷으로 갈아입는 게 좋겠다고 했다. 갈 길을 재촉하는 대신 나는 그에게 내 이야기를 좀 들어달라고 부탁했다. 아무라도 붙잡고 내 이야기를 털어놓고 싶은 마음이 간절했다.

그는 한 시간가량 침묵을 지키며 내가 털어놓는 불만을 들어주었다. 사실 내가 이야기를 하고 있는 상대는 그가 아닌 나 자신이었다. 앞길이 창창했고, 밝은 미래가 보장되어 있었고, 필요한 연줄을 얼마든지 연결시켜줄 가족이 있던 한 청년이 지금은 술에 취해 지치고 풀이 죽고 돈 한푼 없는 신세가 되어 여기 햄스테드 거리에 영락없는 거지꼴을 하고 앉아 있는 것이다. 이 모든 게 이제는 내게 관심조차 보여주지 않는 한 여자 때문이라는 생각이 들었다.

이야기를 끝냈을 무렵, 나는 지금 내가 처한 상황을 명확하게 깨닫게 되었다. 사랑이 모든 걸 이길 거라고 믿으며 선택한 삶. 하지만 그건 사실이 아니었다. 사랑은 때로 우리뿐 아니라 우리가 사랑하는 사람들까지도 불행의 심연으로 끌어당긴다. 나는 단지 나뿐 아니라 아테나와 비오렐의 운명까지 파괴하는 길로 가고 있는 것이었다.

그 순간 나는 다짐했다. "나는 황금 요람에서 태어난 소년이 아니라 남자다. 내 앞에 펼쳐진 어려움에 영예롭게 맞설 테다." 집으로 돌아갔다. 아테나는 아기에게 팔베개를 해준 채 잠들어 있었다. 샤워를 한 뒤, 더러워진 옷을 쓰레기통에 버리고 자리에 누웠다. 이상하리만큼 마음이 평온했다.

다음 날, 이혼 얘기를 꺼냈다. 아테나가 이유를 물었다.

"당신을 사랑하니까. 비오렐을 사랑하니까. 내가 당신하고 아이에게 준 거라곤 엔지니어가 되겠다는 내 꿈을 포기하게 만들었다는 원망뿐이었어. 우리가 조금 더 기다렸더라면 모든 게 달랐을 거야. 하지만 당신은 당신이 생각한 계획에만 열중했어. 그 안에 나도 포함돼 있다는 사실을 잊었지."

아테나는 이미 이런 결말을 예상하고 있었던 것처럼 아무 대꾸도 하지 않았다. 어쩌면 무의식중에라도 나의 이런 반응을 내심 기다리고 있었는지도 모르겠다.

내 가슴에 피멍이 번지는 것 같았다. 그녀가 제발 떠나지 말아 달라고 애원해주길 바랐다. 그러나 그녀는 담담해 보였고 이미 체념한 듯했다. 그저 아기가 우리 대화를 들으면 어쩌나 하는 걱정만 비칠 뿐이었다. 그 순간 그녀가 나를 사랑하지 않았고, 열아홉 살 나이에 아이를 가지려는 '미친 짓'에 난 단지 도구였을 뿐이라는 확신이 들었다.

집과 가구를 가져도 좋다고 얘기했지만 그녀는 거절했다. 당분간 어머니의 집에서 신세를 지다가 일자리를 찾고 월세 아파트를 구할 거라고 했다. 그녀는 내게 비오렐의 양육을 위해 재정적으로 도와줄 수 있는지 물었다. 나는 흔쾌히 그러겠다고 약속했다.

일어나서 그녀와 마지막으로 긴 입맞춤을 나눴다. 이 집에서 살기를 다시 한번 권했지만, 그녀는 짐이 정리되는 대로 어머니의 집으로 가겠다며 고집을 꺾지 않았다. 나는 싸구려 호텔에 묵으면서 매일 밤 기다렸다. 다시 시작하자고, 다시 집으로 돌아와달라고 부탁하는 그녀의 전화를. 사실, 필요하다면 다시 예전처럼 살 생각도 있었다. 가족과 떨어져 지내면서 이 세상에 아내와 아들보다 더 소중한 존재가 없다는 것을 절실히 느꼈기 때문이다.

일주일이 지난 후, 드디어 그녀에게서 전화가 왔다. 하지만 내가 들은 말은 이제 짐정리를 모두 마쳤고 다시는 돌아오지 않겠다는 말이었다. 이 주 뒤, 나는 아테나에 관한 소식을 들었다. 그녀는 바싯 가(街)에, 매일 아이를 업고 삼층까지 걸어올라가야 하는 조그만 다락방에 월세로 살고 있었다. 그리고 몇 달이 지난 뒤, 우리는 이혼서류에 서명했다.

내가 이룬 가족은 이렇게 떠나가버렸다. 그리고 내가 태어난 가족은 다시 두 팔 벌려 나를 맞아주었다.

아테나와의 이혼에 뒤따른 엄청난 아픔 뒤에, 나는 내 결정이 돌이킬 수 없는 잘못은 아닌지, 사춘기 시절 로맨스 소설을 너무 많이 읽어서 로미오와 줄리엣 이야기를 재현하고 싶어하는 사람이 흔히 저지르는 그런 결정은 아닌지 의심했다. 고통이 점차 사그라지자—그런 일에는 시간이 유일한 약이다—나는 삶이 내게 평생 사랑할 유일한 여자를 선물해주었다는 걸 깨닫게 되었다. 아테나 곁에 있을 때는 일분 일초가 값진 것이었다. 그리고 기회가 주어진다면, 예전과 같은 일들이 다시 벌어진다 해도, 나는 그것을 또다시 반복했을 것이다.

하지만 시간은 마음의 상처를 치유하는 것 외에 내게 새로운 사실도 가르쳐주었다. 일생에 한 사람 이상을 사랑할 수도 있다는 것을. 나는 재혼했다. 나는 지금의 아내 곁에서 행복을 느끼고, 그녀 없이 산다는 건 상상조차 할 수 없다. 하지만 그렇다고 아테나와 함께했던 시간들을 부인해야 한다는 건 아니다. 다만 부질없이 두 삶을 비교하지 않으려 주의할 뿐이다. 사랑은 도로의 길이나 건물의 높이를 재듯이 잴 수 없는 것이니까.

아테나와 나 사이엔 아주 중요한 의미를 갖는 존재가 있다. 바로 아테나가 나와 결혼하기도 전부터 간절히 꿈꿔왔던 아들이다. 나에겐 지금 아내와의 사이에서 태어난 또다른 아들이 있다. 그리고 십이 년 전보다는 아버지로서 온갖 고비를 넘을 준비가 잘 되어 있다.

언젠가 비오렐과 주말을 함께 보낸 후 다시 데려다주기 위해 갔을 때, 나는 결국 아테나에게 물었다. 내가 헤어지자는 말을 꺼냈을 때, 어떻게 그렇게 담담했느냐고.

"나는 평생…… 고통은 조용히 받아들이라고 배웠으니까."

그녀가 대답했다.

그리고 그녀는 나를 껴안고 우리가 헤어지던 그날 흘리고 싶었을 눈물을 쏟아내며 울었다.

잔카를로 폰타나 신부

그녀가 언제나처럼 아기를 품에 안고 주일 미사를 보러 들어오는 모습을 보았지요. 나는 그들 부부가 겪고 있는 어려움을 알았지만, 두 사람 모두 주위에 선함을 비추는 사람들이었기에, 지난주 그 사건 전까지만 해도 모든 게 부부들이라면 겪는 갈등이며, 이르든 늦든 원만하게 해결되리라 생각하고 있었어요.

그녀가 아침마다 기타를 연주하며 성모 마리아를 찬양하러 오지 않은 지 그때 벌써 일 년이 넘었지요. 그녀는 비오렐을 양육하는 데 모든 힘을 쏟아부었어요. 사실 그 이름이 어느 성자에게서 유래한 것인지는 알지 못했지만 그래도 나는 그 아이에게 세례를 베푸는 영광을 가졌어요. 어쨌든 그녀는 주일마다 미사에 빠지지 않았습니다. 미사가 끝나고 모두들 집에 돌아가고 나면, 우리는 언제나 대화를 나눴지요. 그녀는 내가 마지막으로 남은 친구라고 했어요. 우리는 함께 하늘의 영광을 찬양했지만, 지금 그녀가 나와 나누고 싶어하는 것은 이 지상에서 겪는 어려움이었어요.

그녀는 루카스를 그 누구보다도 사랑했습니다. 그는 아이의 아버지였고, 그녀와 삶을 함께하기로 한 사람이었고, 가족을 이루기 위해 다른 모든 것을 내팽개친 용기 있는 사람이었어요. 둘 사이에 감정의 골이 깊어가기 시작했을 때, 아테나는 남편에게 이런 시기가 곧 지나갈 것이고, 자신은 아이에게 헌신해야 하지만 그렇다고 아이만 바라보며 아이를 응석받이로 키울 생각은 없다는 것을 설득하려 했어요. 그녀는 머지않아 아이로 하여금 현실의 어려움에 홀로 직면하게 할 참이었지요. 그리고 그의 아내이자 그들이 처음 만났을 때 그가 알았던 여자로 돌아갈 작정이었고요. 어쩌면 그 시절보다 더 순정하게 말입니다. 이제 그녀는 자신이 선택한 운명에 대한 책임감과 의무를 더 분명히 깨달은 거였어요. 그럼에도 루카스는 여전히 소외감을 느끼고 있었지요. 아테나는 남편과 아이 사이에서 자신을 둘로 나눠 양쪽에 헌신했지만, 결코 둘 사이에서 선택하려 하지는 않았어요. 그러나 선택의 순간이 왔을 때, 그녀는 추호의 망설임도 없이 비오렐을 택했지요.

나는 그녀에게, 내 빈약한 심리학적 소견으로 볼 때, 사실 이런 이야기는 처음 듣는 것도 아니고, 대개 남자들이 그런 상황에서 소외감을 느낀다고는 하지만 한시적인 경우가 대부분이라고 말해주었습니다. 교구민들을 통해 이런 상황을 이미 많이 접해보았거든요. 그런 이야기를 나누던 와중에 아테나는 자신이 좀 경솔했다는 생각을 한 모양이더군요. 젊은 나이에 아기 엄마가 된다는 장밋빛 환상 때문에 아들이 태어난 뒤에 직면할 냉혹한 현실의 난관을 제대로 보지 못한 것이지요. 하지만 이미 후회하기엔 너무 늦었던 겁니다.

나는 그녀에게 내가 루카스와 얘기를 나눠보면 어떻겠느냐고 물어보았습니다. 그는 이제 성당에 오지 않았는데, 신을 믿지 않게 되어서일 수도 있고, 일요일 이른 아침시간을 아들 곁에서 보내고 싶어서일 수도 있을 테지요. 나는 그가 스스로 원해서 온다면 그와 대화를 나눌 준비가 되어 있었습니다. 그리고 아테나가 루카스에게 나와 대화해볼 것을 부탁하려던 시점에 일이 터져버린 겁니다. 그리고 그는 그녀와 아기 곁을 떠나버렸지요.

나는 인내심을 가지라고 조언해줬지만 그녀는 이미 깊이 상처받은 상태였어요. 태어나자마자 버려졌던 경험이 있는 그녀는 생모에 대한 원망을 고스란히 루카스에게 전가했습니다. 물론 시간이 흘러, 내가 알기로 결국 두 사람은 다시 좋은 친구 사이로 돌아오긴 했지만 말이죠. 아테나에게 있어, 가족이라는 고리를 파괴하는 것은 인간이 저지를 수 있는 죄악 중에 가장 무거운 죄였어요.

아테나는 계속해서 주일 미사에 참석했지만, 미사가 끝나자마자 곧장 집으로 돌아가야만 했어요. 미사를 보는 동안 아이를 봐줄 사람도 없었고, 아이가 너무 심하게 울어서 다른 사람들에게 폐를 끼치니 미사에 자주 데리고 올 수도 없었기 때문이었지요. 어렵사리 그녀와 이야기할 기회가 생겼을 때, 그녀는 은행에 일자리를 얻었고 아파트도 구했다고 하더군요. 그리고 아이 아빠(그녀는 남편의 이름을 더는 입에 올리지 않았어요)가 양육비를 보조해주고 있으니 너무 걱정하지 말라고도 했어요.

그리고 그 운명의 일요일이 왔습니다.

나는 한 교구민이 귀띔해준 이야기 때문에, 미사에서 일어날 일에 대해 고민에 빠졌습니다. 천사가 내게 강림해 교회에 충실해야 할지, 아니면 살아 있는 인간에게 충실해야 할지 판단할 수 있도록 영감을 내려주길 바라면서 나는 기도로 며칠 밤을 지새웠어요. 결국 천사는 나타나지 않았고 나는 상급자에게 자문을 구했습니다. 그분은 교회가 수천 년을 살아남은 것이 엄격하게 교의를 지켜왔기 때문이라면서, 만약 모든 예외를 허용해줬더라면 중세를 끝으로 교회는 문을 닫았을 것이라고 했습니다. 무슨 일이 일어날지 명약관화했으므로 나는 아테나에게 미리 연락하려 했지만, 이사 간 그녀의 새 집 전화번호를 알 길이 없었어요.

그날 아침 성체를 들고 성찬의 전례를 행할 때, 나는 손이 떨려오는 것을 느꼈지요. 나는 수천 년의 전통을 통해 시공을 넘어 사도들에게 전수되어온 하느님의 말씀들을 읊었습니다. 그러나 곧 나의 생각은 동정녀 마리아를 연상시키는, 아들을 품에 안고 있는 여인에게로 돌아갔어요. 남편에게 버림받고도 외로움 속에서 사랑과 기적 같은 모성애를 간직한 그녀는 평소대로 성체를 받기 위해 내게 다가오고 있었지요.

미사에 참석한 대부분의 신자들이 그날 일어날 일을 예감하고 있었을 거라 생각합니다. 모두 나에게 시선을 집중하며 내 반응을 유심히 지켜보고 있었으니까요. 나는 의로운 자와 죄인, 바리새인, 회당의 랍비들, 사도들, 사제들, 선한 의도를 지닌 이들과 악한 의도를 지닌 이들에 둘러싸인 내 모습을 볼 수 있었어요.

아테나가 드디어 내 앞에 와서 항상 해오던 대로 두 눈을 감고 성체를 받아먹기 위해 입을 벌렸습니다.

성체는 그대로 내 손에 들려 있었지요.

그녀는 눈을 뜨더니 영문을 모르겠다는 표정으로 나를 바라보았어요.

"나중에 얘기하도록 합시다."

나는 속삭이듯 말했지요.

하지만 그녀는 꼼짝도 하지 않았어요.

"당신 뒤에 사람들이 줄서 있어요. 나중에 이야기합시다."

"무슨 일이죠?"

주변에 있던 모든 사람이 그녀가 한 질문에 귀를 기울이고 있었어요.

"나중에 이야기합시다."

"왜 제게 성체를 주시지 않는 거죠? 지금 저를 이 모든 사람들 앞에서 모욕하시려는 건가요? 제가 지금까지 겪은 아픔만으로 충분하지 않은 건가요?"

"아테나, 교회는 이혼한 사람에게 성체를 모시는 걸 허용하지 않는답니다. 당신은 이번 주에 서류에 서명을 했어요. 나중에 이야기합시다."

나는 다시 한번 말했지요.

그래도 그녀가 꼼짝하지 않았기 때문에 나는 뒤에 서 있는 사람들이 옆으로 나오게끔 조치했어요. 그러고는 계속해서 그녀를 제외한 모든 이들에게 성체를 배령했습니다. 그리고 계속 미사를 집전하기 위해 제단으로 올라갈 때 그 목소리가 울려퍼졌습니다.

그것은 마리아를 찬양하며 노래 부르던 목소리, 자신의 인생을 설계하고 포부를 말하던 목소리, 나와 함께 앉아 성인들의 삶에 감화받은 이야기를 감동적으로 나누던 목소리가 아니었어요. 결혼생활의 불화에 가슴 아파하며 울먹이던 목소리가 아니었지요. 그것은 모욕받고 상처입은 짐승이 내지르는, 증오로 가득 찬 목소리였어요.

"이 빌어먹을 장소는 무엇 때문에 있는 거죠?"

목소리는 이렇게 외치고 있었어요.

"이곳에 저주를 내리소서! 그리스도의 말씀에 귀 기울인 적 없는 모든 이, 그분의 메시지를 돌로 된 건물과 바꿔버린 모든 이에게 저주를 내리소서. 그리스도는 말씀하셨죠. '수고하고 무거운 짐 진 자들아, 다 내게로 오라. 내가 너희를 편히 쉬게 하리라.' 그래요. 나는 무거운 짐을 진 사람이에요. 그런데 내가 그리스도께 다가가도록 내버려두지 않는군요. 오늘 나는 알았어요. 교회가 그분의 말씀을 이렇게 바꾸어버렸다는 것을요. '우리의 율법을 따르는 자들아, 다 내게로 오라. 그리고 무거운 짐 진 자들은 뒈지게 내버려둬라!'"

맨 앞줄에 앉아 있던 한 여자가 그녀에게 입 다물라고 외치는 소리가 들렸습니다. 하지만 나는 계속 듣고 싶었어요. 아니, 들어야 했지요. 나는 돌아서서 아테나 앞에 머리를 숙였습니다. 그게 내가 할 수 있는 전부였어요.

"다시는 성당이라는 장소에 발 디디지 않을 것을 맹세합니다. 이제 또 한 번 가족에게 버림받는군요. 이번엔 경제적인 문제도 아니고, 결혼을 너무 일찍 해버린 잘못 때문도 아니군요. 한 어머니와 그 아이의 면전에서 문을 쾅 닫아버린 이들에게 저주가 있기를! 당신들은 성(聖)가족을 환대하길 거부한 사람들, 그리스도에게 가장 친구가 필요했을 때 그분을 부정했던 자들과 똑같은 사람들이에요!"

그리고 그녀는 아들을 품에 안은 채, 흐느끼면서 몸을 돌려 나가버렸지요. 나는 미사를 마치고 마지막 축성을 내린 후, 성구보관실로 직행했습니다. 그날은 고해성사도, 교구민들과 가벼운 대화도 나누지 않았어요. 그날 나는 철학적 갈등에 직면했습니다. 나는 교회의 바탕이 된 말씀을 외면하고, 교회라는 단체를 선택했던 겁니다.

나는 이제 늙었습니다. 언제든 하느님의 부름을 받아 떠날 수 있어요. 나는 아직도 신앙 안에 머물러 있고, 그 모든 잘못에도 불구하고, 결국 신앙은 바로잡힐 거라고 믿습니다. 몇십 년, 아니 수세기가 걸릴지도 모르지만, 결국 가장 중요한 것은 사랑과, 예수님이 남기신 말씀이기 때문이지요. "수고하고 무거운 짐 진 자들아, 다 내게로 오라. 내가 너희를 편히 쉬게 하리라." 나는 전 생애를 사도의 길에 두고 그 길을 걸어왔어요. 그리고 내가 내린 결정을 후회해본 적은 없습니다. 그러나 그 주일에 일어난 사건처럼, 신앙을 의심하지는 않을지라도 인간이라는 존재에 회의를 품은 순간들은 있었지요.

이제 나는 아테나에게 무슨 일이 일어났는지를 압니다. 나 자신에게 물어보았지요. 모든 게 거기서 시작된 것일까? 아니면 이미 그녀의 영혼에 존재하고 있었던 것일까? 그리고 세상의 수

많은 아테나와 루카스를 생각하지요. 이혼해서 그 때문에 성찬에 참여할 수 없는 사람들을요. 그들은 단지 십자가에 못 박혀 고통을 받고 돌아가신 예수를 바라보면서, 바티칸의 교의와 항상 일치하지만은 않는 그분의 말씀에 귀를 기울일 수밖에 없는 것이지요. 어떤 사람들은 이런 처지에 놓이면 성당에서 멀어지지만, 대부분은 그냥 계속 주일 미사에 참석합니다. 늘 해온 일이기 때문이지요. 비록 예수님의 피와 육신인 포도주와 밀떡이 일으키는 기적의 혜택이 그들에게는 금지되어 있음을 알고 있다 해도 말입니다.

나는 아테나가 성당 문을 박차고 나가면서 예수님을 만났으리라 생각하고 싶어요. 혼란에 빠진 아테나는 울면서 예수님의 품안에 뛰어들었을 겁니다. 그리고 물었겠지요. 왜 그녀가 영적인 계획과는 아무 상관도 없는, 공증사무실의 수입만 올려줄 뿐인 그까짓 종이 한 장에 서명한 일 때문에 주님의 집 밖에 있어야 하느냐고요.

예수께서는 아테나를 바라보며 이렇게 답하셨겠지요.

"내 딸아, 나 역시 바깥에 있단다. 오랫동안 그들은 내가 나의 집에 들어가게 놔두질 않는구나."

파벨 포드비에슬키, 57세, 아파트 주인

아테나와 나는 공통점이 하나 있었소. 우리 둘 다 전쟁을 피해 영국으로 어린 나이에 망명해왔다는 거지. 물론 내가 폴란드에서 건너온 지는 오십 년도 더 되긴 했지만. 비록 물리적인 환경은 달라졌지만 우리 둘 다 고향의 전통이 망명지에서도 존속된다는 점을 알고 있었지. 끼리끼리 뭉치고, 언어와 종교도 이어지고, 어쩔 수 없이 이방인으로 살아갈 수밖에 없는 환경 속에서 서로 돕게 되는 법이니까.

고향의 전통은 그럭저럭 이어져가지. 하지만 고국으로 돌아가려는 마음은 갈수록 사라져갔소. 언젠가는 돌아가야지 하는 마음이야 항상 있었지. 그런 마음만이 위안 삼을 수 있는 유일한 희망이니까. 결국 실행하지는 못했소. 나는 체스토호바로 돌아가지 않았고, 그녀와 그녀 가족 역시 이제는 베이루트로 돌아갈 생각은 하지 않을 거요.

바로 이런 이민자라는 처지 때문에 바씻 가에 있는 삼층 방을 그녀에게 월세로 내주었던 거라오. 그런 이유가 아니었다면 아기가 없는 세입자에게 방을 주었을 거요. 이미 전에도 비슷한 실수를 저지른 적이 있었거든. 두 가지 문제가 있었던 거요. 나는 세입자들이 낮 동안 시끄럽게 군다고 불평을 했고, 세입자들은 내가 밤 동안 시끄럽게 군다며 불평을 해댔지. 양쪽 다 나름 신성한 것에 근원을 둔 소리였지. 하나는 아이 울음소리였고, 하나는 음악소리였으니까. 하지만 두 소리는 서로 완전히 다른 세상에 속했고 공존한다는 게 불가능했소.

결국 이번에도 난 방을 비워달라고 했지만 아테나는 들은 척도 하지 않았소. 아이를 낮 동안 제 할머니의 아파트에 맡겨둘 테니 걱정하지 말라고 할 뿐이었지. 그 집은 그녀 직장인 은행과 무척 가까우니까 괜찮다고 하면서.

내가 경고를 했는데도 며칠간은 꽤 잘 참아낸다 싶더니만, 결국 여드레 후에 우리집 벨이 울리더군. 아테나가 아이를 팔에 안은 채 서 있었소.

"아기가 잠을 못 자요. 오늘밤만이라도 음악소리를 줄여줄 순 없나요?"

거실에 있던 모든 사람들이 그녀를 쳐다보았지.

"뭘 하고 있는 거예요?"

춤을 추다가 엉거주춤 멈춰 선 사람들을 보고 놀란 제 엄마처럼, 품안에 안겨 있던 아기도 덩달아 울음을 그쳤지.

나는 카세트의 멈춤 버튼을 누르고는 다른 손으로 그녀에게 집 안으로 들어오라고 손짓을 했소. 그런 다음 잠시 멈췄던 의식을 계속하기 위해 카세트를 켰지. 아테나는 거실 한구석에 앉아 아기를 두 팔로 어르면서, 아이가 시끄러운 북소리와 브라스 악기 소리에도 새근새근 잠드는 모습을 지켜보았소. 그녀는 다른 손님들이 모두 돌아갈 때까지 남아서 의식을 끝까지 바라보았지. 그리고 내가 예상했던 대로, 다음 날 아침에 출근하기 전에 내 집 벨을 다시 누르더군.

"어제 내가 본 것에 대해 설명하실 필요는 없어요. 눈을 감고 춤을 추는 거 말이에요. 나도 그런 행위가 뭘 의미하는지 잘 아니까요. 나도 가끔 그렇게 하죠. 살면서 평화와 안정을 느끼는 건 그럴 때뿐이에요. 아이를 낳기 전에 남편과 친구들이랑 나이트클럽에 자주 갔는데, 거기서도 눈을 감고 춤을 추는 사람들을 봤어요. 그냥 멋있어 보이려는 사람들도 있었지만, 정말로 더 크고 강한 힘에 이끌려 춤을 추는 사람들도 있었죠. 나 스스로 생각할 만큼 나이가 든 후부턴, 나 역시 나 자신보다 더 강력한 무언가와 접하기 위해 춤을 추었어요. 그런데 그 음악이 무슨 음악인지 알고 싶네요."

"이번 일요일에 뭐 할 거요?"

"특별한 계획은 없어요. 비오렐을 데리고 리젠트 공원에 산책 나가서 모처럼 맑은 공기나 쐴까 해요. 그리고 앞으로 어떻게 살지 계획을 세워봐야겠죠. 한동안 아들 때문에 나 자신을 잊고 산 지 오래됐거든요."

"그럼 같이 산책 나갑시다, 괜찮다면."

함께 산책 가기로 한 이틀 전 밤에, 아테나가 우리집에서 열리는 의식을 구경하러 왔소. 아이는 잠시 후 잠이 들었고, 그녀는 아무 말 없이 눈앞에서 벌어지는 광경만을 바라보았지. 그녀는 소파에 앉아 미동도 하지 않았지만 난 그녀의 영혼이 춤추고 있다는 걸 알 수 있었소.

일요일 오후, 공원을 함께 산책하면서 나는 그녀에게 보고 듣는 모든 것에 집중하라고 말했소. 바람에 일렁이는 나뭇잎, 호수에 이는 잔잔한 물결, 새소리, 개 짖는 소리, 이리저리 뛰어다니며 어른들은 이해하지 못하는 괴상한 논리에 따라 즐겁게 고함지르는 어린애들의 소리.

"세상만물은 움직인다오. 그 모든 움직임에는 리듬이 있지. 그리고 리듬을 가지고 움직이는 모든 것에는 소리가 있고. 그런 일들이 바로 이 순간에도 여기 이곳뿐 아니라 세상 곳곳에서 일어나고 있어. 우리 조상들은 추위를 피해 동굴 속으로 피신했을 때 그것을 깨닫게 되었소. 사물들은 늘 움직이고 소리를 낸다는 걸 말이오. 최초의 인류는 처음엔 두려워했겠지. 하지만 그 두려움은 이내 경외감으로 바뀌었지. 그들은 어떤 위대한 존재가 자기들과 이런 방식으로 소통하고 있다는 걸 이해하게 됐어. 그 소통에 응하기 위해 그들은 자신들을 둘러싼 소리와 움직임을 흉내 내기 시작한 거요. 그렇게 춤과 음악이 생겨난 거요. 며칠 전에 당신이 말했었지? 춤을 추면 강력한 힘에 접하게 된다고."

"그래요. 춤을 출 때면 난 자유로운 여자예요. 정확하게 말하자면, 우주를 맘껏 유영하는 자유로운 영혼인 거죠. 그 영혼은 현재를 응시하고 미래를 예견하며 순수한 에너지로 변해요. 그럴 때면 내가 살아오면서 경험했고 경험할 모든 것을 넘어서는 커다란 즐거움을 느껴요. 한때는 내가 음악과 춤을 통해 하느님을 섬기는 성녀의 운명을 타고났다고 생각한 시절도 있었죠. 하지만 이제 그 길은 영원히 닫혀버리고 말았어요."

"무슨 길이 닫혔다는 게요?"

그녀는 아기를 유모차 안에 눕혔소. 내 질문에 대답하기를 꺼려하는 기색을 눈치 챘지만 그래도 나는 대답을 독촉했어. 대화 중에 입을 닫는다는 건 꽤 중요한 할 말이 있다는 의미거든.

삶이 떠안긴 덩어리들을 늘 침묵 속에 삭여온 듯이, 그녀는 아무런 감정의 동요도 없이 성당에서 일어난 일, 그녀에게 유일하게 남은 친구라고 생각한 한 신부가 그녀에게 성찬을 베풀기를 거부한 일을 털어놓았소. 다시는 성당 문턱을 밟지 않겠다고 저주를 퍼부은 일도.

"성인(聖人)이란 자신의 삶에 존엄을 부여하는 사람이오." 나는 말했소. "우리가 할 수 있는 일이란 건, 우리가 여기 존재하는 데는 다 이유가 있고, 그것에 자신을 내맡겨야 한다는 사실을 깨닫는 것뿐이오. 그래야 우리에게 닥치는 크고 작은 고통들을 향해 웃을 수 있지. 그리고 모든 일에는 다 주어진 의미가 있다는 믿음을 가지고 두려움 없이 나아갈 수 있는 거요. 정점(頂點)에서 뻗어나오는 빛이 우리를 인도하도록 말이오."

"정점이라니 무슨 뜻인가요? 수학에서 말하는 삼각형의 정점 같은 건가요?"

"삶에도 정점이 있지. 정점은 가장 최고조에 이르는 지점이오. 모든 사람이 그러듯이 실수를 저지르지만 가장 어두울 때에도 마음의 빛을 결코 잃지 않는 사람들의 목표점이지. 우리 모임에서 추구하는 것이오. 정점은 우리 안에 감춰져 있거든. 그러니까 우리가 그 사실을 인정하고 빛을 인식해야만 정점에 닿을 수 있소."

나는 내가 그녀가 그날 밤 지켜보았던 춤, 다양한 연령대의 사람들(당시 우리 그룹은 열 명으로 이뤄져 있었고, 열아홉 살에서 예순다섯 살까지의 연령으로 이뤄져 있었소)이 추었던 춤에 '정점의 추구'라는 이름을 붙였다고 설명했지. 아테나는 정점에 대해 어떻게 알게 되었느냐고 물었소.

2차 대전이 끝나갈 무렵 우리 가족 중 몇 사람이 폴란드를 장악해가던 공산주의 체제에서 탈출해 영국으로 도망쳐왔는데, 그들은 폴란드를 벗어날 때 이쪽 세계에서 꽤 값이 나갈 예술품이나 고서적들을 들고 가야 한다는 얘기를 들었던가보오. 그림이나 조각들은 벌써 예전에 팔려버리고 없었지만 책들은 한구석에 먼지를 뒤집어쓴 채 처박혀 있었소. 어머니는 내가 폴란드어를 읽고 말할 수 있도록 교육시켰는데, 그 책들은 내 교재로 쓰였지. 어느 날, 19세기에 출판된 토머스 맬서스의 책 속에서 나는 강제수용소에서 돌아가신 할아버지가 남긴 것으로 보이는 두 장의 메모지를 발견했소. 유산과 관련된 내용이거나, 감춰둔 애인에게 보낸 연애편지일 거라 지레짐작하며 나는 메모를 읽어나갔지. 할아버지가 웬 러시아 여자와 사랑에 빠졌었다는 이야기를 들은 적이 있었거든.

사실 그게 아주 허황된 이야기는 아니었던 모양이오. 그 메모에는 공산주의 혁명기에 시베리아를 여행한 이야기가 적혀 있었지. 그런데 그 양반이 시베리아의 디예도프에서 멀리 떨어진 어떤 마을(지도에서 이 마을을 찾는 건 불가능하다. 지명이 의도적으로 바뀐 것일 수도 있고 혹은 스탈린의 강제이주정책 이후 마을 자체가 아예 사라져버린 것일 수도 있다)에서 한 여배우를 만나 반해버린 거야. 할아버지의 글에 따르면, 그녀는 특정한 춤을 통해 모든 질병의 치료법을 찾을 수 있다고 믿는 어느 종파에 속해 있었소. 춤추는 사람이 춤을 통해 '정점의 빛'과 접하게 된다는 말이었지.

그들은 그 전통이 사라질까봐 두려워했어. 마을 거주자들이 조만간 다른 장소로 이송당할 예정이었거든. 여배우와 그 동료들은 할아버지에게 그들이 배운 것을 글로 남겨달라고 부탁했다지. 할아버지는 그 부탁에 따랐지만 그게 얼마나 중요한지는 몰랐던 모양이야. 책 안에 끼워둔 메모가 내가 찾을 때까지 그대로 남아 있었던 걸 보면 말이오.

아테나가 잠시 내 말을 끊었소.

"그런데 춤을 어떻게 글로 옮긴다는 거죠? 춤은 몸으로 직접 추고 배워야 하는 거잖아요."

"맞는 말이오. 그 메모에는 단지 이렇게 적혀 있을 뿐이었지. 성스러운 산을 오르는 자처럼 춤을 추라. 지쳐 쓰러질 때까지 춤을 추라. 너무 숨차서 몸이 다른 방식으로 산소를 공급받으려 할 때까지, 그래서 네가 누구인지, 언제 어느 곳에 와 있는지조차 잊을 때까지 춤을 추라. 오로지 북소리에 맞춰 춤추라. 그것을 매일 반복하라. 그러면 어느 순간, 두 눈이 자연스레 감기고 내부에서 쏟아져나오는 빛을 보게 되리라는 것을 기억하라. 그 빛이 네 질문에 답하고, 숨겨진 네 능력을 드러내리라."

"그래서 무슨 특별한 능력이라도 얻으셨나요?"

나는 대답 대신, 그녀에게 아기가 심벌즈나 다른 요란한 타악기 소리에도 잠을 잘 자는 것 같으니 우리 모임에 참여해보라고 권했소. 다음 날, 우리가 의식을 시작할 때쯤 그녀가 나타났지. 나는 그녀를 단순히 위층에 사는 이웃쯤으로 소개했지. 누구도 그녀의 삶에 대해, 그녀가 하는 일에 대해 물어보지 않았고. 시간이 되자, 우리는 음악을 틀고 춤을 추기 시작했소.

처음에 그녀는 아기를 품에 안은 채 음악에 몸을 실었지. 하지만 아기가 이내 잠들자 아기를 소파에 살며시 눕혔어. 눈을 감고 합일의 무아경에 빠지기 전, 나는 그녀가 '정점의 길'이 무엇인지 정확히 깨닫고 있음을 알 수 있었소.

일요일을 제외하고 매일 그녀는 아기를 안고 나타났지. 우리는 단지 가벼운 인사말만 나눴을 뿐이오. 나는 친구가 구해준 러시아 스텝 지역의 음악을 틀었고 모두 녹초가 되어버릴 때까지 춤을 추었지. 그리고 한 달이 지날 무렵, 그녀는 내게 그 테이프를 복사해달라고 부탁했소.

"아침에 비오렐을 할머니 집에 데려다주고 직장에 가기 전에 춤을 추고 싶어요."

나는 그녀를 설득하려 했어.

"글쎄, 같은 에너지로 연결되어 있는 사람들이 있어야 함께 아우라를 만들어내서 무아경에 빠질 수 있을 것 같은데. 게다가 직장에 가기 전에 의식을 치르면 온종일 피곤할 테니 그리 좋은 생각이 아니오."

아테나는 잠시 생각하는 듯했지만 다시 말했소.

"사람들이 모였을 때의 에너지에 대한 말씀은 전적으로 옳아요. 우리 모임엔 네 쌍의 부부와 당신 부인이 있죠. 그분들 모두는 사랑을 갖고 있어요. 그렇기 때문에 그분들이 내게 긍정적인 파장이 담긴 에너지를 나눠주실 수 있는 거죠. 하지만 나는 혼자예요. 아기가 있긴 하지만 아기는 아직 나와 서로 이해할 수 있는 방식으로 사랑을 표현할 줄 몰라요. 그러니 차라리 난 외로움을 받아들이는 편이 나아요. 순간의 외로움에서 달아나려 한다면 다시는 동반자를 만나지 못하게 될 거예요. 외로움과 싸우는 대신에, 그것을 있는 그대로 받아들이면 변화가 생길 거예요. 외로움에 맞서려 할수록 그것은 더 커지지만, 그냥 무시하고 내버려두면 사그라들어 없어진다는 걸 깨달았거든요."

"사랑을 찾으려고 모임에 오는 거요?"

"그것도 좋은 동기일 테죠. 하지만 내 대답은 '아뇨'예요. 난 내 삶을 찾고 싶어요. 지금 내 삶의 의미는 아들뿐이에요. 하지만 이러다가 아들을 과잉보호하게 되거나, 내가 실현하지 못한 꿈을 아이에게 대신 투영하려고 하게 될까 두려워요. 얼마 전 밤, 춤을 추면서 느꼈어요. 상처투성이였던 나 자신이 치유되고 있구나, 하는 느낌. 그 상처가 신체적 고통이었다면 그날 밤 내가 느낀 걸 '기적'이라고 해도 될 거예요. 하지만 날 불행하게 한 건 영적인 고통이었어요. 그런데 그게 갑자기 사라져버린 거예요."

나는 그녀가 하는 말을 완벽하게 이해했소.

"난 그 음악에 맞춰 춤추는 걸 배운 적이 없어요." 아테나는 말을 이었지. "하지만 마치 이전에 배웠던 것처럼 자연스럽게 할 수 있었죠."

"그건 꼭 배워야 할 수 있는 그런 게 아니기 때문이지. 공원을 산책하면서 그날 우리가 봤던 것, 기억하오? 자연은 스스로 리듬을 만들어내고 매 순간 그것에 호응해간다는 걸."

"아무도 내게 사랑하는 법을 가르쳐준 적이 없지만 난 이미 하느님과 남편을 사랑했고 아들과 가족을 사랑하고 있어요. 하지만 여전히 빠진 것이 있어요. 아무리 피곤하더라도 춤을 추다가 멈췄을 때, 난 은총의 상태, 깊은 엑스터시에 든 것 같은 느낌이 들어요. 난 그 느낌을 온종일 느끼고 싶은 거고요. 그것 덕분에 내게 무엇이 부족한지 알게 되었어요. 바로 한 남자의 사랑이죠. 춤추는 내내, 그의 얼굴이 아닌 마음을 볼 수 있었어요. 그가 가까이 있음을 느낄 수 있었어요. 그 때문에 항상 깨어 있어야 해요. 내 주위에 일어나는 모든 것에 주의를 집중하면서 하루를 보낼 수 있도록 아침에 춤을 추고 싶어요."

"'엑스터시'라는 말의 의미가 뭔지 아오? 그리스어에서 온 것인데 '자기 바깥에 존재하다'라는 뜻이오. 하루 종일 자기 자신에게서 벗어나 있는 건 몸과 마음을 녹초로 만드는 일이라고."

"어쨌든 시도해보고 싶어요."

더이상 설득이 불필요하다는 걸 알았지. 나는 음악이 담긴 테이프를 복사해주었소. 그때부터 매일 아침 위층에서 들려오는 음악소리를 들으며 잠을 깨게 됐지. 춤추는 그녀의 발소리를 들을 수 있었소. 이른 아침에 실신할 지경으로 한 시간이나 춤을 춘 다음, 어떻게 하루 종일 은행 업무를 보려고 하는지 걱정이 앞섰어. 어느 날 아테나와 우연히 복도에서 마주쳤을 때, 나는 집으로 초대해서 커피 한잔을 권했소. 커피를 마시면서, 아테나는 직장에 있는 많은 사람들이 '정점'을 찾으려 해 테이프를 많이 복사했다고 얘기하더군.

"혹시 내가 잘못한 건가요? 함부로 사람들에게 알리면 안 되는 건가요?"

그런 건 아니었소. 그 반대였지. 아테나는 하마터면 영원히 잃어버릴 뻔했던 전통을 보존하도록 도와준 셈이었으니까. 할아버지가 남긴 메모에 따르면 그 지방 여자 중 한 사람이 이르기를, 그곳을 방문했던 한 수도사가 그들에게 말했다는군. 우리 모두는 각자 자기 조상과 앞으로 태어날 후손을 우리 안에 담고 있다고. 그의 말인즉, 우리 자신을 자유롭게 해주면 전 인류를 자유롭게 해주는 것이지.

"그럼, 시베리아에 있는 그 작은 마을 사람들이 모두 기뻐하겠군요. 그들의 전통이 당신 할아버지 덕에 지금 이 세상에서 새로 태어나고 있는 거잖아요. 그런데, 한 가지 궁금한 게 있어요. 당신은 그 메모를 읽고 나서 왜 춤을 춰야겠다고 생각했나요? 만약 스포츠에 관한 글귀가 쓰여 있었더라면, 축구선수라도 되려고 했을까요?"

누구도 내게 하지 않았던 질문이었소.

"당시 나는 환자였거든. 희귀한 관절질환을 앓고 있었소. 의사들은 내가 서른다섯 살쯤 되면 휠체어 신세를 지게 될 거라고 했지. 난 앞으로 시간이 얼마 남지 않았다는 사실을 깨닫고 앞으로 영원히 할 수 없을 일들을 해보자고 생각했소. 할아버지가 남긴 메모를 보면, 디예도프 마을 사람들은 무아경에 깃든 치유의 힘을 믿고 있었던 것 같소."

"그 사람들 생각이 맞는 것 같아요."

나는 그 말에 대답하지 않았소. 사실, 그렇게 확신을 가질 수가 없었거든. 의사들이 오진을 했을 수도 있으니까. 병에 걸릴 사치조차 누릴 수 없는 이민자 가족 출신이라는 점이 무의식적으로 어떤 힘으로 작용한 거겠지. 그 무의식이 내 몸에 자연적인 반응을 유도해낸 것이고. 혹은, 내 가톨릭 신앙에 어긋나기는 하지만 아마 진짜 기적이 일어난 것이든가. 그러니 춤은 치유책이 아니야.

춤에 맞춤인 음악을 발견하기 전인 청년 시절, 종종 나는 머리에 검은 너울을 쓰고 상상했지. 내 주위를 둘러싼 모든 것이 사라져버리는 상상 말이오. 내 영혼은 디예도프로, 그곳의 사람들과, 할아버지와 그분이 사랑했던 여배우에게로 여행해갔어. 조용한 방에서 나는 그들에게 춤을 가르쳐달라고, 내 한계를 뛰어넘을 수 있도록 해달라고 청했지. 이제 얼마 되지 않아 병으로 내 몸이 굳어버릴 것을 알고 있었기 때문이오. 몸을 더 많이 움직일수록 내 가슴속의 빛은 더 많이 드러났고, 나는 더 많이 배웠지. 나 스스로 배운 것일 수도 있고, 과거의 영혼들에게서 배운 것일 수도 있어. 나는 머릿속에서 그들이 의식중에 들었으리라 생각되는 음악을 상상해내기 시작했고, 시간이 흐른 뒤에 한 친구가 시베리아에 간다고 하기에 그에게 음반을 몇 장 구해달라고 부탁했지. 놀랍게도 그 음반들 중 하나는 내가 디예도프의 음악이라고 상상해온 것과 무척 흡사했소.

하지만 아테나에게는 이런 이야기를 하지 않는 게 상책이었소. 그녀는 쉽게 영향을 받는데다 약간 불안해 보이기까지 했으니까.

"잘한 것 같구먼."

나는 이렇게만 말했소.

그녀가 중동으로 여행을 떠나기 전에 이야기를 나눌 기회가 한 번 더 있었소. 그녀는 그토록 원하던 것, 즉 사랑을 찾은 사람처럼 만족스러워 보였지.

"직장 동료들끼리 그룹을 만들었어요. 그리고 '정점을 찾는 순례자들'이라고 이름 지었죠. 모두 당신 할아버지께 감사하고 있어요."

"아니, 그것을 다른 이들과 공유해야 한다는 걸 깨달은 당신 덕분이지. 당신이 곧 떠난다는 걸 알고 있소. 소수의 관심 있는 사람들에게만 그 빛을 전파하려 했던 내게 또다른 지평을 열어 준 당신에게 감사 인사를 하고 싶었소. 하지만 그러기엔 늘 망설여졌고, 사람들이 이 모든 이야기가 엉터리라고 할까봐 두렵기도 해."

"내가 무얼 배웠는지 아세요? 엑스터시가 자기 바깥에 존재하는 능력이라면, 춤은 여전히 자기 육체와 접한 상태로 새로운 차원을 발견하며 공간을 열어나가는 능력이라는 거예요. 춤을 통해서 영적인 세계와 현실 세계가 서로 충돌 없이 조화를 이룰 수 있는 거죠. 발레리나들이 발끝으로 서서 춤을 추는 건, 땅을 딛고 서서 동시에 하늘을 지향하기 위해서인 것 같아요."

내 기억이 정확하다면 그게 그녀가 남긴 말이었소. 우리가 기쁘게 춤에 몸을 내맡기는 순간, 우리의 뇌는 통제력을 잃고, 대신 심장이 우리 몸을 지배하게 되지. 정점이 드러나는 건 오직 그 순간이라오. 물론 우리가 믿기만 한다면 말이오.

피터 셔니, 47세, 런던 홀랜드 파크의 모 은행 지점장

제가 아테나를 채용한 건 순전히 그녀 가족이 우리 지점의 중요 고객이라는 점 때문이었습니다. 세상은 이해관계에 따라 돌고 도는 게 아니겠습니까. 당시 그녀는 무척 불안정해 보였어요. 저는 그녀가 가능한 한 빨리 사직하기를 바라는 마음에서 일부러 단조로운 사무원 자리에 배치했습니다. 그녀 아버지에게는 제 나름대로 도와주려고 애를 썼지만 여의치 않았다고 말할 수 있어야 했지요.

저는 매니저로서 축적한 경험으로 별다른 말 없이도 사람들의 심리 상태를 파악할 수 있었어요. 제가 배운 인사관리 과정에는 이런 말이 있죠. 부하직원을 자르고 싶으면 무슨 수단을 동원해서든 그 사람으로 하여금 당신에게 무례하게 굴게 해라. 그러면 정당한 해고 사유가 생긴다.

저는 아테나를 그렇게 만들려고 최선을 다했습니다. 어차피 그녀는 여기서 버는 돈이 아니라도 생계에 문제가 있는 건 아니니까 곧 이 일이 얼마나 무의미한지 깨닫게 될 터였습니다. 매일 일찍 일어나 아이를 어머니 집에 맡기고, 하루 종일 반복되는 잡무를 마친 다음, 아이를 찾다가 함께 슈퍼마켓에 들르고 집에 와서 아이를 돌보고 잠재우고 다음 날 아침 또다시 대중교통에 세 시간 동안 시달리는 일 말이지요. 그녀에게 맡길 만한 업무가 있었지만 저는 쓸데없는 일만 시켰습니다. 얼마 지나지 않아 잔뜩 불만에 찌든 그녀의 모습을 본 저는 제 전략이 거둘 최종 결과를 기대하며 흐뭇해했습니다. 그녀는 자기가 사는 아파트에 대해 불평해대기 시작했습니다. 아파트 주인이 밤새도록 음악을 너무 크게 트는 바람에 잠을 도통 이룰 수 없다는 거였어요.

그런데, 그러다가, 갑자기 무언가가 변했습니다. 처음에는 아테나만 그랬는데 점차 변화는 지점 전체로 확산되었습니다.

그것을 어떻게 설명할 수 있을까요? 직장의 팀워크는 오케스트라와 같고, 훌륭한 매니저는 지휘자와도 같습니다. 그는 어느 악기의 음정이 어긋났는지, 어느 악기가 더 열심히 연주하고 있는지, 어떤 악기가 그냥 소리에 묻어가기만 하는지 꿰뚫고 있는 법이지요. 제가 보기에 아테나는 열성을 갖고 연주하는 자세가 부족했습니다. 동료들에게서 멀찍이 떨어져, 사생활의 기쁨이나 슬픔을 공유할 생각이 없는 듯 보였고, 일을 마치면 집으로 돌아가 남은 시간에 아이를 돌봐야 한다는 사실을 단단히 못 박더군요. 그런데 언젠가부터 그녀가 좀더 편안해 보이더니, 다른 사람들과 소통하기 시작하고, 귀 기울이는 모든 이에게 자신이 발견한 회춘의 비밀을 들려주려 했지요.

'회춘'이라는 그 단어는 분명 마법의 단어였습니다. 그 말과 전혀 상관없을, 이제 겨우 스물한 살이 갓 넘은 젊은 여자의 입에서 나온 말이니 우스꽝스러울 법도 했지만. 그래도 사람들은 그 말을 믿기 시작했고 비결을 가르쳐달라고 조르기 시작하더군요.

아테나가 맡은 일의 양은 여전했지만 일을 처리하는 효율성은 높아졌습니다. 전엔 그녀에게 인사만 간단히 건네던 동료들이 그녀와 점심을 함께하기 시작했습니다. 식사를 마치고 돌아오면 모두 즐거운 표정이었고, 부서의 업무생산성은 이전과 비견할 수 없이 치솟았습니다.

흔히 사랑에 빠진 사람들은 주변의 공기까지 전염시키는 경향이 있지요. 나는 그녀 인생에 중요한 누군가가 생긴 거라고 추측했습니다.

그녀에게 물어보니 부정하지 않더군요. 그리고 전에는 고객과 함께 어울리는 일이 결코 없었지만 이번 경우는 거절하기 힘들었다고 덧붙였습니다. 보통 이런 경우는 해고 사유에 해당합니다. 은행의 복무규정에 고객과의 사적인 만남은 엄격하게 금지한다는 조항이 있거든요. 그러나 당시 그녀의 말과 행동은 다른 직원들에게 미치는 파장이 매우 컸습니다. 그녀의 동료들 중 몇몇은 일을 마친 후에도 그녀와 만나기 시작했고, 제가 아는 바로는 그중 두서너 명은 이미 그녀 집에 가본 적이 있더군요.

제 앞에 놓인 상황은 아주 위험했습니다. 업무경력도 없고 내성적이면서 종종 공격적인 기질을 드러내기까지 하던 젊은 여자 인턴이 자연스럽게 내 부하직원들의 리더 역할을 하고 있는 것이니까요. 만약 그녀를 해고하면 직원들은 이를 시기심 때문이라고 보고 저를 존경하지 않게 될 것이고, 그냥 놔두면 제가 책임지고 있는 조직의 통제력을 잃어버릴 위험이 도사리고 있었습니다.

저는 상황을 더 살펴보기로 했습니다. 그러는 사이, 지점의 '에너지'(저는 사실 이 단어를 사용하는 게 싫습니다. 전기〔電氣〕와 관련된 게 아니라면 사실 아무 의미도 없는 말이니까요) 가 명백히 개선되기 시작했습니다. 고객의 만족도는 갈수록 높아졌고 새로운 고객들을 물어오기까지 했으니까요. 직원들은 자기 역할을 충실히 해주었고 일의 분량이 두 배가 되어도 즐겁게 일했기 때문에 직원을 더 채용할 필요도 없었지요.

본점에서 연락이 왔습니다. 바르셀로나에서 열리는 회의에 참석해 지금 우리 지점에서 보여주는 성공적인 관리기법을 설명해달라는 것이었습니다. 본점 분석에 의하면, 우리 지점이 비용 지출을 늘리지 않고도 이윤의 증가폭을 크게 늘렸고, 바로 이런 점이 경영자들에게 흥미를 불러일으켰다는 것이었습니다.

하지만 제가 무슨 기법을 설명할 수 있겠습니까?

제가 아는 것이라곤 그 근원지가 어디라는 것뿐이었습니다. 나는 아테나를 불러 높은 업무생산성에 대해 칭찬했습니다. 그녀는 미소로 답하더군요.

저는 오해를 불러일으키지 않기를 바라며 조심스럽게 말을 꺼냈습니다.

"그래, 남자친구는 잘 지내지? 난 사랑을 많이 받는 사람일수록 더 많은 사랑을 베푸는 법이라고 생각해. 근데 무슨 일을 하는 사람인가?"

"스코틀랜드 야드(영국 런던경시청 조사국을 가리킨다)에서 일해요."

더 자세히 묻지 않기로 했습니다. 하지만 그녀와 계속 대화를 이어가야 했고 시간낭비할 겨를도 없었습니다.

"자네에게 커다란 변화가 있는 것 같던데, 그리고……"

"우리 지점에 생긴 큰 변화를 눈치 채셨나요?"

이런 질문에 어떻게 대답해야 할까요? 자칫 그녀에게 적정 수준보다 더 힘을 실어주는 셈이 될 위험도 있었지만, 또 한편으로 보면 그녀에게 직접 물어보지 않고는 제가 원하는 대답은 영영

듣지 못하리라는 생각이 들었습니다.

"맞아. 큰 변화가 생긴 걸 알고 있네. 그래서 자넬 승진시켜줄 생각이네만."

"전 외국으로 떠날 생각인데요. 런던에서 좀 떨어져 있고 싶어요. 다른 환경을 접하고 싶거든요."

외국으로 떠난다고? 우리 지점의 능률이 올라서 주목을 받고 있는 상황에 나가겠다고? 하지만 돌이켜보면 이것이야말로 내가 애초 바라던 바가 아니었던가 싶기도 했습니다.

"하지만 제가 맡을 일을 계속 주신다면 그곳에서도 은행에 도움이 되어드릴 수는 있어요."

그녀는 말을 이어갔습니다.

그랬습니다. 그녀는 내게 아주 멋진 기회를 제공하고 있었던 거죠. 어떻게 이런 생각을 하지 못했을까요? "외국으로 떠난다"는 말은 해고에 따른 부차적 문제나 마찰 없이도 직원들에 대한 제 리더십을 되찾을 수 있다는 걸 뜻했습니다. 하지만 짚고 넘어가야 할 부분이 있었지요. 그녀는 은행에 도움을 주기 전에 제게 도움이 되어야 했습니다. 지금 본점 상사들이 우리 지점의 실적을 주목하고 있는 이상, 이 상태를 계속 유지하지 않으면 신망을 잃고 전보다 더 좋지 않은 상황으로 끝날 수도 있습니다. 저는 왜 대부분의 사람들이 더 큰 발전을 위해 일을 벌이지 않는지 잘 알고 있습니다. 일을 벌이기만 하고 원하는 결과를 얻지 못하면

무능한 인간으로 낙인찍히기 십상이기 때문입니다. 또 한 번 성공하면 주위에선 계속 좋은 성과를 기대할 테고, 그랬다간 젊은 나이에 심장마비가 올 게 뻔합니다.

나는 조심스럽게 다음 단계를 밟아갔습니다. 비법을 가진 사람이 비법을 털어놓기도 전에 마음을 닫게 하는 건 좋은 생각이 아닙니다. 먼저 그녀가 원하는 것을 들어주는 척하는 자세가 필요했지요.

"본점에 자네의 요청이 받아들여지게끔 상신해보겠네. 사실 이번에 바르셀로나에서 상부 사람들과 미팅 일정이 잡혀 있거든. 바로 그 문제로 자네를 부른 것이기도 하고. 우리 지점의 영업실적이 자네와 직원들 사이의 관계가 좋아지면서 신장되었다고 봐도 되겠나?"

"정확히 말하자면 그들이 자기 자신과 좋은 관계를 가지게 된 것이죠."

"그렇지. 하지만 자네가 동기가 된 것 아닌가? 내가 잘못 알고 있나?"

"잘 아시잖아요."

"내가 알지 못하는 관리기법에 관한 책이라도 읽은 건가?"

"그런 종류의 책은 읽은 적이 없는데요. 그런데 제가 부탁드린 부분에 대해 신경 써주시겠다고 약속하실 수 있나요?"

저는 런던경시청에 근무한다는 그녀의 남자친구를 떠올렸습니다. 만약에 약속했다가 지키지 못하면 보복이라도 당하는 건 아닐까, 남자친구가 그녀에게 불가능도 가능케 하는 무슨 비법이라도 가르쳐준 건 아닐까 하고요.

"점장님께서 약속을 못 지키시더라도 말씀드릴게요. 하지만 제가 시키는 대로 하시지 않으면 결과는 보장하지 못해요."

"그 회춘의 비법이라는 것 말인가?"

"바로 그거예요."

"그냥 그 이론을 아는 것만으로도 충분한가?"

"그럴지도 모르죠. 제게 그걸 가르쳐주신 분도 종이에 적힌 걸 보고 배웠다고 하니까요."

아테나가 자신이 목표한 바를 얻기 위해 제 원칙이나 능력을 넘어설 정도로 강하게 저를 밀어붙이지 않은 건 저로서는 정말 다행한 일이었습니다. 하지만 제 마음 한구석에서도 그녀가 언급한 부분에 절로 관심이 쏠리는 것이 느껴졌지요. 저 역시 제가 지닌 잠재력을 최대한으로 활용하는 것을 꿈꾸어왔기 때문입니다. 저는 그녀의 요구사항을 들어주기 위해 최선을 다하겠다고 약속했고, 아테나는 소위 '정점'(아니, 무슨 '축'이라고 했나? 잘 기억나지 않는군요)을 찾기 위해 춘다는 그 길고도 심오한 춤에 대해 설명하기 시작했습니다. 이야기를 들으면서 저는 그 황당한 이야기를 최대한 객관적인 용어로 정리하려고 노력했습니다. 한 시간으로는 부족했습니다. 저는 그녀에게 다음 날 다시

제 방에 들러달라고 청했고, 우리는 함께 앉아 본점 회의에서 발표할 보고서를 작성했습니다. 그런데 그녀가 제게 미소 지으며 말하더군요.

"우리가 여기서 이야기한 단어 그대로 보고하는 걸 두려워하지 마세요. 제 생각에, 본점 경영진들도 우리와 똑같이 피와 살로 이루어진 사람들이니까요. 그분들 역시 관습을 뛰어넘는 방법에 지대한 관심을 표명할 거예요."

아테나는 완전히 착각하고 있었습니다. 영국에서 전통을 강조하는 보수는 늘 혁신보다 큰 소리를 냅니다. 그럼에도 경력에 흠이 갈 위험이 없다면, 조금은 모험을 해본다 해도 나쁠 것은 없겠다는 생각도 들었습니다. 제게는 영 터무니없는 소리로 들렸지만, 그래도 내용을 요약해서 다른 사람들이 이해할 수 있는 형태로 정리할 필요가 있었습니다. 회의 준비는 그게 다였죠.

바르셀로나에서 열린 회의에서 '보고서'를 발표하기 전, 저는 아침 내내 자기 암시를 되풀이했습니다. '내' 방식 덕분에 이런 결과를 이끌어낸 것이고, 중요한 건 바로 그것이다, 라고 말입니다. 저는 이런 주제와 관련된 책도 몇 권 구해 읽고 새로운 사고에 청중이 최대한 공감하게 하려면 도발적인 방식으로 이야기를 구성해야 한다는 것을 배웠습니다. 그래서 저는 먼저 고급 호텔의 회의장에 참석한 청중에게 사도 바울이 남긴 복음을 인용하면서 발표를 시작했습니다.

"하느님께서는 가장 중요한 것들을 지혜로운 사람들에게는 숨기셨습니다. 그들은 단순한 것을 이해하지 못하기 때문입니다."
(여기서 그가 마태복음 11장 25절의 한 구절 "그때에 예수께서 대답하여 가라사대, 천지의 주재이신 아버지여, 이것을 지혜롭고 슬기 있는 자들에게는 숨기시고 어린아이들에게는 나타내심을 감사하나이다"를 인용한 것인지, 아니면 고린도전서 1장 27절에 사도 바울이 남긴 "그러나 하느님께서 세상의 미련한 것들을 택하사 지혜 있는 자들을 부끄럽게 하려 하시고, 세상의 약한 것들을 택하사 강한 것들을 부끄럽게 하려 하시며"라는 구절을 언급한 것인지는 정확히 알 수 없다.)

그 순간, 이틀 동안의 회의 내내 도표와 통계치만 붙들고 씨름하던 청중들 사이에 적막만이 감돌았습니다. '이제 잘리게 됐구나' 하는 생각이 얼핏 스치고 지나갔지만, 두 가지 이유 때문에 저는 멈추지 않았습니다. 첫째, 그 주제를 연구하면서 내가 말할 내용에 대해 확신이 들었기 때문이었습니다. 둘째, 발표하면서 아테나가 이 전반적 과정에 미친 영향력을 숨겨야 하는 부분도 있겠지만, 어쨌거나 내가 하는 말은 확실한 근거가 있기 때문이었습니다.

"저는 오늘날 우리 동료직원들에게 동기를 부여하기 위해서는 본점에서 마련한 조직적 훈련과정 이외의 것이 필요하다는 사실을 깨달았습니다. 우리 안에는 우리가 알지 못하는 힘이 있습니다. 그 힘이 바깥으로 드러날 때는 기적을 일으키기도 합니다.

우리에겐 각자 일하는 목적이 있습니다. 살아가는 데 필요한 돈을 벌기 위해 일하고, 자녀를 부양하기 위해 일하고, 자신의 삶을 증명하기 위해 일하고, 약간의 권력을 손에 넣기 위해 일하기도 합니다. 어쨌든 그 과정에는 항상 실망의 순간들과 힘들고 지겨운 순간들이 있습니다. 또한 그 순간들을 변화시켜 우리 자신, 혹은 우리보다 더 고귀한 무언가와 만나게 해주는 비밀이 존재합니다.

예를 들어, 아름다움의 추구가 늘 실용성으로 이어지는 건 아닙니다. 하지만 우리는 아름다움을 추구하는 일을 세상에서 가장 중요한 일인 양 여깁니다. 새들은 노래 부르는 법을 배우지만, 그것이 모이를 구하거나 천적으로부터 자신을 보호하는 데 도움을 주지는 못합니다. 다윈에 따르면, 새들이 노래하는 것은 단지 종족을 번식하기 위해 짝짓기를 유도하는 유일한 방법이기 때문입니다."

그때 제네바에서 온 한 간부가 좀더 객관적인 내용으로 발표해달라고 건의해왔습니다. 그러나 이사진에서는 제게 계속해도 좋다는 신호를 보냈고, 용기백배한 저는 말을 이어갔습니다.

"인류의 역사를 바꾼 책(인간이 원숭이로부터 진화한 것이라는 다윈의 주장이 처음으로 담긴 1895년의 책, 『종의 기원』을 가리킨다)을 쓴 다윈에 따르면, 이성에게 욕망을 불러일으킬 줄 아는 사람들은, 인류의 생존과 진화의 근간이었던 무언가를 되살려낼 줄 안다고 합니다. 그것은 동굴시대부터 이어져내려온 것이지요. 그렇다면, 인류의 진화와 한 은행 지점의 발전 사이에는 어떤 차이가 있을까요? 아무런 차이도 없습니다. 둘 다 똑같은 법칙에 지배되는 것입니다. 가장 적합한 존재들이 살아남아 발전한다는 것이죠."

이 시점에서 저는 이런 사고를 전개하고 발표하는 데 도움을 준 여직원 셰린 칼릴을 소개해야 한다는 의무감을 느꼈습니다.

"셰린, 그러니까 '아테나'라는 이름으로 불리는 직원은 우리 지점에 새로운 종류의 행동양식, 즉 열정을 심어주었습니다. 바로 그것입니다. 열정. 우리가 대출이나 회계정산을 할 때 절대 품을 수 없었던 감정이죠. 우리 직원들은 고객들에게 더욱 적극적으로 세일즈하기 위한 자극제로서 음악을 사용하기 시작했습니다."

또다른 고위 관리자가 음악은 이미 예전부터 사용된 방법이라며 제동을 걸었습니다. 슈퍼마켓에서도 고객들의 소비를 촉진시키기 위해 음악을 사용한다는 것이었지요.

"우리 지점에서 음악을 틀어놓고 있다는 말씀이 아닙니다. '아테나'라 불리는 셰린이 직원들에게 하루의 일과를 시작하기 전에 춤을 가르치면서부터 그들은 갑자기 다르게 살아가기 시작했습니다. 그것이 어떻게 사람들을 일깨우는지는 저도 잘 모릅니다. 저는 관리자로서 과정이 아닌 결과를 중시하는 자리에 있습니다. 저 자신은 춤을 추는 데 참여하지 않았습니다만, 그 춤을 통해 모든 직원들이 자기 일에 더 헌신하게 되는 모습을 볼 수 있었습니다.

'시간은 돈이다.' 우리는 이 격언 속에서 태어나고 자라고 교육받습니다. 우리는 돈이 무엇인지 잘 알고 있습니다. 하지만 '시간'은 대체 무얼 의미할까요? 하루는 스물네 시간, 그리고 수없이 많은 순간들로 이루어져 있습니다. 무언가에 몰두하든, 혹은 삶을 느긋하게 관조하든, 우리는 그 매 순간을 의식하며 최대한 활용할 필요가 있습니다. 만약 우리가 의식을 느슨하게 풀어놓는다면 모든 일들은 늦춰집니다. 설거지를 하는 시간도, 대차대조표의 차변과 대변을 합산하는 시간도, 약속어음을 체크하는 시간도 더 오래 걸릴 수 있습니다. 하지만 이렇게 생각해보면 어떨까요. 길어진 그 시간을 즐거운 일을 생각하는 데, 그저 살아 있음에 감사하는 데 쓰지 못할 이유도 없지 않겠습니까?"

은행 본점의 행장이 놀라움에 가득 찬 눈으로 저를 바라보고 있었습니다. 그는 제가 배운 모든 것들을 세세하게 듣고 싶어하는 것 같았습니다. 하지만 몇몇 참석자들에게서는 불편한 심기가 감지되었습니다.

"당신이 무슨 얘기를 하고자 하는지 충분히 이해합니다." 행장이 말했습니다. "당신 지점의 직원들이 자기 자신과 온전한 만남을 가지면서 하루 중 어느 시간을 만끽하고, 그 덕분에 더 큰 열정을 갖고 일할 수 있었다는 이야기지요. 기존의 방식을 벗어나 유연하게 새로운 방법을 도입해 훌륭한 실적을 올린 당신에게 찬사를 보냅니다. 하지만 시간 얘기가 나왔으니 말인데, 이제 발표를 마무리할 시간이 오 분 남았습니다. 다른 지점들도 시행해볼 수 있도록 지금까지 발표한 방법의 핵심들을 정리해주겠습니까?"

일리가 있는 말이었습니다. 하지만 지금까지 제가 발표한 내용만으로는 직원들을 위해서는 좋을지 몰라도, 제 경력에는 흠집이 날 수도 있었습니다. 그래서 아테나와 함께 써둔 중점사항들을 요약하는 걸로 발표를 끝맺기로 했습니다.

"우리 자신을 개별적으로 관찰한 바에 따라, 셰린 칼릴과 제가 몇 가지를 정리해봤습니다. 관심 있는 분들의 문의를 환영하는 바입니다. 여기 그 핵심들을 소개하겠습니다.

첫째, 우리는 모두 평생 드러나지 않을 수도 있는 능력을 지니고 있습니다. 그것이 드러난다면 우리에게 힘을 보태줄 수 있지요. 그 능력은 어떤 수치로 측정되거나 경제적 가치를 부여하기 어렵기 때문에 대부분의 사람들이 관심을 두고 있지 않지만, 저는 지금 한 인간으로서 확신을 가지고 여러분이 이론상으로나마 제 이야기를 이해하시기를 희망합니다.

둘째, 제가 알고 있는 바로는, 저희 지점에서 발현되는 직원들의 그 능력은 아시아 사막 지역에서 전래된 리듬의 춤을 통해서입니다. 하지만 그 리듬이 어디에서 유래했는지는 중요하지 않습니다. 자신의 영혼이 말하는 것을 몸으로 표현해내는 것이 중요하지요. '영혼'이라는 단어가 여기서 잘못 이해될 수도 있으니 '직관'이라는 말로 대신하도록 하겠습니다. '직관'이라는 말 역시 수용하기 쉽지 않다면, 앞에 언급한 단어들보다는 의미가 약화되긴 하지만, 일견 더 과학적으로 들리는 '원초적 감성'이라는 표현을 사용하고자 합니다.

셋째, 저는 직원들이 직장으로 출근하기 전, 피트니스 클럽에서 운동을 하거나 에어로빅을 하는 대신에 적어도 한 시간가량 춤을 추게끔 독려합니다. 그 춤은 정신과 육체를 고무시켜 하루를 스스로 창의적으로 시작하게 도와줍니다. 그리고 직원들은 응축된 그 에너지를 지점의 업무를 처리하는 데 사용하게 됩니다.

넷째, 고객과 직원들은 같은 세계에서 살고 있습니다. 현실이라는 것은 그저 우리 두뇌에 전달된 일종의 전기 자극일 뿐입니다. 우리가 '보았다'고 생각하는 것은 뇌의 어딘지 알 수 없는 부분에 맺힌 에너지의 파동일 뿐입니다. 그러므로 우리가 타인과 같은 주파수에 속한다면, 우리는 얼마든지 그 현실을 변화시킬 수 있습니다. 저 자신도 알지 못하는 방식을 통해, 기쁨이 전염됩니다. 열정이나 사랑 역시 전염되지요. 슬픔이나 우울함, 증오도 그렇지요. 고객들이나 직원들은 모두 직감적으로 알아채고 느낍니다. 그러므로 업무능력을 향상시키기 위해서는 긍정적인 자극을 유지시킬 장치를 고안할 필요가 있습니다."

"너무 신비주의적인 거 아니에요?"

캐나다 지점에서 펀드를 운용하는 여자가 논평했습니다.

아무도 설득하지 못하고 있다는 생각이 들자, 저는 조금 자신감을 잃었습니다. 하지만 그 논평을 애써 못 들은 척하면서 제가 가진 모든 창의력을 동원해 현실적인 결론을 도출해냈습니다.

"본점에서는 이런 전파력이 강한 심리 상태를 조사하는 데 예산을 책정할 필요가 있다고 봅니다. 그런다면, 전보다 더 높은 이윤을 올릴 수 있을 것입니다."

아직 남은 이 분의 시간을 사용하지 않고 내린 결론은 그럭저럭 만족스러워 보였습니다. 세미나를 마치고 녹초가 된 그날 오후에 저는 행장으로부터 저녁식사 초대를 받았습니다. 저는 행장이 그 초대를 통해 제 발표 내용을 공공연하게 지지한다는 것을 보여주려 한다고 생각했습니다. 저는 이전까지 행장과 함께 식사한 적이 없었기 때문에 이번 기회를 최대한 활용하려 했습니다. 저는 은행업무, 대차대조표, 주식시장의 어려움, 신흥시장 등에 대한 소견을 밝히기 시작했습니다. 그러나 행장이 제 말을 가로막더군요. 그는 회의장에서 발표한, 아테나에게서 배운 지식에 더 많은 관심을 보였습니다.

제 말이 끝나자, 놀랍게도 행장은 좀더 사적인 방향으로 대화를 이끌어갔습니다.

"나는 자네가 회의장에서 언급한 시간에 관한 이야기가 무슨 말인지 잘 알고 있네. 올해 초, 연휴를 맞아 뉴욕에서 휴가를 즐기는 동안, 나는 잠시 나가서 정원 의자에 앉아 있자고 생각했지. 우편함에 들어 있는 신문을 꺼내 보았지만 별다른 뉴스는 없었어. 다만 우리가 알아야 하고 어떤 조치를 취하고 입장을 정해야 한다고 기자들이 주장하는 몇몇 사안에 대한 판단이 실려 있을 뿐이었지.

나는 그 문제를 논의하려고 임원들에게 전화를 돌리려다가 부질없다는 것을 깨달았네. 아마 모두 가족과 보내고 있을 시간이었을 거야. 나는 아내와 아들 내외, 손자들과 점심을 함께한 후 잠시 오수를 즐기고 잠에서 깨어나 몇 가지 메모를 했네. 시계를 보니 겨우 오후 두시밖에 되지 않았더군. 아직 휴가는 사흘이나 더 남아 있었고, 가족들과 보내는 시간이 좋긴 했지만 갑자기 내가 아무 쓸모도 없는 사람인 양 느껴졌다네.

다음 날, 여가 시간을 활용하고자 위 내시경 검사를 받으러 갔지. 다행스럽게도 심각한 증상은 발견되지 않았어. 치과에도 가봤지. 아무 문제 없다고 하더군. 아내와 자식 내외, 손자와 점심을 먹고 낮잠을 잤는데, 또다시 오후 두시쯤 되더군. 이때처럼 완벽하게 아무것에도 신경 쓰지 않고 시간을 보낸 적이 없었지.

당혹스러웠다네. 무슨 일이라도 해야 되는 게 아닐까? 사실

할 일을 찾고자 했다면 금방 찾을 수 있었을 거야. 실행에 옮길 프로젝트도 있었고, 전등도 갈아야 하고, 낙엽도 쓸어야 하고, 책도 정리해야 하고, 컴퓨터 파일도 정리해야 하고…… 하지만 한편으로는 아무것도 하지 않은 채 그냥 한가로움을 마주하는 건 어떨까 하는 생각이 들었지. 그때 갑자기 아주 중요해 보이는 일이 떠올랐어. 내 별장에서 일 킬로미터가량 떨어진 곳에 있는 우체국에 가서, 책상 위에 둔 채 잊고 있던 연하장을 부치자고 생각했지.

하지만 난 곧 스스로 놀랐다네. 왜 꼭 오늘 카드를 보내야만 하지? 지금처럼 아무것도 하지 않고 지낼 수는 없나?

일련의 생각들이 뇌리를 스쳐 지나갔네. 아직 일어나지 않은 일들을 걱정하는 친구들, 매 순간을 의미 없어 보이는 일들에 써 버리는 사람들, 무의미한 대화들, 쓸데없이 길기만 한 전화통화…… 나는 자리를 보존하기 위해 계속해서 일을 만들어내는 이사나 중요한 역할을 맡지 못해 자신의 존재가치를 평가받지 못할까 두려움에 떠는 수많은 직원들을 보아왔지. 아내는 아들의 이혼 때문에 마음에 상처를 입었고, 아들 녀석은 손자의 시험 점수가 낮게 나왔다고 괴로워하고, 손자는 제 부모의 기대에 미치지 못할까봐 두려워하고. 하지만 우리 모두 알고 있다네. 그런 게 사실 그렇게까지 중요한 건 아니라는 걸 말일세.

자리에서 일어나지 않기 위해 나는 자신과 길고도 어려운 싸움을 벌였다네. 점차 조바심이 진정되면서 나는 내 영혼, 혹은 '직관'인지 '원초적 감성'인지 뭐 아무튼 자네가 믿는다는 그것의 소리에 귀를 기울이기 시작했어. 그걸 무어라 부르든 나의 일부분이기도 한 그것은 늘 나와 대화를 나누고 싶어했지. 하지만 나는 늘 너무 바쁜 삶을 살고 있었어.

내 경우는 춤을 통해서가 아니라, 소음과 움직임의 완벽한 차단, 즉 침묵을 통해 나 자신을 만날 수 있었다네. 그리고 자네가 믿거나 말거나, 이를 통해 나는 오래 근심해온 많은 문제들에 대해 많은 깨달음을 얻을 수 있었네. 물론 내가 거기 앉아 있는 사이에 대부분의 문제들은 내게서 완전히 떠나버렸지만 말일세. 나는 신에 대해서는 잘 알지 못하네만, 내가 내려야 할 결정들에 대해서는 잘 이해할 수 있게 되었네."

식사가 끝나기 전, 행장은 제게 한 가지 제안을 했습니다. 그 직원을 두바이로 보내줄 수 있느냐는 것이었습니다. 두바이에 새 지점을 열기로 했는데, 상당한 리스크가 예상된다더군요. 뛰어난 경영자답게 그는 벌써 제가 그녀로부터 필요한 것은 모두 배웠고, 이제 남은 문제는 활용뿐이라는 사실을 알고 있었습니다. 이제는 그 직원을 다른 지점에 근무시키는 것이 더 활용도가 높을 터였습니다. 아테나와 저 사이의 약속을 전혀 알지 못했던 행장이 그 약속을 실현시켜준 겁니다.

런던으로 돌아오자마자 저는 아테나를 만났습니다. 그녀는 두바이 이야기를 듣자마자 바로 제안에 응했습니다. 우리가 주로 상대할 고객은 외국인들이지 아랍인들이 아니니 큰 상관은 없을 거라고 하면서도 그녀는 자신이 아랍어에도 능숙하다더군요(물론 이 사실은 그녀의 아버지를 통해 미리 알고 있었습니다). 그녀의 도움에 고마움을 표했지만, 아테나는 바르셀로나 회의에서 발표한 것이 어떻게 되었는지 전혀 궁금해하지 않았습니다. 단지 짐을 언제까지 꾸리면 되느냐는 질문뿐이었지요.

런던경시청에서 일한다는 남자친구 얘기가 진짜인지 아닌지는 아직도 잘 모르겠습니다. 만일 그게 사실이라면, 아테나를 죽인 범인은 벌써 체포되었을 거라고 봅니다. 신문이나 방송에서 그 사건에 대해 떠들어대는 소리는 하나도 믿기지 않으니까요. 나는 금융 재무라면 빠삭한 사람이고, 춤이 은행직원들의 업무 수행력을 향상시키는 데 도움이 된다는 것까지도 인정할 마음의 여유는 있습니다만, 세계에서 가장 유능하다는 영국경찰이 어떤 살인자는 체포하고 어떤 살인자는 못 잡는다는 건 도무지 믿을 수가 없습니다. 그렇다 해도 지금 와서 달라질 건 별로 없겠지만 말입니다.

나빌 알라이히, 나이 미상, 베두인족

아테나의 아파트, 그녀가 그 영광스러운 곳에 내 사진을 보관하고 있었다니 매우 기쁘다. 그렇다고 내가 그녀에게 가르쳐준 것들이 그렇게 쓸모 있는 것이라고 믿진 않는다. 그녀는 이곳, 사막 한가운데에 세 살배기 어린애를 안고 찾아왔다. 그녀는 가방을 열고 카세트를 꺼내들더니 내 천막 앞에 앉았다. 도시 사람들은 현지 음식을 시식해보고 싶어하는 외국인들에게 내가 있는 곳을 알려준다. 나는 그녀에게 아직 저녁을 준비하기엔 이른 시간이라고 말했다.

"저는 다른 목적으로 왔어요." 그 여자가 말했다. "제 고객인 당신 조카 하미드 씨 소개로 찾아왔어요. 그는 당신을 현자라고 하더군요."

"하미드는 애송이 얼간이오. 날더러 현자라고 했다지만 내 충고는 귓등으로도 안 듣는걸. 선지자 마호메트께 알라의 은총이 함께하시길. 현자란 바로 그분을 가리키는 말이지요."

나는 그녀가 몰고 온 차를 가리켰다.

"여기서는 익숙지 않은 길을 혼자 운전하면 안 되오. 길잡이도 없이 다니다간 큰일을 당하기 십상이지."

그녀는 대답 대신 가져온 카세트를 켰다. 잠시 후 내 눈앞에 한 여자가 모래사막 위를 날아가듯 춤추는 모습이 펼쳐졌고, 그녀의 아이는 그 모습을 놀랍고도 기쁜 표정으로 바라보고 있었다. 기계에서 흘러나오는 음악이 사막 전체에 넘쳐 흐르는 듯했다. 춤이 끝났을 때, 그녀는 내게 마음에 들었느냐고 물었다.

나는 그렇다고 대답했다. 우리 종교에는 춤으로써 알라께 — 그 이름에 축복이 있기를 — 한 걸음 더 가까이 다가가는 분파(수피즘을 가리킨다)도 있으니까.

"다행이군요."

그녀는 자신을 '아테나'라고 소개하면서 말을 이었다.

"어린 시절부터 나는 신과 가까이 있음을 느껴왔어요. 하지만 인생은 나로 하여금 신에게서 멀어지게 했죠. 음악도 신에게 다가가는 하나의 방법이었지만 그것만으로는 충분하지 않았어요. 나는 춤을 출 때면 언제나 빛을 봐요. 이제 그 빛은 내게 말하고 있어요. 한 걸음 더 나아가라고. 하지만 혼자 힘으로 배워가는

데 한계가 느껴져요. 나를 인도해줄 스승이 필요합니다."

"그 무엇으로부터도 배울 수 있지요." 내가 대답했다. "자비로우신 알라께선 언제나 가까운 곳에 계십니다. 스스로 만족하는 삶을 사시오. 그걸로 충분하다오."

하지만 그녀는 내 말에 충분하지 않다는 표정이었다. 나는 잠시 후면 찾아올 여행객들을 위해 저녁식사를 준비해야 하므로 이제부터 좀 바빠질 것이라고 했다. 그녀는 시간에 구애받지 말라고, 필요한 만큼 기다리겠노라고 답했다.

"아이는?"

"염려하지 않으셔도 돼요."

나는 늘 하던 대로 식사준비를 하면서 그녀와 아이를 관찰했다. 모자는 마치 동갑내기 친구처럼 사막을 뛰어다니고 웃고 떠들고, 모래 위에서 뒹굴면서 소란을 피워댔다. 길잡이와 함께 세 명의 관광객이 나타났다. 그들은 맥주를 요구했다. 나는 그들에게 교리 때문에 술을 마실 수도, 남에게 대접할 수도 없다는 것을 설명해야 했다. 그리고 여자와 아이를 저녁식사에 초대했다. 독일인 관광객들 중 한 사람은 예기치 않은 여성의 등장에 잔뜩 신이 났다. 그는 자신에게는 모아둔 재산이 엄청 많다며, 이 지역이 발전할 가능성이 있어 보여 땅도 구입할 계획이라는 둥 허풍을 떨어댔다.

"좋은 생각이네요. 저도 이 지역이 발전할 거라 생각해요."

그녀의 반응은 그게 다였다.

"우리 어디 다른 곳에서 저녁식사를 함께 하는 게 어떨까요? 사업 얘기도 좀더 구체적으로 하고."

"아뇨."

그녀가 그에게 명함을 내밀면서 잘라 말했다.

"필요하시면 우리 지점을 방문해주세요."

여행객들이 가고 난 후 우리는 천막 앞에 앉았다. 아이는 금방 엄마 품에서 잠이 들었다. 나는 우리 모두가 덮을 만한 담요를 가져왔다. 그리고 별이 총총한 밤하늘을 올려다보았다. 그녀가 적막을 깨뜨렸다.

"하미드 씨는 왜 당신을 현자라고 하는 거죠?"

"아마 내가 녀석보다 참을성이 많기 때문일 거요. 그애에게 내 기예를 가르치려던 시절도 있었어요. 하지만 하미드는 돈벌이에 더 관심이 많았다오. 오늘날에는 그게 더 현명한 태도겠지. 나는 이렇게 사막 한가운데에서 언제 올지 모르는 여행객들을 맞으며 천막생활을 하고 있지만, 녀석은 이미 제 소유의 아파트도 있고 배도 가지고 있으니. 하미드는 내가 지금 생활에 만족해 하는 걸 이해하지 못한다오."

"아니, 이해하고 있어요. 당신에 대해 몹시 존경하는 말투로 얘기하던걸요. 그런데 당신의 '기예'라는 게 어떤 건가요?"

"오늘 당신이 추던 춤, 나도 그와 같은 춤을 추지요. 단, 춤을 추는 게 내 몸이 아니라 글자들이라는 점이 다르오만."

그녀는 놀란 표정이었다.

"그건 내가 알라께—찬양받으실 신성한 이름이여—다가가는 방식이지요. 서법(書法)을 통해 글자 하나하나의 완전한 의미를 찾는 작업이라오. 마치 의미를 새겨넣듯, 문자 하나하나가 품고 있는 기운을 글자 안에 쏟아붓는 거지. 성전(聖傳)이 쓰일 때, 그 속에는 그것을 세상에 널리 알리기 위해 도구 역할을 한 사람의 혼이 담기는 것이라오. 그건 성전에만 적용되는 것이 아니라, 우리가 종이 위에 남기는 모든 글자에도 마찬가지지. 선을 긋는 모든 손에는 그 사람의 혼이 담기는 법이니까."

"내게 그걸 가르쳐주실 수 있나요?"

"우선, 당신처럼 기운이 흘러넘치는 사람에게 그런 배움을 위한 인내심이 있으리라 믿어지지 않소. 게다가 이건 당신들 세계의 일이 아니라오. 이렇게 표현해도 괜찮다면, 당신 세계는 뭘 만드는지에 대한 생각도 거의 하지 않고 모든 걸 인쇄물로 펴내더군."

"그래도 해보고 싶어요."

너무 들뜨고 기운이 넘쳐서 한 순간도 가만히 있지 못할 것 같던 그 여자는 여섯 달 동안 하루도 빠짐없이 금요일마다 나를 찾아왔다. 그녀의 아들은 종이 몇 장과 붓을 들고 구석에 앉아 하늘이 정해준 바에 따라 나름대로 그림을 그렸고.

나는 그녀가 올바른 자세를 취하고 침묵을 지키기 위해 무던히도 애쓰는 모습을 바라보며 물었다.

"다른 길을 찾아보는 게 나을 것 같다는 생각은 안 드오?"

그녀가 대답했다.

"내게 필요한 일이에요. 난 영혼을 진정시켜야 해요. 그리고 당신이 가르쳐주실 수 있는 것들을 아직 다 배우지 못했고요. '정점의 빛'이 내게 계속해서 배워야 한다고 일러주었어요."

나는 그 '정점'이 무엇인지 물어본 적도 없었고 관심조차 없었다.

그녀가 배워야 할 최초이자 가장 어려운 가르침은 바로 '인내'였다.

글자를 쓰는 것은 단순히 생각을 표현하는 데 그치는 게 아니라, 각 글자의 의미를 반영하는 행위이다. 다른 신앙 아래서 살아온 그녀에게 『코란』을 필사시킬 수는 없어서 우리는 아랍 시인의 작품을 가지고 작업을 시작했다. 나는 글자를 하나하나 불러주었다. 그리고 그녀에게 자신이 쓰고 있는 낱말, 구문, 시구의 의미를 알려고 하지 말고 자신이 하고 있는 그 행위에만 집중하라고 했다.

나와 함께 보내던 어느 날 오후, 아테나가 말했다.

"언젠가 누가 말하더군요. 제가 춤추던 그 음악은 신의 창조물이고, 그런 빠른 움직임을 통해 우리는 진정한 자기 자신과 소통할 수 있다고요. 여러 해 동안 그 말이 사실이라는 것을 온몸으로 느껴왔어요. 그런데 지금은 그 속도를 늦춰야 하는군요. 정말이지 너무 어려운 일이에요. 도대체 왜 인내가 그토록 중요한 거죠?"

"집중할 수 있도록 하기 때문이오."

"하지만 나는 내 영혼에만 귀 기울이며 춤출 수 있어요. 내 영혼의 명령에 따라 나 자신보다 더 강력한 힘에 집중하고, 이런 표현을 써도 된다면, 신과 접촉할 수 있다고요. 춤은 내 업무를 포함해서 내 인생의 많은 것을 변화시켰어요. 더 중요한 건 영혼이 아닐까요?"

"물론이오. 하지만 당신 영혼이 당신의 뇌와 소통할 수 있다면 더한 것들도 변화시킬 수 있을 거요."

우리는 계속 작업을 함께 했다. 어느 순간에 다다르면 아직 그녀가 귀담아 들을 준비가 되어 있지 않은 이야기를 해줘야 했다. 나는 그녀의 영혼이 그 순간에 대비하도록 하기 위해 노력했다. 언어 이전에 사고(思考)가 존재한다는 말도 해주었다. 그리고 그 사고를 심어둔 '신성한 불꽃'이 존재한다는 것도. 이 땅에 존재하는 모든 것에는 그만의 의미가 있고, 그렇기 때문에 아무리 작은 것일지라도 집중할 가치가 있는 것이다.

"나는 영혼이 느끼는 것을 온전히 드러내기 위해 내 몸을 훈련해왔어요."

아테나가 말했다.

"지금은 손가락만 훈련하면 되오. 몸이 느끼는 것들을 표출할 수 있도록 오직 손가락을 단련하는 데 집중하시오. 그렇게 육체의 모든 힘이 집중되는 거요."

"당신은 스승이시군요."

"스승이라, 그게 뭐요? 스승은 무슨 지식을 가르치는 게 아니라, 제자가 이미 알고 있는 것을 스스로 깨닫도록 하는 사람이오. 제자가 지닌 최선을 다하는 힘을 고취시키는 사람이지."

나는 느낄 수 있었다. 아직 젊지만 아테나가 이미 그런 경험을 했다는 것을. 나는 서체를 통해 사람의 특성을 알아보는데, 그녀가 아들뿐 아니라 가족으로부터, 그리고 한 남자로부터 사랑받는 사람이란 걸 알 수 있었다. 그리고 또 그녀가 특별하고도 신비로운 재능을 지닌 사람이라는 것도 알았다. 하지만 나는 내가 그걸 감지했다는 것을 그녀가 알아채지 못하도록 노력했다. 그런 재능은 신과 만나게도 하지만 파멸에 이르게 할 수도 있으니까.

나는 그녀에게 서법만 가르친 게 아니라, 서예 대가들의 철학 또한 전수했다.

"지금 이 선을 긋는 붓은 단지 도구일 뿐이오. 붓에는 의식이 없소. 붓을 쥐고 있는 자의 욕망에 따를 뿐이오. 그런 점에서 붓은 '삶'이라 불리는 것과 닮아 있소. 세상을 살아가는 많은 사람들은 자신을 인도하는 보이지 않는 손이 존재한다는 사실을 알지 못하고 다만 주어진 역할을 수행하오. 지금 이 순간, 당신의 손 안에서 한획 한획을 그어가는 붓에 당신 영혼의 의도가 모이고 있소. 이 점이 얼마나 중요한지 깨닫기 바라오."

"이해할 수 있어요. 품격을 유지하는 게 중요하다는 것도 깨달았어요. 당신은 내게 바른 자세로 앉고 사용할 도구를 공경하라고 가르쳐주셨죠. 그 모든 게 갖춰져야만 비로소 시작할 수 있다고요."

그랬다. 자기가 쥐고 글을 쓸 붓을 존중하다보면 자연히 글을 쓰기 위해 평상심과 품격을 갖춰야 한다는 사실을 깨닫게 된다. 평상심은 그런 과정에서 나오는 것이다.

"품격이란 겉치레가 아니오. 삶과 일을 존중하는 자세지요. 당신이 자세로 인해 불편함을 느낄 때, 그 자세가 허위거나 작위적이라고 생각해선 안 되오. 바른 자세를 갖추려는 노력으로 말미암아 종이와 붓은 더 품격을 갖추게 되는 거요. 종이는 평평하고 아무 색이 없는 표면이기를 멈추고, 자기 위에 놓인 것들의 깊이를 받아들이지요. 품격이란 가장 완벽한 서예를 위해 갖춰야 할 적합한 자세라오. 우리가 살아가는 삶도 이와 같아요. 불필요한 것들을 버릴 때 단순함과 집중력을 발견하게 됩니다. 단순할수록, 절도 있는 자세일수록 아름다운 거지요. 처음에는 불편하지만 말이오."

이따금 그녀는 자기 일에 관해서 이야기해주기도 했는데, 일에 열정을 지니고 있었다. 그녀는 어느 세도 있는 왕족에게서 일자리 제의를 받았다고 했다. 그는 친하게 지내는 은행장을 만나러 그녀가 근무하는 지점에 왔던 모양이다(왕족이 돈을 찾으러 은행에 왔을 리는 없고). 그는 그녀와 이야기하면서 자기 땅을 팔아줄 사람을 찾고 있다고 했다. 그리고 그녀에게 그 일을 맡아볼 생각은 없냐고 물었다.

누가 사막 한가운데 있는 땅이나 머나먼 항구의 땅을 사려 들겠는가? 그녀의 말에 나는 대꾸도 하지 않았다. 돌이켜보면, 그러길 잘했다는 생각이 든다.

딱 한 번 그녀가 사랑하는 남자에 대해 언급한 적이 있었다. 그녀가 천막에 있을 때 찾아오는 관광객들 중에서 늘 한 명 정도는 그녀에게 집적대며 말을 걸었는데, 아테나는 별 대꾸를 하지 않고 무시했다. 그런데 어느 날 한 남자가 그녀의 남자친구를 알고 있다고 넌지시 비추었다. 그러자 아테나는 얼굴이 창백해져서 즉시 아들을 바라보았다. 다행히 아이는 대화를 듣지 않고 있었다.

"그이를 어떻게 아세요?"

남자가 대답했다.

"어, 난 그냥 장난쳐본 건데요. 사귀는 남자가 있는지 알고 싶어서 해본 소리였어요."

그녀는 아무 말도 하지 않았다. 하지만 나는 그 일로 그녀 인생의 남자가 아이의 아버지가 아님을 알게 되었다.

어느 날 그녀가 평소보다 이른 시간에 모습을 나타냈다. 은행일을 그만두고 땅을 파는 일을 시작했다며, 그 덕에 여가시간이 더 생겼다고 했다. 나는 할 일이 쌓여 있었기에 정해진 시간 외에는 가르쳐줄 수 없다고 설명했다.

"나는 두 가지 것을 결합할 수 있어요. 동(動)과 정(靜), 그리고 기쁨과 집중을 말이죠."

그녀는 차에서 카세트를 꺼내더니 우리의 수업 전까지 사막 한가운데서 춤을 추기 시작했다. 그동안 아이는 엄마 주위를 깔깔대고 웃으면서 맴돌았다. 글씨를 수련하기 위해 자리에 앉았을 때, 붓을 쥔 그녀의 손은 평소보다 더 안정되어 보였다.

"서법에는 두 종류가 있소."

나는 설명을 시작했다.

"첫째 것은 정확하기는 하지만 영혼을 담고 있지 않소. 이 경우, 아무리 뛰어난 기교를 보인다 하더라도 서체가 오로지 테크닉에만 집중되어 있기 때문에, 어느 단계 이후에는 글씨는 발전하지 않고 제자리걸음을 할 뿐이오. 그러다보면 언젠가는 틀에 박혔다고 느끼게 되어 서예를 그만두게 되지요.

두번째 종류는 물론 뛰어난 테크닉을 필요로 하지만, 무엇보다 거기에는 혼이 서려 있소. 하지만 그러기 위해서는 글씨를 쓰는 사람이 그 글과 혼연일체가 되어야 하오. 그렇게 되면 가장 슬픈 시구들이 비극의 포장을 벗고, 우리 인생에서 마주치게 되는 단순한 사실들로 바뀌게 되는 것이오."

"아저씨가 쓴 글씨들은 모두 어떻게 하세요?"

그녀의 어린 아들이 완벽한 아랍어로 내게 물었다. 아이가 우리 대화를 이해했을 리는 없지만 그래도 아이는 엄마가 하는 일에 최대한 동참하고 싶어했다.

"내다 팔지."

"제 그림들도 팔 수 있어요?"

"그래야 하고말고. 그래야 큰 부자가 되어서 엄마를 도와드리지."

아이는 내 말에 만족해했다. 그러고 나서 그리고 있던 색색의 나비 그림에 매달렸다.

"그럼 내가 쓴 글로는 무엇을 할 수 있을까요?"

아테나가 물었다.

"이제 올바른 자세로 앉아 영혼을 고요히 하고, 의도한 바를 유지하면서 글자 하나하나를 존중하는 데 얼마나 큰 공이 드는지 깨달았으리라 믿소. 계속해서 연습하도록 해요. 많은 연습을 거치고 나면, 의식해야 했던 모든 동작이 절로 이뤄지게 됩니다. 그런 움직임들이 우리 존재의 일부가 되는 거지요. 그 경지에 이르기 위해서는 반복적인 연습이 필요하오. 그래도 충분치 않다면 더 많이 연습하고 반복해야 합니다.

솜씨 좋은 대장장이가 쇠를 다루는 걸 떠올려봐요. 문외한의 눈에 그의 작업은 그저 똑같은 망치질의 반복으로 보일 거요. 하지만 서법을 훈련한 사람의 눈엔 대장장이의 망치질이 매 순간 강도가 다르다는 걸 알 수 있지요. 그의 손은 같은 동작을 되풀이하면서도 쇠에 닿을 때마다 언제 강하게 치고 언제 부드럽게 칠지를 정확하게 알고 있는 거요. 이렇듯이 반복이란 겉보기에 늘 똑같은 동작이지만, 실은 언제나 다른 동작이지요. 연습에 매진하다보면 언젠가 내가 하는 일을 의식할 필요조차 없는 순간이 올 거요. 당신이 바로 글자가 되고, 먹이 되고, 종이가 되고, 그 언어가 되는 거지요."

그 경지는 일 년 후에 나타났다. 그즈음 아테나는 두바이에서 꽤 유명해져 있었다. 그녀는 자기 고객들에게 내 천막에서 저녁 식사를 맛볼 수 있도록 추천했고, 나는 그 사람들의 입을 통해 그녀의 일이 잘 풀려가고 있다는 걸 알 수 있었다. 놀랍게도 그녀는 사막 곳곳의 땅을 팔고 있었다! 어느 날 저녁, 왕족이 많은 수행원을 거느리고 아테나와 함께 있는 나를 찾아왔다. 꿈에도 상상하지 못할 일에 나는 무척이나 놀랐다. 영접할 준비도 되어 있지 않았으니까. 하지만 그는 오히려 놀란 나를 진정시키며 자기를 위해 일하는 사람을 잘 대해줘서 고맙다고 인사했다.

"아테나는 아주 훌륭한 사람이오. 그녀는 자기 재능이 다 선생의 가르침 덕분이라고 하더군요. 나는 아테나에게 회사 지분도 나눠줄 생각을 하고 있소. 마침 아테나도 한 달 정도 휴가를 떠난다고 하니, 선생께서 우리 마케터들에게도 서법을 가르쳐주면 어떨까 싶은데."

"소용이 있을지 모르겠습니다." 나는 대답했다. "서법이란 알라께서―그 이름에 축복이 있길―우리에게 열어주신 유일한 통로지요. 이를 통해 객관적 자세와 인내, 존중과 품격을 배울 수 있습니다. 하지만 이 모든 건 다른 것을 통해서도……"

"춤을 통해서 이룰 수도 있죠."

옆에 있던 아테나가 말을 이었다.

"또는 부동산을 팔면서도 가능하지요."

내가 덧붙였다.

그들 일행이 모두 돌아갔을 때, 아이는 천막 한귀퉁이에 누워 졸린 듯 눈을 감고 있었다. 나는 서예도구들을 가져와 그녀에게 무엇이든 써보라고 주문했다. 그리고 그녀가 쓰는 도중에 나는 그녀의 손에서 붓을 거두었다. 이제 말해야 할 것을 말할 순간이 온 것이다. 나는 그녀에게 잠시 사막 주변을 거닐자고 청했다.

"아테나, 이제 당신은 배우고자 하는 모든 것을 배웠소. 당신의 글씨는 갈수록 개성과 창조성을 띠어가고 있어요. 이제 당신은 단순한 반복의 미학을 넘어 개인적이고 창조적인 경지에 도달했소. 명인들이 깨달은 것을 당신도 깨닫게 된 거요. 규칙들을 잊으려면 우선 그것을 이해하고 존경해야 한다는 것을 깨달은 거지.

이젠 도구의 도움을 받을 필요가 없소. 종이도, 먹도, 붓도 필요 없소. 길 그 자체가 당신을 길로 이끄는 것들보다 더 중요하기 때문이오. 언젠가 당신에게 들은 적이 있소. 당신에게 춤을 가르쳐준 사람이 머릿속으로 음악을 떠올리는 심음(心音)을 가르쳤다고. 그것을 통해 언제든 필요한 리듬을 되살릴 수 있다고 말이오."

"그랬어요."

"모든 글자가 한군데 뭉쳐 있으면, 의미를 가지지 못하거나 읽기가 불가능하오. 그래서 빈 공간이 필요하지."

그녀는 동의한다는 듯 머리를 끄덕였다.

"당신은 글자들을 정복했지만 그 사이의 공백은 아직 정복하지 못했소. 집중하고 있을 때 당신의 손은 완벽하지만, 이 글자에서 저 글자로 옮겨갈 때 그 공백에서 집중력이 흩어지지."

"그걸 어떻게 아셨어요?"

"동의하오?"

"정말 그래요. 다음 글자로 온 신경을 집중시키기 직전, 찰나의 순간에 집중력을 잃은 적이 있어요. 떠올리기 싫은 것들이 그 순간에 끼어들어 머릿속을 지배해버리죠."

"그렇다면 그게 무언지 당신은 정확히 알고 있는 게로군."

아테나는 그게 무언지 알고 있었다. 하지만 천막으로 돌아올 때까지 그녀는 아무 말도 하지 않았다. 그리고 천막에 들자마자 아이를 품에 안았다. 감정을 조절하려고 애쓰는 기색이 역력했지만, 돌아서는 그녀의 눈가에는 눈물이 맺혀 있었다.

"아까 듣기로는 당신이 휴가를 떠날 거라더군."

그녀는 차문을 열더니 열쇠를 꽂고 시동을 걸었다. 자동차 엔진 소리가 사막의 적막을 뒤흔들었다.

"무슨 말씀을 하시는지 알고 있어요."

그녀가 입을 열었다.

"글씨를 쓸 때나 춤을 출 때면, 나는 만물을 창조하신 손이 날 인도하는 걸 느껴요. 잠든 비오렐을 보고 있으면, 그애가 나와 그애 아버지의 사랑의 결실이란 사실을 아이도 알고 있다는 걸 느끼죠. 그를 만나지 않은 지 일 년도 넘었지만요. 하지만 난……"

그녀는 다시 침묵을 지켰다. 그녀의 침묵은 글자 사이에 존재하는 공백 같았다.

"하지만 나는 날 처음으로 요람에 눕힌 그 손이 누구의 것인지 알지 못해요. 나를 세상의 책에 써넣은 손 말이죠."

나는 그저 고개만 끄덕였다.

"선생님은 그게 중요하다고 생각하나요?"

"항상 그렇지는 않아. 다만 당신의 경우, 그 손을 잡지 않으면 더 나아가기 어렵겠지요…… 그러니까…… 당신의 서법 말이오."

"나를 사랑하려 하지 않은 사람을 구태여 찾아 나설 필요가 있다고는 생각지 않아요."

이윽고 그녀는 미소를 띠며 차문을 닫고 출발했다. 그녀가 마지막으로 남긴 말에도 불구하고, 나는 그녀가 밟아갈 다음 단계가 무엇일지 알 수 있었다.

사미라 R. 칼릴, 아테나의 어머니

그것은 그애가 거둔 모든 직업적인 성공, 돈을 버는 능력, 새로운 사랑을 찾아 나서는 기쁨, 그애의 아들—내 손자죠—과 함께할 때의 충만감이 모두 이등칸으로 밀려나는 듯한 순간이었어요. 셰린이 생모를 찾아보기로 했다고 말했을 때 말예요. 나는 한마디로 공황 상태에 빠져버렸어요.

물론 처음에야 이런 생각을 하며 위안을 삼았지요. 입양센터가 없어졌을 거야, 서류들은 다 분실되었을 거고. 만나는 관리마다 쌀쌀맞게 굴 테지. 얼마 전에 루마니아 정부가 무너져버렸으니 여행도 불가능할 테고, 그리고 셰린을 낳은 그 자궁은 사라진 지 오래일 거야. 하지만 이런 생각들은 그저 잠시의 위안일 뿐이었어요. 내 딸은 무슨 일이든 할 수 있을 테고 아무리 불가능해

보이는 장애물이라도 극복할 테니까요.

그 순간이 오기 전까지 아테나의 생모에 관한 이야기는 가족들 사이에서 금기시되어왔어요. 베이루트에 살던 시절, 한 의사가 셰린이 이해할 만한 나이가 되면 입양 사실을 알려주는 게 좋겠다고 조언했기 때문에, 내 딸은 이미 자신의 입양 사실을 알고 있었지요. 하지만 한 번도 자신의 출생지에 대한 궁금증을 내비친 적이 없었어요. 그애에게 고향은 우리 가족 모두가 살았던 베이루트였어요.

그런데 우리 친구네가 입양한 아들이 부모 사이에 친딸이 태어나자마자 자살한 일이 있었어요. 겨우 열여섯 살에요! 그래서 우리 부부는 절대 아이를 낳으려고 하지 않았어요. 그리고 우리 딸이 우리의 유일한 희망이자 기쁨이자 슬픔이라는 사실을 깨닫게 하기 위해 무엇이든 했지요. 하지만 이런 부모 마음은 아무 소용이 없나봐요. 오 하느님, 어찌 자식들은 그렇게 하나같이 저희밖에 모르는지요!

나는 내 딸을 잘 알았기에 어떤 얘기도 소용없으리라는 걸 알고 있었어요. 남편과 나는 일주일 내내 잠을 이루지 못했지요. 매일 아침, 매일 오후, 똑같은 질문의 폭격이었어요. '제가 루마니아 어느 도시에서 태어났죠?' 비오렐마저 무슨 일이 일어나고 있는지 알고 있다는 듯 울어대면서 집안 분위기를 더 악화시켰지요.

나는 다시금 정신과의사에게 조언을 청하기로 했어요. 모든 걸 다 가진 우리 딸이 무엇 때문에 만족을 느끼지 못하는지 물어보았지요.

"우린 모두 자신이 어디에서 왔는지 궁금해하지요. 철학적 차원에서 누구든 느끼는 근원적인 문제거든요. 따님의 경우, 자신의 근원을 찾아보도록 내버려두는 게 낫다고 봅니다. 어머님께서 그 입장이라면 그러고 싶지 않으시겠어요?"

의사의 답변이었어요.

"아뇨, 나라면 그러지 않을 거예요. 정반대로, 내가 혼자 힘으로 살아남을 수 없었던 때에 나를 거부하고 내버린 사람을 찾아 나서는 건 위험한 일이라고 생각할 거예요."

하지만 의사는 강력하게 권고하더군요.

"따님과 충돌을 일으키는 대신, 도울 방법을 찾으세요. 부인께서 그걸 문제 삼지 않는다는 걸 알면 따님이 자기 고집을 포기할 수도 있어요. 그녀를 아끼는 사람들과 오랫동안 떨어져 지낸 탓에 애정결핍을 느끼는 것일 수도 있어요. 그래서 사안의 본질을 깨닫기보다 도발을 일으켜 그걸 보상받으려 하는 것이지요. 그냥 단순하게 사랑받고 있다고 느낄 수 있도록 해주세요."

셰린이 자기 발로 직접 의사를 만나봤더라면 좋았을 텐데. 그래서 자기 행동의 원인을 이해하게 된다면 좋을 텐데.

"신뢰를 보여주세요. 윽박질러서는 안 됩니다. 그래도 따님이 끝까지 고집을 부린다면, 그녀가 원하는 것을 주세요. 제가 이해하기로는, 따님은 줄곧 문제가 많았던 것 같군요. 혹시 알아요, 그 길을 통해 따님이 더 성숙해질지도."

나는 의사에게 자녀가 있는지 물어보았어요. 없다고 하더군요. 그 말을 듣고 나니 이 사람이 지금 내게 적합한 조언을 내려줄 만한 사람이 아니라는 판단이 섰어요.

그날 저녁, 텔레비전을 보고 있는데 셰린이 다시 그 얘기를 꺼냈지요.

"지금 뭐 보고 계세요?"

"뉴스 보고 있잖니."

"뭐 하러요?"

"레바논이 어떻게 돌아가는지 보려고."

남편이 대답했어요.

나는 셰린의 질문이 함정이었다는 사실을 깨달았지만 이미 늦어버렸지요. 셰린은 대답을 듣는 즉시 그 상황을 이용하더군요.

"그것 보세요, 아빠. 아빠도 영국에 성공적으로 정착하셨고, 친구도 많고, 돈도 많이 버시고 안전을 보장받고 계시지만, 태어난 고향땅에 무슨 일이 일어나는지 궁금해하시잖아요. 그래서 레바논 신문도 구독해 보시는 거죠. 베이루트에 관련된 뉴스라도 나오면 늘 채널을 고정시키시잖아요. 그곳의 옛 모습을 떠올리며 미래를 상상하시고요. 제 말은, 아빠도 고향 소식을 접하지 않으면 세상과의 끈이 끊어진 듯 느끼시죠? 제 기분이 어떨지 이해하시겠어요?"

"너는 우리 딸이야."

"네, 저도 그게 자랑스러워요. 전 언제나 영원히 엄마아빠의 딸이에요. 제가 부모님께 느끼는 사랑과 감사를 왜 모르세요. 전 단지 제가 태어난 곳에 발을 디뎌보고 싶은 것뿐이에요.

제 생모를 만나 왜 저를 버렸는지 물어볼 수도 있겠죠. 아니면, 그냥 서로 마주보며 아무 말도 하지 않을지도 몰라요. 하지만 이렇게라도 하지 않으면 전 자신을 겁쟁이라고 생각하게 될 거고, 공백에 대해서도 끝내 이해할 수 없을 거라고요."

"공백이라니?"

"두바이에 있을 때 서법을 배웠어요. 춤을 추고 싶을 때는 춤도 췄죠. 음악도 음표와 음표 사이에 휴지가 있기 때문에 존재하듯이, 문장도 글자와 글자 사이에 공백이 있어야 존재할 수 있는 거죠. 저는 무언가를 할 때마다 자신이 채워지는 걸 느껴요. 하지만 누구도 하루 스물네 시간 내내 움직일 수는 없어요. 움직임을 멈추면 저는 무언가 결핍을 느껴요. 엄마아빠도 제가 천성적으로 조용히 있질 못하는 체질이라고 말씀하셨잖아요. 하지만 저도 그러고 싶어서 그러는 건 아니에요. 저도 조용하게 여기서 텔레비전이나 보고 있으면 좋겠어요. 하지만 제 머리는 멈춰 있는 게 불가능해요. 가끔은 제가 미치지 않았나 싶기도 해요. 저는 항상 춤을 추거나, 글씨를 쓰거나, 땅을 팔러 다니거나, 비오렐을 돌보거나, 책에 푹 빠져 있지 않으면 견딜 수가 없어요. 이게 정상이라고 생각하세요?"

"그냥 네 기질이 그런 걸 게다."

남편이 대꾸했어요.

항상 그래왔던 대로 대화는 거기서 끝이 났어요. 비오렐은 울어대고 셰린은 입을 닫고 침묵으로 일관했어요. 내리사랑 알아주는 자식은 없다는 걸 다시 한번 확인한 셈이었지요.

그런데 다음 날, 아침식사를 하는 자리에서 남편이 그 문제를 끄집어냈어요.

"네가 중동에 가 있는 동안, 우린 고향으로 돌아갈 가능성을 알아봤다. 우리가 살았던 동네까지 가보았어. 우리가 살던 집은 사라져버렸더구나. 외세의 점령과 끊이지 않는 침공에도 불구하고 사람들이 한창 동네를 재건하고 있긴 했지만 말이다. 일종의 도취감 같은 것마저 느낄 수 있었다. 모든 게 다시 시작되려면 그런 법인가보더구나. '다시 시작한다'는 말 때문에 나는 다시 정신이 번쩍 들었다. 나 자신에게 그런 감상적 사치를 허용할 때는 이제 지나버렸다는 걸 깨달은 거지. 이제 이 애비는 현재 하고 있는 일을 계속하고 싶지, 또다른 새로운 모험을 시작하고 싶진 않아.

예전에 종종 함께 술을 마시던 친구들을 찾아보았는데, 대부분 떠나고 없더구나. 남아 있는 이들도 끊임없는 불안감에 시달린다며 투덜대고. 즐겨 다니던 곳을 따라 걸어보았지만 난 이미 이방인이었다. 이젠 내가 베이루트의 어떤 것에도 속하지 못한다는 느낌이 들었어. 가장 안 좋은 건 그거였다. 되살아나던 옛 꿈들이 내가 태어난 도시로 돌아왔다는 걸 깨달은 순간 사라져버렸다는 것. 바로 그래서 내가 거길 찾아가야 했던 거다. 아직도 내 가슴속에는 추방당한 자의 노래가 남아 있지만, 이제 나는 내가 절대로 다시 레바논으로 돌아가서 살 수 없으리란 사실을 잘 알고 있다. 어떤 의미에서 보자면, 이번에 베이루트를 다녀온 덕분에 내가 지금 있는 이곳을 더 잘 이해하게 되었고, 이곳 런던에서 보내는 매 순간의 가치를 더 절실하게 느끼게 된 거야."

"무슨 말씀을 하고 싶으신 거예요, 아빠?"

"네 말이 옳다는 거다. 어쩌면 그냥 묻어두는 것보다 그 공백을 이해하는 게 나을지도 몰라. 네가 여행하는 동안 우리가 비오렐을 돌봐주도록 하마."

남편은 방으로 가더니 노란색 파일을 들고 나왔어요. 바로 셰린의 입양서류였죠. 남편은 그걸 건네주고 셰린의 뺨에 입맞추었어요. 그러더니 이제 출근할 시간이라고 말하더군요.

헤런 라이언, 신문기자

1990년 어느 아침 내내, 내가 호텔 칠층 창문을 통해 볼 수 있었던 것은 정부청사가 전부였다. 과대망상에 걸린 독재자가 헬기로 도망을 쳤던 건물 옥상의 바로 그 자리에 국기가 게양되었고, 그는 결국 몇 시간 후 자신이 이십이 년간 압제해온 사람들에 의해 처형되었다.

워싱턴 D.C.에 필적하는 수도를 세우려던 차우셰스쿠의 구상 때문에 옛 가옥들이 모두 파괴된 부쿠레슈티는 전쟁이나 자연재해가 아닌 다른 이유로 최악의 파괴를 겪은 도시라는, 참으로 못마땅한 명성을 떨치게 되었다.

그 도시에 도착한 날, 나는 통역을 대동하고 시내 사정을 살피려 했지만, 거리는 과거도 현재도 미래도 가늠해볼 수 없는 가난과 무질서가 뒤섞인 광경뿐이었다. 사람들은 자기 나라에서, 그리고 다른 세상에서 무슨 일이 벌어지는지도 깨닫지 못한 채, 일종의 연옥에서 살아가고 있었다. 그후 십 년의 세월이 흘러 그곳에 다시 갔을 때, 나라 전체가 폐허로부터 일어선 것을 목격한 나는 인간이란 어떤 어려움도 극복해낼 수 있는 존재라는 것을 새삼 깨달았다. 루마니아 사람들이야말로 그 좋은 본보기였다.

하지만 음울한 그날 아침, 음울한 잿빛 호텔 로비에서 내가 걱정한 것은 그런 문제가 아니었다. 나는 BBC에서 발주한 다큐멘터리의 마지막 현지조사를 위해 필요한 차량과 연료를 통역이 과연 확보해올 수 있을지 전전긍긍하고 있었다. 통역은 예정된 시간 안에 돌아오지 않았고, 불안감이 고개를 들기 시작했다. 이러다가 목적은 이루지도 못하고 빈손으로 영국으로 돌아가게 되는 건 아닐까? 역사학자들의 자문, 시나리오 편성, 이미 찍어놓은 인터뷰 장면들에 벌써 많은 제작비를 쏟아부은 상태였다. 그러나 BBC는 최종 계약서에 서명하기 전, 내가 드라큘라 성에 직접 가서 현지의 실제상황이 어떤지를 확인해줄 것을 요구했다. 취재여행 경비는 내 예상보다 훨씬 초과되고 있었다.

나는 여자친구와 통화를 시도했지만, 연결되려면 한 시간가량 기다려야 한다는 말에 포기했다. 통역이 언제 차를 가지고 돌아올지 모르는 상황이라 시간을 허비할 수도 없었다.

영자 신문이라도 읽어보려고 찾아봤지만 헛수고였다. 솟구치는 조바심을 가라앉히기 위해, 나는 주위에서 차를 마시고 있는 사람들을 최대한 조심스레 관찰하기 시작했다. 그들은 작년에 일어난 민중봉기나 티미소아라에서 일어난 학살, 권력을 빼앗기지 않으려는 비밀경찰과 민중 사이에서 벌어진 시내 총격전 같은 것에는 무관심해 보였다. 미국인으로 보이는 세 사람이 눈에 들어왔다. 그중에 한 여자가 눈길을 끌었지만 그녀는 패션잡지에서 한 치도 눈을 떼지 않았다. 다른 테이블에는 큰 소리로 이야기를 나누는 남자들이 있었는데, 그들이 사용하는 언어는 나로선 이해불능이었다.

통역이 돌아오는지 살펴보기 위해 자리에서 일어나 출입문 쪽으로 향하는 순간, 한 여자가 문으로 들어섰다. 기껏해야 스무 살을 갓 넘긴 정도로 보였다. 자리에 앉은 그녀는 아침식사로 아무거나 달라고 영어로 주문했다. 자리에 있던 남자들은 그녀의 출현에 주목하지 않았지만, 줄곧 패션잡지에서 눈을 떼지 않고 있던 여자는 잡지를 덮었다.

조바심 때문이었는지, 아니면 우울한 정서를 불러일으키는 장소 탓이었는지는 모르지만, 나는 용기를 짜내어 방금 들어온 여자에게 다가갔다.

"실례합니다. 제가 늘 이러는 건 아닙니다. 저 역시 아침식사 시간은 하루 중 가장 사적인 시간이라고 생각하니까요."

그녀는 웃으며 자기 이름을 말했다. 그녀의 반응에 나는 즉각

포르토벨로의 마녀 137

조심스러워졌다. 그녀가 몸 파는 여자일지 모른다는 생각이 들었던 것이다. 하지만 그녀의 영어발음은 완벽했고 옷차림도 단정했다. 나는 질문은 하지 않기로 하고, 대신 장황하게 내 소개를 늘어놓았다. 그러면서 저쪽에 있는 또다른 한 여자가 잡지를 접어두고 우리 대화에 유심히 귀를 기울이는 것을 의식했다.

"저는 런던 BBC 방송에 제작물을 수주하는 독립 프로듀서입니다. 지금 트란실바니아로 가는 교통편을 구하고 있죠."

나는 그녀의 눈빛이 순간적으로 빛나는 것을 보았다.

"흡혈귀 신화에 대한 다큐멘터리를 완성하기 위해 방문하는 겁니다."

나는 그녀의 반응을 기다렸다. 사람들은 그 주제에 늘 호기심을 보였다. 하지만 그녀는 내 여행목적을 듣자마자 관심을 잃은 듯했다.

"버스를 타면 되겠네요." 그녀가 대꾸했다. "찾고자 하는 걸 찾을 수 있을지는 알 수 없겠지만 말이죠. 드라큘라에 대해 더 알고 싶은 게 있다면 책을 읽지 그래요. 그 책을 쓴 작가는 루마니아에 와보지도 않았지만요."

"당신은 어때요? 트란실바니아에 대해 아는 게 있나요?"

"몰라요."

그건 딱히 대답이라고 할 수 없었다. 영국식 악센트를 구사했지만 영어가 그녀의 모국어는 아닌 것 같다는 생각이 들었다.

"하지만 나도 거기에 갈 거예요."

그녀가 말을 이었다.

"물론 버스로요."

옷차림으로 봐서는 이국적인 장소들을 찾아다니는 모험가처럼 보이지는 않았다. 다시 창녀가 아닐까 하는 생각이 고개를 들었다. 어쩌면 내가 더 다가오기를 기다리는 건지도 모른다.

"우리 차를 타고 가지 않을래요?"

"벌써 버스표를 끊었답니다."

나는 이 첫번째 거절이 게임의 전형적인 첫 단계라고 생각하고 한 번 더 권했다. 그러나 그녀는 혼자 여행하고 싶다며 간단히 거절했다. 나는 그녀에게 어디 출신이냐고 물었다. 그녀는 한참 생각하다가 대답했다.

"말했듯이, 트란실바니아예요."

"그렇게 말한 적은 없는 것 같은데요. 하지만 그렇다면 촬영 장소를 좀 알아봐줄 수 있겠군요. 그리고……"

그녀가 창녀일지도 모른다는 생각이 아직 머릿속에 남아 있었지만, 그녀와 동행했으면 하는 생각이 너무너무 간절해서 내 무의식은 그녀를 좀더 탐색해봐야 한다고 말하고 있었다. 그러나 그녀는 정중하게 내 제안을 거절했다. 잡지를 보던 여자가 젊은 여자를 보호하려는 듯 대화에 끼어들었다. 나를 못마땅해하는 눈치인지라 나는 그만 물러서기로 했다.

포르토벨로의 마녀 139

조금 뒤에 통역이 돌아왔다. 그는 숨을 헐떡대며 필요한 모든 것을 구했지만 (내 짐작대로) 예상보다 돈이 더 많이 들었다고 했다. 호텔방에 올라가 꾸려놓은 짐을 가지고 곧 해체돼버릴 것 같아 보이는 러시아제 차에 올라탔다. 조그만 카메라와 소지품, 걱정거리들, 생수 한 병과 샌드위치를 실은 채, 차는 그 길고도 버려진 것 같은 넓은 길을 막힘 없이 통과해갔다. 그리고 내 머릿속에 자리 잡은 누군가의 영상은 지워지지 않았다.

다음 날부터 드라큘라의 역사에 대한 시나리오를 이어맞추고, 미리 예상했던 대로 그다지 성공적이지 못했지만 그 지역 농부들과 지식인들을 상대로 인터뷰를 하면서, 나는 내가 단지 BBC 다큐멘터리 제작을 위해 여기 있는 게 아니라는 걸 깨달았다. 나는 부쿠레슈티 호텔의 커피숍에서 본 그 오만하고 매력적이고 자신감에 차 있던 여자를 다시 만나보고 싶었다. 그때 들은 대로라면 그녀도 여기 나와 가까운 곳에 와 있을 터였다. 그녀의 이름 외에는 아는 것이 아무것도 없었지만 그녀의 존재는 마치 흡혈귀 미신처럼 내 온 신경을 빨아들이고 있었다.

그것은 내 세계, 그리고 나와 공존하는 사람들의 세상에서는 좀처럼 받아들여지기 힘든, 부조리하고 무의미하고 불가해한 감정이었다.

디어드러 오닐, 일명 '에다'

"당신이 무엇 때문에 여기 왔는지는 모르겠지만, 그 동기가 무엇이든 간에 끝까지 가야 해요."

그녀는 놀란 눈으로 나를 바라보았다.

"누구시죠?"

나는 읽고 있던 여성지를 화제 삼아 말을 걸기 시작했고, 그녀에게 수작을 걸던 남자는 잠시 후 일어나서 나가버렸다. 이제 내가 누구인지 그녀에게 밝힐 수 있었다.

"내가 무슨 일을 해서 먹고 사냐고 묻는 거라면, 난 몇 년 전에 의사 자격증을 땄어요. 하지만 당신이 듣고 싶은 대답은 이게 아니겠죠?"

나는 잠시 침묵을 지켰다.

"그리고 다음에 당신이 할 일은, 수년간의 끔찍한 독재에서 막 벗어난 이 나라에서 내가 정확히 뭘 하고 있는지 재치 있게 물어보는 거겠죠."

"그냥 단도직입적으로 물을게요. 여긴 무슨 일로 오셨죠?"

내 스승의 장례를 위해 왔다, 스승께선 그 정도 대우를 받아야 할 분이었다, 라고 대답해줄 수도 있었다. 하지만 그런 주제를 꺼내는 건 경솔한 일일 것 같았다. 그녀가 흡혈귀에 대해서는 아무 관심을 보이지 않더라도, '스승'이라는 말에는 주의를 기울일 것으로 보였다. 나는 거짓말은 하지 않기로 맹세했기 때문에 '절반 정도'만 사실대로 말하기로 했다.

"미르체아 엘리아데라는 저술가가 살았던 곳을 보고 싶어서 왔어요. 아마 당신은 들어본 적이 없을지 모르지만, 그는 대부분의 삶을 프랑스에서 보냈는데, 신화의 권위자죠."

여자는 관심 없다는 듯이 시계를 보았다. 나는 말을 이었다.

"그리고 난 흡혈귀에 대해 이야기하려는 게 아니에요. 그러니까…… 당신이 가고 있는 길을 똑같이 밟아온 사람들에 대해 이야기하려는 거죠."

그녀는 커피를 한 모금 마시더니 내 말을 가로막았다.

"정부에서 나왔나요? 아니면 우리 부모님이 내 뒤를 밟으라고 보낸 사람인가요?"

이번에는 내 쪽에서 말문이 막혀 대화를 어떻게 이어가야 할지 모를 난처한 상황이었다. 그녀의 반응은 불필요할 정도로 공격적이었다. 하지만 나는 그녀의 영기(靈氣)와 번민을 느낄 수 있었다. 그녀는 꼭 그 나이 또래였을 때의 나 같았다. 내적으로나 외적으로 상처투성이였던 나는 다른 사람들의 육체적 상처를 치유하고 정신적으로 길을 찾도록 간절히 돕고 싶어했었다. 나는 그녀에게 '당신이 입은 상처가 당신을 도울 거예요'라고 말해주고는 잡지를 집어들고 그 자리를 뜨려고 했다.

만약 그랬더라면 아테나의 운명은 완전히 달라졌을지도 모른다. 사랑하는 사람 곁에서 아들을 돌보며 살아 숨쉬고 있을지도 모른다. 더 오래 살아서 그 아들이 장성해 결혼하고 손자들이 태어나 자라는 모습을 지켜볼 수 있을지도 모르고. 부동산회사를 경영하여 부자가 되었을지도 모른다. 그녀는 성공을 위한 모든 것을 완벽히 갖춘 사람이었으니까. 그녀는 상처를 이점으로 사용할 수 있을 만큼 충분히 고통 받아왔다. 그녀가 자신의 불안을 제어하고 앞으로 나아가는 것은 단지 시간문제였다.

그런데 무엇 때문에 나는 그곳에 앉은 채 대화를 계속한 것이었을까? 대답은 무척이나 간단하다. 호기심 때문이었다. 무엇 때문에 그토록 빛나는 존재가 그런 호텔의 차가운 로비에 앉아 있는지 나는 궁금했다.

나는 말을 계속했다.

"미르체아 엘리아데는 기이한 제목의 책들을 남겼어요. 예를 들어 『오컬트, 마법과 문화적 양식』이라든가 『성(聖)과 속(俗)』 같은 책 말이죠. 내 스승님—순간적으로 이 말을 흘렸지만 그녀는 못 들었는지, 아니면 못 들은 척하는지 별 반응이 없었다—은 그런 책들을 무척 좋아하셨어요. 그리고 왠지 당신도 그 책들을 좋아할 것 같군요."

그녀는 시계 쪽으로 시선을 돌리더니 말했다.

"나는 시비우에 가는 길이에요. 한 시간 뒤에 떠나는 버스를 탈 거구요. 내 어머니를 찾으러 왔어요. 당신이 알고 싶은 게 이건가요? 나는 중동에서 부동산중개인으로 일하고 있고, 네 살이 되어가는 아들이 하나 있어요. 이혼했고, 부모님은 런던에 사시죠. 물론 그분들은 양부모님이에요. 나는 태어나자마자 버려졌으니까."

그녀의 직관은 아주 상당한 단계에 올라 있었고, 그녀는 아직 알아채지 못했을지라도 나와 공명하고 있었다.

"맞아요. 그게 알고 싶었어요."

"그런데 저술가 한 사람을 알아보러 이 먼 곳까지 올 필요가 있나요? 사는 동네에 도서관도 없나요?"

"사실, 엘리아데는 대학을 마칠 때까지만 루마니아에서 살았어요. 그러니까 그의 저작을 연구하려면 파리나 런던으로 가는 게 낫지요. 아니면 그가 삶을 마감한 시카고로 가든지. 그런 이유로 따져본다면 내가 지금 하는 조사는 소위 전통적인 방식은 아니에요. 나는 그가 남긴 자취들을 보고 싶은 거예요. 내 삶과 내가 존경하는 사람들의 삶에 영향을 미친 글들을 쓰게끔 그를 고취시켰던 것들을 느껴보고 싶은 거죠."

"그 사람이 의학에 관해서도 글을 썼나요?"

그 질문에는 대답하지 않는 게 낫겠다는 판단이 들었다. 그녀는 '스승'이라는 말을 의식했고 내 직업과 그것의 연관성을 탐색하고 있었다.

그녀가 자리에서 일어났다. 그녀가 내 말을 알아들었다는 느낌이 들었다. 나는 그녀의 빛이 더욱 강하게 빛나는 걸 보았다. 나는 누군가 나와 비슷한 사람과 가까이 있을 때만 이런 직관에 도달할 수 있다.

"버스정류소까지 같이 가달라고 한다면 너무 성가신 부탁이 될까요?"

그녀가 물었다.

성가실 일은 전혀 없었다. 내가 탈 비행기는 밤늦게야 출발하고, 내 앞엔 짜증나고 무료한 하루가 놓여 있던 터라 내겐 잠시나마의 대화가 아쉬웠다.

그녀는 방으로 올라가서 손에는 가방을 챙겨들고 머릿속에는 질문들을 담고 다시 나타났다.

호텔에서 나오자마자 그녀는 마치 심문하듯 준비한 질문들을 퍼부어댔다.

"아마 다시는 당신을 보지 못하겠지만, 우리가 뭔가 공유하는 게 있다는 느낌이 들어요. 그래서 하는 말인데, 이번 생에서 처음이자 마지막이 될지도 모르는 만남이잖아요. 빙빙 돌리지 말고 서로 터놓고 얘기하는 게 어때요?"

나는 고개를 끄덕였다.

"아까 말한 그 책들에 비춰볼 때, 춤을 통해 우리가 어떤 무아경에 빠질 수 있고 빛을 볼 수 있다는 걸 믿나요? 그리고 그 빛이 우리가 행복한지 슬픈지만 빼면, 아무것도 알려주지 않는다는 것도 믿나요?"

기다리던 질문이었다!

"믿어요. 하지만 춤을 통해서만이 아니라 정신을 집중하게 하여 육체와 영혼을 분리할 수 있게 하는 다른 모든 것도 마찬가지예요. 예를 들어, 요가나 기도, 혹은 참선도 그렇죠."

"서예도 거기 포함되겠죠."

"서예에 대해서는 생각 못 해봤지만, 가능하겠죠. 육체가 영혼을 자유로이 놓아주는 순간, 영혼은 그 주인의 상태에 따라 천상에 오르거나 지옥으로 떨어질 수 있어요. 어느 쪽이든, 배워야 할 것들을 배우게 되죠. 그것은 파괴일 수도, 치유일 수도 있어요. 하지만 나는 그런 개별적인 길에는 그다지 관심이 없어요. 내가 돕고 싶은 건…… 그런데 당신, 지금 내가 하는 말을 듣고 있어요?"

"아뇨."

그녀는 길 한가운데 멈춰 서서 버려진 듯 보이는 한 여자아이를 바라보고 있었다. 그녀는 주머니에 손을 넣어 동전을 찾고 있었다.

"그러지 말아요." 내가 말했다. "길 건너편을 봐요. 거기 사악한 눈빛의 여자가 있어요. 저 여자가 아이에게 구걸을 시킨 거예요."

"상관없어요."

그녀는 동전들을 꺼냈다. 나는 그녀의 손을 붙들었다.

"저 아이에게 먹을 걸 사줘요. 그게 나아요."

나는 아이를 불러 가까운 카페에 데리고 가서 샌드위치를 사줬다. 여자아이는 미소를 지으며 고맙다고 말했다. 길 건너편에 있던 여자의 눈빛이 증오로 번득였다. 하지만 내 곁에 있는 젊은 여자의 눈에는 처음으로 존경의 눈빛이 비쳤다.

"아까 뭐라고 하셨죠?"

"뭐, 중요하지 않아요. 좀전에 당신에게 무슨 일이 일어났는지 알아요? 잠시 동안이었지만 당신은 춤으로 불러일으켰다는 바로 그 무아경에 빠져 있었어요."

"아니에요. 그렇지 않아요."

"아뇨. 내 말이 맞아요. 뭔가 당신의 무의식을 건드렸어요. 어쩌면 아까 그애를 통해, 입양되지 않았더라면 그애처럼 거리에서 구걸하고 있을지도 모를 당신의 어릴 적 모습을 본 건지도 모르죠. 그런 생각이 드는 순간, 당신 머리는 혼란을 겪고, 영혼이 육신을 빠져나가 지옥으로 내려가 당신 과거의 악령을 만난 거죠. 당신이 길 건너편에 있던 여자의 존재를 눈치 채지 못한 건 그 때문이에요. 넋을 잃고 혼란스러운 무아경에 빠져 있었던 거죠. 그래서 자기도 모르게, 좋은 일이긴 하지만 실제로는 아이에게 도움도 되지 않을 행동을 하려 했어요. 마치 당신이……"

"글자와 글자 사이의 공백 속에 있는 것처럼 말이죠. 한 음이 끝나고 미처 다음 음이 시작하기 전의 그런 휴지 상태."

"맞아요. 그런 무아경은 상당히 위험해요."

그리고 나는 이런 이야기를 했던 것 같다.

"그것은 바로 두려움으로 인해 생겨난 무아경이에요. 사람을 마비시켜 반응할 수 없게 만들죠. 육체가 반응하지 않으면 영혼도 그 자리에 존재하지 못해요. 당신 운명에 양부모님이 개입하지 않았다면 당신에게 벌어졌을지도 모를 일들 때문에 공포를 느끼게 된 거예요."

그러자 그녀는 손에 들었던 가방을 땅에 내려놓더니 내 앞을 가로막아 섰다.

"대체 당신은 누구죠? 무엇 때문에 그런 얘기를 내게 하는 거예요?"

"난 의사예요. 디어드러 오닐이라는 이름도 갖고 있죠. 만나서 반가워요. 이름이 뭐죠?"

"아테나예요. 여권에 기재된 이름은 '셰린 칼릴'이지만요."

"아테나? 누가 지어준 이름이죠?"

"누가 지었는지는 중요하지 않아요. 그리고 난 당신 이름을 물어본 게 아니에요. 당신의 정체가 무엇이고, 왜 내게 그런 얘기를 하는지 묻는 거예요. 그리고 왜 내가 당신과 얘기를 나누고 싶은 생각이 드는지도 알고 싶구요. 설마 그 호텔 바에 여자라곤 우리 둘뿐이어서 그런 건 아니겠죠? 그렇다고는 생각 안 해요. 그리고 당신이 내게 해주는 말들이 내 삶의 의미를 깨닫게 해주는 것도 분명해요."

그녀는 다시 가방을 손에 들더니 버스정류소 방향으로 발걸음을 옮겼다.

"나 역시 **다른 이름을** 가지고 있어요. '에다'라고 하죠. 하지만 그 이름은 우연히 얻은 게 아니에요. 우리가 만나게 된 것도 순전히 우연만은 아니라고 믿어요."

우리는 군복을 입은 군인들, 농부들, 예쁘긴 하지만 오십 년 전에나 볼 수 있었음직한 옷을 입은 여자들 등 온갖 사람들이 드나드는 버스정류소 입구에 섰다.

"우연이 아니라면 뭐라고 생각하세요?"

그녀가 탈 버스가 출발하려면 아직 삼십 분이 남아 있었다. 그러므로 대답할 시간은 충분했다. 우리를 서로 만나게 한 것은

'어머니'라고, 몇몇 선택받은 영혼은 특별한 빛을 발하며 서로에게 이끌린다고. 그리고 셰린이든 아테나든, 당신은 그 영혼들 중 하나라고. 하지만 그 에너지를 당신의 것으로 만들기 위해서는 더 큰 노력을 기울여야 한다고.

나는 설명해줄 수도 있었다. 그녀가 '마녀'가 되는 전형적인 수순을 밟고 있다고. 특유의 페르소나 때문에 천상과 지하세계를 접하지만, 정작 자신의 삶은 파괴시켜버리는 마녀. 타인에게 에너지를 전하는 능력이 있지만 그 보답으로 아무것도 받지 못하는 마녀.

그리고 또 설명해줄 수도 있었다. 그들의 길은 각자 다르지만, 어느 지점에서 마주쳐 서로 축하하고 어려움을 나누고 '어머니'의 부활을 준비하게 된다고. 신성한 빛과의 접촉은 한 인간이 맛볼 수 있는 최고의 경험이라는 것도, 하지만 우리의 전통에 따르면 그런 접촉을 홀로 해서는 안 된다고 설명해줄 수도 있었다. 이미 우리는 수많은 박해의 시간을 통해 많은 것을 배웠기 때문에 그렇다고 설명해줄 수도 있었다.

"내가 탈 버스가 출발할 때까지 커피나 한잔 하지 않을래요?"

아니다, 나는 그러고 싶지 않았다. 이런 분위기에서 이야기를 더 진전시켰다가는 내 의도와 다르게 해석될 위험이 너무 컸다.

"내 인생에 큰 의미를 준 사람들이 있어요." 그녀는 말을 이었다. "예를 들면 내가 살던 아파트 집주인이 그랬죠. 또 두바이에서 알게 된 서법의 명인도 그랬어요. 혹시 알아요, 내가 그들과 함께 나눌 수 있고, 그들의 가르침에 보답할 만한 무언가를 당신이 내게 알려줄지요."

그런가. 그렇다면 그녀는 이미 삶 속에서 스승을 만난 것이다. 좋은 징조였다! 그녀의 영혼은 무르익어 있었다. 이제 필요한 것은 훈련에 더욱 매진하는 것이다. 그러지 않으면, 이제까지 쌓아온 모든 것을 잃게 될 것이다. 하지만 내가 그 훈련을 이끌어주기에 적합한 사람일까?

나는 어떻게 해야 할지 영감을 달라고 '어머니'에게 빌었다. 응답은 없었다. 놀랄 일도 아니었다. '어머니'는 내가 어떤 문제에 대해 책임을 갖고 용단을 내려야 할 때마다 항상 그랬으니까.

나는 내 명함을 한 장 내밀면서 그녀에게도 명함을 달라고 했다. 그녀는 지도를 들여다보아도 어딘지 찾아내지 못할, 두바이 어딘가의 주소를 주었다.

나는 그녀를 가볍게 시험할 겸 장난을 쳐보기로 했다.

"부쿠레슈티의 호텔 바에서 만나게 된 세 명의 영국인이라니…… 우연의 일치라고 보기엔 좀 신기하지 않아요?"

"글쎄요. 명함을 보니 당신은 스코틀랜드 사람 같은데요. 아까 그 남자도 영국에서 일하는 것처럼 보이긴 했지만 그것 말고는 그 사람에 대해 아는 게 없어요."

그녀는 깊이 숨을 들이마시며 말했다.

"그리고 나는 루마니아 사람이에요."

나는 그녀에게 호텔로 돌아가 짐을 챙겨야겠다고 말하고 자리를 떴다.

이제 그녀는 어디 가면 나를 만날 수 있는지 알고 있다. 우리가 다시 만날 것이라고 쓰여 있다면 그렇게 될 것이다. 중요한 건, 우리 삶에 개입한 운명을 따르고 우리 모두를 위해 무엇이 최선인지 마음을 정하는 것이다.

보쇼 "부샬로", 65세, 식당 주인

이곳에 오는 유럽인들은 자기들이 뭐든 다 알고 있다는 듯이 행동하고, 마땅히 최상의 대접을 **받아야** 한다고 생각한다. 또 자기들은 우리에게 질문을 퍼부어댈 권리가 있고, 우리는 그 질문에 무조건 대답해야 한다고 여긴다. 그런가 하면 우리를 "방랑자들"이니 "로마"* 같은 교묘한 별명으로 부름으로써 자기들이 과거에 저지른 잘못들을 얼버무리려 한다.

왜 우리를 그냥 '집시'라고 부르지 않는지, 그리고 왜 항상 우리를 세간의 눈에 저주받은 존재인 양 묘사하는 이야기들을 계속 퍼뜨리는 건지 모르겠다. 그들은 우리가 한 여자와 악마의 부

---

* '남자', 또는 '남편'을 뜻하는 집시어 'rom'에서 온 말로, 현재 발칸 반도와 헝가리 일대에 거주하는 유럽 집시의 한 분파를 일컫는다.

적절한 관계로 태어난 후손들이라고 한다. 또 그리스도를 십자가에 박아둔 못을 주조한 것도 우리 집시들이었다고 하고, 우리가 아이를 마차로 납치해 노예로 부려먹는다며 조심해야 한다고들 한다.

그리고 그런 것들을 근거로 그들은 아주 오랫동안 우리 집시들을 학살했다. 중세시대에 우리는 마녀로 몰려 사냥당했다. 독일 법정에서는 수세기 동안 우리의 증언이 인정되지 않았다. 나는 나치의 망령이 유럽을 휩쓸기 전에 태어나, 내 아버지가 수치스러운 검은 삼각형을 옷에 붙이고 폴란드의 강제수용소로 끌려가는 모습을 보았다. 그렇게 오십만 명에 달하는 집시들이 검은 삼각형을 붙이고 끌려가 강제노역에 동원되었고, 그중에서 단 오천 명만 살아남아 증언을 남겼다.

하지만 아무도 이런 이야기에 귀 기울이지 않는다.

바로 작년까지만 해도, 우리 민족 대부분이 정착하기로 한 이 저주받은 나라에서 우리의 문화, 종교, 언어가 금지되어 있었다. 도시 사람 아무나 붙잡고 집시에 대해 물어보면 즉각 "다 도둑놈들이죠"라는 말이 튀어나올 것이다. 우리가 세상을 떠도는 방랑을 포기하고 터전을 잡고 신분을 드러낸 채 정상적인 삶을 살려 해도 우리에 대한 차별은 멈추지 않았다. 우리 아이들은 교실 맨 뒷자리로 밀려나고 다른 아이들에게 놀림당하지 않는 날이 하루도 없다.

그러고는 그들은 비난한다. 우리가 정직하지 않다고, 위장하려 한다고, 출신을 드러내려 하지 않는다고. 우리가 왜 그래야 하는데? 집시들이 어떻게 생겼는지는 누구나 다 알고 있고, 우리 "저주받은 것들"로부터 자신을 어떻게 "보호"해야 하는지도 다들 알고 있는데.

건방지고 똑똑해 보이는 한 젊은 여자가 나타나 미소를 지으며 자기도 우리 문화와 민족에 속한다고 말했을 때, 나는 즉시 경계태세에 들어갔다. '영도자'이자 '카르파티아 산맥의 천재'이자 '지도자'라고 주장하던 그 미치광이 독재자의 수족 노릇을 하는 비밀경찰 '세쿠리타트'일 수도 있으니까. 사람들 얘기로는 그 독재자가 이미 붙잡혀서 총살을 당했다고 했지만 나는 믿지 않는다. 그의 아들이 사라졌다고는 해도, 아직 비밀경찰에 영향력을 행사하고 있을지도 모르고.

그 처녀는 아주 재미있는 얘기를 한다는 듯이 웃으면서 자기 생모가 집시라고, 생모를 만나고 싶다고 말한다. 처녀는 자기 생모의 이름을 정확히 알고 있다. 과연 비밀경찰의 도움 없이도 그런 정보를 알 수 있었을까?

정부와 연줄이 닿는 사람의 신경을 건드려서 좋을 게 없다. 모르쇠로 일관하면서 나는 정상적인 삶을 살고자 하는 집시일 뿐이라는 말만 되풀이한다. 하지만 처녀는 내 말은 귓등으로 듣는지 무조건 자기는 생모를 만나야 한다며 고집을 부린다. 사실 나는 그 처녀가 찾는 사람을 알고 있다. 이십 년도 더 전에 그 여자가 자기 아이를 고아원에 맡겼다는 것도. 그리고 그 이후 아이의 소식을 듣지 못했다는 것도. 우리는 그 여자를 우리 무리의 일원으로 받아들여야 했다. 자기를 세상의 마스터라 여기던 대장장이가 그래야 한다고 했기 때문이다. 하지만 내 앞에 있는 똑똑해 보이는 이 처녀가 릴리아나의 딸인지 누가 보증하겠는가? 또 그렇다 해도 이 여자는 생모를 찾기 전에 우리가 지켜온 몇 가지 관습을 존중해야 했다. 자기 결혼식날이 아닌 이상 붉은색 옷을 입고 나타나선 안 되고, 남자들의 욕망을 불러일으키지 않도록 좀더 긴 치마를 입어야 했다. 그리고 절대로 나를 이런 식으로 대해선 안 된다.

내가 그녀를 마치 지금 눈앞에 보고 있는 것처럼 말하는 이유는, 우리 방랑자들에게 시간은 존재하지 않기 때문이다. 우리에겐 오직 공간만이 존재한다. 우리는 아주 먼 곳에서 왔다. 어떤 이는 우리가 인도에서 왔다고 하고, 어떤 이는 이집트에서 왔다고 한다. 사실 우리는 늘 과거를 짊어지고 산다. 그 모든 과거가 마치 이제 방금 일어난 일인 것처럼. 그래서 박해는 계속되는 것이다.

여자는 내게 호감을 사려고 애쓰고 있다. 그럴 필요도 없는데, 자기가 우리 문화를 잘 안다는 걸 보여주지 못해 안달이다. 어쨌든, 이 여잔 우리 전통을 배우긴 해야 할 것이다.

"선생님께서 '롬 바로', 부족장이시라고 들었어요. 여기 오기 전에 저는 우리 문화를 많이 공부했어요……"

"'우리'가 아니지. 제발 그런 식으로 얘기하지 마쇼. 그건 '내' 역사고 '내 아내' '내 아이들' '내 종족'의 역사요. 당신은 유럽인이지. 나처럼 다섯 살 때부터 길거리에서 돌팔매질을 당해본 적도 없잖소."

"상황은 점점 좋아지고 있잖아요."

"상황이야 늘 좋아지지. 그러다 바로 악화돼버려서 그렇지."

하지만 그녀는 계속 미소 짓는다. 그리고 위스키를 한 잔 주문한다. 우리 집시 여자들이라면 절대로 할 수 없는 행동이다.

이곳에 단지 술을 마시러 들어왔거나 파트너를 찾으러 왔다면, 나는 그녀를 다른 손님들이랑 똑같이 대했을 것이다. 나는 어떻게 해야 사람들에게서 호감을 사고 주의를 끌고 기품을 갖춰 행동할 수 있는지 알고 있으니까. 그게 바로 장사의 핵심이다. 우리 식당을 자주 찾는 단골들이 집시에 대해 알고 싶어하면 나는 흥미로운 이야기를 몇 자락 들려주고, 조금 뒤 연주하러 올 악단의 음악을 들어보라고도 권하고, 우리 문화에 대해 약간 설명을 해주기도 한다. 그러면 손님들은 가게 문을 나서면서 우리 집시에 대해 모든 것을 알았다는 착각을 품는다.

하지만 이 여자는 관광을 목적으로 여길 찾은 게 아니다. 자신도 우리 무리의 하나라고 주장하고 있는 거니까.

그녀는 내게 정부에서 발급받았다는 증명서를 또다시 내밀고 있다. 내가 알기로 정부 쪽 인간들은 선량한 국민을 죽이고 강탈하고 속이긴 하지만, 이런 가짜 증명서를 발급하는 위험까지 무릅쓰진 않는다. 그렇다면 이 여잔 릴리아나의 딸이 분명하다. 증명서에는 릴리아나의 이름과 그녀가 살았던 지역까지 정확하게 기재돼 있으니까. 난 텔레비전에서 본 적이 있다. 국민의 아버지, 위대한 우리의 영도자, 우리가 농사 지은 식량을 몽땅 외국으로 수출해버려 국민의 배를 곯게 만들고, 대통령궁의 지붕을 금으로 치장한 그 독재자가 제 망할 여편네와 함께 비밀경찰에게 지령을 내려 고아원에서 아이들을 빼내서는 암살조로 키우게 했다는 이야기를. 비밀경찰들은 여자아이들은 그대로 두고 남자아이들만 골라갔다고 한다.

나는 다시 한번 증명서를 들여다본다. 그리고 릴리아나가 살고 있는 곳을 알려줄지 어쩔지 고민한다. 릴리아나는 "우리 일원"이라고 자처하는 이 똑똑해 보이는 딸을 만나볼 자격이 있는 여자다. 릴리아나는 가제(집시들이 외국인을 일컫는 말)와 동침하여 동족을 배신하고 부모에게 수치를 안겨준 데 대한 고통을 충분히 받았다. 이제 살아 돌아온 자기 딸을 만나 지옥 같은 시간을 끝낼 때가 왔는지도 모른다. 이 딸은 돈도 있어 보이니 제 생모가 처한 경제적 어려움을 도와줄 능력도 있을 테니까.

정보를 건네준 대가로 내게도 얼마간의 수고비가 떨어질지도 모른다. 그리고 이런 인연이 언젠가 우리 집시에게 유리하게 작용할 수도 있다. 지금 우리는 혼란스러운 시대에 살고 있으니 말이다. 모두 위대한 영도자가 사망했다며 처형장면을 공개하기까지 했지만, 그가 내일이라도 당장 멀쩡하게 나타날지도 모를 일이고, 꼭꼭 숨어서 누가 자기 편이고 누가 자기를 배신하는지 알아보려고 벌이는 일종의 속임수일 수도 있다.

잠시 후면 연주자들이 연주를 시작할 테니 거래를 빨리 마무리해야 한다.

"난 그 여자가 어디 사는지 알고 있소. 거기까지 안내해줄 수도 있고."

나는 은근한 어조로 말을 건넨다.

"내 정보가 어느 정도는 가치가 있을 것 같은데."

"그 말이 나오길 기다리고 있었어요."

여자는 내가 요구하려던 것보다 더 큰 액수를 내민다.

"그걸로는 택시비도 안 되겠는데."

"목적지에 도착하면 이만큼 더 드리죠."

순간 그녀의 표정이 갑자기 흔들린다. 막상 닥치니 두려운 모양이다. 나는 얼른 탁자 위에 놓인 돈을 챙긴다.

"내일 릴리아나에게 데려다주도록 하겠소."

그녀의 손이 떨린다. 여자는 위스키 한 잔을 더 주문한다. 그때 남자 하나가 바에 들어서더니 그녀를 알아보고는 얼굴을 붉

히며 다가온다. 나는 그들의 대화에서, 두 사람이 겨우 어제 알게 된 사이라는 걸 알 수 있다. 그런데도 그들은 오랜 친구처럼 보인다. 남자의 눈은 그녀에 대한 욕망으로 가득하다. 그녀 역시 그걸 의식하면서도 남자를 더 자극하고 있다. 남자가 포도주 한 병을 주문하고, 둘은 탁자에 자리를 잡는다. 여자는 마치 생모 이야기는 까맣게 잊은 것처럼 보인다.

하지만 나는 약속된 나머지 수고비를 받고 싶다. 포도주를 가져다주면서 나는 그녀에게 아침 열시에 호텔 로비에서 기다리겠다고 말한다.

헤런 라이언, 신문기자

아테나는 포도주 한 잔을 비운 뒤, 내가 묻지도 않았는데 자기 애인이 런던경시청에서 일한다고 말했다. 물론 거짓말이다. 그녀는 내 눈빛을 읽었을 테고, 그래서 이런 식으로 거리를 두려는 것이다.

나도 사귀는 여자가 있다고 했으니 일단 비긴 셈이었다.

연주가 시작된 지 십여 분 정도가 지나자, 그녀가 자리에서 일어섰다. 우리는 이야기한 게 별로 없었다. 그녀는 흡혈귀에 관한 조사에 대해서는 아무것도 묻지 않았고, 도시의 인상이 어떻다는 둥 교통사정이 좋지 않다는 둥 일상적인 얘기만 늘어놓았다. 하지만 다음 순간 내 눈에 비친 그녀는, 아니 식당 안의 모두가 본 그녀는, 영광에 찬 자태를 드러낸 여신, 혹은 천사와 악마를 소환하는 여사제의 모습이었다.

그녀의 두 눈은 감겨 있었고, 자신이 누구인지 어디에 있는지 무얼 찾고 있는지 더는 의식하지 않는 듯했다. 공중에 붕 떠 있는 듯 보이는 그녀는 마치 과거를 불러내는 동시에 현재를 밝히며, 미래를 예언하는 것 같았다. 그녀는 관능과 순결을, 포르노그래피와 계시를, 신에 대한 찬미와 자연에 대한 찬미를 뒤섞어 하나로 만들고 있었다.

식당 안의 모든 사람들은 식사를 멈추고 그녀에게 시선을 모았다. 그녀가 음악을 따르는 게 아니라, 연주자들이 그녀의 발놀림을 좇고 있었다. 시비우의 낡은 건물 지하식당은 이제 다산을 기원하는 이시스 여신의 숭배자들이 모여든 이집트 사원으로 바뀌었다. 고기 굽는 냄새와 포도주 냄새는 모두를 무아경으로 인도하는, 현세를 떠나 미지의 영역으로 인도하는 향내로 바뀌었다.

현악기와 관악기는 멈추었고 타악기 소리만 울려댔다. 아테나는 마치 그곳에 없는 존재인 양 춤을 추었다. 얼굴에선 땀방울이 흘러내렸고, 그녀의 맨발은 나무 바닥을 힘차게 두드렸다. 한 여자가 조용히 일어나 자기 스카프를 아테나의 목과 가슴께에 둘러주었다. 아테나의 블라우스가 어깨에서 흘러내릴 듯했기 때문이었다. 하지만 아테나는 전혀 의식하지 못하고 있었다. 그녀는 다른 영역, 우리가 있는 곳과 맞닿아 있지만 결코 제 모습을 온전히 드러내지 않는 다른 세계에 가 있었다.

식당에 있는 사람들이 박자에 맞춰 손뼉을 치기 시작했고, 아테나는 주위의 기운을 빨아들이면서 빠르게 더 빠르게 춤추었고, 허공에서 균형을 잡으며 빙글빙글 돌았다. 우리 가련한 인간들이 최고의 신성(神聖)에 바치고자 하는 모든 것을 움켜쥐려는 듯이.

그리고 돌연 그녀가 멈췄다. 타악기 연주자들도, 그녀에게 시선을 집중하던 사람들도 모두 동작을 멈췄다. 그녀의 눈은 여전히 감겨 있었고, 그녀의 뺨 위로 눈물이 흘러내렸다. 그녀는 두 팔을 허공으로 들어올리고 외쳤다.

"나 죽거든, 나를 선 채로 묻어주소서. 나 평생을 무릎 꿇고 살았으니!"

침묵이 흘렀다. 그녀는 깊은 잠에서 깨어난 듯 눈을 뜨더니 아무 일도 없었다는 듯이 태연히 테이블로 돌아왔다. 밴드는 다시 음악을 연주하기 시작했고, 몇 쌍의 남녀가 플로어로 나가 즐기려 했다. 그러나 그곳의 분위기는 이미 완전히 달라져 있었다. 사람들은 하나둘씩 계산을 하고 식당을 빠져나갔다.

"괜찮아요?"

춤으로 인한 피로가 조금 가신 듯 보여 내가 물었다.

"두려워요. 내가 가고 싶지도 않은 곳에 갈 방법을 알게 됐거든요."

"내가 함께 가줄까요?"

그녀는 고개를 저었다.

며칠이 지난 뒤, 나는 다큐멘터리 제작에 필요한 조사를 마치고 렌터카와 함께 통역을 부쿠레슈티로 돌려보냈다. 그리고 혹시 그녀를 다시 만날 수 있을까 하는 기대감으로 시비우에 머물렀다. 나는 일생을 논리적으로 살아왔다. 그리고 사랑이란 어쩌다 발견하는 것이 아니라 만들어지는 것이라고 믿어왔다. 하지만 그녀를 다시 못 보게 된다면, 트란실바니아에 내 삶의 아주 중요한 부분을 두고 왔다는 느낌을 평생 씻을 수 없으리라는 걸 잘 알고 있었다. 시비우에 머무르며 나는 끝없이 단조로운 시간에 맞서 싸웠다. 부쿠레슈티로 가는 버스시간을 알아보려고 몇 번이나 버스터미널에 가기도 했다. 나는 프리랜서 제작자가 쓸 수 있는 빠듯한 예산으로는 감당키 힘든 액수를 BBC와 여자친구와 통화하는 데 날려야만 했다. 나는 아직 프로그램이 완성되지 않았고, 빠진 부분이 있어서 하루가 걸릴지 한 주가 더 걸릴지 아직 알 수 없다고 말했다. 또한 루마니아 사람들은 까다로워서 상대하기 힘든데다, 자기네 아름다운 고장 트란실바니아에 흡혈귀 이야기를 끌어들인다고 엄청 화를 내서 애로가 많다고 둘러댔다. 방송국 제작자들은 내 말에 일리가 있다고 생각했는지 현지에서 무사히 작업을 마치기 위해 필요한 만큼 머무르도록 허락했다.

우리는 시비우의 유일한 호텔에 묵고 있었다. 어느 날 다시 나타난 그녀는 호텔 로비에서 나를 보고는 우리가 처음 만났던 순간을 떠올린 듯했다. 이번에는 그녀가 먼저 내게 다가와 시간이 있느냐고 물었다. 나는 넘치는 환희를 주체할 수 없었다. 내가 그녀 인생에서 중요한 사람이 아닐까 하는 생각마저 들었다.

한참 나중에야 나는 알게 되었다. 그녀가 춤을 마치며 외쳤던 말이 고대로부터 내려온 집시들의 무가라는 것을.

릴리아나, 재봉사, 나이는 모름

나는 늘 현재형으로 말한다. 우리에게 시간은 존재하지 않고 단지 공간만 존재하기에, 그리고 그 일이 어제 일어난 일 같으므로.

우리 종족의 전통에서는 아이를 낳을 때 아이 아빠가 산모 곁을 지켜야 한다. 그러나 아테나를 낳을 때, 나는 그 전통을 따르지 않았다. 산파들은 내가 가제, 즉 외국인과 동침해서 잉태했다는 걸 알았지만 그래도 와주었다. 그녀들은 내 머리칼을 풀어놓고 탯줄을 끊더니 그것을 여러 갈래로 매듭지어 내게 건네준다. 우리 전통에 따르면 아기가 태어나자마자 아이 아빠의 옷자락으로 감싸야 한다. 아이 아빠는 자기 체취가 담긴 스카프 한 장을 남겨두었다. 가끔 나는 스카프를 코에 갖다대고 그를 느낀다. 하지만 그 향기는 이제 내게서 영원히 사라질 터이다.

　나는 아기를 스카프로 감싼 후, 대지의 기운을 받아들이기를 바라며 바닥에 내려놓았다. 그리고 무엇을 느끼는지, 무슨 생각을 하고 있는지 자각하지 못한 채 거기에 아이와 함께 앉아 있다. 이미 결정은 내려졌다.

　산파들은 내게 말한다. 아이 이름을 짓되, 그 이름을 말하지는 말라고. 아이가 세례를 받을 때 그 이름을 말하라고. 그들은 아기가 두 주 동안 목에 걸고 있어야 하는 부적과 성유(聖油)를 건네준다. 그녀들 중 하나가 나를 다독인다. 너무 걱정 말라고, 부족 전체가 아이를 돌봐줄 거라고, 물론 내게 엄청난 비난이 닥칠 테지만 어차피 겪을 일이고 금세 지나갈 거라고. 그리고 내게 조언한다. 땅거미가 내릴 때부터 다음 날 동이 트기까지 집 밖에 나가지 말라고. 친바리(악령)들이 우리를 덮쳐 홀릴 거라고. 그렇게 되면 그때부터 우리 삶은 비극이 된다고.

　한 주가 지난 뒤, 나는 동이 트자마자 시비우의 입양센터로 가서 아이를 받아줄 자비로운 손이 있으리라 기대하며 문 앞에 아기를 내려놓는다. 그때 곧바로 한 보모가 나타나 나를 건물 안으로 끌고 들어간다. 그녀는 온갖 험한 말로 나를 모욕하더니, 이런 일은 흔해빠졌지만 그래도 세상에는 항상 지켜보는 눈이 있어, 내가 아이를 세상에 태어나게 한 책임에서 쉽게 도망갈 수 없으리라고 말한다.

"하긴 집시한테 뭘 기대할 수 있겠어. 제 자식을 내다버리는 것 말고!"

그녀는 서류를 내밀며 인적사항을 작성하라고 강요한다. 글을 쓸 줄 모르는 내가 머뭇거리자, 그녀는 다시 말한다.

"어련하시겠어, 집시가. 거짓말로 우릴 속일 생각은 꿈도 꾸지 마. 감옥에 보내버리는 수가 있으니까."

덜컥 겁이 난 나는 모든 것을 사실대로 말한다.

나는 내 딸을 마지막으로 바라본다. 그리고 간신히 할 말을 생각해낸다.

"이름도 없는 아가야. 사랑받아라. 살면서 많이 사랑받아."

입양센터를 나와 몇 시간 동안 숲속을 거닌다. 임신하고 보냈던 수많은 밤들이 떠오른다. 아이와 그 아이를 갖게 한 남자를 사랑하고 원망했던 많은 시간들이.

많은 여자들이 그러듯이 나도 백마 탄 왕자님을 만나 결혼하고 집 안을 아이들로 가득 채우는 꿈을 꾸었다. 그리고 많은 여자들이 그러듯이 나는 그런 행복을 줄 수 없는 남자와 사랑에 빠져버렸다. 하지만 나는 그와 잊을 수 없는 순간들을 함께했다. 아이에게 그것을 이해시킬 순 없으리라. 아이가 동족 안에서 자란다면 영원히 이방인으로, 애비 없는 자식으로 낙인찍혀 살아가게 될 테니까. 그런 비난쯤 나는 참을 수 있다. 하지만 딸아이가 겪는 것은 참을 수 없다. 임신 사실을 안 순간부터 내가 겪은 고통을 딸아이가 겪는 것은 참을 수 없다.

나는 울면서 내 살을 할퀸다. 이 상처의 고통이, 수모만이 남은 일상으로 돌아간다는 생각, 내가 우리 무리에게 가져다준 수치와 맞서야 한다는 고통스러운 생각을 멈춰줄지도 모른다고 생각하면서. 이 아이를 돌봐줄 누군가가 나타나겠지. 그애가 어른이 되면 언젠가 다시 만날 거라는 희망을 간직한 채 살아가게 되리라.

울음을 멈출 수가 없어서 나는 땅바닥에 주저앉아 두 팔로 나무 기둥을 부둥켜안는다. 그런데 내 눈물과 내 할퀸 상처에서 흘러나온 피가 나무둥치를 적시자, 낯선 적요가 나를 사로잡는다. 누군가 말하는 것 같다. 걱정하지 말라고, 내 피와 눈물이 아이의 앞길을 정화했고, 내 고통을 덜어주리라고. 그 이후로 나는 절망할 때마다 그 목소리를 기억해내고 다시 평온을 찾는다.

이런 까닭에 나는 아테나가 우리 무리의 '롬 바로'와 함께 나타난 것을 보고도 그다지 놀라지 않는다. 롬 바로는 커피와 술 한 잔을 청해 마시고는 음흉한 미소를 짓고는 사라져버린다. 목소리는 딸이 돌아오리라 말했고, 이제 그 아이가 진짜 내 앞에 와 있다. 예쁘다. 제 아버지를 닮았다. 이애가 날 보며 무슨 생각을 하는지는 모르겠다. 아마 내가 자길 버렸다고 미워하는지도 모른다. 내가 왜 그랬는지 설명할 필요는 없다. 누구도 이해하지 못할 일이니까.

우리는 한동안 말없이 서로 바라만 본다. 웃지도 울지도 않고 아무렇지도 않은 듯이 바라보고 있다. 내 영혼의 밑바닥으로부터 사랑이라는 감정이 끓어오르는 걸 느낀다. 하지만 이애가 내 감정을 궁금해하기나 하는지 알 수가 없다.

"배고프지? 뭐 좀 먹을래?"

본능. 중요한 순간에는 늘 본능이 앞선다. 딸애는 고개를 끄덕인다. 우리는 내가 살고 있는 조그만 방으로 함께 들어간다. 방은 거실이자 침실이자 부엌이고, 내가 삯바느질을 하는 일터이다. 딸은 방을 한 번 휘이 둘러보더니 뭔가 놀란 모양이다. 하지만 나는 못 본 체한다. 나는 화덕에서 걸쭉한 고기야채수프가 담긴 접시를 두 개 내온다. 진하게 끓인 커피에 막 설탕을 넣으려할 때, 딸애의 목소리를 처음으로 듣는다.

"설탕은 넣지 말고 주세요. 영어를 하시리라고 생각 못 했어요."

'네 아버지에게 배웠잖니' 라고 불쑥 말할 뻔하다가 입을 다문다. 우리는 조용히 음식을 먹는다. 천천히 먹는다. 시간이 흐르자 모든 게 친근하게 느껴진다. 내가 여기 내 딸과 함께 있다니. 그애는 다른 세상을 구경하고 먼 여행에서 막 돌아왔다. 나와는 다른 길을 살다가 고향으로 돌아온 것이다. 이 모든 게 환상이란 걸 나는 알고 있다. 하지만 삶은 내게 가혹한 현실의 순간들을 수없이 주었으니, 한순간이나마 내가 꿈을 꾼다고 해서 나쁠 건 없다.

"저기 저 성녀님은 누구예요?"

벽에 걸린 그림을 보고 딸아이가 묻는다.

"성(聖) 사라란다. 집시의 수호성인이지. 프랑스에 있다는 성 사라의 성당에 가보고 싶은데, 이 나라를 벗어날 수가 없구나. 여권은 물론이고 입국허가도 받을 수 없으니. 게다가……"

'설사 그런 걸 받는다 해도 여행할 돈이 없으니' 라고 말하려다 나는 입을 다문다. 그 말을 듣고 그애가 내가 뭔가를 바란다고 생각할지도 모르니까.

"게다가 할 일도 너무 많아."

다시 침묵이 맴돈다. 딸아이는 수프가 담긴 접시를 비우고 나서 담배에 불을 붙인다. 그애의 눈에는 아무것도, 아무 감정도 담겨 있지 않다.

"저를 다시 보게 될 거라고 생각하셨어요?"

나는 그랬다고 대답한다. 그리고 어제 롬 바로의 안사람에게서 '그애가 식당에 나타났다는 소식' 을 이미 들었다고 말한다.

"폭풍이 다가오는데, 한숨 잘래?"

"아무 소리도 들리지 않는데요. 바람은 아까보다 세지도 약하지도 않아요. 이야기나 더 해요."

"내 말 듣거라. 내겐 시간이 얼마든지 있단다. 내 남은 평생을 네 곁에만 머무를 수도 있어."

"그런 얘긴 하지 마세요."

"그래도 피곤할 텐데."

나는 그애의 말을 못 들은 척 계속 말한다. 나는 폭풍이 다가오는 것을 알 수 있다. 모든 폭풍이 그러듯이, 그것은 파괴를 불러온다. 하지만 동시에 천상의 지혜가 비와 함께 내려 대지를 적실 것이다. 모든 폭풍우가 그러듯이 이것 역시 지나가리라. 맹렬할수록 더욱 빠르게.

신의 은총에 힘입어 나는 이미 폭풍우를 견디는 법을 배웠다. 바다의 성 마리아들*께서 내 말을 들었는지, 회색 지붕 위로 빗방울 듣는 소리가 들려온다. 아이는 담배를 끈다. 나는 그애 손을 잡아끌고 침대로 데려간다. 그애는 드러눕더니 눈을 붙인다.

그애가 얼마나 잤는지 모르겠다. 나는 딸이 아무 생각 없이 휴식을 취하도록 기도한다. 그리고 숲속에서 들려온 그 목소리가 내게 속삭인다. 모든 게 잘될 테니 걱정하지 말라고, 운명의 고난도 그 속을 제대로 들여다보면 모두 우리에게 호의적인 것들이라고. 누가 그애를 입양센터에서 데려다가 가르치고 독립적인 여자로 키워주었는지 나는 모른다. 그저 내 딸이 살아남게 해주고 이렇게 훌륭하게 성장하게 해준 가족에게 감사의 기도를 드릴 뿐이다. 불현듯 질투와 후회, 절망이 엄습한다. 나는 성 사라에게 드리던 기도를 멈춘다. 딸을 다시 만나게 된 게 과연 잘된

---

* 야곱의 어머니 마리아 살로메와 막달라 마리아, 성모 마리아의 동생 마리아를 일컫는다.

일인가? 여기, 내가 잃어버렸고, 다시는 되찾을 수 없는 모든 것이 누워 있다.

하지만 저 아이는 내 사랑의 구체적인 증거이기도 하다. 나는 아무것도 몰랐지만 모든 운명은 이미 결정되어 있었다. 죽음과 낙태를 생각했던, 힘이 닿는 한 세상 끝으로 도망가고 싶었던 시절이 떠오른다. 나무둥치에 묻어난 내 눈물과 핏자국, 그리고 그 순간부터 강력하게 발현하여 한시도 내 곁을 떠나지 않은 자연과 나눈 대화들이 떠오른다. 내게 자연과 대화를 나누는 능력이 있다는 걸 아는 이는 우리 종족 중에도 몇 안 된다. 숲속을 방황하다 만난 나의 수호자는 그 모든 것을 이해했지만, 이제 그는 이 세상 사람이 아니다.

"빛은 흔들리기 쉬워. 바람이 와서 끄고, 번개는 다시 켜지. 빛은 태양처럼 늘 존재하는 게 아니야. 하지만 싸워서 지킬 가치가 있지."

그분은 그렇게 말했다.

그분은 나를 받아준 사람이고, 내가 다시 무리의 일원이 되도록 사람들을 설득해준 사람이었고, 내가 부락에서 쫓겨나지 않도록 지켜줄 도덕적 권위를 가진 유일한 사람이었다.

아, 그분은 이제 내 딸을 결코 만나보지 못할 사람이기도 하다. 세상 모든 안락한 것들에 익숙해져 있다는 듯이 딸이 내 침대에서 곤히 잠들어 있는 동안, 나는 그분을 위해 눈물을 흘린다. 수천 가지 질문이 머릿속을 채운다. 양부모는 어떤 사람들인지, 어디 살고 있는지, 딸애는 대학은 갔는지, 사랑하는 사람이 있는지, 무엇을 꿈꾸고 있는지. 그러나 자기 뿌리를 찾아 나선 사람은 내가 아니라 딸아이였다. 나는 지금 대답을 해줘야 하는 입장이지, 뭘 물어볼 입장이 아니다.

그애가 마침내 눈을 뜬다. 나는 그애의 머리를 쓰다듬으며 가슴에 간직해온 혈육의 정을 나누고 싶었지만, 그애가 어찌 나올지 알 수 없어 감정을 억누른다.

"여기 온 건 그…… 이유가 무언지 알고 싶어서겠지."

"아니에요. 엄마란 분이 왜 자기 딸을 버렸는지 알고 싶지 않아요. 그런 이유는 애당초 존재하지 않는 거니까."

그애의 말 한마디 한마디가 내 심장을 도려내는 것 같다. 하지만 나는 대답할 말이 없다.

"나는 누구죠? 내 혈관에 흐르는 피는 어떤 것이죠? 어제, 당신을 만날 수 있다는 사실을 안 다음부터 나는 완전히 겁에 질려버렸어요. 어디서부터 시작해야 되죠? 다른 집시들처럼, 당신도 카드로 미래를 점칠 수 있겠죠, 그렇지 않나요?"

"그렇지 않아. 카드 점 같은 것은 외국인을 상대로만 하는 거란다. 먹고사는 수단일 뿐이지. 우리 집시들끼리 있을 때는 카드 점을 치거나 손금을 보거나 미래를 보려 하지 않아. 그리고 너는……"

"나도 그들에게 속해 있죠. 내게 세상의 빛을 준 분은 나를 멀리 보내버리긴 했지만……"

"그래."

"그렇다면, 나는 지금 여기서 뭘 하고 있는 걸까요? 이제 당신의 얼굴도 봤으니 런던으로 돌아가면 되겠군요. 휴가도 다 끝나가니까."

"네 아버지에 대해 알고 싶니?"

"눈곱만큼도 관심 없어요."

그 순간, 나는 내가 이 아이를 어떻게 도와줄 수 있는지 깨닫는다. 갑자기 다른 이의 목소리가 내 입에서 흘러나오는 것 같다.

"내 핏줄과 네 심장 속을 흐르는 피를 이해하려고 노력해보렴."

스승이 내게 한 말이었다. 그애는 다시 눈을 감더니 장장 열두 시간을 내리 잤다.

다음 날, 난생처음 딸에게 아침을 차려주는 기쁨을 누린다. 그리고 서로 다른 종류의 집들이 옹기종기 모여 일종의 박물관 촌을 이루고 있는 시비우 외곽으로 그애를 데려간다. 피로와 긴장이 얼마간 풀렸는지, 그애는 집시문화에 관해 이것저것 묻는다. 하지만 나에 대한 질문은 없다. 자신이 살아온 삶에 대해서도 조금씩 입을 열기 시작한다. 나는 내가 이미 할머니가 되었다는 사실도 알게 되었다! 그애는 남편이나 양부모에 대해서는 한마디도 하지 않는다. 그저 자기는 아주 먼 곳에서 부동산 매매를 업으로 삼고 있으며, 휴가가 끝나면 돌아가서 하던 일을 계속 할 것이라고만 말한다.

악령을 막아주는 부적을 만드는 방법을 가르쳐주겠다고 했지만 아테나는 관심이 없다. 하지만 약초의 치료효과에 대한 이야기를 하자, 약초를 구별하는 방법을 알려달라며 관심을 보인다. 그애가 살던 곳, 대화중에 알게 된 런던에 있다는 그 집으로 돌아가자마자 깡그리 잊어먹을 게 분명했지만, 공원을 함께 산책하면서 나는 내가 알고 있는 모든 지식을 딸에게 전해주기 위해 최선을 다한다.

"우리는 땅을 소유하지 않는단다. 반대로 땅이 우리를 소유하지. 우린 끊임없이 유랑했고, 우리를 둘러싸고 있던 모든 것이 바로 우리 것이었다. 식물들, 물, 우리 마차 행렬이 지나는 길들의 풍경 모두 말이지. 우리가 따르는 법은 바로 자연의 법이야. 강한 자들은 살아남고, 우리같이 약한 존재들, 영원히 추방당한 자들은 꼭 필요한 경우에만 사용하기 위해 일신에 지닌 힘을 숨기는 법을 배운단다. 우리는 '신'이 우주를 만들었다고 믿지 않아. '신'이 바로 우주이고, 우리는 그 안에 있지. 그리고 우주는 우리 안에 있단다. 비록 나는……"

나는 말을 잠시 멈췄지만 계속하기로 마음먹는다. 그것이 나의 수호자였던 그분께 경의를 표하는 길이다.

"……그 '신'을 '여신' 혹은 '어머니'라고 불러야 한다고 생각하지만. 물론 그 '어머니'는 갓 낳은 딸을 고아원에 맡겨버린 여자 같은 어머니가 아니라, 우리 모두의 안에 깃든 여성성처럼, 우리를 위험으로부터 보호하는 존재란다. 우리가 사랑과 기쁨으로 일상을 꾸려갈 때, 모든 것은 고통이 아니라 '창조'를 드높이기 위한 것임을 이해하게 될 때, 그분은 늘 우리와 함께한단다."

아테나―나는 이제야 내 딸의 이름을 알았다―는 공원에서 보이는 건물들 중 하나에 시선을 돌리고 있다.

"저건 뭐죠? 성당인가요?"

아테나와 함께 보낸 시간 덕분에 나는 힘을 되찾을 수 있었다. 나는 그애에게 대화 주제를 바꾸는 것이 좋겠냐고 묻는다. 그애는 대답하기 전에 잠시 생각에 잠긴다.

"아뇨. 하던 이야기를 마저 들었으면 해요. 그런데 여기 오기 전에 책에서 본 내용을 떠올려보면, 지금 하시는 말씀은 집시의 '전통'과는 별 상관이 없는 것 같은데요."

"이 이야기는 나의 '수호자'였던 분이 가르쳐준 거야. 그분은 집시들이 알지 못하는 것들도 알고 계셨지. 내 종족이 나를 다시 받아들이게 한 분도 그분이야. 그분의 가르침을 받으면서 나는 '어머니'의 힘 아래 나를 맡기게 된 거란다. 내 자신이 어머니로서 가질 수 있는 축복을 저버리고 난 다음에 말이다."

나는 손으로 조그만 나뭇가지를 잡아당기면서 말을 이었다.

"네 아이가 열이 나면 이렇게 어린 나무 곁에 두고 나무 잎사

귀를 흔들렴. 그러면 아이의 열이 나무로 옮겨간단다. 무언가 괴로운 일이 있을 때도 그렇게 하면 같은 효과를 볼 수 있어."

"아까 말씀하시던 수호자 얘기를 더 듣고 싶어요."

"그분이 말씀하시길, 태초에 '창조'는 너무나 외로웠대. 그래서 대화할 상대들을 만들었다지. 그렇게 생겨난 피조물들이 서로 사랑의 행위를 해서 세번째 사람을 잉태하게 됐고, 그 뒤로 그 수가 백만 천만으로 불어나게 되었대. 우리가 좀전에 본 성당에 대해 물었지? 나도 그 성당이 언제 어떻게 세워졌는지 몰라, 알고 싶은 마음도 없고. 내 사원은 이 공원, 하늘, 호수 그리고 그곳을 채우는 물줄기들이거든. 내게 동족이란 혈연으로 이어진 이들이 아니라 같은 생각을 공유하는 사람들이야. 내가 행하는 의식은 그들과 함께 내 주변의 모든 것을 축복하기 위한 것이고. 그런데 언제 집으로 돌아갈 거니?"

"내일쯤요. 내가 있는 게 불편하실까 싶어서요."

또다른 아픔이 가슴에 와닿는다. 하지만 그걸 말할 수 없다.

"있고 싶은 만큼 있어도 돼. 언제 갈 거냐고 물어본 건, 우리가 만난 걸 다른 이들과 함께 축하하는 의식을 가져볼 수 있을까 해서야. 괜찮다면 오늘밤에 그 의식을 준비하고 싶은데."

그애는 아무 대꾸도 하지 않는다. 나는 그것을 긍정으로 받아들인다. 집으로 돌아와서 그애에게 식사를 차려준다. 식사를 마친 그애는 옷가지를 가지러 시비우의 호텔에 다녀오겠다고 한다. 그애가 돌아올 때쯤, 나는 의식을 치를 준비를 마친다. 우리는 마을 남쪽에 있는 언덕으로 올라간다. 우리는 갓 피워놓은 모닥불 옆에 앉는다. 악기를 연주하고, 노래를 부르고, 춤을 추고, 이야기를 나눈다. 롬 바로에게서 아테나가 놀라운 춤솜씨를 가졌다는 얘기를 들었지만, 그애는 자리에 앉아 그저 바라만 보고 있다. 몇 년 만에 처음으로 나는 진정한 기쁨을 느낀다. 내 딸을 위해 의식을 마련하고, 위대한 어머니의 사랑 안에서 우리 두 사람 모두 건강하게 살아 있는 기적을 축복할 수 있으니까.

의식이 끝나자, 그애는 호텔로 돌아가 자겠다고 한다. 지금이 우리가 헤어지는 순간이냐고 묻자, 아테나는 내일 다시 돌아오겠다고 말한다.

그리고 일주일 내내, 나는 딸과 함께 우주를 숭배하는 시간을 나눈다. 어느 날 밤, 그애가 친구 한 사람을 데려왔다. 딸애는 그 사람이 사랑하는 남자도 아이 아빠도 아니라고 말한다. 아테나보다 열 살 정도 많아 보이는 남자는 우리가 의식을 통해 숭배하는 이가 누구인지 물었다. 나는 수호자의 가르침에 따라, 누군가를 숭배한다는 것은 그 대상과 우리를 분리시키는 행위일 뿐이며, 우리는 다만 '창조'와 소통하는 거라고 설명한다.

"하지만 기도도 드리지 않나요?"

"그건 개별적인 문제예요. 개인적으로 나는 성 사라께 기도한답니다. 그러나 지금 여기 있는 우리는 모든 것의 일부이고, 우리는 기도를 드린다기보다 찬양하는 것이지요."

아테나가 내 대답을 듣고 자랑스러워하는 걸 느꼈지만, 사실 나는 내 수호자가 남겨준 가르침을 되풀이하고 있을 뿐이다.

"그렇다면 무엇 때문에 모여서 찬양을 하는 거죠? 당신 말대로라면 각자 우주와 소통할 수 있는 것 아닌가요?"

"왜냐하면, 다른 사람들도 '나'이기 때문이지요. '나' 역시 '다른 사람들'이고요."

그 순간, 아테나가 나를 쳐다본다. 이번에는 내가 그애의 가슴을 아프게 했다는 느낌이 든다.

"난 내일 떠날 거예요."

그애가 말한다.

"떠나기 전에 엄마와 작별하러 오렴."

나는 처음으로, 우리 사이를 갈랐던 그 오랜 세월을 뛰어넘어 '엄마'라는 말을 해버린다. 내 목소리는 떨리지 않았고, 내 눈동자도 떨리지 않았다. 그 모든 것에도 불구하고 나는 내 앞에 서 있는 아이가 내 자궁에서 나온 내 핏줄이라는 것을 알고 있으니까. 그 순간 나는 마치 세상이라는 것이 어른들이 말하는 것처럼 귀신과 저주로 가득 찬 곳이 아니라는 걸 처음으로 깨달은 소녀와도 같다. 세상은, 어떤 모습을 띠고 드러나든 사랑으로 넘쳐흐르는 곳이었다. 우리의 잘못을 용서해주고 우리의 죄에서 구원해주는 사랑으로.

그애는 오랫동안 나를 꼭 껴안았다. 그런 다음 내 머리칼을 덮은 베일을 가다듬어준다. 남편이 없더라도 집시 전통에 따라 베일을 써야 한다. 그것은 미혼이 아니라는 표지였다. 멀리 떨어진 채 사랑하고 동시에 두려워하던 내 사랑을 떠나보내고 나면, 내일은 과연 무슨 의미가 있을까? 나는 모두였고, 모두는 나였고 나의 고독이었다.

다음 날 아테나가 꽃다발을 들고 나타난다. 그애는 내 방을 정리해주더니 내가 바느질을 하느라 시력이 나빠진 것 같으니 안경을 써야겠다고 말한다. 그리고 자기를 위한 의식에 참여해준 친구들이 그 때문에 다른 집시들과의 사이에서 문제가 생기는 건 아닌지 묻는다. 나는 아니라고 대답한다. 내 수호자는 모두에게 존경받는 분이었고 그로부터 우리는 무지를 깨우칠 수 있었다고, 전 세계에 그분의 제자들이 퍼져 있다고 말해준다. 그리고 그분은 그애가 여기 오기 얼마 전에 돌아가셨다고 말한다.

"어느 날, 고양이 한 마리가 다가와 그분에게 몸을 비벼댔지. 그건 우리에게 죽음을 뜻하는 흉조야. 모두 걱정에 빠졌지. 물론 그런 흉조를 쫓아버리는 의식도 있었지만, 수호자께서 이르기를, 이제 떠나야 할 시간이 되었다고, 이제 익히 존재함을 알고 있는 다른 세계를 여행할 때가 왔고, 어린아이처럼 다시 태어나 '어머니'의 품에 안겨 휴식을 취할 때가 되었다고 하셨지. 그분의 장례는 가까운 숲속에서 치러졌어. 소박한 의식이었지만 그분을 추모하기 위해 세계 곳곳에서 많은 사람들이 왔단다."

"그 사람들 중에 까만 머리칼에 나이는 서른다섯 살가량 된 여자는 혹시 없었나요?"

"정확하게 기억나진 않지만 본 적이 있는 것 같은데. 무엇 때문에 그러지?"

"부쿠레슈티의 호텔에서 한 여자를 만났어요. 그 여자 말이, 친구의 장례를 위해 왔다고 해서요. 자기 '스승'이라고 했던 것 같기도 해요."

아테나는 내게 집시에 대한 이야기를 좀더 해달라고 부탁한다. 하지만 그애는 이미 많은 것을 알고 있다. 우리 자신은 물려받은 관습이나 전통은 잘 알아도, 우리의 역사에 대해서는 잘 모른다. 나는 아테나에게 언젠가 프랑스에 가게 되면 생트 마리 드 라 메르라는 작은 마을에 있는 성 사라의 상에 나 대신 미사포를 바쳐달라고 말한다.

"내가 여기에 온 건, 내 인생에 공백으로 남아 있는 부분 때문이에요. 그걸 채우고 싶었어요. 당신 얼굴을 보면 충분할 거라고 생각했어요. 하지만 그게 전부가 아니었어요. 내가 사랑받았는지…… 그것도 알고 싶어졌어요."

"너는 **그때도, 그리고 지금도 사랑받는** 아이란다."

그 말을 하고 나서 나는 한참 동안 아무 말도 하지 않는다. 그애가 떠나기 전에 하고 싶었던 말을 이제는 꺼내야 한다. 너무 감상에 빠지지 않도록 나는 말을 계속한다.

"한 가지 부탁을 하고 싶구나."

"원하시는 걸 말씀하세요."

"네게 용서를 구하고 싶다."

그애는 입술을 깨문다.

"나는 항상 미친 듯이 살아왔어요. 일도 많이 하고, 아들을 키우는 데 온 신경을 다 쏟아부었죠. 미친 여자처럼 춤을 췄고, 서법을 배우고, 마케팅에 관한 것도 배우고, 끊임없이 책을 읽었어요. 그 모든 것이 내게 공백으로 남아 있는 시간들을 돌아보지 않기 위해서였어요. 내 삶에 공백으로 남겨진 그 부분 때문에 아주 작은 사랑조차 담겨 있지 않은 철저한 공허를 느꼈거든요. 양부모님은 나를 위해서라면 무엇이든 해주셨지만, 나는 언제나 그분들을 실망시켰어요.

그런데 여기서 우리가 함께 자연과 위대한 어머니를 찬양하면서 그 공백이 채워지는 걸 느꼈어요. 이제 그것은 공백이 아니라 정지의 순간이죠. 북을 다시 힘차게 내려치기 위해 들어올린 팔을 일시 정지하는 순간처럼 말이에요. 이제는 떠날 수 있을 것 같아요. 하지만 이제 내 마음이 완전히 평화를 되찾았다는 건 아니에요. 이미 내 삶은 길들여진 리듬을 따라야 하니까요. 그렇지만 아픈 가슴을 안고 떠나는 건 아니에요. 모든 집시들이 위대한 어머니를 믿나요?"

"그 질문에 그렇다고 대답하는 사람은 없을 거다. 집시들은 그들이 머무르는 곳의 믿음과 관습들을 빌린단다. 그렇기에 종교적으로 우리를 하나로 묶어주는 것은 성 사라에 대한 숭배와 적어도 일생에 한 번은 생트 마리 드 라 메르에 있는 성지를 순례하는 것 정도지. 어떤 무리들은 그녀를 '칼리 사라' '검은 사라', 혹은 루르드에서 알려진 대로 '집시 동정녀'라 부르지."

"이제 가봐야겠어요."

잠시 망설이다가 아테나가 입을 연다.

"저번에 보셨던 친구가 절 데리러 올 거예요."

"좋은 남자 같아 보이더구나."

"마치 엄마가 하시는 말씀 같아요."

"나는 네 엄마란다."

"나는 딸이고요."

그애는 나를 끌어안는다. 딸애의 눈에서 눈물이 흘러내린다. 나는 운명, 혹은 나의 두려움이 우리를 갈라놓은 이래로 늘 꿈꿔왔던 대로 그애를 내 품에 꼭 안으며 머리카락을 쓰다듬어준다. 나는 잘 살아야 한다고 당부하고, 그애는 많은 걸 배우고 간다고 응답한다.

"아직 더 많은 걸 배우게 될 거다. 비록 집과 도시와 직업에 갇혀 살아가지만, 아직 우리의 핏줄에는 마차와 여행과, 우리가 살아남을 수 있도록 위대한 어머니가 우리의 길에 예정하신 가르침이 흐르고 있기 때문이야. 배우렴. 하지만 늘 네 주위 사람들과 함께 배우도록 해. 혼자서는 그 길을 가지 않도록 조심하고. 그러지 않으면 자칫 잘못된 길에 들어섰을 때, 너를 바로잡아줄 이가 없을 테니까."

아테나는 내 품에 안긴 채, 내 곁에 계속 있게 해달라며 운다. 나는 수호자에게 간절히 빈다. 제발 내가 울음을 터뜨리지 않게 해달라고. 나는 아테나에게 무엇이라도 도움이 되었으면 하는 마음뿐이고, 그애는 앞으로 계속 나아갈 운명이다. 여기 트란실바니아에서 내가 줄 수 있는 것은 '사랑' 외에는 없다. 그리고 그 사랑이야말로 모든 존재의 이유를 입증하는 데 충분할지라도, 나는 딸을 곁에 붙잡아두기 위해 그애의 미래를 희생시키는 욕심은 부리지 말자고 마음먹는다.

아테나는 내 이마에 입맞춤을 하고는 안녕이라는 인사도 없이 떠난다. 아마 언젠가 다시 돌아오리라고 생각했을 것이다. 그애는 매년 크리스마스에, 삯바느질을 하지 않아도 일 년 동안 먹고살기에 충분한 돈을 보내왔다. 부족 사람들이 나를 어리석은 여자로 생각할지라도, 나는 한 번도 딸이 보내온 수표를 찾으러 은행에 가지 않았다.

그리고 그애는 육 개월 전, 지난 크리스마스에는 돈을 보내지 않았다. 아마도 그애는 깨달았을 것이다. 나 역시 아테나가 말한 "공백"을 채우기 위해 바느질 일이 필요하다는 것을.

그 아이가 보고 싶지만, 그애가 다시는 돌아오지 않으리라는 것을 나는 잘 알고 있다. 이제 내 딸은 회사에서 높은 직위에 오르고, 사랑하는 남자와 결혼을 했으리라. 그리고 나는 많은 손자를 가지게 될 것이고, 그렇게 내 핏줄은 이 땅에 계속 이어질 것이다. 그리고 그렇게 해서 내가 저지른 잘못들은 사함받게 될 것이다.

사미라 R. 칼릴, 가정주부

셰린은 집에 돌아오자마자 기쁨에 겨운 비명을 질러대며 비오렐을 꼭 끌어안아 아이를 놀라게 했어요. 생각했던 것보다 모든 일이 좋은 방향으로 풀렸구나, 라는 생각이 들었죠. 하느님께서 내 기도를 들어주셨고, 이제 셰린도 제자리를 찾아 더는 방황하지 않고 정상적인 삶으로 돌아와 아들을 돌보고 재혼도 하고 조울증을 일으키던 그 모든 강박을 떨치게 될 거라 생각했어요.

"엄마, 사랑해요."

이번에는 내가 그애를 꼭 끌어안을 차례였지요. 그애가 집을 떠나 있던 동안, 나는 솔직히 말해, 그애가 누군가를 보내 비오렐을 데려가 다시는 돌아오지 않을지도 모른다는 상상에 떨어야 했어요.

그애가 밥을 먹고 샤워를 하고 난 뒤, 나는 생모를 만난 이야기와 트란실바니아 시골 이야기(나는 입양센터를 빼고 그곳의 다른 것들은 기억나지 않아요)를 들었죠. 그리고 두바이에는 언제 돌아갈 거냐고 물어보았어요.

"다음 주예요. 그전에 스코틀랜드로 가서 누굴 만나봐야 돼요."

남자가 생겼나보네!

"여자예요."

알겠다는 내 미소를 알아챈 셰린이 재빨리 말했어요.

"내게 어떤 사명이 있다는 걸 느껴요. 삶과 자연을 축복하는 동안 이전에는 존재하는 줄도 몰랐던 것들을 발견하게 됐어요. 춤을 통해서만 만날 수 있다고 생각한 것들이 온 사방에 깃들어 있다는 걸 깨달았거든요. 그건 한 여인의 얼굴을 하고 있어요. 언젠가 내가 본……"

나는 소스라치게 놀랐어요. 나는 셰린에게 네 사명은 아들을 교육시키고 직업에 충실해서 더 많은 돈을 벌고, 재혼해서 우리처럼 하느님을 공경하며 사는 것이라고 말해줬지요.

하지만 셰린은 내 말을 제대로 듣고 있지 않았어요.

"모닥불에 함께 둘러앉아 술을 마시고 재미있는 이야기를 하고 음악에 귀 기울이던 어느 날 밤이었어요. 식당에서 춤을 춘 순간을 제외하고는 그곳에서 춤을 출 필요성을 느끼지 못했죠. 뭔가를 위해 기운을 아껴두어야 할 것 같았어요. 갑자기 주위의 모든 게 살아 있음을 느꼈어요. '창조'와 내가 하나이고, 같은 것이라는 느낌이었죠. 모닥불에서 피어오르는 불길이 연민에 가득 찬 여인의 얼굴로 바뀌었고, 그 여인이 나를 보며 미소를 지었어요. 나는 기쁨에 흐느껴 울었어요."

나는 진저리를 쳤어요. 틀림없이 집시의 마법이었겠죠. 그리고 동시에 셰린이 학교에 다니던 시절에 보았다는 "흰옷을 입은 여자"가 다시 떠올랐어요.

"이젠 그런 것에 현혹되면 안 된다. 그건 다 악마의 짓이야. 우린 네게 항상 좋은 본만 보이려 했단다. 제발 정상적인 삶으로 돌아올 수 없겠니?"

생모를 찾으러 떠난 여행이 좋은 결과를 가져오지 않을까 내심 기대했건만 그건 너무 성급한 생각이었어요. 어쨌든 딸은 늘 그랬듯 공격적으로 대응하지 않고 미소 지으며 대답했어요.

"정상적인 게 뭐죠? 우린 이제 삼대가 충분히 살 만한 재력을 가지고 있는데도 왜 아빠 항상 일에 시달리셔야 해요? 아빠는 정직한 분이시고, 정당한 대가를 받으실 자격이 있어요. 그러나 항상 아빠는 일이 너무 많은 게 자랑이죠. 왜죠? 뭘 위해서죠?"

"네 아빠 훌륭하고 근면한 삶을 사는 분이다."

"내가 부모님과 함께 살 때, 아빠 집에 오시자마자 제일 먼저 제게 숙제를 다 했는지 물어보시곤, 당신 일이 세상 사람들을 위해 얼마나 필요한 것인지 말씀해주셨어요. 그리고 텔레비전을 보며 레바논의 정치상황에 대해 몇 마디 논평하시고, 주무시기 전에 전문서적을 읽으셨죠. 언제나 바쁘셨어요. 엄마도 마찬가지였어요. 난 항상 학교에서 옷을 가장 잘 입는 아이였어요. 엄만 늘 파티가 있는 곳마다 날 데려가셨죠. 늘 집 안을 가꾸고, 내게 항상 친절하고 다정하게 대해주셨고, 나무랄 데 없이 가르쳐주셨어요. 내가 다 커버리고 독립한 이제, 뭘 하실 생각이시죠?"

"우린 여행을 할 거다. 세계를 일주하면서 일한 만큼 휴식을 취할 거란다."

"그렇다면 왜 지금 아직 건강하실 때 바로 실행에 옮기지 않으시는 거죠?"

사실 그 질문은 전부터 나 스스로도 해온 것이었어요. 하지만 남편이 여전히 일을 필요로 한다는 사실을 알고 있어서 주저하고 있었던 거지요. 남편은 이제 돈 때문이 아니라 자신이 아직 쓸모 있음을 증명하기 위해, 그리고 망명자 역시 성공적인 삶을 구가할 수 있다는 것을 증명하기 위해 일하려 했어요. 휴가철에 런던에 남아 있을 때면 남편은 무슨 수를 써서라도 사무실로 돌아가 동료들과 함께 아직 결정할 여유가 충분한 사안들을 의논하는 데 휴가를 써버렸어요. 남편을 졸라서 극장이나 영화관이나 박물관에 가자고 하면 순순히 내 말을 들어줬지만 썩 내켜하지 않는다는 걸 알고 있었지요. 남편의 유일한 관심사는 회사, 일, 거래뿐이었어요.

나는 셰린과 처음으로 딸이 아닌 친구처럼 이야기를 나눴어요. 하지만 단어를 조심스레 골라가며 딸아이가 오해하지 않도록 이야기했지요.

"그럼 네 말은, 아빠 역시 그 '공백'이라는 걸 채우려고 하는 거란 말이니?"

"그런 날이 올지 모르겠지만, 만약에 은퇴하면 아빠 분명 우울증에 빠지실 거예요. 평생을 분투한 후에 얻은 자유를 아빠 어떻게 누리실까요? 사람들은 아빠가 거둔 뛰어난 실적과 업적을 칭송하겠죠. 하지만 그들도 아빠를 위해 그 이상의 시간을 내주진 않을 거예요. 인생은 그렇게 흘러가고 모두 그 흐름을 따라가죠. 아빠 다시금 당신의 땅에서 추방당한 기분이 들겠죠. 하지만 이번에는 망명할 곳도 없어요."

"그럼 네겐 더 좋은 방법이라도 있다는 거니?"

"한 가지밖에 없어요. 그런 일이 내겐 일어나지 않기를 바랄 뿐이에요. 난 너무 불안해요. 하지만 내 말을 오해하진 마세요. 엄마아빠가 내게 보여주신 삶의 전형적인 모습 때문에 두 분을 비난하지는 않아요. 그저 내게 변화가 필요하다는 얘길 하는 거예요. 하루빨리 말이죠."

디어드러 오닐, 일명 '에다'

그녀가 칠흑 같은 어둠 속에 앉아 있다.

아이는 바로 방을 나갔다. 밤은 공포의 영역이고, 과거로부터 온 괴물들의 왕국이다. 또한 우리가 내 옛 스승—'어머니' 께서 그의 영혼을 긍휼히 여기사, 숨을 거두는 순간까지 사랑으로 돌보셨기를—처럼, 집시처럼 유랑하던 시절의 영토이다.

아테나는 내가 불을 끈 다음부터 무엇을 해야 할지 모르고 있다. 그녀는 자기 아들을 어떻게 했으면 좋겠냐고 물었고, 나는 걱정하지 말고 내게 맡기라고 안심시켰다. 나는 거실로 나와 텔레비전의 어린이 만화채널을 틀고 볼륨을 낮췄다. 그러자 아이는 금세 자리에 앉아 티브이 삼매경에 빠져들었다. 아이 문제는 해결되었다. 예전에는 어땠을까 궁금했다. 그때도 여자들은 아테나가 지금 치르려는 의식에 아이들을 데려왔을 텐데 텔레비전도 없이 당시의 스승들은 어떤 방법으로 아이들을 달랬을까?

다행히도 나는 그걸 염려하지 않아도 되었다.

아이가 또다른 현실로 통하는 출구인 텔레비전 앞에서 넋을 놓고 있듯, 나는 이제 아테나에게 그와 같은 상태를 경험하게 하려고 한다. 모든 것은 너무나 단순하고 너무나 복잡하다! 너무나 단순하다고 말하는 것은, 모든 것이 전적으로 마음먹기에 달려 있기 때문이다.

"나는 이제 더는 행복을 추구하지 않을 것이다. 지금부터 나는 독립적인 개체로서, 타인의 눈이 아닌 나 자신의 눈으로 세상을 볼 것이다. 나는 내가 살아 있다고 느끼게 하는 모험을 찾아 나설 것이다."

그렇게만 마음먹으면 된다.

그리고 또한 모든 것은 너무나 복잡하기도 하다.

"나는 오로지 행복만이 추구할 가치가 있다고 배웠는데, 왜 행복을 추구하려 하지 않는가? 왜 나는 다른 사람들이 가지 않는 위험한 길을 가려고 하는가?"

그렇다면 과연 행복은 무엇인가?

사람들은 말한다. '사랑'이 행복이라고. 하지만 사랑은 행복을 가져오지도 않고, 가져온 적도 없다. 오히려 사랑은 언제나 번민이고, 전쟁이고, 내 판단이 옳은지 자신에게 끊임없이 되묻느라 잠 못 이루는 밤들이다. 진정한 사랑은 엑스터시와 고통으로 이루어져 있다.

그렇다면 평화, 평화는? '어머니'를 보면, 그분은 평화로운 적이 없다. 겨울은 여름과 겨루고, 해와 달은 만나는 법이 없다. 호랑이는 사람을 쫓고, 사람은 개를 겁주고, 개는 고양이를 뒤쫓고, 고양이는 쥐를 쫓고, 쥐는 사람들을 놀라게 한다.

돈이 행복을 가져다주기도 한다. 그렇다. 그러나 그렇다면, 안정적인 삶을 보장받기에 충분할 만큼 돈이 있는 사람들은 일에 얽매이지 않아도 될 터이다. 하지만 대개 사람들은 가진 것을 잃어버릴까봐 전보다 더 집착하게 된다. 돈은 돈을 추구한다. 그 추구에는 끝이 없다. 그건 틀림없는 사실이다. 가난이 불행을 가져올 수도 있지만, 그렇다고 돈이 반드시 행복을 가져다주지는 않는다.

나는 살면서 오랫동안 행복을 찾아 헤맸지만, 이제 내가 원하는 것은 즐거움이다. 즐거움은 섹스와도 같다. 시작과 끝이 있다. 내가 원하는 것은 기쁨과 만족이다. 하지만 행복은 어떤가? 이제 나는 행복의 함정에 빠지지 않는다.

여러 사람들과 함께 있을 때, 나는 때로 가장 본질적인 질문을 던져 그들을 도발하고 싶어진다. "행복하세요?" 그러면 그들은 대답한다. "행복해요."

나는 또 묻는다. "하지만 더 바라는 게 있지 않나요? 더 행복해지고 싶지 않으세요?" 그들은 대답한다. "물론이죠."

그때 나는 말한다. "그럼 행복하지 않은 거네요."

그러면 사람들은 화제를 바꾸려 한다.

이제 아테나가 있는 방으로 돌아가야 한다. 방은 어둡다. 그녀는 내 발걸음에 귀를 기울인다. 성냥을 그어 촛불을 켠다.

"우리는 보편적인 욕망에 둘러싸여 있어요. 행복이 아니라 욕망에 말이죠. 욕망은 만족하는 법이 없죠. 만족되면 더이상 욕망이 아니니까요."

"내 아들은 어디 있죠?"

"아이는 잘 있어요. 텔레비전을 보고 있어요. 이제 촛불만 바라보세요. 그리고 아무 말도 하지 말아요. 그냥 믿어요."

"뭘 믿으라는 건가요?"

"아무 말도 하지 말라고 당부했죠? 그냥 믿으세요. 아무 의심도 가지지 말고. 당신은 살아 있고, 이 촛불은 당신 세계에 존재하는 유일한 장소예요. 그걸 믿으세요. 길을 따라 걸어서 목적지에 다다른다는 생각은 완전히 잊어요. 우리는 발을 옮길 때마다 한 걸음 한 걸음 각각의 목적지에 도달하는 거예요. 매일 아침 스스로 새기도록 하세요. '도착했다'라고. 그러면 그날 매 순간을 느끼는 게 더욱 쉬워질 거예요."

나는 잠시 말을 멈췄다.

"이 촛불이 당신의 세계를 밝히고 있어요. 촛불에게 물어보세요. '나는 누구인가?'라고."

그리고 잠시 기다린 뒤 말을 이었다.

"나는 당신의 대답을 상상할 수 있어요. '나는 이러이러한 사람이다. 나는 이러이러한 경험을 해왔다. 나는 아들이 하나 있다. 나는 두바이에서 일한다.' 이제 촛불에게 다시 물어보세요. '나는 누가 아니지?'"

또다시 말을 멈추고 기다렸다가 이어갔다.

"그러면 이런 대답이 돌아오겠죠. '나는 만족을 느끼는 사람이 아니다. 나는 아이와 남편과 집과 정원, 여름휴가를 보낼 장소만 신경 쓰고 사는 그런 전형적인 어머니가 아니다.' 내 말이 맞나요? 이제 대답해봐요."

"맞아요."

"좋아요. 이제 길을 제대로 든 것 같군요. 나처럼, 당신은 만족을 모르는 사람이에요. 당신의 '현실'은 다른 사람들의 '현실'과 달라요. 그래서 당신 아들이 당신과 같은 길을 갈까봐 두려운 거예요, 그렇죠?"

"맞아요."

"그렇다 해도, 당신은 멈출 수 없다는 걸 알고 있어요. 당신은 의심에 맞서 싸우지만 그것을 통제하지 못하죠. 촛불에 더 집중하세요. 그 순간 촛불은 당신의 세계입니다. 촛불이 당신의 주의를 붙잡아두고, 당신 주위를 밝혀줍니다. 숨을 깊이 들이마시고 가능한 한 가슴속에 그 숨을 가둬두세요. 그런 다음, 내쉬세요. 그렇게 다섯 번 반복하세요."

그녀는 내 말에 따랐다.

"이 훈련이 당신의 영혼을 고요하게 해줄 거예요. 이제 내가 말한 걸 기억하도록 해요. 그리고 믿으세요. 당신이 원하던 곳에 이미 도착했다는 믿음을 가져요. 오늘 오후에 차를 마시면서 당신이 말했죠. 인생의 어느 특별한 시기에 함께했던 은행 동료들에게 춤을 가르쳐 그들의 행동을 변화시켰다고요. 그게 전부가 아니에요. 당신은 모든 걸 변화시킨 거예요. 춤을 통해 그들이 처한 현실 자체를 바꾼 거죠. 처음 들어보는 말이지만, 당신이 믿고 있다는 그 정점에 대한 이야기도 흥미로웠어요. 당신은 춤추는 걸 좋아했고, 당신이 행하는 일에 대한 믿음이 있었죠. 자신이 좋아하지 않는 것을 믿을 수는 없는 노릇이죠, 그렇죠?"

아테나는 촛불에 시선을 고정한 채 고개를 끄덕였다.

"믿음은 욕망이 아니에요. 믿음은 하나의 '의지'예요. 욕망은 늘 충족되어야 하는 것이지만, '의지'는 힘이에요. 우리 주위의 공간을 변화시키는 힘이지요. 바로 당신이 은행에서 했던 것처럼 말이죠. 하지만 그러기 위해서는 욕망의 힘도 빌려야 하죠. 촛불에 좀더 집중하세요! 당신 아들은 지금 텔레비전을 보고 있어요. 어둠이 두렵기 때문이죠. 왜일까요? 우리는 어둠에 무엇이든 투사해요. 보통은 자신의 유령을 투사하죠. 어린아이들뿐 아니라 어른들도 마찬가지예요. 천천히 오른팔을 올려보세요."

그녀는 팔을 들어올렸다. 나는 왼쪽 팔도 들어올리라고 했다. 나는 그녀의 젖가슴을 바라보았다. 내 가슴보다 훨씬 아름다웠다.

"이제 내려도 됩니다. 하지만 천천히 내리세요. 눈을 감고 숨을 깊이 들이쉬세요. 이제 불을 켤 거예요. 자, 됐어요. 의식은 끝났어요. 거실로 갑시다."

그녀는 어렵사리 자리에서 일어섰다. 아마 내가 시키는 대로 자세를 잡고 있었기에 다리가 저린 모양이었다.

비오렐은 잠들어 있었다. 나는 텔레비전을 끄고 그녀와 함께 부엌으로 갔다.

"이런 의식이 왜 필요한 거죠?"

그녀가 물었다.

"당신을 일상의 틀에서 벗어나게 하려고요. 그 목적밖에 없어요. 당신이 주의를 집중시킬 수 있는 것이라면 무엇이든 상관없지만, 보통 나는 어둠과 촛불을 선호해요. 당신은 지금 내 목적이 무엇이었는지 궁금하겠죠?"

아테나는 직장으로 돌아가기 위해 짐을 꾸려야 했을 시간에, 아이를 무릎에 앉힌 채 거의 세 시간이나 기차를 타고 왔다고 말했다. 그리고 물었다. 사실 스코틀랜드까지 올 필요도 없이 자신의 방에서 촛불을 켜고 의식을 치렀어도 되는 게 아니냐고.

"아뇨, 당신은 이곳으로 와야 했어요." 내가 대답했다. "당신이 혼자가 아님을 느끼기 위해, 그리고 당신이 접하는 것과 같은 것을 접하는 다른 사람들의 존재를 느끼기 위해서요. 이런 사실들을 이해하게 하려면 당신이 믿어야 하니까요."

"믿다니, 무엇을요?"

"당신이 올바른 길에 있다는 확신 말이죠. 아까 내가 말한 것, 기억하죠? 우리는 매 순간 각각의 목적지에 도달한다는 말."

"무슨 길 말이죠? 루마니아에서 엄마를 찾을 때, 나는 그토록 갈구하던 영혼의 안식을 얻을 수 있을 거라 생각했어요. 하지만 그러지 못했어요. 당신은 지금 어떤 길을 말하는 거죠?"

"그 점에 대해서는 나도 해줄 말이 없어요. 그건 당신이 남을 가르치기 시작할 때 발견하게 될 거예요. 두바이에 돌아가게 되면 제자를 한 사람 거두도록 하세요."

"춤이나 서법을 가르치란 말인가요?"

"그건 당신이 이미 할 줄 아는 것들이죠. 당신이 아직 모르는 것을 가르쳐야 해요. 어머니께서 당신을 통해 세상에 드러내려고 하는 것을 말이죠."

그녀는 마치 정신 나간 사람을 보듯 나를 보았다.

"사실이에요." 내가 말했다. "내가 무엇 때문에 당신에게 두 팔을 들게 하고 숨을 깊이 들이마시라고 했을까요? 그러면 당신은 내가 당신보다 뭔가 더 많이 알고 있다고 생각하게 되겠죠.

하지만 사실은 그게 아니에요. 단지 당신을 익숙한 세계에서 잠시 유리시키려는 의도였어요. 나는 당신에게 '어머니'께 감사를 드리라든가, '어머니'가 얼마나 위대한 분인지 말해보라고 하지도 않았고, 불꽃 속에서 그분의 빛나는 얼굴을 봤느냐고 묻지도 않았어요. 그저 팔을 올려라, 촛불에 집중하라, 하고 어처구니없고 무의미한 행동만 시켰죠. 가능하다면 언제든, 우리의 현실을 벗어나는 행동을 해보는 것, 그것만으로 충분해요.

당신이 당신 제자에게 행할 의식을 만들기 시작할 때, 당신은 뭘 해야 할지 인도받게 될 거예요. 그렇게 스승과 제자의 관계가 만들어지는 거라고 내 스승님이 말씀하셨어요. 만일 당신이 지금 내 말을 주의 깊게 새겨듣고 싶다면, 아주 고무적인 현상이에요. 하지만 그렇지 않다면 당신 삶은 평소대로 지속되겠죠. 그리고 '불만'이라는 벽에 부딪히게 되겠죠."

나는 전화로 택시를 불렀다. 택시를 기다리는 동안, 우리는 패션과 남자들에 대한 이야기를 조금 나눴다. 그리고 아테나는 떠났다. 나는 그녀가 내 말에 귀 기울이리라는 것을 장담할 수 있었다. 아테나와 같은 이들은 주어진 도전을 회피하는 법이 없으니까.

"사람들이 변화하도록 가르쳐요. 그러면 되는 거예요!"

떠나는 택시에 대고 나는 소리쳤다.

그것이야말로 즐거움이다. 행복은 사랑, 자녀, 일과 같이, 그녀가 이미 가진 것에 만족했을 때 느낄 수 있는 것이다. 하지만 나처럼 아테나 역시, 그런 종류의 행복에 만족하기 위해 태어난 사람이 아니었다.

헨런 라이언, 신문기자

물론 나는 사랑에 빠졌다는 사실을 인정할 생각이 없었다. 내게는 나를 사랑하고, 내 빈자리를 채워주고, 즐거운 시간과 어려운 시간을 함께한 여자친구가 있었으니까.

시비우에서 일어났던 모든 만남과 사건들은 여행의 일부였을 뿐이고, 고백하건대 여행중에 이런 일이 있었던 게 처음도 아니었다. 누구든 자기가 속한 세계를 떠나게 되면 자신을 옭아매던 규제와 선입견에서 벗어나 일탈을 꿈꾸며 모험가가 되려 하지 않는가.

영국에 돌아와서 내가 가장 먼저 한 일은, 제작자들을 찾아가 드라큘라를 역사적 인물로 그리는 다큐멘터리를 제작하는 것은 바보짓이고, 정신 나간 한 아일랜드 작가가 쓴 소설 한 권이 지구상에서 가장 아름다운 곳 중 하나인 트란실바니아의 이미지에 먹칠을 하고 있음을 알리는 것이었다. 제작자들은 당연히 내 의견을 탐탁해하지 않았지만, 나 역시 그들의 반응에 신경 쓰지 않았다. 나는 방송국 일을 그만두고 국제적으로 명성이 높은 한 신문사에 기자로 취직했다.

아테나를 다시 만나보고 싶다는 마음이 들기 시작한 건 그 무렵이었다. 나는 그녀에게 전화를 걸어 두바이로 돌아가기 전에 만나서 같이 산책이나 하자고 제안했다. 그녀는 런던을 한 바퀴 돌자고 화답했다.

우리는 행선지에 관계없이 정류장에 제일 먼저 도착한 버스에 무작정 올라탔다. 그리고 버스 승객들 중에 한 여자를 골라 그 여자가 내리는 곳에서 무조건 따라 내리기로 했다. 그 여자를 따라 내린 곳은 템플 법학원 앞이었다. 한 거지가 우리에게 동전을 구걸해왔다. 우리가 동전을 주지 않고 지나치자, 그가 우리 등뒤에 대고 욕지거리를 퍼부었다. 우리는 그것이 그가 우리와 소통하는 한 방식이라고 여기며 계속 앞으로 걸었다.

누군가 공중전화부스를 부수고 있었다. 경찰을 부를까 했지만 아테나가 나를 말렸다. 그녀는 말했다, 어쩌면 저 사람은 사랑하는 사람과의 관계가 끝나서 무엇이든 눈에 보이는 대로 모두 부숴버리고 싶은 충동을 느꼈는지도 모른다고. 또 혹시 저 사람에겐 대화상대가 전혀 없는데 다른 사람들이 저 전화로 비즈니스를 하고, 연인과 대화하는 걸 보면서 자신만 소외되고 무시당했다고 분개해서일 수도 있다고.

그녀는 내게 눈을 감으라고 하더니 지금 우리 둘이 입고 있는 옷을 정확히 묘사해보라고 했다. 시키는 대로 해보니 놀랍게도 세세한 부분이 거의 다 틀렸다.

그다음에 그녀는 내가 일하는 책상 위를 기억할 수 있는지 물었다. 나는 책상 위에 남아 있는 서류들 중 일부는 내가 게으른 탓에 아직 처리되지 못하여 어지럽게 뒹굴고 있다고 대답했다.

"그 서류들에도 생명과 감정, 이루고 싶은 소망과 하고 싶은 이야기가 있다고 상상해본 적 있나요? 당신은 아직 삶에, 그것이 받아 마땅한 관심을 쏟고 있지 못한 것 같군요."

나는 다음 날 신문사에 돌아가면 서류들을 하나씩 처리하겠노라고 약속했다.

한 외국인 커플이 지도를 들고 다가와 어느 관광지로 가는 길을 물었다. 아테나는 그곳으로 가는 길을 상세히 가르쳐주었지만, 그것은 전혀 다른 방향이었다.

"길을 잘못 알려줬잖아!"

"상관없어요. 물론 저 사람들은 길을 잃겠지만, 진짜 흥미로운 장소를 찾아내는 데 이보다 더 좋은 방법은 없어요. 당신 삶을 다시 한번 판타지로 채우도록 해봐요. 우리 머리 위에는 하늘이 있죠. 인류는 수천 년 동안 하늘을 관찰하면서 하늘에 대해 수없이 많은 합리적이고 이성적인 설명들을 내놓았죠. 하지만 지금까지 별들에 대해 배운 것들을 모두 잊어보세요. 그러면 그 별들은 천사가 되고 어린이가 되고, 그 순간에 당신이 믿고 싶은 것으로 변하게 될 거예요. 그런다고 당신이 바보가 되는 건 아니에요. 그냥 일종의 놀이 같은 거죠. 하지만 그 놀이가 삶을 더 풍요롭게 만들어줄 수 있어요."

다음 날, 나는 신문사에 출근하자마자 책상 위에 놓인 서류뭉치들이 내가 소속된 조직이 아니라 나라는 개인에게 직접 전해진 메시지인 양 소중히 다루었다. 정오에 나는 부편집장에게 집시들이 숭배하는 여신에 대한 기사를 작성해보겠다고 의견을 냈다. 그는 훌륭한 아이디어라며, 집시들의 성지인 생트 마리 드 라 메르에서 열리는 축제를 취재하러 갈 담당자로 나를 정했다.

뜻밖에도 아테나는 취잿길에 동행하자는 내 제안에 조금도 관심을 보이지 않았다. 자기 남자친구―나와 거리를 두기 위해 설정한 가공의 형사 애인―가 다른 남자와 여행 간 사실을 알게 되면 좋아하지 않을 거라는 게 이유였다.

"하지만 당신은 성녀께 미사포를 가져다드리겠다고 생모와 약속하지 않았나요?"

"그랬죠. 내가 운명적으로 그곳에 가게 된다면 말이죠. 하지만 지금은 아니에요. 만약 어느 날 운명의 손짓에 이끌려 거길 지나게 되면 그땐 약속을 지킬 거예요."

그녀는 그다음 주 일요일에 두바이로 돌아가기 전, 부쿠레슈티에서 우리 두 사람 모두 만난 적이 있다는 여자를 만나러 아들과 함께 스코틀랜드로 갈 거라고 했다. 부쿠레슈티에서의 기억도 잘 나지 않았지만, "가공의 애인"도 만드는데 또 하나의 핑곗거리로 "스코틀랜드에 있는 여자"라고 못 만들 이유가 있겠느냐는 생각이 들었다. 어쨌든 나와 함께 있는 것보다 다른 사람과 있는 게 더 좋다는 듯이 느껴져 슬그머니 질투심이 일었다.

아무튼 이상한 감정이었다. 그리고 나는 신문사 경제섹션을 담당하는 동료에게 들은 중동지역에 일어난 부동산 붐에 대한 취재를 염두에 두고 그곳의 부동산과 경제, 정치 그리고 석유산업에 대해 공부하기로 마음먹었다. 그 모든 게 아테나에게 가까이 가기 위한 방편이었다.

생트 마리 드 라 메르 취재에서 나는 괜찮은 기사를 건질 수 있었다. 전해오는 말에 따르면, 성 사라는 예수의 이모인 마리아 살로메가 로마군의 박해를 피해 다른 도망자들과 함께 도착한 바닷가 조그만 마을에 살던 집시라고 한다. 성 사라는 그 도망자들을 돕다가 기독교에 귀의하게 되었다.

축제행사는 제단 밑에 모셔둔 두 성녀의 유골을 성물함에서 꺼내어 일으켜세우는 것으로 시작한다. 이는 유럽 전역에서 화려한 색색깔의 옷을 입고 음악을 연주하며 마차를 타고 온 수많은 집시들을 축복하기 위한 것이다. 그다음, 성당이 아니라—

교황청이 성 사라에게 성녀 서품을 내리지 않았기 때문에—성당 인근에 마련된 보관소에 있는 성녀상을 꺼내어 화려한 옷으로 치장한 뒤, 기도행렬과 함께 장미꽃잎이 흩뿌려진 좁은 길들을 따라 바다로 모시고 간다. 그러면 전통의상을 차려입은 네 명의 집시들이 꽃으로 화려하게 장식한 배에 성녀의 유골을 안치하고는, 배를 잡고 바닷물로 걸어들어간다. 도망자들의 도착, 그리고 도망자들과 성 사라의 만남을 재현하는 것이다. 그 순간부터 온통 음악과 노래, 풀어놓은 황소와 함께 뜀박질을 하는 축제가 질펀하게 벌어진다.

나는 역사학자 앙투안 로카두르가 제공해준 여신 숭배에 대한 흥미로운 이야기들을 취재에 덧붙일 수 있었다. 나는 신문의 여행섹션에 실릴 두 장 분량의 그 기사를 두바이에 있는 아테나에게 보냈다. 하지만 내가 받은 답장에는 기사에 대한 아무런 논평도 없이 고맙다는 인사말뿐이었다.

그래도 어쨌든 그녀의 주소지가 확실하다는 사실만큼은 확인한 셈이었다.

앙투안 로카두르, 74세, 역사학자,
파리 가톨릭대학교(I. C. P.), 프랑스

일반적으로 성 사라는 세상의 많은 흑인 동정녀 중 한 사람으로 알려져 있다. 전해오는 말에 따르면, 사라 라 칼리(Sarah-la-Kali)는 귀족의 혈통으로, 세상의 많은 비밀들을 알고 있었다고 한다. 그런데 지금, 그 성녀를 '창조의 여신', 또는 '위대한 어머니 여신'으로 부르는 숭배현상이 다시 나타나기 시작한 것이다.

점차 많은 사람들이 이교 전통에 빠져들기 시작하는 것 역시 그다지 놀랄 일은 아니다. 왜냐고? '아버지 신'이 엄격함과 계율에 근거한 숭배의식이 결합되어 있는 반면, '어머니 신'은 우리가 알고 있는 모든 금기에 앞서 더 중요한 것은 사랑이라고 말하기 때문이다.

이는 새로운 현상이 아니다. 종교가 규범을 공고히할 때마다 더 자유로운 영적 접촉을 갈망하는 일단의 이탈자들이 생겨나는 법이다. 이런 경향은 중세에도 있었다. 가톨릭교회가 세금을 올리고 호화찬란한 수도원 건축에 열중했을 때, 그에 대한 반발로 '마법'이라는 것이 나타났다. 비록 그 혁명적인 특성 탓에 억압되었지만 마법이 남긴 뿌리와 전통은 수세기에 걸쳐 살아남을 수 있었다.

이교 전통에서 자연숭배는 신성한 경전들에 대한 숭배보다 더 중요하다. 여신은 만물에 깃들어 있고, 만물은 여신의 일부분이다. 세상은 단지 여신이 지닌 선(善)의 현현일 따름이다. 도교나 불교에는 여신과 같은 여성적 형상은 없지만, 이들 종교 역시 중심사상은 "만물은 하나"라는 것이다.

이러한 '위대한 어머니' 숭배에서는 일반적인 도덕규범의 위반인 '죄'라는 것이 존재하지 않는다. 섹스나 기타 일반적인 풍습들 역시 자연의 일부이고, '악'에서 비롯된 것으로 여기지 않으므로 제약을 덜 받는다.

이런 새로운 이교주의는 인간이 제도화된 종교 없이도 자기 존재의 정당성을 부여하기 위한 영적 추구를 계속해나갈 수 있음을 보여준다. 만일 신이 '어머니'라면, 필요한 것은, 어머니를 숭배하기 위해 모두 함께 모여 춤, 불, 물, 공기, 흙, 노래, 음악, 꽃, 아름다움이 포함된 의식을 통해 여성적인 영혼을 흡족케 하는 것뿐이다.

이런 경향은 최근 몇 년 동안 계속 활발해지고 있다. 어쩌면 우리는 영혼과 물질이 합일되는, 그리고 그 합일을 통해 변화가 일어나는, 인류사상 매우 중요한 순간을 목도하고 있는지도 모른다. 동시에 신도들을 잃기 시작한 제도권 종교단체들의 격렬하고도 폭력적인 반발도 예상할 수 있다. 그렇게 되면 근본주의가 부상하여 세계 곳곳으로 퍼져나갈 것이다.

역사학자로서 나는 숭배의 자유와 복종의 의무 사이에 빚어지는 대결관계를 분석하는 것으로 만족한다. 이 대결은 세계를 통제하는 '신'과 세계의 부분인 '여신' 사이에서 벌어지는 대결이자, 자발적 숭배를 행하는 집단과 의무와 금지만을 배우는 폐쇄적 집단 사이의 대결이다.

나는 궁극적으로 인류가 영적 세계로 향하는 길을 찾은 것이라고 낙관하고 싶지만, 들려오는 신호들은 그리 긍정적이지만은 않다. 과거에도 수없이 그랬듯이, 또다시 보수적 교단의 손들이 이 '어머니 여신' 숭배의 목을 조일 수도 있을 것이다.

앤드리아 매케인, 여배우

경탄으로 시작되었다가 증오로 막을 내린 이야기를 전하면서 공정한 입장을 취하기란 쉬운 일이 아니다. 하지만 노력은 해보겠다. 그래, 빅토리아 가의 아파트에서 아테나를 처음 만난 얘기부터 시작하자.

그때 두바이에서 막 돌아온 아테나는 돈도 제법 벌었고, 마법의 신비에 관한 지식을 모두와 함께하고픈 열정에 차 있었다. 이번엔 중동지역에서 넉 달 머무르다 왔을 뿐인데, 대형 마트 두 개를 세울 부지 매매를 중개해 거액의 수수료를 받았다고 했다. 그녀 말에 따르면, 삼 년간 자신과 아들이 일을 안 하고도 먹고살 수 있는 돈이었다. 그리고 그녀는 자신이 원하면 언제라도 다시 그 일로 돌아갈 수 있으며, 하지만 지금은 현재를 즐기면서 남은 젊음을 누리고, 자신이 배운 모든 것을 전수할 때라고 했다.

그녀는 다소 데면데면하게 나를 맞았다.

"원하는 게 뭐죠?"

"나는 극단에서 일해요. 조만간 신의 여성적 면모에 관한 극을 올릴 예정이죠. 신문기자인 내 친구에게서 당신 얘기를 들었어요. 당신이 사막에도 있었고 발칸반도의 산지에서는 집시들과 함께 지냈다면서 어쩌면 내가 원하는 정보들을 알려줄 수 있을 거라고 하더군요."

"그러니까 이곳에 '어머니'를 배우러 온 이유가 연극 준비 때문이군요?"

"그러는 당신은 무엇 때문에 그녀에 대해 배웠는데요?"

아테나는 입을 다물고 나를 위아래로 훑어보더니 미소를 지었다.

"당신 말이 맞아요. 이게 바로 스승으로서 내가 얻은 최초의 깨우침이 되겠군요. '동기는 중요하지 않다. 배우고자 하는 자를 가르쳐라.'"

"뭐라고요?"

"아무것도 아니에요."

"연극의 기원은 신성해요. 연극은 고대 그리스에서 포도주와 부활, 풍요의 신인 디오니소스를 기리는 제전으로 시작됐죠. 하지만 인류는 태곳적부터 신성한 존재와 소통하기 위한 방편으로 자기가 아닌 다른 사람인 양 행동하는 의식을 치러왔다고 해요."

"또 하나 배웠네요. 고마워요."

"무슨 말이죠? 나는 여기에 배우러 온 거지 가르치러 온 게 아닌데요."

나는 짜증이 나기 시작했다. 이 여자가 빈정대고 있다는 생각이 들었다.

"내 수호자가 말하길……"

"수호자라고요?"

"그건 나중에 설명해줄게요. 내 수호자가 말하길, 나는 자극이 있어야 필요한 걸 배우게 될 거라고 하더군요. 두바이에서 돌아온 이후로, 그 말을 증명해준 건 당신이 처음이에요. 이제야 그분의 말이 이해가 가요."

나는 연극의 장면 장면을 준비하기 위해 사방으로 자문을 구했지만 별 도움을 받을 수 없었다고 설명했다. 어쨌든 깊이 연구할수록 여신에 대한 내 호기심은 커져갔지만, 소위 모임을 이끌고 가르친다는 사람들도 정작 무엇을 지향해야 할지 갈피를 잡지 못하고 혼란스러워하는 것 같더라는 말도 덧붙였다.

"예를 들면요?"

예를 들자면, 섹스가 그렇다. 어떤 곳은 섹스를 완전히 금지하고 있었다. 한편, 다른 곳에서는 자유로운 섹스를 옹호할 뿐 아니라 난음난무를 조장하기까지 했다. 아테나는 좀더 자세히 설명해달라고 했다. 나는 그녀가 나를 시험해보려는 것인지, 아니면 다른 이들이 어떻게 가르치고 있는지 궁금해서 그러는 것인지 알 수 없었다.

내가 질문에 답하기도 전에 아테나는 또다른 질문을 꺼냈다.

"춤을 출 때 욕망을 느끼나요? 그 춤으로 더 큰 에너지를 불러내고 있다는 느낌을 받나요? 춤출 때, 당신 자신이 아닌 순간들이 있나요?"

나는 뭐라고 대답해야 할지 몰랐다. 사실 디스코텍이나 친구 집 파티에서 춤을 출 때 나는 분명 관능을 느낀다. 나는 남자들을 자극하기 위해 춤을 추고, 남자들의 욕망 어린 시선을 내심 즐겼다. 하지만 밤이 깊어갈수록 나 자신에 더욱 몰입하게 되고, 그때쯤 되면 내 춤이 누군가를 유혹하건 말건 중요하지 않았다.

아테나가 말을 이었다.

"연극이 제례의식이라면 춤 또한 그렇죠. 그뿐 아니라 춤은 상대에게 더 가까이 다가가는 아주 오래된 방법이에요. 춤은 세상과 우리를 연결하는 끈에 들러붙어 있는 편견과 두려움들을 깨끗이 씻어줘요. 또한 춤출 때면 온전히 자기가 되는 호사를 누리기도 하죠."

어느새 나는 그녀의 말을 주의 깊게 듣고 있었다.

"하지만 춤이 끝나면 우리는 다시 이전의 모습으로 돌아가게 되죠. 실제 자신보다 더 중요한 사람으로 인정받고 싶어 애쓰는 소심한 사람으로 말이죠."

정확하게 내가 느끼던 그대로였다. 아니면 누구나 다 똑같이 느끼는 것일까?

"애인 있어요?"

나는 이전에 '가이아*의 전통'을 배우기 위해 찾아간 곳에서 드루이드교 사제 하나가 자기 앞에서 섹스를 하라고 요구했던 일이 떠올랐다. 어처구니없고 황당한 일이었다. 어떻게 그런 사악한 목적을 위해 영적 수련을 이용해먹을 수 있을까?

"애인 있나요?"

그녀가 재우쳐 물었다.

"있어요."

아테나는 더는 아무 말도 없었다. 단지 손가락을 입술에 대고 말하지 말라는 시늉만 할 뿐.

이제 막 알게 된 사람 앞에서 말없이 앉아 있는다는 건 무척이나 곤혹스러운 일이었다. 이럴 땐 보통 날씨든 교통문제든, 아니면 시내에 있는 멋진 식당에 대해서든 뭐라도 얘기를 나누는 게 정상이다. 우리는 거실 소파에 앉아 있었다. 사방을 하얗게 칠한 거실에는 조그만 시디플레이어와 시디가 꽂힌 작은 장식장이 있

---

* 그리스 신화 속 대지의 여신으로, 그녀를 숭배하는 이들은 지구 전체를 하나의 살아 있는 유기체로 여긴다.

을 뿐, 책 한 권 찾아볼 수 없었다. 그녀의 여행 경력으로 볼 때 중동의 물건이나 기념품들이 있을 법도 한데 그 흔한 액자 하나 없었다.

빈 공간엔 그렇게 침묵만 감돌았다.

그녀의 잿빛 눈동자가 미동도 없이 내 눈을 바라보았고 나도 시선을 피하지 않았다. 아마 본능이었으리라. 나는 두렵지 않다, 도전을 정면으로 받아들이겠다는 의지를 알리기 위한 본능. 침묵, 백색의 공간, 간혹 들려오는 자동차의 경적소리, 이 모든 것이 비현실적으로 느껴지기 시작했다. 얼마나 오랫동안 말없이 앉아 있어야 하는지 알 수 없었다.

나는 상념에 빠져들기 시작했다. 과연 나는 이곳에 연극에 필요한 자료를 구하러 온 것일까? 진정한 지식과 지혜, 힘을 원했던 걸까? 나를 이곳으로 이끈 것이 무엇일까……

혹시, 이 여자, 마녀가 아닐까?

홀연 사춘기 시절의 꿈들이 떠올랐다. 진짜 마녀를 만나 마법을 배우고, 친구들의 부러움과 두려움에 찬 시선을 한몸에 받고 싶다는 소망. 젊은 여자라면 누구나 한 번쯤은 수세기 동안 여성이 겪어온 억압의 역사에 대해 부당함을 느끼고, 마법이야말로 잃어버린 여성의 정체성을 복원할 최선의 방법이라고 상상해봤을 터이다. 나 역시 그런 시기를 지나왔다. 지금은 자립한 성인으로서, 경쟁이 치열한 이 연극계에서 내가 좋아하는 일을 하며 살아가고 있다. 그런데 왜 나는 한 번도 만족한 적이 없을까? 왜 내 호기심을 충족하지 않으면 성이 차지 않는 걸까?

이 여자는 나와 비슷한 또래로 보인다. 아니면 내가 좀더 많을까. 이 여자도 애인이 있을까.

아테나가 내 쪽으로 몸을 움직였다. 이제 우리는 팔을 뻗으면 닿을 정도로 가까이 있다. 나는 슬며시 겁이 나기 시작했다. 이 여자, 혹시 동성애자?

나는 그녀에게서 눈을 떼지 않았지만 여차하면 자리를 뜰 수 있도록 출입구의 위치를 머릿속으로 더듬고 있었다. 내 의지로 오긴 했지만, 생면부지의 사람을 만나 말 한마디 하지 않고 앉아서, 그렇다고 뭘 배우는 것도 없이 시간만 보내자고 여길 찾아온 건 아니었다. 이 여잔 대체 뭘 바라는 걸까?

어쩌면 이런 침묵을 바라는 것인지도 모른다. 몸의 근육이 뻣뻣해지기 시작했다. 나는 혼자였고 어쩔 줄 몰라했다. 정말이지 말을 하고 싶어 미칠 지경이었고, 이제는 무슨 일을 당할지도 모른다는 생각이라도 어떻게든 멈추고 싶었다. 도대체 이 여자에게 내가 누군지 어떻게 알린단 말인가? 우리가 하는 말이 곧 우리 자신이지 않은가!

이 여자가 내 삶에 대해 물어봤던가? 내게 애인이 있는지 알고 싶어했지. 내가 연극 얘길 하려고 했지만 제대로 하진 못했고. 그럼 들은 대로 이 여자가 집시의 후손이라는 얘기나 흡혈귀의 땅 트란실바니아에 갔던 얘기라도 꺼내볼까?

생각이 꼬리에 꼬리를 물어 멈추지 않았다. 이 여자, 상담료는 과연 얼마나 받으려 들까? 갑자기 화가 치밀었다. 미리 확인했어야 했는데. 너무 세게 부르는 거 아냐? 내가 돈을 못 내겠다고 하면, 세상에 존재하는 모든 저주의 주문을 퍼붓는 것은 아닐까?

자리를 박차고 일어나, 고맙지만 가만히 앉아 있으려고 여기 온 건 아니라고 말하고픈 충동이 일었다. 정신과의사를 찾아가면 무언가를 털어놓게 되고, 성당에 가면 하다못해 설교라도 듣게 마련이다. 마찬가지로 마법을 구하러 갔다면, 스승이라는 자가 나타나 세상의 비밀을 들려주고 의식을 가르치기라도 할 터이다. 그런데 침묵이라니. 침묵이 왜 이다지도 사람을 불편하게 하는 걸까?

마음속에서 질문이 하나둘씩 솟아났다. 생각을 멈출 수가 없었고, 여기 우리 두 사람이 아무 말도 하지 않고 있어야 할 이유가 무엇인지 탐색하지 않을 수 없었다. 그렇게 입을 닫고 꼼짝도 하지 않고 오 분에서 십 분 정도 지난 후, 그녀가 갑자기 미소를 지었다.

나도 따라 미소를 지었다. 긴장이 풀렸다.

"달라져보려고 노력하세요. 그걸로 충분해요."

"그게 다예요? 침묵을 지키고 있으면 사람이 달라지나요? 지금 이 순간에도 이곳 런던에 있는 수백만 영혼들이 대화 상대를 갈구하고 있는데, 내게 해줄 말이 고작 침묵이 사람을 달라지게 한다는 말뿐인가요?"

"이제 당신은 다시 말문을 열어 당신의 세계를 다시금 정돈하면서, 당신이 옳고 내가 틀렸다고 판단하려 하겠죠. 하지만 당신은 이미 경험했어요. 침묵하는 것은 다르다는 걸 말이죠."

"아주 불쾌한 경험이에요. 배운 건 아무것도 없고요."

그녀는 내 반응에 개의치 않는 듯했다.

"어느 극단에서 일해요?"

이제야 내게 관심을 보이는군! 비로소 나는 직업을 포함해 원래 내가 가진 모든 것들을 되찾을 수 있었다. 나는 현재 상연중인 연극에 그녀를 초대했다. 그녀가 할 수 없는 일을 나는 할 수 있다는 사실을 보여주는 것이 그녀에게 보복할 수 있는 유일한 수단이었으니까. 좀전에 당한 굴욕적인 침묵의 순간 때문에 여전히 뒷맛이 좋지 않았다.

그녀가 아들을 데려가도 되느냐고 물었다. 나는 성인극이라고 대답했다.

"좋아요. 애는 할머니 집에 맡기기로 하죠. 그러고 보니 연극을 본 지도 꽤 오래되었어요."

그녀는 상담료를 받지 않았다. 극단 동료들에게 이 기묘한 여자와의 만남을 들려주자, 모두 첫 만남에서 말 한마디 못 하게 하고 침묵을 요구한 여자에 대해 몹시 궁금해했다.

아테나는 약속한 날 극장에 나타났다. 연극을 관람하고 인사하러 분장실로 나를 찾아왔지만, 연극에 대한 평은 없었다. 동료들이 뒤풀이 자리에 그녀를 초대했다. 평소 공연을 마친 후에 들르는 바였다. 거기서 그녀는 침묵을 지키는 대신, 우리의 첫 대면에서 내가 거론했던 화제로 이야기를 시작했다.

"이제는 그 누구도, 심지어 '어머니'조차도 섹스를 하나의 의식으로만 행하길 바라지 않아요. 언제나 사랑이 함께해야만 의미가 있죠. 그런 걸 요구하는 사람들을 만난 적이 있다고 했죠? 그건 조심해야 해요."

동료들은 아무도 그 말을 이해하지 못했지만 흥미를 느낀 모양이었다. 그들은 그녀에게 질문을 퍼붓기 시작했다. 그런데 뭔가 마음에 걸렸다. 그녀가 마치 자기가 이야기하고 있는 주제에 대해 경험한 바가 없는 사람처럼 그냥 이론적으로만 대답하는 것이었다. 그녀는 유혹의 줄다리기니 다산을 위한 의식이니 하는 이야기를 하다가 그리스 신화로 이야기를 끝맺었다. 나와 처음 만났을 때, 내가 연극의 기원이 그리스에서 시작되었다고 얘기했기 때문이리라. 아마도 그녀는 그 주제에 대해 공부하느라 일주일을 꼬박 보냈을 거라는 생각이 들었다.

"수천 년 동안 남성의 지배가 계속되었지만, 이제 우리는 '위대한 어머니'를 숭배하던 때로 돌아가고 있어요. 그리스인들은 그녀를 '가이아'라고 불렀죠. 신화에 따르면 가이아는 '카오스'

에서 태어났어요. '가이아'와 함께 사랑의 신인 '에로스'가 왔고, 가이아는 바다와 하늘을 낳았죠."

"아버지는 누구죠?"

동료들 중 하나가 물었다.

"누구도 아니에요. 학문적 용어로 말하자면 '단성생식'이라고 해야 할까요. 말 그대로 남성의 개입 없이 이루어지는 생식이죠. 우리에게 좀더 친숙한 신비주의 용어로 말하면 '동정수태'죠. 원죄 없이 잉태하는.

가이아로부터 당신들의 우상인 우리의 절친한 디오니소스를 포함한 많은 신들이 생겨나 그리스의 낙원을 채웠어요. 하지만 남성들이 도시에서 정치적 세력을 다져가면서부터 가이아는 잊혀졌어요. 그리고 그 자리를 제우스, 아레스, 아폴론과 같은 신들이 차지하게 되었죠. 그들은 강력한 힘은 지녔지만 만물의 기원인 가이아만한 매력은 가지지 못했어요."

그리고 그녀는 우리의 일에 대해 물었다. 연출자가 그녀에게 극단 배우들에게 레슨을 해줄 수 있겠냐고 청했다.

"무엇에 대해서요?"

"당신이 아는 것에 대해서요."

"솔직히 말하자면, 이번 주 내내 나는 연극의 기원에 대해 공부했어요. 나는 필요에 따라 공부해요. 이것 역시 에다가 내게 준 가르침이죠."

역시 내 짐작이 맞았다!

"하지만 삶이 내게 가르쳐준 몇 가지를 여러분과 함께 나눌 순 있겠죠."

모두 동의했다. 그리고 우리 중 누구도 에다가 누구인지 묻지 않았다.

디어드러 오닐, 일명 '에다'

나는 아테나에게 말했다.
"그런 바보 같은 질문을 하려고 매번 이곳까지 올 필요는 없어요. 한 집단이 당신을 선생으로 받아들이려 하는데, 왜 그런 좋은 기회를 살리지 않는 거죠?

내가 항상 하던 대로 해보세요.

자신이 정말이지 하찮은 존재라는 생각이 들 때도, 당신 자신에 대해 긍정적으로 생각하려고 노력하세요. 부정적인 생각은 버리고 '위대한 어머니'께 당신의 몸과 영혼을 맡겨요. 춤이든 침묵이든, 또는 아이를 학교에 데려다주고 저녁을 준비하고 집안을 정돈하는 일상적인 일이든 뭐든 자신을 완전히 내맡겨요. 당신이 지금 이 순간에 집중하고 있다면 그 모든 일이 다 경배예요.

누군가를 설득하려 하지 마세요. 모르는 게 있으면 물어보거나 스스로 해답을 찾아보도록 하세요. 하지만 대응할 때는 고요히 흐르는 강물처럼 자신을 보다 큰 힘에 맡기세요. 믿으세요. 이게 우리가 처음 만났을 때 내가 당신에게 한 말이죠. 당신은 할 수 있다고 믿으세요.

처음에는 혼란스럽고 불안할 거예요. 당신에게 배우는 다른 이들이 당신에게 속고 있다고 생각할까봐 걱정되기도 할 테고요. 하지만 그렇지 않아요. 당신은 이미 모든 걸 알고 있어요. 그걸 당신이 깨닫기만 하면 돼요. 이 땅 위에 사는 사람들은 너무도 쉽게 최악으로 치달아요. 병에 걸릴까, 누군가 자신을 해칠까, 강도라도 당하는 건 아닐까 두려워하고 죽음을 두려워해요. 그들에게 잃어버린 기쁨을 돌려줘야 해요.

명징해지세요.

당신을 성장시켜주는 생각들로 스스로를 재정비하세요. 초조하고 혼란스러울 땐 그런 자신을 보고 웃으세요. 자기 문제가 세상에서 가장 중요하다고 생각하며 의심과 불안으로 괴로워하는 그 여자를 웃어버리세요. 당신 자신이 '위대한 어머니'의 현현임에도 불구하고, 여전히 신은 계율을 내리는 남성이라고 믿는, 그런 어처구니없는 당신을 웃어버려요. 우리가 지닌 문제들의 대부분은 바로 계율을 따르려는 것에서 비롯된 거예요.

집중하세요.

집중할 만한 것을 찾지 못했다면 호흡에 집중하세요. 거기, 당신 콧속으로 '어머니'가 내보내는 빛의 강이 흘러들고 있어요. 심장박동에 귀 기울이고, 통제되지 않은 생각들을 응시하세요. 당장 일어나서 무언가 유용한 일을 해야 한다는 욕망을 억제해봐요. 하루에 몇 분이라도 아무것도 하지 말고 가만히 자리에 앉아, 그 순간을 최대한 만끽해보세요.

설거지를 할 때 기도하세요. 설거지할 그릇들이 있다는 사실에 감사하세요. 그 그릇에 음식이 담겨 있었고, 그 음식은 누군가의 양식이 되었고, 당신이 요리를 해서 식탁을 차리고, 한 사람이든 여러 사람이든 애정을 가지고 베풀었다는 뜻이니까요. 지금 이 순간, 설거지할 것도 없고 누군가를 위해 밥상을 차릴 일도 없는 수백만 명의 사람들을 생각하세요.

다른 생각을 가진 여자들은 이렇게 말하겠죠. "난 설거지 따윈 하지 않을 거야. 남자들더러 하라지." 좋아요, 남자들에게 설거지를 하라고 하죠. 하지만 그건 평등과 아무 상관이 없어요. 그런 단순한 일을 남자가 하든 여자가 하든 잘못될 건 없어요. 아마 이런 생각을 내일 당장 신문에 싣는다면 내가 여성의 권익에 반하는 짓을 한다고 비난하는 사람도 있겠죠. 설거지를 하거나, 브래지어를 하거나, 누군가 나를 위해 문을 여닫아주는 게 굴욕스러운 일이라면 웃기는 일이지요. 솔직히 난 남자가 나를 위해 문을 열어줄 때 기분이 좋아요. 남자 쪽의 에티켓에는 이런 경우, "여자는 약하기 때문에 이렇게 해줘야 한다"고 쓰여 있는지 모르겠지만, 내 영혼 속에는 "나는 여신처럼 대접받는다. 나는 여왕이다"라고 쓰여 있어요. 그렇다고 내가 여자 입장에서 이런 말을 하는 건 아니에요. 남자나 여자나 모두 '신성한 합일체'인 '어머니'의 현현이기 때문이지요. 누구도 그보다 위대하지 않아요.

나는 당신이 배워가고 있는 것을 사람들에게 가르치는 모습을 보고 싶어요. 계시야말로 삶의 목적이지요. 자발적으로 계시의 통로가 되어, 스스로에게 귀 기울이면 자신의 능력에 놀라게 될 거예요. 은행에서 했던 일 기억하죠? 당신은 몰랐을지 몰라도 그것은 당신의 몸, 눈과 손을 통해 흐르는 에너지의 결과였죠.

당신은 그냥 춤일 뿐이었다고 말하겠죠.

춤은 하나의 의식이에요. 의식은 무엇일까요? 단조로운 것을 리듬이 있는 뭔가 다른 것으로, '합일체'가 발현할 수 있도록 이끌어주는 어떤 것으로 변화시키는 것이죠. 설거지를 할 때도 달라지라고 내가 강조하는 이유예요. 손이 매번 똑같은 동작을 하지 않도록, 리듬을 타도록 해보세요.

도움이 된다면 숲속의 꽃이나 새, 나무와 같은 이미지들을 떠올려보세요. 당신이 이곳에 처음 왔을 때 주의를 집중했던 촛불처럼 고립된 사물이 아닌, 함께 어울려 있는 것을 떠올리세요.

그러면 무엇을 깨닫게 될까요? 당신의 생각이 당신의 선택에 의한 것이 아니었다는 사실이에요.

새를 예로 들어보죠. 하늘을 나는 새떼를 상상해보세요. 몇 마리가 보이나요? 열한 마리, 열아홉 마리, 다섯 마리? 얼추 그 숫자를 짐작할 수는 있어도 정확하게는 알 수 없지요. 그렇다면 그런 짐작은 어디서 온 것일까요? 누군가가 알려준 거죠. 새떼, 나무들, 돌, 꽃들의 수를 정확히 알고 있는 누군가 말이에요. 일 초보다 짧은 찰나에 당신을 지배하고, 당신에게 '자신의' 힘을 보여준 누군가.

당신은 당신이 자신이라고 믿고 있는 바로 그 존재랍니다.

'긍정적 사고'라는 신조 아래, 자신이 사랑받고 있고, 강하고 능력 있다고 떠들어대는 사람이 되지 않길 바라요. 당신은 스스로에 대해 이미 알고 있으니 그럴 필요가 없거든요. 그리고 당신처럼 성장해가는 단계에서 아주 빈번하게 나타나는 일이지만, 의심에 빠질 때마다 내가 제안한 대로 하세요. 당신 자신이 스스로 생각하는 것보다 더 나은 사람이라고 증명하려 애쓰는 대신, 그저 웃으세요. 근심과 불안한 마음을 접고 웃어버려요. 유머를 가지고 자신의 번민을 직시하세요. 처음에는 힘들겠지만, 점점 익숙해질 거예요.

이제 가서 당신이 모든 것을 알고 있다고 믿는 사람들을 만나세요. 그들의 생각이 옳다고 믿으세요. 우리는 모든 걸 다 알고 있기 때문이에요. 단지 그것을 믿느냐 안 믿느냐의 차이일 뿐이죠.

믿으세요.

우리가 부쿠레슈티에서 처음 만났을 때 얘기했듯이, 공동체란 매우 중요해요. 공동체는 우리에게 더 나은 모습을 요구함으로써 우리가 발전할 수 있도록 해주기 때문이죠. 당신이 혼자일 때 할 수 있는 일은 아픔을 스스로 웃어넘기는 정도예요. 하지만 여러 사람과 함께라면, 당신은 웃음 뒤에 곧 행동으로 옮기게 될 겁니다. 공동체는 우리를 도전하게 북돋워주고, 그 안에서 친밀한 사람을 선택할 수 있게 해주죠. 그리고 집단적 에너지를 일으켜 서로가 서로에게 영향을 주고받으면서 엑스터시를 더 쉽게 발산할 수 있도록 해주지요.

물론 공동체가 그 구성원인 우리를 파괴할 수도 있어요. 그러나 이 역시 삶의 일부예요. 다른 사람들과 더불어 산다는 것도 인간 삶의 한 조건이고요. 어떤 사람이 자신의 생존본능을 발전시키지 못했다면, 그래서 파괴되고 말았다면, 그 사람은 '어머니'의 말씀을 조금도 이해하지 못한 사람인 셈이죠.

당신은 운이 좋은 사람이에요. 한 공동체가 당신에게 무언가를 가르쳐달라고 청해왔잖아요. 그리고 그 길이 당신을 스승의 길로 이끌 겁니다."

헤런 라이언, 신문기자

배우들을 만나러 가기 전날, 아테나는 내 집에 들렀다. 그녀는 성 사라에 관한 내 기사를 읽은 후로 내가 그녀의 세계를 이해하고 있다고 확신하는 듯했다. 하지만 그것은 사실이 아니었다. 난 단지 그녀의 관심을 끌고 싶었을 뿐이다. 기껏해야 인간의 삶에 관여하는, 눈에 보이지 않는 또다른 현실이 존재할 수도 있겠다고 생각해보려 애쓰는 정도였다. 하지만 그것 역시 사랑 때문이었다. 인정하고 싶지 않지만, 내 안에서 미묘하고 파괴적인 방식으로 계속 자라나고 있는 사랑 말이다.

나는 내 세계관에 만족하고 있었고, 변화를 강요받는다 해도 바꿀 마음이 전혀 없었다.

"난 겁이 나요."

그녀는 들어오자마자 말했다.

"하지만 멈출 수는 없어요. 그들이 내게 부탁한 것을 해야 해요. 믿음이 필요해요."

"당신은 살면서 많은 경험을 했잖소. 집시들에게, 그리고 사막의 고행자에게 삶을 배웠잖아……"

"꼭 그렇지만도 않아요. 게다가 배운다는 게 뭘 의미하죠? 지식을 축적하는 건가요? 아니면 삶의 형태를 바꾸는 건가요?"

나는 함께 나가서 저녁도 먹고 춤도 추러 가자고 제안했다. 그녀는 식사하는 건 동의했지만 춤은 싫다고 했다.

"대답해봐요."

그녀는 내 아파트를 둘러보며 강요하듯 말했다.

"배운다는 건 책장에 뭔가를 채워넣는 건가요, 아니면 필요 없는 것들은 죄다 버리고 한결 가벼워진 자신의 길을 따라가는 건가요?"

책장에는 내가 구입해서 읽고 밑줄을 긋느라 제법 많은 돈과 시간을 들인 책들이 꽂혀 있었다. 그곳에는 나의 모습이, 성장의 밑거름이, 진정한 스승들이 자리하고 있었다.

"여기 있는 책이 전부 몇 권이나 되죠? 천 권도 넘는 것 같군요. 하지만 대부분의 책들이 다시 펼쳐지는 일은 없을 것 같은데요. 당신이 이 책들을 모셔두는 것은 믿지 않기 때문이겠죠."

"내가 믿지 않는다고?"

"그래요, 당신은 믿지 않아요. 결론을 말하자면 그래요. 믿는 사람이라면, 앤드리아가 내게 답변을 구했을 때 내가 연극에 대해 공부하기 위해 책을 찾아봤듯이 책을 읽겠지요. 하지만 중요한 건 그다음, '어머니'께서 당신에게 말을 건넬 때까지 기다리는 거예요. 그리고 그 말씀에 따라 발견하는 거죠. 그 발견에 따라 독자의 상상력을 일깨우기 위해 작가들이 의도적으로 남겨놓은 빈 공간을 채울 수 있는 거구요. 그리고 그 공백들을 채우면서 자신의 능력을 믿게 되는 거죠.

저 책들을 읽고 싶지만 돈이 없어서 사 보지 못하는 사람이 얼마나 많은지 아세요? 그런데 당신은 집에 찾아오는 친구들에게 깊은 인상을 심어주려고 여기 이렇게 정체된 에너지들에 에워싸여 있어요. 아니면 이 책들에서 아직 뭔가를 배우지 못해서 다시 들춰볼 필요가 있는 건가요?"

그녀가 내게 좀 심하게 군다는 생각이 들어 신경에 거슬렀다.

"당신에겐 이 서재의 책들이 필요 없어 보이나요?"

"책은 읽어야 하죠. 하지만 이 모든 책들에 매여 살 필요는 없어 보여요. 저녁을 먹으러 나가기 전에 길거리 행인들에게 책들을 나눠주자고 하면 너무 무리한 부탁일까요?"

"이 책들, 내 차 안에 다 안 들어갈걸요."

"트럭이라도 한 대 빌리죠 뭐."

"그러면 저녁 먹으러 갈 시간도 없을 거요. 무엇보다도, 당신이 여기에 온 건 당신 마음이 불안해서지, 내 책들을 어쩌려고 온 건 아니잖아요. 이 책들이 사라진다면 난 마치 '벌거벗은' 기분이 들 거예요."

"'벌거벗은'이 아니라 '무식한'이라고 말하고 싶은 거겠죠."

"더 정확한 표현을 찾는다면 '교양이 없다'는 정도일 거요."

"그러니까 당신의 교양은 가슴속에 있는 게 아니라 저 책장에 있는 거로군요."

그쯤 하면 충분했다. 나는 식당에 전화를 걸어 테이블을 예약하고 십오 분 뒤에 도착할 거라고 했다. 아테나는 그녀 자신을 여기에 오게 한 문제를 회피하려 하고 있었다. 깊은 불안감 때문에 자기 자신을 직시하기보다 나를 공격하고 있는 것이다. 그녀는 지금 곁에 있어줄 남자가 필요했다. 어쩌면 그래서 여자 특유의 간지(奸智)를 발휘해 내가 그녀를 위해 어디까지 갈 각오가 되어 있는지 알아보려고 내 반응을 떠보는지도 몰랐다.

나는 그녀와 함께 있는 것만으로도 나 자신의 존재가 정당화되는 느낌이다. 그녀는 이런 말을 듣고 싶었던 것일까? 그렇다면 좋다. 식사하면서 얘기하리라. 지금 함께 사는 여자와 헤어지는 걸 포함해서 무엇이든. 하지만 내 책들을 길거리에서 나눠주는 일은 사절이다.

식당으로 가는 택시 안에서 우리는 극단의 배우들 이야기로 되돌아왔다. 물론 그 순간에 나는, 내가 평소에 절대 입에 올리지 않는 것, 바로 사랑에 대해 얘기할 준비를 하고 있었다. 사랑은 내게 마르크스니 융이니 영국 노동당이니 하는 것들보다, 그리고 신문사에서 부딪히는 그날그날의 과제들보다 훨씬 더 복잡한 문제였다.

"걱정할 거 없어요."

그녀의 손을 잡고 싶은 충동을 가까스로 억누르며 나는 말했다.

"다 잘될 거예요. 그들에게 서법에 대해 이야기해줘요. 춤에 관한 것도. 당신이 아는 것을 마음 편히 이야기해요."

"그렇게 하면, 나는 나 자신이 모르는 것이 무엇인지 절대 발견할 수 없을 거예요. 그곳에 가면, 정신을 고요히하고 평상심을 유지한 채 가슴이 말하도록 해야 해요. 하지만 그렇게 해본 게 한 번뿐이라서 겁이 나요."

"내가 함께 가줄까요?"

그녀는 내 제안에 바로 동의했다. 우리는 식당에 도착해서 포도주로 시작했다. 아직 잘 알지도 못하는 사람에게 사랑한다고 고백하는 일이 터무니없어 보이긴 했지만, 나는 내가 느끼고 있다고 생각하는 것을 그녀에게 털어놓을 용기가 필요했다. 나는 나를 북돋우기 위해 마셨다. 그리고 그녀는 자신이 모르는 것에 대해 남들에게 이야기할 일이 두려워 마셨다.

두번째 잔을 비우고 나서야 그녀가 얼마나 긴장하고 있는지를 깨달았다. 나는 손을 잡으려 했지만 그녀는 부드럽게 물리쳤다.

"난 두려워해선 안 돼요."

"아테나, 두려울 수도 있는 거예요. 나 역시 수없이 두려움을 느끼며 살아가지만 피치 못할 때는 내가 두려워하는 것이 무엇이든지 정면으로 맞서요."

나 역시 신경이 곤두서 있었다. 우리는 포도주 잔을 다시 채웠고, 웨이터가 식사주문을 받기 위해 여러 번 왔지만 나는 메뉴를 아직 정하지 못했다며 물러가게 했다.

나는 머릿속에 떠오르는 아무 말이나 지껄여댔다. 아테나는 예의 있게 내 말을 듣고 있는 듯했지만, 그녀의 마음은 저 멀리 환영들로 가득한 어두운 세계에 가 있었다. 그러다가 그녀는 스코틀랜드에서 만난 여자가 했다는 말을 다시 꺼냈다. 나는 자기도 모르는 것을 남에게 가르치는 게 말이 되냐고 물었다.

"누가 당신에게 사랑하는 법을 가르쳐주진 않았잖아요."

그녀가 말했다.

설마 내 마음을 읽은 것일까?

"그런데도 당신은 다른 사람들처럼 사랑할 수 있구요. 그런 걸 어떻게 배운 거죠? 아니에요, 당신은 사랑을 배우지 않았어요. 단지 믿는 거죠. 믿기 때문에 사랑하는 거예요."

"아테나……"

나는 주저하다 가까스로 말을 꺼냈다. 하지만 내가 하고 싶었던 말은 끝내 하지 못했다.

"······뭐든 주문해야 하지 않을까?"

나는 아직 가슴속에 묻어놓은 말을 할 준비가 되지 않았다고 스스로를 위안했다. 웨이터를 불러 전채와 메인요리, 후식을 시키고 포도주 한 병을 더 시켰다. 시간을 더 벌어야 했다.

"당신, 오늘 좀 이상하군요. 아까 내가 책 얘길 했다고 그래요? 너무 신경 쓰지 마세요. 난 당신 세계를 변화시키려고 여기 온 게 아니니까요. 내가 지나치게 참견했다는 생각이 들어요."

나는 그 바로 몇 초 전부터 '세계를 변화시키는' 문제에 대해 생각하고 있었다.

"아테나, 당신이 항상 말하던 건데······ 그러니까, 그때 시비우의 술집에서 집시음악과 함께 일어났던 일에 관해 이야기를 좀 해보고 싶어요."

"식당에서 있었던 일 말이죠?"

"맞아, 식당이었지. 아까 우린 책 이야길 했어요. 쌓이고 쌓여서 공간만 차지하고 있는 것들에 대해서도. 당신 말이 맞을지도 모르겠어요. 그날 당신이 춤추는 모습을 본 뒤부터 늘 하고 싶은 말이 있었어요. 그게 쌓이고 쌓여서 갈수록 마음이 무거워져요."

"무슨 얘기를 하려는 건지 모르겠어요."

"아니, 당신은 알고 있어요. 난 지금 막 눈뜨는 사랑에 대해 이야기하는 거고, 그 사랑이 겉으로 드러나기 전에 잠재워버리려고 혼신을 다하고 있어요. 하지만 당신이 내 사랑을 받아줬으면 좋겠어요. 내가 당신에게 줄 수 있는 사랑은 아주 작은데다, 나만의 것도 당신만의 것도 아니에요. 내 인생엔 이미 다른 여자가 있으니까. 하지만 그래도 당신이 이 사랑을 받아주면 정말 기쁠 것 같아요. 당신 고향이 낳은 시인 칼릴 지브란이 이렇게 말했지요. '누군가 부탁할 때 베푸는 것은 좋은 일이다. 하지만 아무것도 청하지 않는 사람에게 모든 것을 줘버리는 것은 더욱 좋은 일이다.' 오늘밤 당신에게 하고 싶은 말을 털어놓지 않으면, 난 당신 인생에서 구경꾼으로만 남게 되겠지. 그렇게 살고 싶지는 않아요."

나는 숨을 깊이 들이쉬었다. 포도주 덕분에 가슴속의 말을 비울 수 있었다.

그녀는 남은 잔을 모두 비웠다. 나 역시 잔을 비워버렸다. 웨이터가 음식을 들고 나타나 어떤 재료를 어떻게 요리했는지 설명해주었다. 우리는 서로의 눈을 피하지 않고 마주 보았다. 아테나와 처음 만났을 때, 앤드리아가 경험했다는 그 침묵이 흘렀다. 앤드리아는 아테나가 상대를 겁주기 위해 그러는 거라고 믿고 있었다.

침묵은 정말 곤욕이었다. 나는 그녀가 런던경시청에 있다는 그 유령 애인을 들먹이거나, 혹은 아주 즐거운 시간이었지만 내일 수업준비 때문에 정신이 없다며 자리에서 일어나는 장면을 상상했다.

"그러니 우리가 손에 꼭 쥐고서 베풀지 못할 게 뭐가 있을까요? 우리가 가진 모든 것은 언젠가는 놓아버릴 수밖에 없는 것들이죠. 나무들은 살기 위해 베풀어요. 베풀어야 이 세상에서 소멸하지 않기 때문이죠."

그녀의 말투는 술기운 탓에 느리고 나지막했지만, 우리를 둘러싼 모든 것을 침묵시켰다.

"그러니 용기와 확신을 가지고 받는 행위보다, 아니 주는 것을 받는 자비보다 더 큰 미덕이 어디 있을까요? 가진 것을 주는 것은 주지 않는 것과 다름없어요. 당신 자신을 주는 것이 진정으로 베푸는 것이죠."

그녀는 무표정하게 말했다. 마치 스핑크스의 말을 듣는 것 같았다.

"당신이 인용한 시인이 쓴 말이에요. 학교에서 배웠어요. 시인의 이 말이 담긴 책은 이제 내겐 필요 없어요. 그 말들은 내 마음속에 담겨 있으니까."

그녀는 포도주를 조금 더 마셨다. 나도 덩달아 잔을 들고 한 모금 마셨다. 그녀가 내 마음을 받아들일지 말지 물어볼 수는 없었다. 하지만 마음은 훨씬 홀가분해졌다.

"당신 생각이 옳은 것 같아. 내 서재에 있는 책들을 몽땅 공공도서관에 기증할까 해요. 진짜 내가 다시 읽어야 할 책만 남겨두고."

"그게 지금 당신이 하고 싶은 얘기인가요?"

"그건 아니지만 어떻게 이야기를 이어가야 할지 모르겠어요."

"그럼 우리 이제 음식을 즐겨보도록 해요. 어때요? 좋은 생각이죠?"

아니, 그리 좋은 생각 같지 않았다. 나는 그녀에게 듣고 싶은 다른 얘기가 있었다. 그러나 묻기가 두려웠다. 나는 마음속의 말은 하지 못하고 계속해서 도서관과 책들, 시인들에 대해 주절대면서 요리를 그렇게 많이 주문한 것을 내심 후회하고 있었다. 사실 그 자리를 벗어나고 싶어 안절부절못한 사람은 그녀가 아니라 나였다. 도대체 대화를 어떻게 계속해야 할지 알 수가 없었기 때문이다.

식사가 끝날 무렵, 그녀는 내게 자신의 첫 수업을 보러 극장에 와달라고 했다. 그것은 내게 하나의 신호였다. 그녀가 나를 필요로 한다는. 그리고 트란실바니아의 식당에서 춤추는 그녀를 본 뒤로 무의식적으로 계속 꿈꾸어왔지만 그날 밤이 되어서야 '알아차린', 아테나 식으로 말한다면 '믿게 된' 내 소망을 그녀가 받아들인 것이다.

앤드리아 매케인, 여배우

모두 내 탓이었다. 내가 아니었다면 그날 아침 아테나가 극장에 올 일도 없었을 테니까. 아테나는 우리를 불러모으더니 모두 무대 바닥에 눕게 했다. 그리고 심호흡을 하고, 몸 각 부분을 느끼며 긴장을 풀도록 유도했다.

"이제 허벅지의 긴장을 푸세요……"

예전부터 숱하게 해온 동작임에도, 사람들은 마치 여신이나 우리를 훤히 꿰뚫어보는 현자 앞에 선 것처럼 고분고분 그녀의 말을 따랐다.

"이제 얼굴의 긴장을 풉니다. 숨을 깊이 들이쉬세요."

모두 과연 이런 평범한 동작 다음에 어떤 특별하고 새로운 것을 시킬까 하는 궁금증에 빠져 있었다.

설마 이 여자, 지금 자기가 우리에게 뭔가 새로운 것을 가르치고 있다고 생각하는 건 아니겠지? 우리가 기대했던 것은 강연과 대화였다! 그녀의 한 말씀을 기대했던 것이다. 어쨌거나 마음을 진정시키고 일단 시키는 대로 우리는 긴장을 풀었다. 그런데 곧이어 나를 당혹감에 빠뜨렸던 바로 그 침묵이 찾아왔다. 그후에 동료들과 그때의 이야기를 나눴는데, 다들 침묵을 의식이 끝났다는 신호로 착각하고 눈을 뜨고 일어나려 했다고 한다. 하지만 아무도 그렇게 할 수 없었다고 한다. 우리 모두 십오 분이라는 짧지 않은 시간 동안 명상 비슷한 걸 강요당하는 처지가 되어 계속 누워 있어야만 했던 것이다.

그때 그녀의 목소리가 들려왔다.

"다들 나에 대해 의아해하는 시간을 충분히 가졌을 겁니다. 여러분 중 한두 사람은 초조해 보였고요. 이제 한 가지만 더 요청하려 합니다. 내가 셋을 세면, 달라지십시오. 다른 사람이 된다거나 동물로 변한다거나 집과 같은 물체로 변하라는 얘기가 아닙니다. 연기수업에서 배운 건 다 잊으세요. 나는 지금 여러분에게 배우로서의 재능을 보여달라는 게 아닙니다. 우리가 인간임을 잠시 잊고, 우리가 알지 못하는 무언가로 변화를 시도해보라는 거죠."

우리는 모두 바닥에 누운 채 눈을 감고 있었기 때문에 다른 사람들의 반응이 어떤지는 알 수 없었다. 아테나는 이런 심리를 잘 활용하고 있었다.

"이제 내가 몇 개의 단어를 말할 겁니다. 여러분은 그 단어의 이미지를 떠올리는 겁니다. 여러분은 이미 그 단어가 지니고 있는 기존의 개념에 길들어 있다는 걸 상기하세요. 만일 내가 '운명'이라고 말하면 여러분은 미래의 자기 삶에 대해 생각하기 시작할 것이고, 내가 '빨강'이라고 말하면 각자 정신분석학적인 해석을 시도할 겁니다. 하지만 내가 원하는 건 그런 게 아닙니다. 이미 말했듯이 나는 여러분이 달라지길 원합니다."

도대체 그녀가 원하는 게 무엇인지 정확하게 알 수 없었다. 그러나 그녀에게 묻거나 불평하는 사람은 아무도 없었다. 나는 다들 단지 교양 있게 행동하는 것일 뿐, 다시는 아테나를 "강연"이란 명목으로 초청하지 않으리라는 걸 확신했다. 한술 더 떠서 애당초 이런 사람을 소개했다는 이유로 내게 퍼부을 적잖은 잔소리도 각오해야 할 터였다.

"첫번째 말은 '신성함'입니다."

무료함을 달래는 차원에서 나도 게임에 동참하기로 마음먹었다. 나는 어머니, 애인, 미래에 태어날 내 아이들, 그리고 나의 눈부신 경력을 떠올렸다.

"'신성함'을 뜻하는 동작을 취해보세요."

사랑하는 사람들을 모두 껴안듯이 나는 가슴 위로 두 팔을 교차시켰다. 나중에 안 이야기지만, 대부분의 사람들은 팔을 벌려

십자가 형태를 취했다고 한다. 어떤 여자는 마치 사랑의 행위를 하듯 다리를 벌리고 있었고.

"다시 긴장을 푸세요. 눈을 그대로 감은 채, 다시 모든 것을 잊으세요. 비난하는 건 아니지만, 여러분은 신성하다고 생각하는 것의 형상을 보여주려 하는군요. 내가 원했던 것은 그게 아닙니다. 다음 단어부터는 그 말이 우리가 사는 세계에서 받아들여지는 모습대로 보여주려 하지 마세요. 오감의 모든 통로를 열고, 현실이라는 독을 흘려보내세요. 추상적으로 생각하세요. 그러면 거기서 내가 당신들을 인도하려는 세계로 들어가게 될 겁니다."

그녀의 마지막 말은 범접할 수 없는 위엄을 담고 있었다. 나는 극장 안의 기운이 바뀌는 것을 느꼈다. 이제 그녀의 목소리에는 우리를 인도하려는 의지가 담겨 있었다. 그것은 강연자가 아닌 스승의 목소리였다.

"대지."

그녀가 말했다.

불현듯 그녀가 무슨 말을 하는지 알 수 있었다. 그 말을 듣는 순간, 내가 상상해낸 것이 아니라 바닥과 직접 맞닿아 있는 내 몸이 느껴졌다. 내가 바로 대지였다.

"대지를 나타내는 동작을 취해보세요."

나는 미동도 하지 않았다. 나 자신이 바로 그 무대가 있는 대지였다.

"훌륭해요." 그녀가 말했다. "아무도 움직이지 않았어요. 여러분은 지금 처음으로 같은 것을 느꼈어요. 무언가를 표현하는 대신, 그것 자체로 여러분 자신을 바꾼 거죠."

그녀는 다시 침묵했다. 실제로는 오 분 정도였지만 아주 길게 느껴지는 적막이 우리를 감쌌다. 우리는 모두 혼란스러웠다. 그녀가 다음엔 어떻게 진행해야 할지 몰라서 그러는지, 아니면 평상시 격렬하고 빠른 우리의 작업 리듬을 몰라서 그러는지 알 수가 없었다.

"세번째 단어입니다."

그러고는 다시 한동안 말을 멈췄다.

"중심."

그 순간, 나는 정말이지 나의 모든 생체 에너지가 배꼽에 집중되어 그곳이 황금빛을 발하며 타오르는 걸 느꼈다. 나는 겁에 질렸다. 누군가 배꼽을 건드리기라도 하면 죽을 것 같은 기분이 들었던 것이다.

"중심을 나타내는 동작을 취하세요!"

그녀의 말은 하나의 명령이었다. 즉시 나는 나 자신을 보호하기 위해 두 손을 배꼽 위에 얹었다.

"완벽해요." 아테나가 말했다. "이제 모두 눈을 뜨고 일어나 앉으세요."

눈을 뜨자 머리 위로 아득히, 불 꺼진 조명들이 보였다. 나는 얼굴을 쓸며 일어났다. 동료들의 의아해하는 표정들이 눈에 들어왔다.

"지금 한 것이 강연이었습니까?"

연출가가 물었다.

"강연이라 부르고 싶으면 그렇게 하세요."

"어쨌든 와주셔서 고맙습니다. 실례가 안 된다면, 이제 우리는 다음 연극의 리허설을 시작해야겠습니다만."

"아직 안 끝났는데요."

"다음 기회에 하도록 합시다."

모두 연출가의 반응에 의아해했다. 물론 처음엔 미심쩍은 구석이 있었지만, 내 생각엔 모두 수업을 즐기고 있었다. 그녀의 수업은 무언가 달랐다. 다른 사물이나 사람이 되는 척하거나, 사과나 촛불 같은 이미지를 떠올리는 것도 아니었다. 손을 잡고 둥글게 모여 앉아 무슨 성스러운 의식을 치르는 척하지도 않았다. 어떻게 보면 아주 어처구니없기도 했지만, 우리는 수업의 끝에 무엇이 있을지 알고 싶었다.

아테나는 아무런 감정 변화도 보이지 않은 채 자기 가방을 집어들려고 몸을 숙였다. 그 순간, 객석에서 목소리가 터져나왔다.

"멋져요!"

헤런 라이언이었다. 헤런은 그녀와 함께 와 있었다. 헤런은 자기가 일하는 신문사의 연극비평 기자들과 잘 알고 있었고, 방송계에도 인맥이 두텁기로 유명했기 때문에 연출가는 그를 두려워했다.

"여러분은 지금 각자의 존재로 돌아와, 관념으로 변신하는 작업을 중단했습니다. 그토록 바쁘시다니 참 애석하군요. 어쨌거나, 아테나, 신경 쓰지 말아요. 다른 그룹을 찾으면 되니까. 그러면 나도 당신 '강연'이 어떻게 끝나는지 볼 수 있겠지. 알아볼 곳은 많아요."

"잠깐,"

연출가가 말했다. 그는 그제야 모두가 놀란 표정을 하고 있다는 걸 깨달았다.

"오늘 리허설은 연기해도 될 것 같은데……"

나는 아직도 전신을 휩쓸고 지나간 그 빛, 종국엔 배꼽으로 모여들던 그 빛에 대해 생각하고 있었다. 대체 저 여자는 누구지? 다른 사람들도 나와 똑같은 걸 느꼈을까?

"아니, 그럴 거 없어요. 게다가 나는 지금 신문사로 돌아갑니다. 이 여자분에 대한 기사를 쓰기 위해서요. 지금 멋진 기삿거리가 떠올랐거든요. 여러분은 하던 일이나 계속하시죠."

아테나는 두 남자의 대화에 동요하지 않았다. 그녀는 아무 내색도 하지 않고 무대에서 내려와 헤런과 함께 떠났다. 우리는 고개를 돌려 연출가를 쳐다보고 왜 그랬느냐고 물었다.

"미안한 말이지만 앤드리아, 난 지난번 술집에서 나눴던 섹스에 관한 얘기가 좀전에 우리가 했던 바보짓보단 훨씬 영양가 있다고 생각했어. 그녀가 느닷없이 중간에 멈추고는 어쩔 줄 몰라 하며 말없이 있는 거 봤지? 자기도 어떻게 계속 진행해야 할지 몰랐던 거야!"

"하지만 정말 기이한 경험이었어."

나이든 배우가 말했다.

"그 여자가 '중심'이라고 말했을 때, 내 몸의 모든 에너지가 배꼽에 모이더라구. 전에는 한 번도 경험한 적 없는 느낌이었어."

"당신도? 정말요?"

다른 여배우가 물었다. 그녀의 말투로 미루어보아, 똑같은 경험을 했음을 알 수 있었다.

"그 여자, 어째 마녀 같지 않아?"

연출가가 대화를 가로막았다.

"자자, 연습으로 돌아갑시다."

우리는 평소대로 스트레칭으로 몸을 풀고 명상을 했다. 그다음엔 즉흥연기를 좀 하고 나서 새로운 대본 읽기에 들어갔다. 시간이 조금 지나자, 아테나의 존재는 사라진 듯했다. 모든 것이 제 모습을 찾고 있었다. 수천 년 전, 그리스인들이 창조한 의식이자 우리로 하여금 다른 사람으로 행세하게 하는 연극이라는 익숙한 세계로.

하지만 연극은 연극일 뿐이다. 그러나 아테나는 달랐다. 나는 그녀를 다시 만나보기로 마음먹었다. 연출가가 그녀보고 마녀 같다고 한 다음부터 더욱.

헤런 라이언, 신문기자

나는 아테나 모르게, 그녀가 배우들을 인도하는 대로 따라하고 있었다. 내가 그들과 다른 점은, 나는 눈을 뜬 채 무대 위에서 일어나는 일을 모두 볼 수 있었다는 것이다. 그녀가 "중심을 나타내는 동작을 취하세요"라고 말했을 때, 나는 내 손을 배꼽 위에 올려놓았다가 연출가를 포함한 모든 이들이 똑같은 동작을 취하는 광경을 보고 경악했다. 이게 대체 무슨 일이란 말인가?

그날 오후, 나는 어느 국가 원수의 영국 방문에 대한 짜증나는 기사를 써야 했다. 그야말로 인내심을 시험하는 일이었다. 계속되는 통화중에 나는 잠시 짬을 내서 기분전환을 위해 "중심"이라고 하면 편집국 동료들이 어떤 동작을 취하는지 시험해보았다. 대부분의 동료들은 정치나 정당들에 대한 익살스러운 논평처럼 표현했다. 누군가는 땅의 중심을 가리켰다. 다른 사람은 심장 쪽에 손을 가져갔다. 그 누구도 배꼽을 떠올리는 사람은 없었다. 어쨌든, 그날 오후 나는 그 주제에 관해 상당히 흥미로운 정보를 알고 있는 사람과 대화를 나눌 수 있었다.

집에 돌아오니, 샤워를 끝낸 앤드리아가 저녁을 준비하고 나를 기다리고 있었다. 그녀는 비싼 포도주 한 병을 따서 잔을 채운 뒤, 내게 내밀었다.

"어젯밤 저녁식사는 어땠어?"

남자가 여자를 얼마 동안이나 속일 수 있을까? 난 내 앞에 서 있는 여자를 잃고 싶지 않았다. 그녀는 어려운 시기를 통과할 때 동반자가 되어주었고, 인생의 의미를 느끼지 못할 때 내 곁에 있어주었다. 나는 그녀를 사랑했다. 하지만 내 마음은 나도 모르게 빠져버린 미친 세계 속 저 멀리에 가 있었다. 그리고 머리로는 가능해도 가슴으로는 차마 용납할 수 없었던, 두 사람을 동시에 사랑하고 있는 나 자신을 받아들이려 하고 있었다.

원래 나는 가능성에 불과한 어떤 것 때문에 확실한 것을 포기하는 모험을 결코 하지 않는다. 그래서 전날 아테나와의 저녁식사 때 있었던 일들에 아주 최소한의 의미만을 부여하려고 애썼다. 그랬다, 사랑 때문에 고통받았던 시인의 시 몇 구절을 주고받은 것을 빼면 그날 밤 우리에겐 아무 일도 없었다.

"아테나는 보통 사람들과 어울리기 어려운 사람이야."

앤드리아는 미소 지었다.

"그래서 남자들이 더 관심을 가지는지도 모르지. 점점 사용할 데가 없어지는 당신네 남자들의 보호본능을 불러일으키니까."

이럴 땐 대화 주제를 바꾸는 게 상책이다. 여자들에겐 남자의 속마음을 읽는 초자연적인 능력이 있는 게 분명하다. 다들 마녀 같은 구석이 있다.

"오늘 극단에서 있었던 일에 대해 몇 가지 조사를 해봤어. 당신은 눈을 감고 있었지만, 나는 눈을 뜨고 무대 위에서 무슨 일이 일어나는지 모두 보고 있었거든."

"당신은 늘 그렇게 두 눈을 똑바로 뜨고 있잖아. 기자란 게 원래 그럴 수밖에 없는 거 아냐? 그때 모든 사람들이 똑같이 행동했던 순간에 대해 이야기하려는 거지? 우리도 연습을 끝낸 후에 술집에서 그 일에 대해 많은 이야기를 나눴어."

"어느 역사학자가 알려준 건데, 고대 그리스인들이 미래를 점쳤던 신전(아폴론을 숭배하는 델피 신전을 가리킨다)에는 '배꼽'이라고 불리는 대리석이 있었다더군. 그 시대에 전해지던 이야기들에 따르면 델피는 세상의 중심이었어. 신문사 자료실로 달려가 몇 가지를 조사해봤지. 요르단의 페트라에 또다른 '원추형 배꼽'이 있는데, 그것은 지구뿐 아니라 우주 전체의 중심을 상징하는 것이래. 델피와 요르단의 이 두 '배꼽'은, '보이지 않는' 지도상에만 위치하는 무언가를 드러냄으로써 세상의 에너지가 지나는 축을 보여주기 위한 것 같아. 예루살렘 역시, 태평양에 있는 어느 섬처럼 세계의 배꼽이라 불렸지. 그런 곳이 또 한 군데 있는데 어딘지 기억나지 않는군. 전에는 그 두 가지를 그런 식으로 묶어 생각해본 적이 없었거든."

"춤이랑 똑같아!"

"뭐라고?"

"아무것도 아냐."

"당신이 뭘 말하려는지 알아. 밸리 댄스 말이지? 기록상으로 가장 오래된 동양의 춤. 모든 움직임이 배꼽을 중심으로 돌아가는 춤이지. 전에 내가 트란실바니아에서 아테나가 춤추는 모습을 봤다는 얘길 했기 때문에 그 이야긴 웬만하면 안 하려고 했는데. 하지만 그녀는 물론 옷을 입고 있었어. 그런데……"

"……몸의 움직임이 배꼽에서 시작해 점차 다른 부분으로 퍼져나갔다는 거지."

정말 그랬다.

대화의 주제를 바꿔 연극과 신문사의 짜증나는 일과에 대해 이야기를 나누고, 포도주를 마신 뒤, 잠자리에 들어 사랑을 나누는 게 상책이다. 창밖에는 비가 내리고 있었다. 나는 앤드리아가 절정에 달하는 순간 그녀의 온몸이 배꼽에 집중되고 있다는 느낌을 받았다. 전에도 여러 번 그런 적이 있었지만 나는 한 번도 눈여겨본 적이 없었다.

앙투안 로카두르, 역사학자

헤런은 통화료로 돈을 퍼부어가며 나에게 국제전화를 걸어오기 시작했다. 그는 세상에서 가장 지루할 뿐 아니라 눈곱만치도 낭만적인 구석이 없는 주제인 배꼽의 역사를 들먹이며 그것과 관련된 모든 자료를 주말까지 확보해달라고 부탁했다. 어쨌든 영국인들은 사물을 보는 방식이 우리 프랑스인들과는 다르니까, 나는 꼬치꼬치 캐묻는 대신 그것에 대한 과학적 견해부터 조사하기 시작했다.

오래지 않아 나는 역사적 지식만으로는 충분하지 않으리라는 걸 깨달았다. 나는 여기저기 산재한 유적지나 고인돌의 소재를 찾다가, 희한하게도 대부분의 고대 문명이 배꼽이라는 주제에서 의견일치를 보이고 있고, 심지어는 신성한 장소를 가리킬 때도 그 말을 사용한다는 걸 알게 되었다. 전에는 한 번도 알아차리지 못한 사실이었다. 흥미가 일었다. 서로 일치하는 사례들이 발견되자, 나는 그런 우연의 일치를 뒷받침해줄 만한 자료, 즉 인간의 행동양식과 신앙에 관한 조사를 병행했다.

제일 먼저 머릿속에 떠오른, 그나마 가장 타당해 보이는 설명─태아는 탯줄을 통해 영양분을 공급받으며, 그런 이유에서 탯줄은 삶의 중심이다─은 즉시 버려야 했다. 어느 심리학자는 그런 이론이 전혀 이치에 맞지 않는다고 지적한 바 있다. 그의 말에 따르면, 인간에게 더 중요한 것은 그 탯줄을 "끊어버리는" 데 있으며, 그 순간부터 두뇌나 심장이 더 중요한 상징체가 된다는 것이다.

어떤 주제에 대해 관심을 쏟기 시작하면, 주위의 모든 사물이 그 관심사와 관련된 것처럼 느껴지는 일이 종종 있다(신비주의자들이라면 '표지'로, 회의주의자들이라면 '우연의 일치'로, 심리학자들이라면 '관심 집중'이라고 부를 이 현상을, 역사학자라면 뭐라고 불러야 할지 모르겠다). 어느 날 밤, 사춘기에 접어든 딸이 배꼽에 피어싱을 한 채 집으로 돌아왔다.

"그걸 왜 했니?"

"그냥 해보고 싶어서요."

일어난 사건의 모든 동기와 원인을 찾는 일을 업으로 삼은 역사학자인 내가 듣기에도 딸의 대답은 아주 지당하고 솔직했다.

딸애의 방에 들어갔더니 그애가 좋아하는 여가수의 포스터가 눈에 띄었다. 사진 속의 여가수는 배가 다 드러나는 배꼽티를 입고 있었는데, 사진 속의 배꼽은 마치 세상의 중심처럼 보였다.

나는 헤런에게 전화를 걸어 왜 그렇게 배꼽에 관심을 가지는지 물었다. 그는 내게 극단에서의 일을 얘기해주었다. 그때 거기 있던 모든 사람들이 한 사람의 지시에 따라 자발적이고도 예기치 못한 방식으로 동일하게 반응했다는 것이었다. 딸애에게서 더이상의 정보를 얻는 건 불가능했으므로 나는 전문가들에게 조언을 구하기로 했다.

하지만 그런 문제에 관심을 보인 사람은 거의 없었다. 그러다가 나는 현재 통용되고 있는 심리치료법을 혁신하려는 중이던 프랑수아 셰프카(그는 인터뷰에서 자기 본명과 국적을 바꿔달라고 요청했다)라는 인도 심리학자를 찾아냈다. 그의 말에 따르면, 환자의 유년기를 추적함으로써 정신적 외상을 극복하려는 시도는 별 의미가 없다고 한다. 성장하면서 이미 극복했다고 여겼던 많은 문제들이 다시 수면으로 떠오르면서, 이미 성인이 된 사람들이 자신의 실패와 패배의 원인을 부모 탓으로 돌리게 된다는 것이다. 그 때문에 프랑스 심리학회 내에서 전쟁을 치르는 중인 셰프카는 '배꼽'과 같은, 어찌 보면 우스꽝스러울 수도 있는 주제를 놓고 대화하면서 기분전환이 되는 모양이었다.

그는 그 주제에 흥미를 보였지만 즉각적으로 수용하진 않았다. 그는 역사상 가장 존경받는 정신분석학자 중 한 사람인 카를 구스타프 융의 말을 인용하여, 우리 인류가 모두 같은 샘의 물을 마셨다고 말했다. 그 샘은 "세상의 영혼"이라 불리는 것으로, 우리가 아무리 독립된 개체로 인식하고 행동한다고 해도, 우리 기억의 밑바닥에는 모든 인간이 공유하는 보편적인 것이 자리하고 있다는 것이다. 그래서 모두 아름다움, 춤, 신성함, 음악의 이상적인 형태를 추구한다.

'사회'는 그러한 이상형들이 어떻게 구체화되어야 하는지 규정하려 한다. 예를 들면, 오늘날에는 마른 몸매가 미(美)의 이상형이지만 수천 년 전 여신들의 형상은 풍만했다. 행복도 마찬가지다. 행복에 대한 규정들이 존재하고 있어서, 우리가 그 규정을 따르지 못한다고 생각될 때 우리의 의식은 행복하다는 생각을 받아들이길 거부한다.

융은 개인의 발달과정을 네 단계로 분류했다. 첫 단계는 '페르소나'*다. 이는 우리가 인생이라는 연극에서 매일 쓰고 있는 가면이다. 우리는 세상이 우리의 손에 좌우되어야 하고, 나는 좋은 부모인데 정작 자식들은 이해하지 못한다고 푸념하고, 상사의 지시는 불합리하고, 모든 사람의 꿈은 일하지 않고 평생 여행

---

* persona, 본래 연극배우가 쓴 마스크를 가리킨다. 철학적으로는 이성적 본성을 가진 개별적 존재자를 뜻하며, 융은 이를 인간이 세상에 드러내는 '가면'의 얼굴로 해석했다.

이나 하면서 사는 것이라고 생각하며 살아간다. 대개의 사람들은 이런 생각에 뭔가 오류가 있음을 감지하지만, 자기 생각을 바꾸는 게 두렵기 때문에 그런 느낌을 그냥 머릿속에서 재빨리 지워버린다. 하지만 그중 소수의 사람들은 무엇이 잘못되었는지 알아내고자 애쓴 끝에 '그림자'를 찾아낸다.

'그림자'는 우리의 어두운 면이다. 그것은 우리가 어떻게 행동하고 처신해야 할지 명령한다. 우리가 '페르소나'로부터 자유로워지려고 시도할 때, 우리 안에 빛이 밝혀지면서 우리 안의 소심함과 비열함의 거미줄들이 드러난다. '그림자'는 그곳에서 우리의 발전을 가로막으려 하고, 대개의 경우 성공한다. 그러면 우리는 의문을 품기 전의 모습으로 다시 돌아오게 된다. 하지만 몇몇 사람은 자신의 거미줄과의 접전에서 살아남는다. 그들은 이렇게 말한다. "그래, 몇 가지 흠이 있긴 하지만 그럼에도 나는 선한 존재이고 더 나아가고 싶어."

그 순간, '그림자'는 사라지고 우리는 '영혼'과 마주하게 된다.

융에게 '영혼'은 종교적 의미의 영혼이 아니다. 모든 지식의 원천인 "세계의 영혼"으로 복귀하는 것을 의미한다. 본능은 더 예리해지고, 감정은 원초로 복귀하며, 삶에서 마주치는 표지가 논리보다 더 중요해지고, 현실에 대한 직관이 더욱 유연해지는 것이다. 우리는 익숙하지 않은 것과 싸우기 시작하며, 예기치 못했던 방식으로 이에 대응하게 된다.

이와 같이 지속적인 에너지의 흐름을 터주게 될 때, 우리는 그 에너지를 매우 굳건하게 중심에 놓고 관장할 수 있게 된다. 융은 그 굳건한 중심을, 남자의 경우 "노(老)현자"라 일컫고 여자의 경우 "위대한 어머니"라 일컬었다.

이런 단계가 발현되는 것은 매우 위험한 일이기도 하다. 일반적으로 그런 경지에 도달한 이들은 '성자'나 '영혼의 주관자' '선지자'를 자처하게 된다. 하지만 '노현자'나 '위대한 어머니'의 에너지와 소통하기 위해서는 보다 엄정한 성숙함이 요구된다.

"융은 미쳐갔어요."

융이 기술한 네 단계를 설명하면서 셰프카는 말했다.

"그는 자기 안의 '노현자'와 소통하게 되자, '필레몬'이라 불리는 정신이 자신을 인도하고 있다고 말하고 다니기 시작했지요."

"그럼 마지막 단계는……"

"……이야기는 배꼽이 상징하는 바로 이어지는 겁니다. 융이 말한 네 단계는 개인뿐 아니라 사회에도 적용되지요. 서구 문명에서 '페르소나'는 삶을 이끄는 관념들입니다. 그리고 변화하려는 페르소나의 시도는 '그림자'와 접촉하게 되지요. 그런 예로, 집단의 에너지가 선과 악, 양 방향 어디로든 조종될 수 있는 집단시위 현장을 들 수 있습니다. 그리고 별안간, 무슨 이유에서인지 인류가 '페르소나'와 '그림자'만으로 만족하지 못하게 될 때, '영혼'과 무의식적으로 접촉하는 도약의 순간이 도래합니다. 새로운 가치들이 생겨나는 지점이 바로 그런 순간들이지요."

"나 역시 그 점에 주목했습니다. 신의 여성적 면모를 숭배하는 움직임들이 다시 나타나고 있더군요."

"그것도 훌륭한 예지요. 그리고 그런 과정 끝에 새로운 가치들이 확립되면서 인류 전체가 상징과 접촉하게 될 것입니다. 상징은 현대인들을 고대의 지식과 접촉할 수 있게 해주는 암호화된 언어지요. 그중에서도 부활을 의미하는 것이 바로 '배꼽'입니다. 창조와 파괴를 관장하는 비슈누 신의 배꼽에는 생명의 순환을 관장하는 신이 앉아 있어요. 요가 수행자들은 배꼽을 차크라로 간주하는데, 차크라란 인간의 몸에 분포되어 있는 신성한 곳들을 가리키는 말입니다. 원시부족들은 세상의 배꼽이라고 생각되는 곳에 신전을 세웠습니다. 남미의 주술사들은 인간의 진정한 모습은 빛을 발하는 알 형태를 취하고 있는데, 그 배꼽에서 나온 가느다란 선을 통해 타인과 연결되어 있다고 한다더군요. 깨달음의 경지를 도형화한 '만다라'도 바로 이를 상징한 표상이지요."

나는 혜련과 약속한 날짜보다 빨리 자료들을 영국으로 넘겨줄 수 있었다. 그리고 한 집단의 사람들에게 동시에 그런 기이한 반응을 일으키게 한 그 여자는 엄청난 힘의 소유자임에 틀림없고, 그녀의 능력이 소위 정상이라고 하는 범주를 벗어난 것이라 하더라도 크게 놀랄 일은 아니라고 말했다. 그리고 그녀를 더 가까이에서 관찰해보라고 권했다.

　전에는 이런 주제에 대해 한 번도 생각해본 적이 없었던 나는 일이 끝나자 즉시 그 문제를 잊어버리려고 했다. 그런데 딸아이가 요즘 들어 내가 이상하다, 혼자 생각에만 푹 빠져 있다면서 질책했는데, 게다가 내가 내 배꼽만 들여다보고 있었다는 것이다!

디어드러 오닐, 일명 '에다'

"끔찍한 실패였어요. 당신은 어쩌다가 내가 다른 사람을 가르칠 수 있다는 생각을 내 머릿속에 집어넣은 거죠? 왜 내가 다른 사람들 앞에서 망신을 당해야 하죠? 당신이란 사람이 존재한다는 것조차 잊어버렸어야 했어요. 춤을 배울 때 나는 열심히 춤을 췄어요. 서법을 배울 때도 열심히 했죠. 하지만 내 능력을 넘어서는 일을 하도록 부추긴 건 정말 사악한 짓이에요. 그 때문에 나는 당장 열차를 잡아타고 여기까지 온 거예요. 내가 얼마나 당신을 미워하는지 보여주려고 말예요!"

그녀는 울음을 그치지 않았다. 그나마 아들을 부모님에게 맡기고 온 게 다행이었다. 그녀는 소리를 질러댔고, 입에서는 희미하게 포도주 냄새가 풍겼다. 나는 그녀에게 일단 들어와서 얘기하자고 했다. 현관 앞에서 이렇게 시끄럽게 구는 건, 내 평판에 도움이 되지 않았다. 그러지 않아도 동네에는 내가 남자들과 여자들을 불러들여 사탄의 이름 아래 난음난무의 향연을 펼친다는 소문도 도는 모양이었다.

하지만 그녀는 여전히 악을 쓰면서 현관 앞에서 꼼짝도 하지 않았다.

"당신 탓이에요! 당신이 내게 굴욕감을 느끼게 했다고요!"

창문 하나가 열리더니 다른 창문도 차례로 열렸다. 좋다, 적어도 세상의 축을 움직이려는 사람이라면 이웃이 늘 기꺼워하지는 않으리라는 것쯤은 각오하고 있어야 한다. 나는 아테나에게 다가가 그녀가 바라고 있는 대로, 그녀를 감싸안아주었다.

그녀는 내 어깨에 기댄 채 계속 울었다. 나는 최대한 조심스럽게 그녀를 계단으로 이끌어 집 안으로 데리고 들어왔다. 그리고 차를 끓였다. 아직 한 번도 다른 사람에게는 내준 적이 없는, 내 수호자의 비법이 담긴 차였다. 찻잔을 그녀 앞에 내려놓자, 그녀는 단숨에 그걸 들이켰다. 그 모습을 보고 나에 대한 그녀의 신뢰가 아직 남아 있다는 걸 알 수 있었다.

"난 왜 이 모양인 거죠?"

그녀가 다시 입을 열었다.

나는 이제 그녀에게서 알코올 기운이 사라졌음을 알아차렸다.

"나를 사랑하는 남자들이 있어요. 나를 사랑하고 인생의 본보기로 여기는 아들도 있고요. 친부모 못지않게 사랑해주시는 양부모님도 계시죠. 그분들은 나를 위해서라면 목숨도 내놓을 분들이에요. 내 과거의 공백도 친어머니를 찾으러 다녀오면서 채워졌어요. 또 내게는 삼 년 동안 인생을 즐기면서 살아도 될 만한 돈도 있어요. 그런데 나는 조금도 행복하지 않아요!

비참하고 죄 지은 느낌이에요. 신은 내게 어떻게든 극복할 만큼의 삶의 비극과 또 그토록 영광스런 기적들로 축복해주셨는데요. 나는 만족을 모르고 더 많이 원하는 사람이에요. 그 극장에 갈 필요도 없었고, 내가 이뤄놓은 승리의 기록에 실패를 끼워넣을 필요도 없었다고요!"

"당신이 잘못된 일을 했다고 생각해요?"

그녀는 울음을 멈추고 놀란 표정으로 나를 바라보았다.

"그걸 왜 묻는 거죠?"

나는 아무 말도 하지 않고 그녀의 대답을 기다렸다.

"잘못된 일은 아니죠. 그곳에 한 기자와 같이 갔을 땐, 사실 뭘 해야 할지 전혀 감이 없었어요. 그런데 불현듯 무언가 떠올랐어요. '위대한 어머니'의 존재를 느꼈어요. 그분께서 내 곁에서 나를 인도하고 가르치고 내가 지니지 못했던 확신을 내 목소리에 불어넣어주었죠."

"그런데 뭐가 불만이죠?"

"아무도 이해해주지 않잖아요!"

"그게 중요한가요? 스코틀랜드까지 쫓아와서 내 이웃사람들 앞에서 날 창피 줄 만큼?"

"당연히 중요하죠! 내가 뭔가 할 수 있다면, 그 능력으로 옳은 일을 하고 있다면, 당연히 사람들에게 사랑과 경탄을 받아야 하는 거 아닌가요?"

그래, 그게 문제였다. 나는 그녀의 손을 잡고 전에 촛불 명상을 했던 방으로 데려갔다. 아까 마시게 한 차가 효력을 발휘하고 있음을 알았지만, 그래도 그녀에게 잠시 앉아 마음의 안정을 찾으라고 권했다. 나는 내 방으로 가서 둥근 거울을 가져와 그녀 앞에 놓았다.

"당신은 모든 걸 가지고 있어요. 그리고 자신의 것을 지키기 위해 싸웠어요. 이제 당신이 흘린 눈물을 보세요. 당신 얼굴과 그 얼굴에 새겨진 쓰라린 고통을 바라봐요. 거울 속에 있는 여자를 보세요. 이번엔 웃지 말고 그녀를 이해하려고 노력해봐요."

나는 그녀가 내 말에 따를 수 있도록 충분한 시간을 주었다. 그리고 그녀가 명상의 단계에 들어선 것을 확인하고 말을 이었다.

"삶의 비밀이 무엇일까요? 우리는 그것을 '은총' 혹은 '축복'이라고 부르지요. 모든 사람은 자신이 가진 것에 만족하려고 애써요. 슬픈 일이지만, 나나 당신 같은 소수의 사람들을 제외하고 말이죠. 불행히도 우리는 더 큰 일을 위해 우리 자신을 희생해야 해요.

우리의 상상력은 우리를 둘러싸고 있는 세계보다 더 커요. 우리는 자신의 한계를 넘어서는 사람들이죠. 오래전에는 이런 능력을 '마법'이라고 불렀지만, 다행히 이제는 시대가 변했죠. 그렇지 않다면 우리 둘 다 화형을 당했을 테죠. 여자들을 불태워 죽이는 만행이 중단되자, 이제는 과학이 우리의 행동을 설명할 근거를 찾아냈는데, 일명 '여성 히스테리'라는 것이죠. 그 증상은 비록 불에 태워 죽일 근거는 될 수 없지만, 문제는 돼요. 특히 직장에서. 하지만 걱정하지 말아요. 결국 그들도 우리의 능력을 '지혜'라고 부르게 될 테니까. 거울을 계속 응시하세요. 누가 보이죠?"

"한 여자가 보여요."

"그 여자 말고 또 뭐가 보이죠?"

그녀가 조금 주저했다. 나는 강요했다. 그리고 대답을 받아냈다.

"다른 여자가 있어요. 나보다 더 진실하고 더 현명한 여자. 마치 내 것이 아니지만 그럼에도 내 일부처럼 보이는 영혼."

"그래요. 이제 연금술에서 가장 중요한 상징 하나를 떠올리도록 합시다. 자기 꼬리를 입에 물고 원을 그리고 있는 뱀 아우로보로스를 떠올리세요. 떠올릴 수 있겠어요?"

아테나는 고개를 끄덕였다.

"바로 그 뱀, 아우로보로스가 나와 당신 같은 사람들의 삶이에요. 우리는 끊임없이 자신을 파괴하고 재창조하지요. 당신 삶의 모든 것이 이런 패턴을 따라왔어요. 당신은 버려졌다가 구원받고, 이혼했다가 새로운 사랑을 만나고, 은행에서 일했다가 사막에서 땅을 팔게 되었죠. 단 한 가지 유일하게 변하지 않는 것이 있는데, 그건 바로 당신의 아들이에요. 그 아이는 모든 것과 당신을 연결하는 끈이죠. 이 점을 명심하세요."

그녀가 다시 울기 시작했다. 하지만 이번에는 아까와는 다른 눈물이었다.

"당신이 여기까지 온 것은 시비우의 모닥불 불꽃에서 보았던 그 여자의 얼굴 때문이에요. 그 얼굴은 지금 당신이 거울 속에서 보는 것과 같은 얼굴이에요. 그러니 그 얼굴에 경의를 표하세요. 다른 사람들의 생각 때문에 자신을 괴롭히지 말아요. 사람들의 생각이란 몇 년, 몇십 년, 아니 몇 세기가 흐르면 바뀌는 것들이니까요. 다른 이들은 긴 세월이 흐르고 나서야 경험할 수 있는 것을 당신은 지금 마음껏 즐길 수 있는 거죠.

당신이 원하는 게 뭔가요? 행복을 바라진 마세요. 그건 너무 쉽고 따분한 일이니까. 사랑만을 원한다고도 하지 말아요. 불가능한 일이니까. 그렇다면 무엇을 원하냐고요? 당신 삶에 정당성을 부여하고, 그 삶을 최대한 치열하게 살아가길 원하는 거죠. 덫이 입을 벌리고 있지만 무한한 기쁨이 깃든 삶 말예요. 덫을 주의하면서 거울 속 저 여자가 되는 기쁨과 모험을 경험하세요."

그녀의 눈이 감겼다. 하지만 나는 내가 한 말들이 그녀의 영혼에 스며들어 그녀와 영원히 함께하리라는 걸 느꼈다.

"위험을 무릅쓰고서라도 계속 가르치고 싶다면 그렇게 하세요. 원치 않는다 해도 이미 당신은 다른 이들보다 훨씬 더 멀리 나아가 있음을 기억하세요."

그녀의 몸에서 긴장이 풀리기 시작했다. 나는 그녀가 내 품에 머리를 기댄 채 잠들 때까지 그녀를 안아주었다.

나는 그녀에게 몇 가지를 더 속삭여주려고 했다. 나도 이미 그녀와 똑같은 과정을 겪었고, 그것이 얼마나 힘든 일인지 알고 있으니까. 그 고통은 내 수호자가 들려준 그대로였다. 하지만 힘들고 고통스럽다 해서 그 경험의 즐거움이 반감되는 건 아니었다.

무슨 경험을 말하는 거냐고? 인간인 동시에 신성을 지닌 존재로 살아가는 경험. 제 꼬리를 집어삼키는 뱀처럼, 긴장에서 이완으로, 이완에서 초월로, 초월에서 다른 이들과의 더욱 강력한 접촉으로. 그러한 접촉에서 다시 긴장으로, 그렇게 끝없이 순환하는 삶.

그 삶은 결코 쉬운 일이 아니다. 고통, 거부, 상실에도 흔들리지 않는 무조건적인 사랑을 요구하기 때문이다.

누구든 한번 이 샘물을 마시게 되면, 다른 물로는 타는 갈증을 절대 해소할 수 없다.

앤드리아 매케인, 여배우

"당신은 전에 스스로 태어나 남성 없이 잉태한 '가이아'에 대해 얘기한 적이 있죠. '위대한 어머니'가 남신들에게 자리를 빼앗기게 되었다고도 했구요. 제법 맞는 말 같아요. 그런데 당신이 총애하는 여신의 후손인 '헤라' 이야기는 빠뜨렸더군요. 헤라는 현실적이기 때문에 더 중요한 존재예요. 그녀는 하늘과 땅, 계절과 기후를 관장했죠. 당신이 인용했던 고대 그리스인들에 따르면, 하늘의 은하수는 헤라의 가슴에서 흘러내린 젖으로 만들어진 거래요. 무척 아름다운 젖가슴이었던 모양이에요. 유혹하기 위해 헤라에게 접근하려던 전지전능한 제우스가 그녀에게 퇴짜를 맞을지도 모른다는 생각에 새의 모습으로 변신하기까지 했다니까요."

우리는 나이츠브리지의 커다란 백화점 안을 돌아다니고 있었다. 내가 전화를 걸어 이야기 좀 나누고 싶다고 하자, 그녀는 겨울 세일 상품들을 둘러보자며 백화점에서 만나자고 했다. 나는 차를 마시거나 조용한 레스토랑에서 점심을 함께 하고 싶었는데.

"이렇게 사람이 많은 곳에선 자칫하면 애를 잃어버리겠어요."
"걱정 말아요. 하던 얘기나 계속하세요."
"제우스의 속임수를 눈치 챈 헤라는 결혼을 요구했죠. 하지만 결혼하자마자 이 올림포스의 위대한 신은 예전의 바람둥이로 돌아가 여자든 여신이든 가리지 않고 눈에 띄기만 하면 아무나 유혹했죠. 그래도 헤라는 끝까지 정숙을 지켰어요. 바람둥이 남편을 탓하기보다는 여자들의 행실이 헤프다고 비난했죠."
"다들 그러지 않나요?"

그녀의 말이 무슨 뜻인지 몰라서 나는 못 들은 척하고 계속 이야기를 이어갔다.

"그러다가 헤라는 당한 만큼 제우스에게 보복하기로 하고 신이든 인간이든 잠자리 상대를 구하기로 했어요. 이봐요, 우리 잠깐 쉬면서 차라도 한잔 마시지 않을래요?"

하지만 아테나는 막 속옷가게로 들어가고 있었다.
"이거 예쁘죠?"

그녀가 도발적인 분홍색 팬티와 브래지어 세트를 들고 내게 물었다.

"예쁘네요. 그런데 그걸 입으면 봐줄 남자라도 있어요?"

"당연하죠. 내가 무슨 성녀라도 되는 줄 알아요? 헤라 이야기나 계속해봐요."

"제우스는 그녀의 행동에 안절부절못했지만 이제 독립적으로 살게 된 헤라는 결혼생활에 대해 아랑곳하지 않게 되었대요. 그런데 당신, 정말 애인 있어요?"

그녀는 주위를 잠시 살피더니 아이가 우리 대화를 엿듣지 못하도록 짤막하게 대답했다.

"있다니까요."

"한 번도 못 봤는데요."

그녀는 계산대로 가서 계산하고 속옷을 가방에 넣었다.

"비오렐이 배가 고픈 모양이에요. 앤 그리스 신화 따위엔 관심도 없을 거예요. 그러니 이야기 좀 서둘러 끝내봐요."

"결론은 좀 우습게 끝나요. 제우스는 사랑하는 아내를 잃을까 두려워 다른 여자와 재혼하는 척했어요. 그 사실을 알게 된 헤라는 사태가 심각하게 흘러간다고 생각했죠. 정부(情婦)는 참을 수 있지만 이혼은 상상조차 할 수 없는 다른 차원의 문제였던 거예요."

"그때나 지금이나 새로울 게 없네요."

"헤라는 제우스의 결혼식장에 가서 난리를 치려고 마음먹었죠. 하지만 결혼식장에서 제우스 곁에 서 있던 신부는 조각상이었어요. 헤라의 질투심을 유발시켜 그녀를 돌아오게끔 하려던 제우스의 작품이었죠."

"그래서 헤라는 어떻게 했나요?"

"한바탕 웃음을 터뜨렸대요. 두 사람 사이에 놓였던 얼음벽이 녹아버린 거죠. 그래서 헤라는 다시 하늘의 여왕이 되었대요."

"잘됐군요. 만약 그런 일이 당신한테 일어난다면······"

"······뭐라고요?"

"만약 당신 남자가 다른 여자를 사귀게 되면 한바탕 웃음을 터뜨리는 걸 잊지 마세요."

"나는 여신이 아니에요. 이만저만 사납지 않을걸요. 그런데 왜 나는 당신 애인을 한 번도 보지 못했죠?"

"늘 바쁜 사람이거든요."

"어디서 알게 됐어요?"

"전에 일하던 은행에서요. 내가 일하던 은행의 고객이었죠. 아 참, 미안해요. 아들이 기다리고 있어요. 당신 말이 맞아요. 이렇게 사람들이 많은 곳에선 잠시라도 한눈을 팔면 아이를 잃어버리기 십상이겠어요. 참, 다음 주에 우리집에서 모임을 갖기로 했어요. 물론 당신도 초대받은 거죠."

"그 모임, 누가 주선했는지 알아요."

아테나는 내 양 볼에 가볍게 입맞춤한 뒤 가버렸다. 적어도 그녀에게 내 속마음은 전한 셈이었다.

그날 오후, 극단에서 연출가가 내게 불평을 해댔다. 내가 "그 여자"의 집에 함께 갈 동료들을 모으는 것이 못마땅하다는 것이었다. 나는 내 생각이 아니었다고 해명했다. 배꼽 이야기에 매료되어버린 헤런이 그때 중단되었던 '강연'을 계속하고 싶어하는 동료들이 있는지 알아봐달라고 부탁해서라고 덧붙였다.

물론 다른 사람들에게 그걸 권할지 말지는 내 마음이었다. 하지만 헤런이 아테나의 집에 혼자 가는 꼴을 그냥 두고 볼 순 없었다.

배우들이 모두 모였지만 연출가는 새 대본을 읽는 대신 다른 프로그램을 하자고 제안했다.

"오늘은 사이코드라마를 해보도록 하죠."

별 의미가 없는 연습이었다. 우리는 모두 극작가가 설정한 상황 속에서 등장인물들이 어떻게 행동해야 하는지 이미 다 알고 있기 때문이었다.

"주제를 하나 건의해도 될까요?"

모두 나를 쳐다보았다. 연출가는 놀란 표정으로 나를 쳐다보았다.

"뭐야, 이거? 이젠 월권행사까지 하고 싶어진 거야?"

"일단 내 말을 들어보세요. 한 남자가 고생 끝에 한 집단을 형성한 뒤, 중요한 공동체 의식, 예를 들면 풍성한 수확을 베푼 대지를 찬양하는 추수감사제 같은 걸 치르는 상황을 만드는 거예요. 그런데 그사이 마을에 낯선 여자가 도착했는데, 그녀의 미모와 떠도는 소문 — 변장한 여신이라는 둥 — 때문에 마을의 전통을 지키려는 선한 남자가 모은 집단은 와해되고, 마을사람들이 모두 다 새로 등장한 그 여자한테 가버리는 거예요."

"그게 우리가 준비하는 공연과 무슨 상관이죠?"

한 여배우가 소리쳤다.

하지만 연출가는 내 의도를 눈치 채고 있었다.

"아주 좋은 아이디어예요. 한번 해봅시다."

그리고 그가 내 쪽으로 몸을 돌렸다.

"앤드리아, 당신이 마을에 도착한 그 여자 역할을 맡아줘요. 그러면 마을의 상황을 더 잘 표현할 수 있겠지. 그리고 나는 마을의 관습을 지켜내려는 선한 남자의 역할을 맡기로 하지. 그리고 나머지 사람들은 교회에도 나가고 토요일마다 모여 다 함께 일하는 부부들이라고 설정하지."

우리는 바닥에 누워 심호흡을 하고는 연습을 시작했다. 사실 방식은 간단했다. 중심인물인 내가 상황을 만들어가고, 다른 이들은 주어진 상황에 따라 각자 반응하면 되는 것이었다.

준비운동이 끝났을 때, 나는 이미 아테나로 변해 있었다. 내 상상 속에서 그녀는 자기 왕국의 노예가 될 자들을 찾아 세상을 떠도는 사탄이었지만, 전지전능하며 만물을 창조한 여신 가이아로 자신을 위장하고 있었다. 십오 분 동안 배우들은 짝을 지어 '부부'가 된 다음, 서로 알아가면서 그들의 아이들, 농장, 서로 간의 이해, 우정 등의 배경을 만들어나갔다. 이 소우주가 완벽하게 준비되었다는 느낌이 들 때, 나는 무대 구석에 앉아 사랑에 대해 말하기 시작했다.

"우리는 여기 작은 마을에 있습니다. 당신들이 내 말에 관심을 보이는 것은 내가 이방인이라고 생각하기 때문이죠. 당신들은 여행을 해본 적이 없어요. 산 너머에서 무슨 일이 벌어지고 있는지도 모를 거예요. 하지만 내가 해주고 싶은 말이 있어요. '대지'는 항상 이 마을에 관대할 겁니다. 그러니 여러분은 애써 '대지'를 찬양할 필요가 없어요. 찬양해야 할 것은 사랑입니다. 여러분은 '대지를 사랑한다'고 말하나요? 그렇다면 잘못된 표현입니다. 사랑은 사람들 사이에 이루어지는 것이죠.

여러분은 풍성한 수확을 소망해서 '대지'를 사랑하는 건가요? 바보 같은 짓이에요. 사랑은 동경도 지식도 아니고, 소망도 아닙니다. 사랑은 도전이자 눈에 보이지 않는 불길이에요. 그래서 나를 이 '대지'의 이방인이라 생각하는 여러분이 틀렸다는 겁니다. 나는 이 대지만이 아니라 만물과 친숙합니다. 나는 힘과 불길을 품고 온 존재이기 때문이지요. 내가 떠나면 아무도 예전 같을 수 없습니다. 나는 책들이나 동화에 나오는 그런 사랑이 아닌 진정한 사랑을 가져오거든요."

부부들 중의 한 '남편'이 나를 매혹된 시선으로 바라보자, 아내는 남편의 반응에 그만 어찌할 바를 몰라했다.

그다음에는 연출가, 다시 말해서 '선한 남자'는 전통을 지키고 대지를 찬양하는 일의 중요함을 강조하고, 대지가 작년에도 그랬듯 올해도 우리에게 그런 관대함을 베풀어주기를 기원해야 한다고 열심히 설파했다. 하지만 나는 오로지 사랑을 이야기할 뿐이다.

"저 남자는 '대지'에 감사제를 바쳐야 한다고 말합니다만, 내가 보증하죠. 여러분 사이에 사랑이 충만하기만 하다면 수확은 저절로 풍성해질 겁니다. 사랑이란 모든 것을 변화시킬 수 있기 때문이죠. 하지만 지금 내 눈에 보이는 것은 우정뿐이군요. 여러분이 서로에게 익숙해져버려서 열정은 이미 오래전에 소멸해버렸어요. 그래서 대지는 더도 덜도 아닌 단지 작년에 줬던 만큼만 베푸는 것이고, 내색은 하지 않지만 여러분은 삶에 변화가 전혀 없다고 불평하는 겁니다. 왜 그럴까요? 여러분이 만물을 변화시키는 그 큰 힘을 통제하려고 부단히 애써왔기 때문이죠. 그 어떤 도전도 없이, 단지 굴곡 없는 삶을 영위하기 위해서 말입니다."

그러자 선한 남자가 나서서 말했다.

"우리 마을은 애정 문제조차 법을 따를 만큼 전통을 존중했기에 지금까지 살아남을 수 있었습니다. 공동의 선을 무시하고 사랑에 빠지는 사람은 평생 두려움 속에서 살아갈 수밖에 없어요.

인생의 동반자인 아내에게 상처입히고, 새 애인을 화나게 만들고, 지금까지 이뤄놓은 모든 것을 무너뜨리고 말 거라는 두려움이죠. 아무 혈연도 연고도 없는 이 이방인 여자는 무엇이든 마음 내키는 대로 말할 수 있을지 모릅니다. 저 여자는 우리가 여기까지 도달하기 위해 얼마나 어려운 일들을 겪었는지 알 리 없습니다. 우리가 자식들을 위해 어떤 희생을 치렀는지, 대지가 우리에게 관대해져서 우리 삶이 평화로워지도록, 그래서 내일을 위한 양식을 비축하기 위해 지칠 줄 모르고 얼마나 힘들게 일해왔는지 모른단 말입니다!"

한 시간 동안 나는 만물을 집어삼키는 열정을 옹호했고, 선한 남자는 평화와 안녕을 가져다주는 정서에 대해 설파했다. 결국 마을사람들은 모두 그의 주위로 몰려갔고, 나는 혼자서 떠드는 신세가 되었다.

연기하는 내내, 나는 내가 그렇게 느끼고 있다는 것조차 의식하지 못할 만큼 즐거움과 확신에 차 있었다. 그럼에도 불구하고, 결국 이방인 여자는 그 누구도 설득하지 못하고 마을을 떠나야 했다.

그 결말이 나는 정말 너무너무 마음에 들었다.

헬런 라이언, 신문기자

내 친구 중에 나이가 좀 있는 한 친구는 습관적으로 이런 이야기를 했다.

"우리는 살아가면서 인생의 25퍼센트는 스승에게서, 25퍼센트는 자신의 내면으로부터, 25퍼센트는 친구들에게서, 나머지 25퍼센트는 시간을 통해 배운다."

지난번에 극장에서 중단됐던 강연을 마저 끝내기 위해 아테나의 집에서 처음 모임을 가진 날, 우리 모두가 누구에게 배웠다고 할 수 있을까…… 글쎄, 잘 모르겠다.

그녀는 아들과 함께 작은 거실에서 우리를 기다리고 있었다. 사방을 하얗게 칠한 거실은 음향기기와 시디 한 무더기가 놓인 장식장 말고는 텅 비어 있었다. 어른들의 모임은 아이에겐 따분하기만 할 텐데 함께 있는 것도 뜻밖이었다. 나는 그녀가 단어를 하나씩 제시하며 전에 중단됐던 부분부터 다시 시작하리라고 짐작했다. 그러나 그녀는 전혀 다른 계획을 세워놓고 있었다. 그녀는 시베리아 음악을 들려줄 거라면서 그냥 그 음악을 듣기만 하라고 했다.

"나는 명상만으로는 아무 데에도 도달하지 못해요." 그녀가 말했다. "진지한 표정으로 혹은 입가에 미소를 머금은 채 눈을 감고 꼿꼿하게 앉아 상념을 끊으면 신이든 여신이든 어떤 초월적 존재와 접촉한다고 믿는 사람들이 있죠. 그 대신 우리는 음악을 함께 듣도록 해요."

아테나가 무슨 일을 벌이려는지 짐작할 수 없을 때의 불안감이 다시 엄습해왔다. 극단의 배우들 거의 모두와 연출가까지 와 있는 상황이었다. 앤드리아의 말에 따르면, 연출가는 적의 동정을 살피러 왔다고 한다.

음악이 멈췄다.

"이번에는 곡의 멜로디와 전혀 동떨어진 리듬으로 춤을 춰보도록 해요."

아테나는 음악을 다시 틀고 볼륨을 높였다. 그러고는 음악의 리듬과 전혀 맞지 않게 몸을 움직이기 시작했다. 우리 중에서는 나이든 남자배우 하나만 아테나가 시킨 대로 따라하고 있었다. 그는 최근 작품에서 주정뱅이 왕의 역할을 맡은 배우였다. 그 외엔 아무도 움직이지 않았다. 사람들은 다소 경직된 모습으로 그냥 제자리에 서 있었다. 한 여자가 시계를 들여다보았다. 이제 십 분가량 지났을 뿐이었다.

아테나가 춤을 멈추고 주위를 둘러보았다.

"왜들 가만히 서 있는 거죠?"

"좀 바보 같아 보여서요." 여배우 하나가 조그마한 목소리로 말했다. "우린 조화를 이루는 법만 배웠지, 그 반대는 배운 적이 없어요."

"그냥 내 말대로 따라하세요. 설명이 필요한가요? 그럼 해드리죠. 변화란 우리에게 익숙한 것과 완전히 다른 것을 시도할 때에만 일어나요."

그리고 그녀는 '주정뱅이 왕'을 보고 물었다.

"음악의 리듬에 거슬러 춤을 추려고 하니 어떻던가요?"

"쉽죠. 난 리듬 감각이 애당초 없고, 춤을 제대로 배운 적도 없거든요."

모두 웃음을 터뜨렸다. 그 순간을 계기로 우리를 짓누르고 있던 먹구름이 가시는 느낌이었다.

"좋아요. 다시 시작하겠어요. 나를 따르든 떠나든 여러분 각자가 결정하세요. 오늘 '강연'이 언제 끝날지는 내가 결정하구요. 인간이 할 수 있는 가장 공격적인 행동 중 하나가 우리가 아름답다거나 멋지다고 생각하는 것에 거슬러 행동하는 거예요.

그걸 시도해보자는 거죠. 자, 그럼 다 같이 망가져봐요."

우리는 그냥 이것이 새로운 경험일 뿐이라고 생각하고, 초대한 집주인을 배려하기 위해 고약한 춤을 추기 시작했다. 나도 나 자신과 부단히 싸우면서 기를 쓰고 추었다. 귀에 들려오는 환상적이고 신비로운 타악기 리듬에 반하는 동작을 하는 건 쉽지 않았다. 그 곡의 작곡가와 연주자들을 모욕하고 있다는 생각마저 들었다. 내 몸은 매번 부조화에 저항하려 했고, 그녀가 말한 대로 따르려면 억지로 몸을 움직여야 했다. 아이도 내내 웃으면서 춤을 추다가 어느 순간 힘이 빠진 듯 소파에 가서 앉았다. 시디가 중간에서 멈췄다.

"잠깐만요."

모두 춤을 멈추고 기다렸다.

"이제 내가 한 번도 해본 적이 없는 일을 해볼게요."

그녀는 두 눈을 감고 얼굴을 두 손으로 감쌌다.

"리듬에 거슬러 춤을 춰본 건 사실 나도 처음이에요."

그렇다면, 우리가 시도했던 것은 누구보다도 그녀에게 가장 힘든 일이었을 것이다.

"몸이 안 좋은 것 같군요……"

연출가와 내가 일어섰다. 앤드리아가 화난 표정으로 나를 쳐다보았지만 나는 아테나 곁으로 다가갔다. 그러나 그녀는 우리에게 자리로 돌아가달라고 했다.

"누구 하고 싶은 말 없나요?"

여전히 두 손으로 얼굴을 감싸고 있는 그녀의 목소리는 생기가 없고 떨리는 듯했다.

"있어요."

앤드리아였다.

"그전에 아이에게 엄마는 괜찮다고 말해주세요. 엄마가 아직 할 일이 있다고 말예요."

비오렐은 엄마의 지친 모습에 놀란 듯했다. 앤드리아가 자기 품에 아이를 안고 다독거려주었다.

"하고 싶은 말이 뭔가요?"

"아니에요. 생각이 바뀌었어요."

"아이 때문에 생각을 바꿨군요. 괜찮아요. 개의치 말고 얘기해보세요."

아테나는 얼굴을 가린 손을 천천히 치우고 머리를 들었다. 그녀의 얼굴은 낯선 사람 같았다.

"얘기하고 싶지 않아요."

"좋아요."

그녀는 나이든 남자배우를 가리키며 말했다.

"당신, 내일 병원에 가보는 게 좋겠어요. 잠을 이루지 못하고 밤새 화장실에 들락거리는 게 문제가 아니에요. 아주 심각해요. 전립선암입니다."

지적당한 배우의 얼굴이 납빛이 되었다.

"그리고, 당신."

그녀가 연출가를 가리켰다.

"당신의 성 정체성을 떳떳하게 받아들이세요. 겁낼 필요 없어요. 여자를 싫어하고 남자를 사랑하는 자신을 인정하세요."

"당신 지금 무슨 말을……"

"내 말을 막지 말아요. 나는 지금 아테나 때문에 이런 말을 하는 게 아니에요. 당신의 성 정체성을 이야기하는 것뿐이에요. 당신이 남자를 사랑한다고 해서 문제될 건 전혀 없다고 생각해요."

아테나 때문에 이런 말을 하는 게 아니라고? 하지만 자기가 바로 아테나인데?

"그리고, 당신."

그녀는 나를 가리켰다.

"이리 와요. 내 앞에 와서 무릎을 꿇어요."

나는 앤드리아의 눈길이 겁났고 다른 사람들의 시선 때문에 부끄러웠지만 그녀가 시키는 대로 할 수밖에 없었다.

"내가 당신의 목덜미를 만질 수 있도록 머리를 숙여요."

나는 그녀의 손가락이 뒷목을 누르는 걸 느꼈다. 하지만 그뿐이었다. 우리는 일 분가량 그대로 있었고, 그런 다음 그녀는 나에게 일어나서 자리로 돌아가라고 했다.

"이제 수면제 따위를 복용할 필요 없어요. 오늘부터 잠이 잘 올 거예요."

나는 앤드리아를 쳐다보았다. 그녀가 무슨 말인가 할 것 같았지만, 그녀의 반응을 보니 그녀 역시 큰 충격을 받은 듯 보였다.

여배우들 중 가장 나이가 어려 보이는 사람이 손을 들었다.

"물어볼 게 있어요. 지금 내가 누구랑 이야기를 하는 건지 알고 싶은데요."

"아야소피아."*

"알고 싶은 게 있어요."

그녀는 부끄러운 듯 주변을 둘러보더니, 연출가가 고개를 끄덕이자 가까스로 입을 열었다.

"제 엄마가 잘 계신지 알고 싶어요."

"엄마는 늘 당신 곁에 있어요. 어제 당신은 집을 나설 때 깜박 잊고 핸드백을 놔두고 나왔죠? 당신 엄마가 그렇게 한 거예요. 당신은 백을 들고 나오려고 집으로 다시 돌아갔지만, 열쇠가 핸드백 안에 있어서 집에 다시 들어갈 수도 없었죠. 열쇠장이를 찾느라 한 시간가량 허비했고, 그 때문에 남자친구도 못 만나고, 원하던 일자리를 소개해줄 사람과 만날 약속도 못 지키게 되어버렸죠. 그러나 어제 오전, 당신이 계획했던 대로 모든 일이 진

---

* Ayasofia. '신성한 지혜'를 뜻하는 말. 터키 이스탄불에 위치한 동로마제국 시대의 사원 이름이기도 하다.

행되었더라면, 당신은 육 개월 뒤에 교통사고로 세상을 떠날 운명이었어요. 어제 핸드백을 두고 나온 일이, 돌아가신 당신 엄마가, 그 운명의 굴레에서 당신을 구한 거죠."

어린 여배우가 눈물을 흘리기 시작했다.

"또 물어볼 사람 없나요?"

손이 하나 올라갔다. 연출가였다.

"그가 나를 사랑하나요?"

사실이었군. 어린 여배우의 어머니 이야기가 사람들의 감성을 건드린 것이다.

"그 질문은 잘못됐어요. 당신은 알아야 해요. 당신이 상대가 필요로 하는 사랑을 베푸는 입장이라는 것부터. 그러면 무슨 일이 생기든 생기지 않든 똑같이 만족스러울 거예요. 당신에게 사랑할 힘이 있다는 사실을 아는 것만으로 충분해요. 그가 아니라면 다른 사람을 사랑하게 될 거예요. 이제 당신의 샘을 발견했으니 그냥 흘러가게 두세요. 그 샘물이 당신의 세계를 채울 거예요. 무슨 일이 일어날까 하고 미리 안전거리부터 확보하려 들지 마세요. 발걸음을 디디기 전에 확신을 얻으려고 기다리지 말아요. 당신은 당신이 주는 대로 받게 될 거니까. 이따금 전혀 기대조차 하지 않았던 곳에서 받을 수도 있지만요."

그 얘기는 내게도 해당되는 말이었다. 그리고 아테나—혹은 아야소피아든 누구든—는 앤드리아를 바라보았다.

"당신!"

내 피가 얼어붙는 것만 같았다.

"당신이 만들어낸 우주를 잃을 각오를 해야 해요."

"그 '우주'란 게 뭐죠?"

"당신이 소유하고 있다고 믿는 것들이죠. 당신은 자신의 세계를 구속하고 있어요. 하지만 동시에 그 세계를 해방시켜야 한다는 사실도 알고 있어요. 이런 얘기는 듣고 싶지 않겠지만, 당신은 내 말뜻을 이미 알고 있어요."

"알고 있어요."

내 이야기를 하는 게 틀림없었다. 이 모든 게 아테나가 계획한 각본일까?

"이제 끝났어요." 그녀가 말했다. "아이를 내게 보내주세요."

비오렐은 엄마의 달라진 모습에 놀라 선뜻 가려 하지 않았다. 하지만 앤드리아가 애정이 담긴 손길로 비오렐을 다독이며 그녀에게 데려갔다.

'아테나'든 '셰린'이든, 혹은 '아야소피아'든 간에 그녀는 내게 한 것과 똑같은 동작으로 아이의 목덜미를 눌렀다.

"아들아, 네가 본 것들 때문에 놀라지 마렴. 그런 일들은 때가 되면 사라져버릴 테니 지금부터 멀리하려고 애쓰지 않아도 된단다. 천사들과 친구가 되어 함께 놀려무나. 넌 지금 겁을 먹고 있지만 그럴 필요가 없단다. 이 방엔 많은 사람들이 너와 함께 있잖니. 내가 네 엄마의 몸을 빌려 그녀의 입으로 말하려 할 때부터 너는 웃는 것도, 춤추는 것도 멈춰버렸지. 하지만 네 엄마가 나를 받아들이지 않았다면, 나는 이렇게 너와 이야기할 수도 없었을 거야. 나는 언제나 빛의 모습으로 나타났고, 지금도 빛이란다. 오늘은 특별히 입을 열기로 한 거지."

아이가 그녀를 껴안았다.

"모두들, 이제 가도 돼요. 아이와 단둘이 있게 해주세요."

우리는 여자와 아이만 남겨둔 채 하나둘씩 아파트를 나왔다. 집으로 가는 택시 안에서 앤드리아와 얘기해보려 했지만, 그녀는 조금 전 우리 앞에서 일어난 일과 관련된 것이라면 아무 말도 하고 싶지 않다고 했다.

난 입을 닫고 잠자코 있었다. 영혼이 슬픔에 잠기는 듯했다. 앤드리아와 헤어진다는 건 아주 힘든 일이다. 그러나 마음 한구석으론 안도감도 느꼈다. 오늘밤 일어난 사건들은 우리 둘 다를 바꿔놓았고, 달리 말해 그건 내가 무척이나 사랑했던 여자 앞에 앉아 다른 여자에게 빠져버렸다는 사연을 구구절절 청승맞게 늘어놓을 필요가 없게 되었다는 뜻이기도 했으니까.

이런 때, 나는 침묵을 택한다. 집에 도착하자 나는 텔레비전부터 켰다. 앤드리아는 샤워하러 욕실에 들어갔다. 눈을 감았다 떴을 때, 거실에는 이미 환한 빛이 가득했다. 날이 밝아 있었다. 내리 열 시간이나 잔 것이다. 내 옆에 메모가 한 장 남겨져 있었다.

자는 나를 깨우지 않고 그냥 극장으로 출근한다, 커피를 끓여놓았다는 내용이었다. 립스틱 자국과 조그만 하트가 남겨진 로맨틱한 쪽지였다.

그녀는 "그녀의 우주를 잃을" 생각이 전혀 없는 듯했다. 그녀는 맞서 싸울 것이다. 그리고 내 인생은 악몽으로 변할 터이다.

그날 오후, 그녀에게서 전화가 왔다. 그녀의 목소리에는 별다른 감정이 실려 있지 않았다. 어제 그 나이 지긋한 남자배우가 병원에 가서 검진을 받고 그의 전립선이 비정상적으로 부어올라 있다는 진단을 받았다는 말을 들었다고 했다. 그다음 혈액검사를 통해 PSA*라는 단백질 수치가 급격히 증가한 것이 발견되었고, 병원 측에서는 조직검사를 위해 샘플을 채취했는데, 종합적인 증상으로 미루어보아 악성종양일 가능성이 대단히 높다고 했다.

"의사가 배우에게 그랬대요. '운이 좋군요. 최악의 상황으로 밝혀지더라도 수술이 가능하고 완치할 확률도 99퍼센트는 될 것 같습니다' 라고요."

---

* 전립선 특이항원으로, 전립선암을 찾는 데 필요한 종양 지표.

디어드러 오닐, 일명 '에다'

아야 소피아는 무슨! 그건 다른 누구도 아닌 바로 아테나 그녀 자신이었다. 그녀가 자신의 영혼 깊이 흐르는 강의 바닥을 건드리면서 '위대한 어머니'와 접촉했기 때문에 나타난 현상일 뿐이다.

그녀가 이야기한 것은 모두 다른 현실에서 일어나고 있는 일들을 본 것이다. 이미 이승을 떠난 그 어린 여배우의 어머니는 시간을 초월한 곳에 있기 때문에 앞으로 일어날 일을 변화시킬 수 있었다. 그러나 우리 인간은 오직 현재에 일어나는 일들만 알 수 있다. 병이 깊어지기 전에 미리 발견하고, 신경을 건드려 막힌 에너지를 터주는 것 같은 일은, 물론 평범한 능력은 아니지만 우리 인간의 능력으로 가능한 일들이다.

그 능력 때문에 많은 이들이 화형을 당하거나 추방당했다. 결국 수많은 이들이 '위대한 어머니'의 불꽃을 감추고 억누를 수밖에 없었다. 아테나가 그 빛과 접촉하도록 이끈 것은 내가 아니다. 그녀 스스로 해낸 것이다. 이미 '어머니'는 그녀에게 다양한 표지를 보였다. 아테나가 춤을 출 때 '어머니'는 빛으로 존재했고, 서법을 배울 때는 문자로 모습을 바꾸었고, 불꽃 속에서, 그리고 거울 속에서 모습을 드러냈다. 그 '위대한 어머니'가 이런 일련의 과정들을 유발할 때까지 내 제자가 알아차리지 못한 것은, '어머니'와 함께 살아가는 법이었다.

다른 사람들에게 달라지라고 말했던 아테나도 어쨌든 근본적으로는 다른 사람들과 똑같은 인간이었다. 그녀에게는 자신만의 리듬, 일종의 정속주행(定速走行) 장치 같은 게 있었다. 그녀가 다른 사람들보다 호기심이 많았던가? 그럴 수도 있다. 자신의 피해의식을 성공적으로 극복했던가? 그건 사실이다. 그녀는 자신이 배운 것을 은행원이건 연극배우건 간에 다른 사람들과 나눠야만 한다고 생각했던가? 그렇다고 말할 수 있는 경우들도 있긴 하지만, 내가 그러도록 북돋워줘야만 했던 것도 사실이었다. 왜냐면 우리 인간은 혼자 살도록 창조된 존재가 아니고, 다른 이들의 눈을 통해 볼 때만 자기 자신을 정확히 알 수 있기 때문이다.

하지만 나의 개입은 딱 거기까지였다.

어쩌면 그날 밤, 현신하고 싶었던 '어머니'가 그녀의 귀에 무언가 속삭였을지도 모른다.

"지금까지 네가 배운 것들을 거슬러라. 네 리듬의 주인은 너 자신이니, 리듬이 네 몸에 흐르게 하되 리듬에 복종하지는 마라."

그래서 그날 아테나가 사람들에게 그런 제안을 한 것이다. 그녀의 무의식은 이미 '어머니'를 받아들이려 하고 있었지만, 아테나 자신은 여전히 예전과 똑같은 자장(磁場)에 공명하고 있었기 때문에 그 자장 밖에 존재하는 요소들이 발현할 수 없었던 것이다.

나에게도 종종 같은 일이 일어났다. 내가 명상하고 빛과 접촉하는 최선의 방법은 뜨개실을 하는 것이었다. 나는 어릴 때 어머니에게 뜨개질을 배웠고, 바늘코를 세고 뜨개바늘을 사용해 반복과 조화 속에서 아름다운 형상들을 만들어낼 줄 알았다. 그런데 어느 날, 수호자가 내게 완전히 터무니없는 방법으로 뜨개질을 하라고 요구했다! 그런 요구는 정성스레 인내심을 가지고 집중력을 통해 뜨개질을 배운 나에게는 고통스럽기 그지없는 일이었다. 그런데도 그분은 계속 고약한 방식으로 뜨개질을 하라고 강요했다.

그렇게 두 시간 동안 뜨개질을 하면서, 나는 정말 어이없고 어리석은 일이라고 생각했다. 머리가 지끈거렸지만 바늘들이 내 손을 이끌어가는 것을 저지해야만 했다. 일을 서투르게 하는 것은 누구에게나 있는 일인데, 그분은 왜 내게 그런 요구를 했던 것일까? 그분은 내가 기하학과 완벽함에 집착한다는 걸 알고 있었기 때문이다.

그러다 갑자기, 그 일이 일어났다. 나는 바늘을 멈추고는 온기와 사랑으로 가득 찬 동반자의 존재가 거대한 공허를 가득 채우는 것을 느꼈다. 주위의 모든 것이 달라졌다. 평소에는 감히 말할 수 없었던 것들에 대해 이야기하고 싶어졌다. 의식을 잃은 건 아니었다. 나는 여전히 나였지만, 역설적이게도 나는 내게 익숙한 그 내가 아니었다.

나는 그곳에 있지 않았지만, 무슨 일이 일어나는지 '볼 수' 있었다. 아테나의 영혼이 음악을 따르는 동안 그녀의 몸은 완전히 반대로 움직였고, 그러다가 영혼이 몸에서 분리되어 마침내 '어머니'가 들어갈 공간이 열린 것이었다.

아니, '어머니'의 불꽃이 나타났다고 말하는 편이 더 나을지도 모르겠다. 태곳적 모습인 동시에 너무나 젊고, 지혜롭지만 전지전능하지 않고, 특별하지만 오만하지 않은 모습으로. 사물을 지각하는 아테나의 인식은 바뀌었고, 그녀는 어렸을 때 보던 방식으로 세상을 보기 시작했다. 이 세계 안에 공존하는 평행우주의 세계를 본 것이다. 그럴 때면 우리는 사람들의 신체뿐 아니라 그들의 감정까지 들여다볼 수 있다. 고양이들도 그런 능력을 갖고 있다고 하는데, 나는 그 말을 믿는다.

물리적 세계와 영적 세계 사이에는 일종의 막(幕)이 흐른다. 그 막은 색깔과 강도, 빛이 시시각각 달라진다. 신비주의자들은 그 막을 '아우라'라고 부른다. 아우라가 보이기 시작하면 모든 일은 쉬워진다. 아우라는 지금 무슨 일이 일어나는지 알려주기 때문이다. 만약 내가 그 자리에 있었다면, 아테나는 내 몸을 둘러싼 노란색으로 얼룩진 보랏빛 아우라를 보았을 터이다. 이 아우라의 색깔이 의미하는 것은 앞으로 내가 가야 할 길이 아직 멀었고, 이 땅에서 내 역할이 아직 끝나지 않았음을 뜻한다.

인간의 아우라들과 함께 섞여 나타나는 투명한 형상들이 있다. 사람들이 흔히 "유령"이라고 부르는 것이다. 어린 여배우의 어머니가 바로 그런 경우인데, 인간의 운명이 바뀌는 것은 오직 그럴 때뿐이다. 여배우는 아테나에게 묻기 전부터 이미 어머니가 자기 곁에 머물고 있다는 걸 알고 있었을 것이다. 그녀가 놀랐다면, 오직 그 핸드백에 얽힌 대목뿐이었으리라.

리듬과 상관없이 춤을 추어야 할 때, 우리는 모두 경직된다. 왜일까? 우리가 '정해진 대로' 하는 데 익숙해져 있기 때문이다. 특히나 자신이 잘못 움직이고 있음을 의식했을 때 그걸 계속하고 싶어하는 사람은 없다. 아테나조차도. 그녀 역시 자기가 좋아하는 일을 완전히 반대로 하는 일이 결코 쉽지 않았을 것이다.

바로 그 순간, '어머니'가 승리했다는 것이 나는 기쁘다. 암에 걸린 남자가 살아나게 됐고, 어떤 이는 자신의 성 정체성을 받아들였고, 또 한 사람은 불면증 때문에 수면제를 삼킬 필요가 없게 되었다. 최고 속력으로 달리던 자동차가 급브레이크를 밟았을 때 혼란에 빠지듯, 이 모든 것이 아테나가 리듬을 깨뜨린 덕분에 일어난 일이다.

다시 뜨개질 이야기로 돌아가면, 나는 이제 엉망으로 뜨개질하는 데 능숙해져서, 뜨개질 도구 없이도 '존재'를 불러낼 수 있게 되었다. 아테나에게도 똑같은 일이 일어났다. 일단 '인식의 문'이 어디 있는지 알고 자신의 '낯선' 행동에 익숙해지면, 그 문들을 열고 닫는 일은 쉬워진다.

그리고 이 말은 꼭 해야겠다. 그후로 내 뜨개질이 더 빨라지고 능숙해졌듯이, 아테나도 일단 용기를 발휘해 장벽을 허문 뒤로는 훨씬 더 열정적으로 혼과 리듬을 실어 춤을 출 수 있었다.

앤드리아 매케인, 여배우

 소문은 산불처럼 꼬리에 꼬리를 물고 퍼져갔다. 공연이 없어 쉬는 날인 그다음 월요일, 아테나의 집은 몰려온 사람들로 터질 듯했다. 너나할것없이 모두 친구들을 데리고 왔다. 그녀는 전에 했던 대로 우리를 리듬에 거슬러 춤추게 했다. '아야소피아'를 접하기 위해선 그런 집단적 에너지가 필요하다는 듯이. 이번에도 아이가 함께 있었고, 나는 아이를 관찰하기로 마음먹었다. 아이가 춤을 멈추고 소파에 앉자, 음악이 멈추고 강신이 시작되었다.
 질문들이 쏟아져나오기 시작했다. 흔히 그렇듯, 처음 세 사람의 질문은 모두 사랑과 관련된 것이었다. 그가 날 떠나지는 않을까, 그녀가 나를 사랑할까, 그 사람이 나를 배신하고 있는 게 아닐까. 아테나는 아무 말도 하지 않았다. 대답이 없자, 네번째 사람이 더 큰 목소리로 물었다.

"그가 바람을 피우고 있는 건가요, 아닌가요?"

"나는 '아야소피아', 우주의 지혜입니다. 나는 이 세상에 '사랑'만을 데리고 왔어요. 나는 만물의 기원이며, 나 이전에는 카오스만이 존재했죠. 그러므로 만일 여러분이 카오스에 퍼져 있던 힘들을 손에 넣고 싶은 것이라면 아야소피아에게 묻지 말아요. 내게 사랑은 모든 것이에요. 사랑은 욕망할 수 없어요. 그 자체가 목적이기 때문이죠. 사랑은 버릴 수도 배신할 수도 없어요. 소유할 수 없기 때문이죠. 사랑은 포로가 될 수 없어요. 쌓아놓은 제방 위로 넘쳐흐르는 강물이기 때문이죠. 사랑을 구속하려 애쓰는 이는 사랑의 젖줄을 끊어놓게 될 것이고, 그렇게 갇힌 물은 고여서 악취 풍기는 시궁창이 될 거예요."

'아야'의 눈길이 사람들을 훑고 지나갔다. 대부분 처음 온 사람들이었다. 그러더니 그녀는 자신이 본 것을 알리기 시작했다. 질병의 조짐, 직장 문제, 부모자식 간의 갈등, 성 정체성, 발현되지 못한 잠재적 가능성들. 그녀가 한 삼십대 여자를 가리키며 했던 말이 기억난다.

"당신 아버지는 일이 어떻게 돌아가야 하고, 여자는 어떻게 행동해야 하는지 훈계하는 분이었어요. 당신은 늘 자신의 꿈을 접으려고 애써왔고, 그렇기에 당신 입에서 '나는 원한다'라는 말은 한 번도 나오지 않았어요. '해야만 한다' '기대한다' '그래야 한다'라는 말들이 당신의 '원한다'는 말을 삼켜버렸기 때문이죠. 하지만 당신은 뛰어난 가창력을 가졌어요. 일 년 정도만 경험을 쌓으면 그 재능을 크게 꽃피울 수 있을 거예요."

"하지만 제겐 아들과 남편이 있어요."

"아테나 역시 아들이 있어요. 남편은 처음엔 반대하겠지만 곧 받아들일 겁니다. 그런 정도는 아야소피아의 도움 없이도 충분히 알 수 있잖아요."

"제 나이가 너무 많지 않을까요."

"당신은 지금 자신이 누구인지 받아들이길 거부하는군요. 그건 내가 어떻게 할 수 있는 일이 아니에요. 나는 할말을 했을 뿐예요."

앉을 자리조차 없이 작은 거실에 다닥다닥 붙어선 사람들은 겨울이 끝나가는 마당에 땀까지 흘리면서 이런 모임에 참석한 자신을 어이없게 여기는 듯했다. 하지만 점차 작은 방에 모인 사람들은 홀린 듯 아야소피아의 존재를 받아들이고 있었다.

마지막 순서는 나였다.

"둘이 아니라 하나가 되기를 원한다면 모임이 끝나고 여기 남으세요."

이번에는 아이가 내 무릎에 앉지 않았다. 아이는 거실에서 일어나는 모든 상황을 지켜보았다. 첫번째 의식 뒤에 제 어머니와 나눈 대화만으로도 충분히 두려움을 떨친 모양이었다.

나는 머리를 끄덕여 동의했다. 아이와 단둘이 있게 해달라며 사람들을 내보냈던 지난번과는 달리, 이번에는 모임을 끝내기 전에 아야소피아가 한 말씀을 했다.

"여러분은 이곳에 듣고 싶은 대답을 들으러 와 있는 게 아니에요. 내 임무는 여러분을 일깨우는 거예요. 옛날에는 다스리는 자나 다스림을 받는 자 모두 신탁을 받아 미래를 점쳤죠. 하지만 미래라는 것은 현재에 내려진 결정에 영향을 받는 것이고, 그렇기 때문에 변덕을 부리게 마련이에요. 페달을 계속 밟으세요. 그러지 않으면 자전거에서 떨어지게 됩니다.

바라는 것이 사실이기를 바라며 그것을 확인하기 위해 아야소피아를 만나러 온 분이라면, 부탁이니, 다시 오지 마세요. 그렇지 않다면 춤추기 시작하십시오. 그리고 주위 사람들도 춤추게 하세요. 운명은 이미 멸망한 세계에 계속 머무르려는 이들에게는 냉혹합니다. 새로운 세계는 뭍에서 하늘을 가르기 위해 '사랑'과 함께 오신 '어머니'의 세계예요. 실패했다고 믿는 이들은 늘 실패할 것입니다. 달라지지 않기로 결심한 이들은 틀에 박힌 방식 때문에 실패할 겁니다. 변화의 흐름을 막으려는 자들은 먼지로 화하게 될 것입니다. 춤추지 않고 다른 이들이 춤추는 것을 막는 이에게 화 있을진저!"

그녀의 두 눈이 이글이글 타올랐다.

"이제 가도 됩니다."

모두들 밖으로 나갔다. 대부분 혼란스러운 표정이었다. 위안을 얻으러 왔다가 오히려 자극만 받은 것이었다. 어떻게 하면 사랑을 통제할 수 있을지 들으러 온 이들은 모든 것을 집어삼키는 불길이 모든 걸 불태우리라는 이야기를 들었다. 자신이 내린 선택이 옳았는지, 남편과 아내, 상사가 만족스러워하고 있는지 확인하고 싶어했던 이들은 모호한 이야기만 얻어들었다.

그래도 미소 짓는 사람들이 있었다. 그들은 춤이 지닌 의미를 이해한 이들이고, 당장 그날 밤부터 그들의 육체와 영혼이 자유롭게 흐르도록 할 터이다. 물론 늘 그렇듯이 그 대가를 치러야 하셨지만.

거실에는 이제 아이, 아야소피아, 나 그리고 헤런이 남았다.

"혼자만 남아달라고 했을 텐데요."

헤런은 말없이 코트를 챙겨들고 나가버렸다.

아야소피아가 나를 바라보았다. 그리고 나는 그녀가 차츰차츰 아테나로 바뀌어가는 모습을 바라보았다. 그 모습을 설명할 유일한 길은, 화가 잔뜩 난 아이에게 일어나는 변화와 견주는 수밖에 없다. 아이의 눈에서 분노를 읽는다. 하지만 일단 긴장이 풀리고 화가 가라앉으면 아이는 좀 전의 울고불고하던 그 아이가 아니다. '존재'라고 불러도 될지 모르겠지만, 그것은 자기 도구가 해이해지는 순간, 허공으로 사라져버리는 것 같다.

이제 내 앞에는 녹초가 된 한 여자가 남아 있었다.

"차 좀 끓여줘요."

그녀가 내게 명령을 하고 있었다! 이제 '우주의 지혜'도 아닌, 내 남자를 홀린, 혹은 반하게 한 여자에 지나지 않는 한낱 그녀가! 이런 얽히고설킨 관계는 과연 어디까지 갈 것인가?

하지만 차 시중 좀 든다고 해서 내 자존심이 무너지는 것도 아니었다. 나는 주방으로 가서 물을 끓이고 캐모마일을 잔에 띄워 거실로 가져왔다. 아이는 엄마 품안에서 잠들어 있었다.

"당신은 나를 좋아하지 않죠?"

나는 대답하지 않았다.

"나도 당신을 좋아하지 않아요. 당신은 예쁘고 우아하고 연기력이 뛰어난 배우죠. 그리고 내 스스로 가족들의 기대를 저버린 탓에 내가 갖지 못한 학위도 있고 교양도 갖췄어요. 하지만 당신은 자신감이 없고 거만한데다 의심도 많아요. 아야소피아가 말했듯, 당신은 하나가 될 수 있었지만 둘로 나뉘어버린 거예요."

"신들려 있는 동안 한 말을 기억할 줄은 몰랐군요. 그렇게 치자면 당신 역시 한 사람이 아니라 두 사람이지요. '아테나'와 '아야소피아'."

"이름은 두 개일지라도 나는 한 사람이에요. 동시에 세상의 모든 사람들이기도 하죠. 내가 하려는 말이 그거예요. 나는 하나이자 모두이기 때문에, 내가 접신했을 때 일어나는 불꽃은 내게 각각의 아주 정확한 지령들을 내리죠. 물론 접신되어 있는 동안 내 절반은 무의식 상태지만, 나도 알지 못하는 나 자신에게서 나오는 말들이에요. 마치 내가 모든 인간들의 영혼을 흐르며 대지의 지식을 전해주는 '어머니'의 젖가슴에 매달려 젖을 빨기라도 하듯 말이죠. 아야소피아와 처음으로 접촉하게 된 지난주에, 나는 황당한 계시를 받았어요. 내가 당신을 가르쳐야 한다는 거예요."

잠시 침묵이 흘렀다. 잠시 숨을 돌린 그녀가 말을 이었다.

"아무리 생각해도 정신 나간 소리였어요. 나는 당신을 전혀 좋아하지 않거든요."

그녀는 다시 말을 멈췄다. 처음보다 긴 침묵이었다.

"그런데 오늘 또 그 계시를 받았어요. 그래서 난 당신에게 선택권을 주려고 해요."

"왜 그녀를 '아야소피아'라고 부르는 거죠?"

"그 이름을 지어준 건 나예요. 아야소피아는 내가 어떤 책에서 본, 정말 아름다운 이슬람 사원의 이름이에요. 당신이 원한다면, 내 제자가 되어도 좋아요. 당신이 여기 오게 된 것도 다 그런 운명 때문이었죠. 그날 당신이 이 문을 열고 들어오면서 '나는 극단에서 일해요. 조만간 신의 여성적 면모에 관한 극을 올릴 예정이죠. 신문기자를 하는 친구에게서 당신 얘기를 들었어요. 당신이 사막에 있었고, 발칸반도의 산지에서 집시들과 함께 있었다면서 내가 원하는 정보들을 알려줄 수 있을 거라고 하더군요'라고 말했기 때문이라고요. 그래서 내 안의 아야소피아를 발견한 일을 포함하여 이렇게 인생의 새로운 국면에 접어들게 된 거죠."

"당신이 알고 있는 모든 걸 내게 가르쳐줄 건가요?"

"아뇨, 내가 모르는 모든 걸 가르칠 거예요. 우리가 처음 만났을 때 말했듯이, 나는 당신과의 만남을 통해 내게 필요한 것을 배울 거예요. 일단 내가 배워야 할 것을 배우고 나면 우리는 각자의 길을 가는 거죠."

"좋아하지 않는 사람도 가르칠 수 있나보죠?"

"나는 내가 좋아하지 않는 사람이라도 사랑하고 존중해줄 수 있어요. 두 번의 접신상태를 경험하면서 나는 당신이 지닌 '아우라'를 봤어요. 내 눈앞에 있는 것 중에서 가장 뛰어난 아우라더군요. 내 제안을 받아들인다면 당신은 세상을 변화시킬 수 있어요."

"아우라를 보는 법을 가르쳐줄 건가요?"

"해보기 전에는 과연 내게 그런 능력이 있을지 모르겠군요. 그것 역시 당신이 가야 할 길이라면 배우게 되겠죠."

나 역시 좋아하지 않는 사람을 사랑할 수도 있다는 사실을 그때 깨달았다. 나는 "좋아요"라고 말했다.

"그러면 당신의 수락을 의식으로 바꿔볼까요? 의식은 우리를 알 수 없는 것들의 세계로 이끌지만, 우리는 그곳에 있는 것들을 하찮게 여겨선 안 된다는 걸 알고 있어요. '좋아요'라고만 대답하는 걸로는 충분치 않아요. 당신 삶을 송두리째 걸어야 해요. 하지만 그렇다고 심각해져서도 안 돼요. 내 생각대로라면, 당신은 '생각해봐야겠어요'라곤 말하지 않을 거예요. 대신 이렇게 말하겠죠……"

"난 준비됐어요. 의식을 시작하도록 해요. 그런데 이런 의식을 집행하는 건 어디서 배웠죠?"

"나도 지금부터 배울 거예요. 이젠 '어머니'의 불꽃과 접촉하려고 리듬을 거스를 필요가 없어요. 불꽃이 내면에 자리를 잡고 나면 그걸 다시 불러내는 일은 쉬우니까요. 그 분이 수없이 많은 다른 문들 속에 숨겨져 있다 해도, 나는 이미 어떤 문을 열어야 할지 정확히 알고 있어요. 다만, 그 문을 열기 위해 내게 필요한 것이 있어요. 약간의 침묵."

또 침묵!

우리는 눈을 크게 뜨고 서로를 응시한 채 앉았다. 마치 목숨을 건 전투를 치르려는 사람들 같았다. 정말이지 의식이란! 아테나의 집 초인종을 누르기 전부터도 나는 이미 숱한 의식에 참여해본 적이 있었다. 하지만 대부분 의식이 끝나고 나면 맥이 탁 풀리면서 이용당했다는 느낌만 남았다. 문이 닿을 듯 눈앞에 있는데도 열어보지도 못한 채 문밖에 서 있는 느낌 말이다.

그런데 아테나가 한 일은 내가 준비해온 차를 한 모금 마신 게 전부였다.

"의식이 끝났어요. 아까 나는 당신에게 날 위해 뭔가를 해달라고 요구했어요. 당신은 내 요구를 들어줬고, 나는 당신이 준 것을 받아들였죠. 이제 당신 차례예요. 내게 무언가 해달라고 요구하세요."

반사적으로 머릿속에 헤런이 떠올랐다. 하지만 지금은 그 문제를 거론할 상황이 아니었다.

"옷을 벗어요."

그녀는 이유도 묻지 않고 아이를 잠시 돌아보고는 잠들어 있는지 확인했다. 그러곤 스웨터를 벗기 시작했다.

"아니, 아니에요. 그럴 필요 없어요." 나는 중단시키려 했다. "내가 왜 그런 요구를 했는지 모르겠군요."

하지만 그녀는 계속해서 옷을 벗었다. 윗도리, 청바지, 브래지어. 나는 그녀의 가슴을 보았다. 내가 본 것 중 가장 아름다운 가슴이었다. 그녀가 마지막으로 팬티를 벗었다. 그리고 내 앞에서 벗은 몸을 고스란히 드러냈다.

"날 축복해줘요."

아테나가 말했다.

'스승'을 축복하라고? 하지만 나는 이미 첫발을 내디뎠고 멈출 수가 없었다. 나는 찻잔 속의 물에 손을 적셔 그녀의 벗은 몸에 뿌렸다.

"이 식물이 차로 변했듯이, 그리고 물과 식물과 섞였듯이, 나는 당신을 축복합니다. 이 물의 원천인 샘물이 영원히 마르지 않기를, 이 식물을 낳고 기른 대지가 영원히 기름지고 관대하기를 '위대한 어머니'께 간청합니다."

내가 뱉어낸 말에 나 스스로 놀랐다. 그 말들은 내 안에서 나온 것도, 내 밖에서 온 것도 아니었다. 마치 예전부터 늘 알고 있었고, 수없이 그것을 되풀이했던 것만 같았다.

"당신은 축복받았어요. 이제 옷을 입어도 돼요."

하지만 그녀는 미소를 지은 채 그냥 벗은 채로 서 있었다. 무얼 원하는 걸까? 아야소피아가 아우라를 볼 수 있다면, 내가 여자와 관계를 맺고 싶은 마음이 눈곱만치도 없다는 사실을 알고 있을 터인데.

"잠깐만요."

아테나는 아들을 안아 방으로 옮긴 다음 돌아왔다.

"당신도 옷을 벗어요."

지금 요구하고 있는 건 누굴까? 내가 지닌 잠재력을 일러주고 나야말로 완벽한 제자가 될 거라고 했다는 아야소피아인가? 아니면, 잘 알진 못하지만, 무슨 일이든 불사할 것만 같고 자신의 한계를 뛰어넘어 그 어떤 호기심도 충족시켜야 한다고 믿는 아테나인가?

우리는 거부를 용납하지 않는 대립의 상태로 들어섰다. 나 역시 아테나와 같은 눈빛으로 미소를 띠며 옷을 벗었다.

그녀의 손이 나를 이끌었고 우리는 소파로 가서 나란히 앉았다.

그후 반시간 동안 아테나와 아야소피아가 동시에 존재했다. 그녀들은 나의 다음 운명이 무엇인지 알고 싶어했다. 그 둘의 질문을 통해, 나는 내 운명 앞에 놓인 모든 일이 진정으로 이미 예비된 일이라는 것을 알게 되었다. 그리고 그런 사실들을 알 수 있는 문이 닫혀 있었던 까닭은 그 문을 열 수 있는 유일한 사람이 나 자신임을 깨닫지 못했기 때문이라는 것도.

헤런 라이언, 신문기자

부편집장이 비디오테이프를 하나 가져오더니 편집실에서 같이 보자고 말한다.

1986년 4월 26일 아침에 찍은 비디오인데, 평범한 도시의 평범한 일상을 보여주고 있었다. 한 남자가 앉아 커피를 마시고 있고, 아이 엄마가 아이의 손을 잡고 거리를 거닐고 있다. 직장인들은 일터로 향하고, 몇몇 사람들은 정류장에서 버스를 기다리고 있다. 나이 지긋한 신사가 공원 벤치에 앉아 신문을 읽고 있다.

하지만 테이프에 문제가 있는지, 화면에 수평 줄이 여러 개 나타난다. 트래킹 버튼으로 화면조정을 하려고 자리에서 일어나려는데, 부편집장이 나를 말린다.

"원래 화질이 그래. 그냥 봐."

내륙의 어느 조그만 도시의 영상들이 계속 이어진다. 평범한 일상 외에 특별히 관심을 끄는 장면들은 전혀 나타나지 않는다.

"저 사람들 중 몇몇은 저기서 이 킬로미터 떨어진 곳에서 일어난 사고에 대해 알고 있었을지도 모르지." 부편집장이 말한다. "그 사고로 서른 명이 희생되었다는 사실도 알고 있었을 테고. 사상자 수가 적은 건 아니지만, 보통 사람들의 일상을 바꿀 정도는 아니었던 모양이군."

화면에 스쿨버스들이 주차하고 있다. 그 버스들은 그곳에 앞으로도 오랫동안 방치될 것이다. 화질은 갈수록 나빠졌다.

"이 가로줄들은 트래킹으로 해결될 문제가 아니야. 방사선 때문이거든. 이 테이프는 KGB가 촬영한 거야. 4월 26일 밤 새벽 한시 이십삼분에 우크라이나 체르노빌에서 인간이 저지른 최악의 재앙이 발생했지. 원자로가 폭발했을 때, 그 지역 사람들은 히로시마에 투하된 원폭보다 구십 배나 많은 방사능에 노출되었네. 즉시 오염지역 주민들을 대피시켜야 했지만 아무도 입을 열지 않았어. 정부가 착오했을 리 없다고 생각한 거야. 일주일이 지난 뒤에야 지역신문 32페이지에 다섯 줄짜리 단신이 실렸는데, 사망한 발전소 직원의 숫자만 알렸을 뿐 그 이상의 어떤 설명도 없었네. 그러는 동안 소비에트 전역에 걸쳐 노동절 기념행사가 열렸고, 대기중에 죽음의 기운이 스며들어 있다는 것도 알지 못한 채 우크라이나의 수도 키예프에서 사람들은 줄지어 행진했지."

부편집장이 지시를 내린다.

"자네가 지금 체르노빌에 가서 현재 모습은 어떤지 취재해봐. 자네는 지금 특파원으로 승진된 거야. 봉급도 이십 퍼센트 인상되고, 기사를 직접 기획할 권한도 주지."

그런 좋은 조건에 덩실덩실 춤이라도 춰야 할 판이었지만 나는 내색할 수 없는 강한 슬픔에 사로잡힌다. 요즘 내 삶에 두 여자가 공존하고 있고, 지금 런던을 떠날 수 있는 처지가 아니며, 내 인생과 마음의 평화가 시험에 든 상태라고 이야기할 수는 없는 노릇이다. 나는 언제 떠나야 하는지 묻는다. 최대한 빨리, 라고 그는 대답한다. 다른 나라들이 원자력에너지 생산량을 엄청나게 늘리고 있다는 소문이 돌고 있다는 게 그 이유다.

나는 우선 전문가들의 자문을 구한 뒤에 취재할 주제를 명확히 파악할 필요가 있다, 필요한 자료를 수집하는 대로 즉시 출국하겠다, 라고 둘러대면서 어떻게든 시간을 벌고자 한다.

상사는 내 의견에 동의하고는 악수를 청하며 승진을 축하해준다. 앤드리아에게 소식을 전할 짬도 없다. 집에 돌아와보니 앤드리아는 아직 극단에서 돌아오지 않았고, 나는 금방 잠이 든다. 깨어나니 이미 날이 밝았다. 먼저 나간다, 커피는 끓여놓았다, 는 앤드리아의 메모만 덩그러니 있다.

나는 사무실로 출근해서 '내 삶의 질을 높여준' 부편집장을 찾아가 감사인사로 비위를 맞춘다. 그리고 방사능과 핵에너지 전문가들에게 전화를 걸어, 삼사백만 명의 어린아이들을 포함해 전 세계 총 구백만 명이 그 재앙으로부터 직접적인 타격을 받았다는 사실을 알아낸다. 전문가인 존 고프먼의 말에 따르면, 직접적 사망자 삼십 명을 낸 그 재앙은 이후 사십칠만오천 명에 달하는 불치암 환자와 치료 가능한 암 환자를 양산해냈다.

이천 개 이상의 도시와 마을들이 지도에서 흔적도 없이 사라져버렸다. 벨로루시 보건부 성명에 따르면 아직도 남아 있는 누출 방사능의 영향으로 2005년에서 2010년 사이 갑상선암의 발병률이 엄청나게 증가할 것이라고 한다. 또다른 전문가는 방사능에 직접 노출된 구백만 명의 사람들 외에도 전 세계 육천오백만이 넘는 사람들이 방사능에 오염된 음식물을 섭취함으로써 간접 영향권에 들어 있다고 말한다.

체르노빌 방사능 사건은 중요하게 다뤄야 할 심각한 문제였다. 일과를 마칠 때쯤, 나는 부편집장을 찾아가 자료를 더 검색해보고 전문가들과도 좀더 이야기하고, 영국 정부가 그 참사에 어떻게 대응했는지도 조사한 후, 사건 기념일에 맞춰 체르노빌 현장을 취재하러 가는 게 낫겠다는 의견을 전달한다. 그는 내 의견에 동의한다.

나는 아테나에게 전화를 건다. 그런데 그녀는 런던경시청에 근무한다는 그 애인하고 나가봐야 한다고 말한다. 이제 체르노빌 사건은 비밀도 아니고, 소련이라는 나라도 이미 존재하지 않는 상황이니, 아테나를 통해 그녀의 애인에게 취재와 관련하여 도움을 받을 절호의 기회였다. 그녀는 '애인'에게 얘기해보겠지만, 내가 듣고 싶은 답을 해줄 수 있을지는 보장할 수 없다고 대답한다.

그러고는 내일 또다시 스코틀랜드로 떠났다가 다음 모임 있을 때 돌아올 것이라고 덧붙인다.

"무슨 모임?"

그 모임이에요, 그녀가 대답한다.

그럼 그때 그 모임이 정례화되었다는 건가? 내가 알고 싶은 건 우리가 언제쯤 만나서 이야기도 좀 하고, 우리 사이에 남아 있는 문제들을 매듭지을 시간을 가질 수 있을까 하는 것이었다.

하지만 그녀는 이미 전화를 끊은 뒤였다. 나는 집으로 돌아와 뉴스를 보고, 혼자 저녁을 먹고, 앤드리아를 데리러 극장으로 간다. 나는 극이 끝날 때쯤 도착해서 마지막 부분을 지켜본다. 놀랍게도 무대 위의 저 여자는 내가 이 년이라는 세월 동안 살을 부대끼며 살아온 여자 같지 않다. 그녀의 모든 동작에 어떤 마법 같은 면모가 깃들어 있고, 독백과 대사에는 낯선 강렬함이 숨어 있다. 나는 지금 낯선 여자를 보고 있다. 곁에 두고픈 욕망을 느끼게 하는 여자. 하지만 곧 그녀가 생판 모르는 사람이 아니라 지금 내 곁에 있는 사람임을 깨닫는다.

"그날 아테나하고 얘기는 잘됐어?"

집으로 돌아오는 길에 물었다.

"응, 괜찮았어. 그런데 요새 일은 어때?"

그녀가 화제를 다른 곳으로 돌린다. 나는 승진 소식과 체르노빌 취재 건에 대해 이야기하지만 그녀는 별 관심이 없어 보인다. 머릿속으로 갖고 싶었던 사랑뿐 아니라 내가 이미 가졌던 사랑까지 잃고 있다는 생각이 맴돌기 시작한다. 그런데 집에 도착하자마자 그녀가 함께 목욕하자고 하더니, 어느 틈엔가 우리는 함께 침대에 들어 있다. 그녀는 먼저 타악기 음악(복사를 했다고 한다)의 볼륨을 최대로 키운다. 그리고 내게 옆집 눈치는 보지 말라고 말한다. 사람들은 너무 눈치를 보면서 살아, 그러니까 자기 삶이라고는 없는 거야, 라고 하며.

그다음 일어난 일은 내 이해력의 한계를 넘어선다. 지금 나와 함께 거리낌 없이 야성적으로 섹스하고 있는 이 여자, 이제는 자신의 성(性)을 찾은 듯 보이는 이 여잔 대체 어디서 이런 걸 배운 걸까. 아니면 누군가로부터 촉발된 걸까? 그녀는 전에 없이 거칠게 밀착하면서 "오늘은 내가 남자고 당신이 여자야"라는 말만 되풀이했다. 그녀에게서 한 번도 보지 못했던 난폭함이었다.

우리는 그렇게 거의 한 시간을 보냈다. 나는 여태껏 감히 엄두도 내지 못한 것들을 경험했다. 수치심이 느껴져 그만두라고 말하고 싶은 순간도 있었다. 하지만 그녀는 상황을 완전히 주도하고 있었고, 나는 거기에 순종하고 있었다. 어쩔 도리가 없었다. 아니, 사실은 강렬한 호기심이 일었다.

나는 결국 녹초가 되었는데, 앤드리아는 오히려 더 힘이 솟는 모양이었다.

"잠들기 전에 당신이 하나 알아둘 게 있어." 그녀가 말한다. "만약 당신이 더 나아간다면, 당신은 앞으로 섹스를 통해 남신과 여신들과 사랑을 나누게 될 거야. 오늘 당신이 경험한 게 바로 그런 거야. 내가 당신 안에 있는 '어머니'를 일깨웠다는 사실을 알고 잠들었으면 해."

나는 이런 것들을 아테나에게서 배웠냐고 묻고 싶지만 차마 용기가 나지 않았다.

"하룻밤 동안 여자 역할을 해보니 어때? 좋았다고 얘기해봐."

"괜찮았어. 앞으로도 계속 좋을지는 모르겠지만. 두려우면서도 엄청난 쾌감을 느낀 것 같아."

"말해봐, 늘 꿈꾸던 것들을 오늘 경험했다고."

상황에 자신을 내맡기는 것과 그것에 대해 냉철한 판단을 내리는 건 별개의 문제다. 그녀가 내 대답을 알고 있을 거라고 생각하면서 나는 아무 말도 하지 않았다.

"좋아. 이 모든 건 내 안에 있었는데도 나는 그걸 몰랐어. 오늘 무대에 섰을 때 나를 덮고 있던 가면이 떨어져나갔어. 당신도 뭔가 다르다는 거, 느끼지 못했어?"

"느꼈지. 당신에게서 특별한 광채가 났어."

"그게 바로 카리스마야. 남자와 여자에게 나타나는 신성한 힘. 애써 드러내려 하지 않아도, 아무리 무딘 사람이라도 알아볼 수 있는 초자연적 권능. 하지만 그것은 우리가 벌거벗었을 때, 세속을 버리고 진정한 자신으로 다시 태어날 때만 발현되는 거야. 어젯밤 나는 죽었어. 오늘밤, 무대에 서서 내가 선택한 길에 발 디뎠음을 깨달은 순간, 나는 잿더미 속에서 다시 태어난 거야. 난 항상 나 자신으로 살고 싶어했지만 한 번도 성공한 적이 없어. 언제나 남에게 깊은 인상을 남기고, 교양 있게 말하고, 부모님을 기쁘게 해드리려고 했지. 하지만 동시에 내가 원하는 걸 얻기 위해 수단과 방법을 가리지 않았어. 나는 늘 피와 눈물과 의지로 운명을 개척해왔지. 그런데 어젯밤, 나는 내가 잘못된 길을 가고 있음을 깨달았어. 꿈을 이루기 위해 필요한 건 그런 게 아니었던 거야. 그 꿈에 나를 송두리째 맡겨버리면 되는 거였어. 그래서 고통받게 되면, 그냥 이를 악물고 견디면 돼. 고통은 곧 지나갈 테니까."

"왜 내게 그런 얘길 하는 거지?"

"내 얘길 끝까지 들어봐. 고통만이 유일한 방법이었던 여정에서, 나는 몸부림쳐봤자 헛수고인 것들을 위해 기를 쓰고 싸웠어.

예컨대 사랑 같은 것. 사람들은 사랑을 느끼기도 하고 그러지 못하기도 하지. 강제로 사랑을 느끼게 하는 힘은 세상에 존재하지 않아. 우린 서로 사랑하는 척할 수 있어. 서로에게 익숙해질 수도 있겠지. 한평생을 우정과 공모(共謀)만으로 살아갈 수도 있어. 아이를 키우고, 매일 밤 사랑을 나누고 쾌락에 도달할 수도 있겠지. 하지만 여전히 그 모든 것에 거대한 공허가 도사리고 있음을, 뭔가 중요한 게 빠졌음을 느끼게 될 거야. 나는 지금까지 내가 익혀온 남녀관계에 관한 그 모든 관념 때문에, 정말이지 싸울 가치도 없는 것들에 맞서서 지지 않으려고 발버둥친 거야. 거기엔 당신과의 관계도 포함돼.

오늘밤 우리가 사랑을 나누는 동안, 나는 내가 가진 것을 다 주었고, 당신도 혼신의 힘을 다했다는 걸 알 수 있었어. 하지만 나는 당신이 최선을 다하든 말든 이제 그건 내게 중요한 문제가 아니란 걸 깨달았어. 오늘밤은 당신 곁에 머무르겠지만, 내일 나는 떠날 거야. 연극은 나만의 의식이고, 나는 거기서 내가 원하는 건 뭐든 표현하고 발전시킬 수 있어."

나는 모든 것을 후회하기 시작했다. 내 삶을 파괴할 여자와 마주치게 될 트란실바니아로 간 것, 레스토랑에서 사랑을 고백한 것, '모임'을 주선한 것들 모두.

그 순간 나는 아테나를 증오했다.

"당신이 무슨 생각을 하는지 알아." 앤드리아가 말했다. "당신 친구 아테나가 나를 세뇌시킨 건 아닌가 생각하겠지. 하지만 아니야."

"오늘밤은 침대에서 여자처럼 굴었지만 어쨌든 그래도 나는 남자야. 멸종위기에 놓인 종족이지. 왜냐고? 주위를 아무리 둘러봐도 남자가 별로 없거든. 오늘밤 내가 감수한 모험에 뛰어들려는 남자도 많지 않을걸."

"나도 그렇게 생각해. 그래서 당신이라는 사람을 높이 평가하는 거지. 그런데 당신은 내가 누군지, 뭘 원하고 뭘 바라는지 궁금하지 않아?"

나는 그녀가 말한 대로 질문을 던졌다.

"난 모든 걸 원해. 거친 것과 부드러운 것 모두를 원해. 이웃들의 기분을 잡치는 동시에 달래주고 싶기도 해. 내 침대에 여자는 필요 없어, 난 남자를 원하거든. 진짜 남자들, 예를 들어 당신 같은 남자. 남자들이 나를 사랑하든 나를 이용하든 상관없어. 내 사랑은 그것보다 더 크니까. 난 자유롭게 사랑하고 싶고, 내 주위 사람들도 그런 사랑을 맛보게 하고 싶어.

아테나와 나눈 이야기는 억압된 에너지를 일깨우는 간단한 방법에 관한 것이었다. 예를 들어, 사랑을 나눈다든가, '나는 지금 여기 있다'고 중얼거리며 길을 걷는 것처럼, 별로 특별하지도 않고 비밀의식이랄 수도 없는 것들이지. 이야기를 나누는 동안 뭔가 특별한 게 있었다면, 우리 둘 다 벌거벗고 있었다는 거야. 이제 그녀와 나는 월요일마다 모임을 갖기로 했어. 내가 뭔가 말할 게 생기면 모임이 끝난 뒤에 따로 만나기로 했고. 난 그녀의 친구가 될 생각은 눈곱만치도 없어. 아테나가 뭔가를 다른 이와 나눠야겠다고 생각하면 스코틀랜드로 가서 에다라는 여자와 이야기하는 것과 똑같은 거라고 할 수 있지. 그런데 그 에다라는 여자, 당신한테 들은 적은 없지만, 당신도 아는 여자 아니야?"

"난 그 여자 언제 만났는지 기억도 안 난다고!"

앤드리아가 조금씩 안정을 찾는 게 느껴졌다. 그녀가 커피를 내왔고, 우리는 함께 마셨다. 그녀는 다시 미소를 지으며 내 승진 소식에 대해 다시 물었다. 그리고 월요일에 있을 모임 때문에 걱정이 된다고도 했다. 아테나의 집이 워낙 좁은데, 지난번 모임에서도 당일 아침이 되어서야 친구의 친구들이 또다른 친구들을 초대했다는 걸 알았다는 것이다. 나는 오늘밤 일어난 일들이 앤드리아의 신경과민이나 생리 전 증후 혹은 질투 같은 것에서 비롯된, 별일 아닌 일인 척하느라 엄청난 노력을 기울여야 했다.

나는 그녀를 껴안았고, 그녀는 내 어깨에 머리를 기댔다. 온몸이 노곤했지만 나는 그녀가 잠들 때까지 기다렸다. 그날 밤 나는 꿈도 없고, 아무런 예감도 없는 잠을 잤다.

그리고 다음 날 아침, 자리에서 일어나보니 그녀의 옷가지가 사라지고 없었다. 열쇠는 탁자 위에 놓여 있었지만, 작별의 메모도 없었다.

디어드러 오닐, 일명 '에다'

사람들은 마녀, 요정, 초능력자, 악령이 쓴 아이들 이야기를 즐겨 읽는다. 오각형 별이나 검, 소환의식 따위가 나오는 영화를 보러 가기도 한다. 딱히 나쁠 것은 없다. 상상의 나래를 펼치며 일정한 단계들을 넘어서는 건 자연스러운 일이니까. 기만당하지 않고 그런 단계들을 거쳐온 사람들은 결국 '전통'과 접촉하게 된다.

진정한 '전통'은 이런 것이다. 스승은 절대로 제자에게 이래라 저래라 하지 않는다. 그들은 그저 여행을 함께하는 친구일 뿐이다. 끊임없이 변하는 인식과 넓어지는 지평, 길을 막아서더라도 건너지 않고 물길을 따라야만 하는 강물과 닫힌 문 앞에서 '홀로 된 느낌'을 나누는 친구일 뿐인 것이다.

스승과 제자 사이의 차이는 단 하나다. 스승이 제자보다 덜 두려워한다는 것. 그래서 스승은 제자와 함께 탁자에 앉거나 모닥불을 사이에 두고 앉을 때, "한번 해보는 것이 어떻겠느냐?"는 말을 던질 수 있다. 하지만 절대로 "이렇게 하면 나처럼 될 수 있다"고 말하지 않는다. 사람은 저마다 자기만의 유일한 길과 목적지가 있기 때문이다.

진정한 스승은 제자가 이미 맞닥뜨린 것뿐 아니라 모퉁이를 돌면 무엇이 나올지까지 두려워하더라도, 자기 세계의 균형을 깨뜨릴 수 있도록 용기를 준다.

예전의 나는 열정에 불타는 젊은 의사였다. 인류에 헌신하기로 마음먹고 영국 정부의 교류 프로그램을 통해 대륙의 루마니아로 가게 되었다. 나는 가방에는 의약품을, 머릿속에는 편견을 가득 담고 출발했다. 어떻게 행동해야 하는지, 행복해지기 위해 무엇이 필요한지, 소중히 이어가야 할 꿈은 무엇인지, 인간관계는 어떻게 발전시켜야 하는지에 대한 내 생각은 명확했다. 나는 잔인한 피투성이 독재정권 치하의 부쿠레슈티에 도착했고, 거기서 다시 해당지역 주민의 대규모 백신접종 프로그램을 위해 트란실바니아로 향했다.

나는 알지 못했다. 내가 복잡한 체스게임의 또다른 말에 불과하다는 것을. 보이지 않는 손들이 내 이상을 조종하고 있었다는 것을. 그리고 인도주의적 목적을 위해 행해지고 있다고 믿었던 모든 것의 배후에 다른 목적, 즉 독재권력을 세습시켜 정권을 안정화하고, 소련이 지배하던 무기시장에 영국제 무기를 파는 음모가 도사리고 있었다는 것을.

백신은 주민들에게 간신히 돌아갈 정도였고, 다른 질병들이 창궐하고 있었으며, 약품 공급을 늘려달라고 아무리 요청해도 소용없다는 걸 깨닫고 나는 좌절했다. 그리고 주어진 일 외에는 나서지 말라는 소리까지 들어야 했다.

무력한 내 모습에 화가 났다. 눈앞에서 가난을 목격한 나는 누군가가 약간의 돈만 원조해줘도 뭔가를 해볼 수 있을 것 같았지만, 그런 일에 관심을 기울이는 이는 아무도 없었다. 영국 정부는 그저 기삿거리를 원할 뿐이었다. 그래야 정당들과 유권자들에게 그들이 인도적 사명감으로 세계 방방곡곡에 지원단체를 파견했다고 선전할 수 있으니까. 그들의 의도는 나쁠 것도 없었다. 무기판매만 제외한다면.

나는 좌절했다. 대체 어떻게 된 세상인가? 어느 날 밤, 나는 만물과 만인에게 불공평한 신을 저주하며 차갑게 얼어붙은 숲속으로 들어갔다. 수호자가 다가왔을 때, 나는 떡갈나무 아래 앉아 있었다. 그는 내게 그러고 있으면 얼어죽을 수도 있다고 말했다. 나는 내가 의사라고, 내 몸의 한계는 내가 아니까 한계에 다다르면 캠프로 돌아갈 거라고 대답했다. 그리고 그에게 물었다. 그런 당신은 여기서 뭘 하고 있느냐고.

"모든 사람이 귀먹어버린 세상에서 유일하게 내 목소리를 알아듣는 여자와 이야기중이오."

처음엔 그가 말한 여자가 나를 가리키는 것이라고 생각했다. 하지만 그가 말한 여자는 숲을 가리키는 것이었다. 그가 나무 사이를 거닐면서 취하는 몸짓이나 이해할 수 없는 이야기를 하는 모습을 보고 있자니 일종의 안도감이 느껴졌다. 적어도 이 세상에서 혼잣말을 하는 이는 나뿐만이 아니었던 것이다. 캠프로 돌아가려는데 그가 내게 다가왔다.

"당신이 누군지 압니다. 마을에 당신 소문이 자자하더군요. 점잖고 상냥하고 늘 남을 도울 준비가 돼 있는 사람이라고. 그런데 내 눈에는 당신에게서 다른 것이 보이는군요. 분노와 좌절감이."

내 앞에 있는 이는 루마니아 정부에서 보낸 스파이일지도 모른다. 하지만 나는 위험을 무릅쓰고 내가 느끼는 대로 이야기하기로 마음먹었다. 우리는 내가 일하는 병원 막사 쪽으로 함께 걸어갔고, 숙소로 그를 안내했다(마침 동료들이 매년 마을에서 열리는 축제에 가느라 숙소는 비어 있었다). 나는 그에게 먹을 것을 좀 권했다. 그는 주머니에서 병 하나를 꺼내며 말했다.

"팔린카입니다."

알코올 도수가 아주 높은 루마니아 전통술이었다.

우리는 함께 그 술을 마셨다. 나는 내가 서서히 취해간다는 사실을 알아차리지 못했고, 화장실에 가려다가 넘어지고서야 내 상태를 알아챌 수 있었다.

"그대로 있어요." 남자가 말했다. "당신 눈앞에 뭐가 있는지 잘 봐요."

개미 떼가 줄지어 가고 있었다.

"개미들은 자기들이 지혜롭다고 여기지요. 그들은 기억력, 지능, 조직력, 희생정신도 지니고 있어요. 그들은 여름에 먹이를 찾아 겨울을 위해 비축합니다. 그리고 아직 얼음이 채 녹지도 않은 이 초봄에 다시 일하러 나온 거지요. 만일 당장 핵전쟁으로 세계가 멸망한다 해도 개미들은 살아남을 겁니다."

"당신은 그런 걸 어떻게 알죠?"

"생물학을 전공했거든요."

"그렇다면 왜 당신네 나라 사람들을 위해 일하지 않는 거예요? 숲속에서 혼자 나무하고나 지껄이면서 대체 뭘 하는 건가요?"

"우선, 나는 혼자가 아니었어요. 나무들 말고도 내 말을 듣고 있던 사람이 있었죠. 바로 당신입니다. 당신 질문에 답하자면, 나는 대장간 일을 하느라 생물학을 그만뒀습니다."

나는 몸을 일으키려고 안간힘을 썼다. 머리가 계속 핑핑 돌았지만 그 불쌍한 남자의 처지를 이해하지 못할 정도로 정신이 없는 건 아니었다. 그는 대학 공부를 했음에도 직장을 구하지 못했을 것이다. 나는 내가 사는 나라에도 그런 일이 벌어지고 있다고 말했다.

"그런 뜻이 아니오. 난 대장간 일을 하고 싶어서 생물학 공부를 그만둔 겁니다. 어릴 때부터 나는 대장장이들이 쇠를 두드려 이상한 음악 같은 소리를 내고, 주변에 불꽃을 튀기고, 벌겋게 달궈진 쇠를 물에 집어넣어 수증기를 피워올리는 모습에 마음이 끌렸어요. 생물학자였을 때 난 행복하지 않았습니다. 내 꿈은 단단한 쇠붙이를 부드러운 형상으로 만들어내는 것이었으니까요. 어느 날 수호자가 내게 나타나기 전까지는 말이지요."

"수호자라고요?"

"이를테면, 당신이 저 개미들이 계획된 대로 정확하고 조직적으로 움직이는 것을 보고 '정말 대단해' 하고 감탄한다고 칩시다. 방어를 맡은 개미는 유전적으로 여왕개미를 위해 자신을 희생하도록 되어 있고, 일개미들은 자기보다 열 배나 무거운 나뭇잎을 나르고, 공병 역할을 하는 개미들은 홍수나 태풍에 견딜 수 있는 굴을 팝니다. 개미들은 적과의 목숨을 건 전투에 투입되고 공동체를 위해 고통을 겪으면서도 절대 '대체 이게 뭐 하는 짓이지?' 하고 묻는 법이 없어요. 사람들은 개미들의 완벽한 사회를 모방하려고 애씁니다. 나 또한 누군가가 나타나 나에게 질문을 던지기 전까지는 생물학도로서 맡은 바 역할을 잘 수행하고 있었지요. 그분은 내게 물었습니다. '지금 하는 일에 만족하나?' 나는 대답했죠. '당연하죠. 나는 우리 동포에게 쓸모 있는 존재

니까요.' 그러자 그분이 재우쳐 물었습니다. '그걸로 족한가?'

그걸로 족한지는 모르겠지만, 내가 보기에 당신은 오만하고 이기주의적인 사람 같다고 나는 말했어요. 그러자 이런 대답이 돌아오더군요. '그럴 수도 있지. 하지만 앞으로 당신이 얻게 될 것은 인류의 탄생부터 반복되어온 관행에 지나지 않을 게야. 사물을 조직하는 것 말이지.'

나는 대답했습니다. '하지만 세상은 발전해왔잖아요.' 그러자 그분은 내게 역사에 대해 좀 아느냐고 묻더군요. 물론이라고 했더니 그분은 또다시 물었어요. '수천 년 전에도 우리는 피라미드같이 거대한 구조물을 건설할 능력이 있지 않았나? 또 신들을 섬기고, 천을 직조하고, 불을 피우고, 연인과 아내를 취하고, 문자로 메시지를 전달하지 않았나? 물론 그랬지. 노예를 임금 노예로 바꾸는 데 성공한 지금, 오늘날까지 인간이 이룩한 진보는 과학의 영역에서 이루어진 것뿐이네. 인간은 아직도 먼 조상들이 해오던 질문을 계속해오고 있지. 한마디로 말해 인간은 전혀 진화한 게 없다, 이 말일세.' 바로 그 순간, 나는 질문을 던지고 있는 이 사람이 하늘이 보낸 사람이자 천사, 수호자라는 걸 깨달았습니다."

"왜 그를 수호자라고 부르는 거죠?"

"그가 말하기를, 세상에는 두 가지 전통이 있다고 했습니다. 하나는 수세기 동안 우리가 같은 일을 반복하게 하는 전통이고,

다른 하나는 미지의 세계로 들어가는 문을 열어주는 전통이죠. 하지만 두번째 전통은 어렵고 불편하고 위험한 것입니다. 만일 이 전통을 따르는 신자들이 너무 많아지면, 예를 들어 개미들처럼 체계를 세우기 위해 상당한 대가를 치른 사회가 붕괴되는 것으로 끝이 날 겁니다. 그래서 두번째 전통은 지하로 숨어들어갔어요. 하지만 그 추종자들이 비밀스런 상징으로 이루어진 언어를 만들어 전달해왔기에 수세기에 걸쳐 존속될 수 있었지요."

"그에게 다른 질문도 했나요?"

"물론입니다. 나는 부정했지만, 그분은 내가 나 자신이 하는 일에 만족하지 못한다는 걸 알고 있었어요. 그분은 말씀하셨어요. '지도에 나와 있지 않은 길을 밟는 건 두려운 일이지. 하지만 그럼에도 그 길을 가면 훨씬 더 흥미진진한 삶을 살 수 있어.' 전통에 관해서 더 캐묻자 이런 비슷한 말씀을 하셨던 것 같습니다. '남신만 존재한다면 먹을 양식과 이슬을 피할 곳은 걱정하지 않아도 되겠지. 하지만 마침내 '어머니'께서 자유를 얻는 날, 우리는 이슬을 맞고 잠을 자더라도 사랑으로 살아가게 될 게야. 그리고 감정과 일 사이에서 균형을 이룰 수 있게 되겠지.' 그러더니 내 수호자가 될 그분은 내게 묻더군요. '자네가 생물학자가 아니었다면 무엇이 되었겠나?' 나는 대답했지요. '대장장이요, 하지만 돈벌이는 안 되겠죠.' 그러자 그분이 말했어요. '진정한 자신이 아닌 모습으로 사는 데 진력이 나게 되면, 가서 쇳덩이를 두드리면서 삶을 축복하고 즐겨보게. 그러다보면, 거기서 기쁨보다 더한 발견을 하게 될 테니. 삶의 의미 말일세.' 그래서 또 물었죠. '당신이 말한 전통을 따르려면 어떻게 해야 됩니까?' 그분 대답은 이랬어요. '이미 말했듯이 상징을 통해서라네. 하고 싶은 일을 하기 시작하면 모든 게 더 잘 보일 게야. 신은 '어머니'임을 믿게. 그리고 그분의 자녀들을 돌보고 그들에게 나쁜 일이 생기지 않도록 보호하게. 나는 그렇게 해서 살아남았네. 나와 똑같은 행동을 했으나 미친놈, 금치산자, 광신자 취급을 받은 사람들도 있었지. 그들은 태곳적부터 자연 속에서 영감을 찾았다네. 우리는 피라미드만 만든 게 아니라 상징들도 개발했지.'

그렇게 말씀하시고 그분은 떠났고, 다시는 보지 못했어요. 그 순간부터 내 두 눈이 열리고, 상징들이 나타나기 시작했습니다. 대가도 많이 치렀지요. 힘든 일이었지만 어느 날 저녁, 나는 가족들에게 내가 한 남자로서 꿈꿀 수 있는 모든 것을 가졌지만 행복하지 않다고, 나는 원래 대장장이가 될 운명을 타고났다고 얘기했죠. 아내는 화를 내면서 이렇게 말하더군요. '집시로 태어나 어디를 가든 천대를 받았는데, 이제 와서 다시 과거로 돌아가자는 거예요?' 하지만 아들은 흥분을 감추지 못했어요. 아들 역시 마을의 대장간을 구경하는 건 좋아하면서도 도시에 있는 연구소들은 싫어했거든요.

나는 하루를 반으로 나눠서 반은 생물학 연구를 하고, 반은 대장간의 도제로 일하기 시작했습니다. 피곤한 삶이었지만 전보다 행복했어요. 결국 나는 연구소를 그만두고 나만의 대장간을 차렸지요. 처음에는 완전히 실패였습니다. 막 삶에 대한 믿음을 가지려던 순간에 상황이 걷잡을 수 없이 악화되어갔죠. 그러던 어느 날, 나는 열심히 일하다가 내 눈앞에 상징이 놓여 있음을 알았어요.

제련되지 않은 철이 대장간에 도착하면 나는 그걸 가지고 자동차 부품이나 농기계, 가재도구를 만듭니다. 어떤 과정을 거칠까요? 우선 지옥같이 뜨거운 불 아래 벌겋게 될 때까지 쇠를 달굽니다. 그런 다음, 쇳조각이 원하는 모양이 될 때까지 제일 무거운 망치를 들고 인정사정 볼 것 없이 두들기는 것이지요. 그러고 나서 그걸 찬물에 담그면 쇠가 온도 차이로 인해 비명을 질러대는 동안, 대장간 안은 온통 수증기로 자욱하게 됩니다. 물건이 완성될 때까지 이걸 계속 반복하지요. 한 번 가지고는 어림도 없어요."

대장장이는 한참을 쉬더니 담배에 불을 붙이고는 말을 이어갔다.

"가끔 손 안에 들어온 쇠 중에 이런 과정을 견디지 못하는 것도 있어요. 고온과 망치질 그리고 찬물 담금질로 이어지는 과정 중에 금이 가는 겁니다. 그런 것들은 절대 좋은 보습이나 엔진축

이 될 수 없어요. 그러니 대장간 입구에 쌓인 고철더미에 던져버리지요."

또 한참을 쉬더니 그는 이야기를 끝맺었다.

"신이 나를 역경의 불길 속에 밀어넣고 있다는 걸 나는 압니다. 나는 삶이 내리치는 망치질을 견뎌왔어요. 그리고 가끔씩은 쇠를 담금질하는 물처럼 내가 차갑고 감정 없는 인간처럼 느껴집니다. 하지만 내가 드릴 수 있는 기도는 이것뿐입니다. '신이여, 내 '어머니'시여, 제가 당신이 바라는 모습이 될 때까지 저를 버리지 마옵소서. 당신께서 원한다면 최선이라고 여기시는 어떤 수단을 쓰셔도 좋습니다. 다만 저를 저 영혼의 고철더미에 만은 두지 마소서.'"

남자와의 대화가 끝났을 때, 어쩌면 나는 술에 취해 있었는지도 모르겠다. 하지만 내 삶이 바뀌었다는 것만은 알 수 있었다. 우리가 배운 모든 지식을 넘어서는 전통이 존재했고, 나는 신의 나머지 반쪽인 여신을 의식적으로든 무의식적으로든 드러낼 수 있는 사람들을 찾아야 했다. 정부와 그 모든 정치적 가식에 악담을 퍼부어대는 대신, 나는 내가 진실로 원하는 일을 하기로 마음먹었다. 그리고 이후로는 사람들을 치료하는 일 외에는 어떤 문제에도 관심을 두지 않았다.

치료에 필요한 물자가 없어서 지역의 남자와 여자들에게 도움을 청하자, 그들은 나를 약초의 세계로 이끌었다. 그것은 기술적인 지식이 아니라 경험을 통해, 아주 먼 과거로부터 세대와 세대를 통해 전해져온 민간전통이었다. 나는 그들의 도움을 받으며 내 능력이 허락하는 것보다 더 많은 일을 할 수 있었다. 나는 대학 차원의 임무를 수행하거나, 영국 정부가 무기를 팔아먹을 수 있도록 거들거나, 나도 모르는 사이에 정당의 정치 프로파간다를 설파하러 와 있는 게 아니었다. 내가 그곳에 있었던 이유는 사람들을 치료하는 일이 나 자신을 행복하게 했기 때문이었다.

덕분에 나는 자연과 구전전통, 그리고 약초들에 익숙해졌다. 영국으로 돌아온 나는 의사들과 얘기해보기로 마음먹고 그들에게 물었다.

"어떤 약을 처방할지 늘 정확하게 알고 있나요? 아니면 가끔 직관의 도움을 받을 때도 있나요?"

의사들은 일단 경계심을 풀자, 대부분 조언해주는 어떤 목소리에 이끌릴 때도 있다고 대답했다. 그리고 그 조언을 무시했을 때는 결국 치료가 잘못되는 결과를 낳았다고 인정했다. 물론 그들은 동원할 수 있는 모든 기술을 가지고 최선을 다하겠지만, 그럼에도 의사들 역시 진정한 의미의 치료와 최선의 결정이 존재하는, '눈에 보이지 않는 구석'이라는 것이 있다는 걸 알고 있었다.

나의 수호자는 한낱 집시 대장장이일 뿐이었지만, 내 세계의 균형을 뒤흔들어놓았다. 나는 적어도 일 년에 한 번은 그의 부락에 찾아갔고, 우리가 용기를 내어 다른 방식으로 사물을 볼 때 삶이 우리 앞에 어떻게 펼쳐지는지에 대해 이야기를 나눴다. 그러던 중, 나는 그의 다른 제자들을 만났고, 그들과 함께 두려움이나 우리가 이룩한 성과에 대한 경험을 나눌 수 있었다. 수호자는 이렇게 말했다. '나 역시 두렵지만, 오직 그런 순간에만 나 자신을 넘어서는 지혜를 얻을 수 있습니다. 그래서 나는 또 앞으로 나아가는 겁니다.'

나는 현재 에든버러에서 개업의로 일하면서 많은 돈을 벌고 있다. 런던에서 개업했더라면 더 많은 돈을 벌었겠지만 삶을 즐기며 살아가는 편이 더 좋다. 나는 내가 좋아하는 일을 한다. '비밀의 전통'이라 불리는 옛 치료법과 현대 의학의 전신이라 할 수 있는 '히포크라테스의 전통'을 결합하는 것이 그것이다. 나는 두 전통의 결합에 관한 논문을 쓰고 있다. 소위 '과학계'의 많은 이들이 학술지에 실린 내 글을 보면 그들 역시 마음 깊이 원하고 있는 그 길에 발을 디딜 용기를 얻을 수 있을 것이다.

나는 마음이 만병의 근원이라는 말을 믿지 않는다. 진짜 질병들도 존재하기 때문이다. 항생제와 항바이러스제의 개발은 인류 발전에 지대한 공헌을 했다. 나는 맹장염에 걸린 환자가 명상으로 치료될 거라고 생각지 않는다. 그에게 가장 필요한 조치는 적절한 응급수술이다. 그리하여 나는 기술과 영감을 동시에 추구하며 용기와 두려움을 가지고 매 순간을 밟아간다. 그리고 신중하게, 그런 것들을 다른 사람들에게 함부로 이야기하지 않는다. 그러지 않으면 돌팔이로 취급당해, 충분히 살릴 수 있는 생명도 살리지 못하게 될 것이기 때문이다.

뭔가 확실치 않을 때면 나는 늘 '위대한 어머니'께 도움을 구한다. 그분은 한 번도 내 기원을 못 들은 척 저버린 적이 없다. 하지만 '어머니'는 늘 신중하라고 조언한다. 당연히 아테나에게도 그런 충고를 하셨을 테지만, 아테나는 처음으로 접한 새로운 세계에 흠뻑 빠져들어 그 말씀에 귀 기울이지 않은 것이다.

1991년 8월 24일자, 런던의 모 일간지

포르토벨로의 마녀

런던(ⓒ 제레미 러튼)

"내가 저래서 신을 안 믿는다니까. 신을 믿는다는 사람들이 벌이는 저 짓거리 좀 보라지!" 포르토벨로 가의 상인 로버트 웰슨 씨의 반응이다.

골동품 가게들과 토요일마다 서는 벼룩시장으로 사람들에게 널리 알려진 이 거리가 어젯밤 전쟁터로 변했다. 사람들의 흥분을 가라앉히기 위해 켄징턴과 첼시 자치구에서 최소 50명의 경찰 병력이 투입되었다. 혼란의 와중에 치명상은 아니지만 5명의 부상자가 발생했다. 두 시간여 동안 계속된 소요는 이언 벅 목사가 "영국의 심장부에서 벌어지고 있는 사탄숭배"를 규탄하며 일으킨 시위가 발단이었다.

목사에 따르면, 여섯 달 전부터 수상한 자들로 구성된 집단이 월요일 밤마다 악마를 불러내는 의식을 치르면서 이웃 주민들의 잠을 깨웠다고 한다. 이 의식은 스스로 지혜의 여신 아테나의 이름을 사용하는 레바논 여자 셰린 H. 칼릴이 주도했다고 한다.

200여 명에 달하는 사람들이 옛 동인도회사의 곡물창고에 모였는데, 시간이 갈수록 그 수가 늘었고, 지난주는 평상시의 두 배에 달하는 사람들이 의식에 참여하기 위해 밖에서 줄을 서서 기다리는 진풍경이 연출되기도 했다. 구두로 수차례 민원을 제기하고 법원에 탄원서를 내고 지역 신문에도 여러 차례 항의편지를 보냈으나 아무런 성과를 거두지 못한 벅 목사는 결국 사람들을 동원하기로 결심했다. 담당 교구민들을 어제 저녁 7시까지 의식이 열리는 창고 근처에 집결하게 하여 "사탄숭배자들"을 규탄한 것이다.

"처음 신고를 받고 진상을 조사하기 위해 현장에 사람을 보냈지만 마약이나 범죄행위의 혐의를 발견하지는 못했다. 밤 10시가 되면 음악을 끄기 때문에 소음법에도 저촉되지 않아 경찰이 개입할 만한 여지는 없었다. 어쨌든 영국은 신앙의 자유가 보장된 나라다." 이제 막 수사에 참여했기 때문에 신원을 밝힐 수 없다는 한 경찰 관계자의 말이다.

하지만 벽 목사의 입장은 이와 큰 차이가 있다.

"사실, 포르토벨로의 마녀라는 이 사기 협잡꾼은 정부 고위층과 끈이 닿아 있고, 그래서 우리가 내는 세금으로 사회의 질서와 안녕을 담당하고 있는 경찰이 적극적으로 수사를 하지 못하는 상황이다. 우리는 모든 것이 허용되는 시대에 살고 있다. 민주주의는 결국 무제한적으로 허용된 그 자유 때문에 붕괴할 것이다."

벽 목사는 처음부터 그 단체를 의심해왔다고 밝혔다. 그들은 다 허물어진 건물을 하나 사서 며칠 내내 수리를 했는데, 모두 자원봉사자들의 힘으로 했다고 한다. 벽 목사는 "이게 바로 세뇌를 당해 사이비 종파에 몸담은 사람들이 흔히 보이는 행동이다. 요즘 세상에 대가 없이 일하는 사람들이 어디 있는가?"라고 반문했다. 반면, 그의 교구 신자들이 벌이는 대가 없는 봉사활동에 대해서는 "우리가 행하는 일은 주 예수의 이름으로 이루어지는 것이다"라고 말했다.

어젯밤 셰린 칼릴과 그녀의 아들, 몇몇 친구들이 추종자들이 기다리고 있는 창고에 도착하자, 벽 목사의 교구민들은 피켓을 들고 메가폰으로 주민들의 동참을 촉구하며 그녀 일행의 길을 막아섰다. 이 와중에 발생한 말다툼은 곧 물리적 충돌로 이어졌고, 얼마 지나지 않아 상황은 양측 모두 통제할 수 없는 국면으로 치달았다.

"예수의 이름으로 싸운다고 하지만, 사실 당신들은 정작 '우리 안에 하느님이 계시다'는 예수의 말씀을 외면하고 있는 것이다." 셰린 칼릴, 즉 아테나를 따르는 유명 여배우 앤드리아 매케인의 말이다. 매케인은 실랑이에 휩싸여 오른쪽 눈썹 부위에 상처를 입자 즉시 응급처치를 받은 후, 그녀와 의식의 관계를 파헤치려는 언론을 피해 현장을 떴다.

셰린 칼릴은 사태가 진정되자마자, 다섯 살짜리 아들을 진정시키려고 애썼다. 그녀는 오래된 창고에서 하는 일이라고는, 함께 춤을 추고 난 뒤에 '아야소피아'라 불리는 존재를 불러내는 것이 전부이며, 누구나 '아야소피아'에게 자유롭게 질문할 수 있다고 말했다. 의식은 설교와 '위대한 어머니'를 기념하는 축도로 막을 내린다. 최초로 민원을 접수하고 그곳에 파견된 수사관도 이를 사실로 확인해주었다.

본지가 확인한바, 이 단체는 명칭도 없고 자선단체로 등록되지도 않았다. 그러나 변호사 셸던 윌리엄스에 따르면 그 점은 별 문제가 되지 않는다. "우리는 자유법치국가에 살고 있다. 인종차별을 선동하거나 마약을 복용하는 등 영국 형법을 어기지 않는 범위 내에서라면 사람들은 닫힌 공간에서 원하는 대로 비영리적 목적을 띤 모임을 가질 권리가 있다."

셰린 칼릴은 이번 소동으로 말미암아 자신의 의식을 중단할 생각이 없음을 단호하게 밝히며 다음과 같이 말했다. "우리는 개인으로서 혼자 감당하기 대단히 어려운 사회에 살고 있다. 그래서 우리는 그런 중압감을 이겨내고 서로 용기를 북돋워주기 위해 모임을 가지고 있는 것이다. 수세기 동안 우리가 겪어온 종교적 탄압을 귀 언론이 고발해주기 바란다. 국가가 설립하거나 국가의 인가를 받은 종교와 일치하지 않은 활동을 할 때마다 오늘과 같은 사태가 일어난다. 과거에 우리 같은 사람들은 순교의 길을 걷거나, 감옥에 투옥되거나, 화형에 처해지거나, 유배지로 쫓겨났다. 하지만 이제 우리는 그런 일에 저항할 준비가 되어 있다. 온정에는 온정으로 보답하듯, 힘에는 힘으로 응답할 것이다." 벅 목사의 비난에 대해서는 목사가 "편협함으로 신자들을 호도하고 폭력사태를 유발시키기 위해 유언비어를 유포했다"며 맞대응했다.

사회학자 아서드 레녹스에 따르면, 이같은 현상들은 앞으로 더욱 빈번해질 것이며, 기성 제도권 종교와의 충돌도 더 심각한 양상을 띠어갈 것으로 보인다고 한다. 그의 말을 인용해보자. "마르크스주의 유토피아가 사회의 이상을 실현하는 데 무력하다는 것이 밝혀진 뒤부터, 세계는 다시 종교부흥의 시대를 맞았다. 이는 세기말에 대한 문명의 본능적 두려움이다. 그러나 2000년대에 와서도 세상에 아무런 변화가 일어나지 않으면 다시 상식이 우위를 점하게 될 것이고, 종교는 다시 삶의 지침을 구하러 나서는 약자들의 피난처 역할로 돌아가게 될 것으로 믿는다."

영국 주재 교황청 부주교인 에바리스토 피아차는 이에 반박한다. "지금 우리가 목격하고 있는 것은 우리 인류가 소망하는 영적 각성의 문제가 아니라, 미국인들이 '뉴에이지주의'라 일컫는 현상일 뿐이다. 뉴에이지는 모든 것을 허용하며 기존의 어떤 교리도 존중하지 않는다. 과거로부터 이어져온 이 어처구니없는 사상들은 인간의 정신을 유린하는 악의 온상이다. 그 젊은 여자처럼 파렴치한 인간들이 나약하고 유혹에 빠지기 쉬운 사람들을 대상으로 돈을 벌고 추종세력을 구축하기 위해 거짓 사상들을 유포시키고 있는 것이다."

런던 독일문화원의 독일 역사학자 프란츠 헤르베르트 씨는 그와 다른 시각을 보여준다. "기성 종교들은 인간이 가진 근원적인 문제들, 즉 인간의 정체성과 삶의 이유 같은 문제들에 더이상 질문을 제기하지 않고 있다. 그 대신, 특정 사회정치 조직에 적합한 교리와 규범으로 무장하고 있을 뿐이다. 그렇기 때문에 참된 영적 구도를 추구하는 사람들이 새로운 출발점을 찾아 떠나는 것이다. 이는 기성 종교들이 권력구조에 오염되지 않았던 시절과 원시종교로의 회귀를 뜻하는 것이다."

윌리엄 모튼 경사는 셰린 칼릴 일행이 다음 주에도 의식을 계속할 경우, 폭력사태가 재발하지 않도록 서면으로 경찰에 집회 보호 신청을 해야 어젯밤과 같은 사태의 재발을 피할 수 있다고 말했다. (리포터: 앤드루 피시, 사진: 마크 길렘)

헤런 라이언, 신문기자

내가 기사를 읽은 것은 우크라이나에서 돌아오는 비행기 안에서였다. 내 머릿속은 아직 체르노빌에서 발생했던 비극이 정말 알려진 대로 엄청난 사태였는지, 아니면 석유 대기업들이 핵에너지 사용을 막기 위해 전략적으로 이용한 사건인지에 대한 의혹으로 가득 차 있었다.

어쨌든 나는 기사를 읽고 소스라치듯 놀랐다. 사진에는 깨진 창문과 벽 목사, 그리고 아들을 품에 안은 채 불길처럼 타오르는 시선을 보내는 아름다운 여자의 모습—바로 이 부분이 위험한 대목이다—이 있었다. 나는 즉시 좋은 쪽으로든 나쁜 쪽으로든, 무언가가 벌어질 것임을 예감했다. 나는 내가 예감한 일들이 모두 현실이 되리라는 확신에 차서 공항에 내리자마자 곧장 포르토벨로로 달려갔다.

다행인 것은 그 다음주 월요일에 열린 모임이 그 일대에서 유례를 찾아볼 수 없을 정도로 성공적인 이벤트가 되었다는 점이다. 온 동네 사람들이 몰려든 것이다. 기사 속의 인물을 구경하려는 호기심 많은 이들과, 의식과 표현의 자유를 보장하라는 피켓을 든 사람들이 그곳에 집결했다. 집회장에 이백 명 이상을 수용할 수 없는 관계로 많은 사람들이 길가에 빽빽이 모여앉아, 억압당하고 있다는 여사제의 얼굴이라도 볼 요량으로 기다리고 있었다.

그녀가 도착하자 박수갈채, 기원을 담은 쪽지들, 구원을 청하는 목소리들이 사방에서 쏟아졌다. 몇몇 사람들은 그녀에게 꽃을 던졌고, 나이를 짐작할 수 없는 한 부인은 여성의 자유와 '어머니'를 숭배할 권리를 계속 가질 수 있도록 투쟁해줄 것을 당부했다. 지난주에 소동을 벌였던 교구민들은 군중의 기세에 밀려서인지, 그 전날까지도 위협을 가하다가 정작 당일에는 모습을 나타내지 않았다. 어떤 소란도 일어나지 않았고, 의식은 이전과 마찬가지로 치러졌다. 춤이 끝난 뒤, '아야소피아'가 모습을 드러냈고(이때쯤 나는 '아야소피아'가 아테나의 다른 면모일 뿐임을 알게 되었다), 마지막 예식을 거친 다음 의식은 끝났다. 마지막 예식은 초창기 멤버 중 한 사람이 빌린 창고로 집회장을 옮기고 난 뒤에 덧붙여진 절차였다.

설교하는 아테나는 마치 누군가에게 빙의된 듯 보였다.

"우리 모두는 사랑할 의무와, 그것이 최선의 방법으로 드러나게 해야 할 의무가 있습니다. 우리는 어둠의 힘들이 목소리를 드높일 때, 두려워할 까닭도 없고 두려워해서도 안 됩니다. 우리의 마음과 생각을 지배할 목적으로 '죄'라는 말을 들먹이는 것이 바로 이 어둠의 세력들이기 때문입니다. 우리 모두가 아는 예수께서는 간통한 여인에게 말씀하셨습니다. '누가 네게 돌을 던지겠느냐? 나 역시 네 죄를 묻지 못하느니라.' 그분은 안식일에도 사람들을 치료하시고, 창녀가 발을 씻기게 허락하셨고, 함께 십자가형을 받은 죄인을 천국으로 초대하셨습니다. 또한 금지된 음식을 드셨고, 들에 핀 백합들이 실을 뽑지도 않고 베도 짜지 않지만 하늘의 영광을 걸치고 있듯 우리에게 단지 오늘 일만을 생각하라고 하셨습니다.

죄가 무엇입니까? 사랑이 모습을 드러내려는 것을 막는 것이 죄입니다. 그리고 '어머니'가 사랑입니다. 우리는 새로운 세상에 있습니다. 이제 우리는 사회가 강요하는 길이 아닌 우리 자신의 길을 스스로 결정할 수 있습니다. 그것이 피할 수 없는 일이라면, 우리는 지난주에 그랬듯 어둠의 힘에 맞설 것입니다. 그 누구도 우리의 목소리와 가슴의 소리를 침묵시킬 수 없습니다."

나는 한 여자가 하나의 아이콘으로 탈바꿈하는 순간을 지켜보았다. 그녀는 확신과 신성함, 그리고 믿음을 가지고 이야기했다. 나는 그녀가 이야기한 대로 우리가 새로운 세상을 맞이하고 있고, 살아서 그런 세상을 볼 수 있기를 바라는 마음으로 그녀를 응원했다.

그녀는 입장할 때와 마찬가지로 박수갈채를 받으며 퇴장했다. 그리고 군중 속에서 나를 발견하자 가까이 오라고 부르더니, 지난주에 내가 너무 보고 싶었다고 말했다. 그녀는 행복해 보였고 안정되어 보였고 자기확신에 차 있었다.

바로 여기까지가 비행기 안에서 읽은 기사의 긍정적인 측면이었다. 나는 일들이 이쯤에서 좋게 끝나기를 바랐다. 하지만 일련의 사건들에 대한 내 분석은 다른 측면을 예감케 했다. 나는 내 예감이 틀렸기를 바랐지만 사흘 뒤, 예감은 적중했다. 부정적 측면들이 힘을 발휘하기 시작한 것이다.

벅 목사는 아테나와는 달리 정부 각 부처와 접촉 가능한, 영국에서 가장 보수적이면서도 가장 잘나가는 변호사 사무실 중 하나를 동원해 기자회견을 열었다. 그는 기자회견에서 아테나를 명예훼손과 무고죄 등으로 고소할 것이라고 밝혔다.

부편집장이 나를 호출했다. 그는 내가 이번 사건의 중심인물과 친분이 있다는 걸 알고 있다면서 그녀와의 독점 인터뷰를 지시했다. 나는 그 말을 듣자 화부터 치밀어올랐다. 신문을 팔아먹으려고 어떻게 개인의 친분을 이용한단 말인가?

하지만 좀더 대화를 해본 후, 이것이 오히려 그녀에게 호재가 될 수 있겠다는 생각이 들기 시작했다. 그녀 자신의 이야기를 그녀가 직접 할 수 있는 좋은 기회였다. 어쩌면 인터뷰를 통해 현재의 투쟁을 좀더 공론화시킬 수 있을지도 모른다. 부편집장과 함께 특집 시리즈의 편성 방향을 결정하고 나는 자리에서 일어났다. 시리즈는 최근 대두된 새로운 경향들과 종교계가 겪고 있는 변화들에 대한 특집이 될 것이고, 나는 그 시리즈 중에서 아테나를 다루기로 했다.

부편집장과 미팅이 있던 날 오후, 나는 전에 창고에서 받은 초대를 핑계 삼아 아테나의 집으로 갔다. 이웃의 말에 따르면, 법원에서 그녀에게 소환장을 전달하려고 그 전날 아테나의 집을 방문했으나 그녀를 만나지 못했다고 했다.

오후 늦게 다시 전화를 걸어보았지만 응답이 없었다. 밤이 되어도 역시 아무도 전화를 받지 않았다. 그 이후부터 나는 삼십 분마다 전화를 걸었고, 점차 조바심이 들기 시작했다. 아야소피아가 불면증을 치료해준 뒤부터 밤 열한시가 되면 피곤함에 침대에 몸을 던져야 했지만, 이번에는 왠지 모를 불안감으로 잠이 오지 않았다.

전화번호부에서 그녀 어머니의 번호를 찾았지만 전화하기엔 너무 늦은 시간이었다. 만약 그녀가 거기에도 없다면, 내 전화로 인해 그녀의 가족들마저 걱정에 휩싸이게 될 터였다. 뭘 해야 할까? 무슨 일이라도 일어났는지 뉴스를 보기 위해 텔레비전을 켰지만 특별한 뉴스거리는 없었다. 런던은 늘 그렇듯 여전히 위험과 아름다움이 공존하는 세계였다.

마지막으로 전화를 걸어보았다. 전화벨이 세 번 울린 후 누군가 전화를 받았다. 나는 즉시 수화기를 든 상대방이 앤드리아라는 걸 알아챌 수 있었다.

"무슨 일이죠?"

그녀가 물었다.

"아테나가 연락을 달라고 해서. 아무 일 없는 거야?"

"물론, 어떻게 바라보느냐에 따라 별일 없을 수도 있을 수도 있겠지. 하지만 당신이 도움을 줄 수도 있다고 생각해."

"그녀는 지금 어디 있지?"

더 자세한 것을 묻기도 전에 그녀는 전화를 끊어버렸다.

디어드러 오닐, 일명 '에다'

아테나는 우리집 근처의 호텔에 투숙했다. 런던 외곽지역에서 일어나는 작은 분쟁에 관한 뉴스는 여기 스코틀랜드에선 그저 지역소식일 뿐이다. 영국인들이 자기들 문제에 어떻게 대처하는지에 우리는 별 관심이 없다. 우리에겐 독자적인 국기가 있고 축구대표팀도 있다. 그리고 조만간 우리만의 의회도 생길 예정이다. 아직까지도 스코틀랜드에서 영국식 전화번호를 사용하고 영국 우표를 사용하고 있다는 건 상당히 불쾌한 일이다. 우리는 우리의 메리 스튜어트 여왕이 왕위 쟁탈전에서 패한 아픔을 여전히 기억하고 있다. 그녀는 결국 종교적인 이유로 영국인들에 의해 처형당했다. 오늘날 내 제자가 직면하고 있는 일도 전혀 다를 게 없는 일이다.

나는 아테나가 하루 종일 쉬도록 내버려뒀다. 다음 날 아침, 평소처럼 작은 사원에 가서 나만의 의식을 치르는 대신, 나는 에든버러 근처에 있는 숲으로 그녀와 그녀의 아들을 데리고 산책을 나가기로 했다. 아이가 나무 사이를 오가며 노는 동안, 그녀는 내게 무슨 일이 일어났는지 상세하게 털어놓았다.

그녀의 이야기가 끝나자 내가 말문을 열었다.

"대낮인 지금, 하늘은 구름에 가려 있고, 사람들은 저 구름들 너머 인간들의 운명을 좌우하는 전지전능한 신이 살고 있다고 믿고 있지요. 하지만 당신 아들을 보세요. 그리고 당신의 발을 봐요. 주위의 소리에 귀 기울이세요. 하늘보다 더 가까운 곳, 바로 여기 아래 '어머니'가 계시잖아요. 어머니는 아이들에게 즐거움을 선사하고, 자신의 몸 위를 지나는 사람들에게 힘을 가져다주시지요. 그런데 왜 사람들은 멀리 떨어져 있는 것만 믿으려 하고, 바로 눈앞에 보이는 기적은 망각한 채 돌아보지 않는 걸까요?"

"나는 왜 그런지 알아요. 저기 위에, 감히 의문을 제기할 수 없는 존재가 구름 뒤에 숨어서 사람들을 이끌고 명령을 내리죠. 하지만 여기 하늘 아래에선 우리가 마법 같은 현실을 몸으로 접촉하고, 우리의 발걸음을 어디로 이끌지 선택할 자유를 허락하기 때문이죠."

"아름답고 온당한 대답이에요. 그런데 당신은 인간들이 그것을 원한다고 생각하나요? 스스로의 발걸음을 선택할 자유를?"

"나는 그렇게 믿어요. 내가 밟고 있는 이 땅은 나를 결코 평범하지 않은 길로 이끌어줬지요. 트란실바니아의 한 마을에서 중동의 도시로, 그곳에서 다시 영국의 도시로, 그리고 사막으로, 그리고 다시 트란실바니아로. 나는 도시 변두리의 은행에서 페르시아 만의 부동산회사로 옮겨갔고, 춤을 추는 모임에 참여했고, 베두인 스승을 모시기도 했어요. 내 발은 늘 앞으로 나아가게끔 나를 떠밀었고, 나 역시 '안 돼'라고 말하지 않고 '그래'라고 답했죠."

"그래서 당신이 얻은 게 무엇이지요?"

"나는 이제 사람들의 아우라를 볼 수 있어요. 내 정신 속의 '어머니'를 깨울 수도 있게 되었죠. 생의 의미를 찾았고, 왜 내가 맞서 싸워야 하는지도 알게 됐어요. 하지만 왜 그걸 묻는 거죠? 스승님 역시 가장 중요한 능력을 지니셨잖아요? 치유의 힘을요. 앤드리아는 예지력을 얻었고, 영혼들과 대화할 수 있게 됐고, 차츰 영적 성장을 이뤄내고 있어요."

"또 무엇을 얻었나요?"

"살아가는 기쁨을 얻었어요. 내가 여기 있다는 것 자체가 기적이죠."

놀던 아이가 넘어져 무릎을 다쳤다. 아테나는 본능적으로 아이 쪽으로 달려가서 상처를 소독해주고, 괜찮다고 아이를 달랬다. 곧이어 아이는 다친 것도 잊고 숲속으로 달려가 뛰어놀았다. 나는 그것을 하나의 표지로 활용했다.

"좀전에 아이에게 일어난 일이 지난날 내게도 있었지요. 그리고 지금 당신에게도 일어나고 있고요. 그렇지 않나요?"

"맞아요. 하지만 나는 내가 걸려 넘어진 거라고 생각하지 않아요. 그저 다음 행보를 알려줄 또 하나의 시험대를 지나고 있을 뿐이라고 생각하죠."

그 순간 스승인 나는 아무 말도 할 수 없었다. 내 제자를 꼭 안아줄 수 있을 뿐. 아무리 제자의 고통을 덜어주려 해도 길은 이미 정해져 있었고, 그녀의 발걸음 역시 그 길을 원하고 있었다. 아테나에게 아이 없이 밤에 둘이서만 다시 숲으로 오자고 했다. 아테나는 아이를 맡길 데가 있냐고 물었다. 나는 내게 신세진 적이 있는 이웃 여자에게 맡기면, 비오렐을 기쁘게 돌봐줄 거라고 했다.

우리는 느지막한 시간에 다시 그 장소를 찾았다. 그리고 숲속을 거닐며 좀전에 있었던 의식과는 전혀 상관없는 것들에 대해 얘기를 나눴다. 아테나는 새로운 젤 타입의 제모 크림에 대해 이야기하면서 옛날 여자들은 어떤 방법을 썼는지 궁금해했다. 우리는 여자들의 허영심, 유행, 싸게 쇼핑할 수 있는 장소, 여자들의 행동양식, 페미니즘, 헤어스타일 등에 대해 열띤 대화를 나눴다. 어느 순간에 이르자, 아테나는 "영혼은 나이를 먹지 않는데, 왜 우리는 이런 걱정들을 해야 하는지 모르겠다"고 했다. 하지만 다시 그녀는, 심각하지 않은 가벼운 얘기로 긴장을 푸는 것도 나쁘지 않다고 인정했다. 아니, 오히려 그런 이야기를 하면서 그녀는 무척 즐거워 보였다. 미용관리는 여자의 인생에서 빼놓을 수 없는 중요한 일이다(남자들 역시 자신을 가꾸지만 방법이 다르다. 그리고 우리처럼 그것을 마음을 열고 받아들이진 않는다).

미리 보아둔, 아니 숲이 내게 일러준 장소에 가까워짐에 따라 우리는 '어머니'의 존재를 느끼기 시작했다. 이런 존재감이 느껴질 때면 나의 내면은 신비로운 기쁨이 가득 차, 가슴 깊이 감동하고 눈물이 핑 돌게 된다. 이제 멈춰 서서 대화 주제를 바꿀 때가 되었다.

"불을 지필 나무를 주워와요."

내가 말했다.

"어두워서 잘 보일지 모르겠는걸요."

"이 정도 만월이면 달이 구름 뒤에 숨었더라도 충분히 보여요. 앞을 보는 데 익숙해져봐요. 생각보다 더 잘 보일 거예요."

그녀는 나뭇가지를 줍기 시작했다. 그러다 가시에 찔려 투덜대기도 했다. 거의 삼십 분 정도가 지났다. 그동안 우리는 한마디도 하지 않았다. 나는 '어머니'의 존재를 느끼면서 아직도 소녀와 같은 아테나가 나를 신뢰하고, 때론 너무 무모해서 제정신으로는 감당할 수 없는 이런 일에 기꺼이 동참하고 있다는 것에 벅찬 기쁨을 느꼈다.

아테나는 그날 오후에 내 질문에 대답할 때 그랬듯, 아직 질문에 대답하는 단계에 머물러 있었다. 신비의 왕국에 발을 내디딜 수 있도록 허락받기 전까지는 나 역시 그랬다. 오로지 명상하고 축복하고, 숭배하고 감사하고, 능력이 스스로 발현되도록 하는 일 외에는 아무것도 중요치 않은 그곳에 말이다.

나는 땔감을 줍고 있는 아테나를 바라보며, 숨겨진 비밀과 불가사의한 힘을 찾아 헤매던 소녀였던 내 모습을 떠올렸다. 삶은 내가 찾던 것과는 완전히 다른 것을 가르쳐줬다. 힘들은 불가사의한 것이 아니었고, 비밀은 이미 오래전부터 밝혀져 있었다. 땔감을 충분히 모은 듯 보여, 나는 그만 해도 좋다고 말했다.

나는 큰 나뭇가지를 찾아 땔감 위에 올려놓았다. 삶도 그와 같다. 불이 붙으려면 먼저 불쏘시개에 불이 붙어야 하는 것처럼, 강한 힘을 해방시켜 발현시키기 위해서는 우리의 연약함부터 드러낼 수 있어야 하는 것이다.

우리 안에 지닌 힘과 세상에 드러난 비밀들을 이해하려면 우선 기대나 두려움, 외양 같은 겉치레부터 불태워버려야 한다. 우리는 부드러운 바람과 구름 사이로 비치는 달빛, 사냥을 통해 '어머니'의 탄생과 죽음의 순환법칙을 수행하러 나온 짐승들의 소리와 함께 숲속에 내려앉기 시작한 평화 속으로 젖어

들어갔다.

나는 모닥불을 지폈다.

우리는 둘 다 말을 하려 하지 않았다. 그저 영겁과 같은 시간이 흐르는 동안, 일렁이는 불꽃을 응시할 뿐이었다. 그리고 지금 이 순간, 전 세계의 수많은 사람들도 우리처럼 불을 바라보며 앉아 있으리라 생각하면서. 그 불길이 현대식 난방이든 아니든 상관없다. 사람들이 앉아서 불을 바라보는 것은 그것이 하나의 상징이기 때문이다.

나는 불을 바라보면서 빠져든 접신 상태에서 깨어나기 위해 애썼다. 물론 그때의 접신은 특별한 계시도 없었고, 신들의 모습이나 아우라나 환영들도 보이지 않았지만, 내가 그토록 갈구했던 '어머니'의 은총에 잠겨 있게 해주었다. 나는 마음을 가다듬고 현재의 순간과 내 옆에 있는 아테나와 꼭 치러야 하는 의식에 온 신경을 집중했다.

"당신 제자는 어때요?"

내가 아테나에게 물었다.

"어려운 사람이에요. 하지만 그렇지 않았다면 아마 나는 내가 필요로 했던 것을 배우지 못했을 거예요."

"그녀는 어떤 능력을 가지고 있지요?"

"그녀는 다른 세계의 존재들과 대화해요."

"당신이 아야소피아와 대화하듯 말인가요?"

"아뇨. 당신도 알다시피 아야소피아는 나를 통해 모습을 드러내신 '어머니'죠. 하지만 내 제자는 보이지 않는 존재들과 대화해요."

나도 그런 줄 알고 있었지만 그래도 확실히 해두고 싶었다. 아테나는 평소보다 말을 아꼈다. 그녀가 런던에서 일어난 일들을 앤드리아와 상의했는지 어쨌는지는 알 수 없지만, 내가 간섭할 문제는 아니었다. 나는 자리에서 일어나 들고 온 가방을 열고 특별히 골라온 약초를 불길 속에 던져넣었다.

"나무가 말하기 시작했어요."

지극히 자연스러운 일을 이야기하듯 아테나가 말했다. 좋은 징조였다. 이제 기적이 그녀 삶의 일부가 되어가고 있다는 것을 의미했기 때문이다.

"뭐라고 말하나요?"

"아직까진 아무것도요. 그냥 소리를 낼 뿐이에요."

그녀는 모닥불에서 들려오는 노랫소리에 귀 기울였다.

"너무 예뻐요!"

그것은 아내도, 어머니도 아닌 한 어린 소녀의 외침이었다.

"지금 모습 그대로 있어요. 무언가에 집중하거나, 나를 따라 하거나, 내가 무슨 말을 하든 이해하려고도 하지 말아요. 긴장을 풀고 마음을 편하게 가져요. 바로 지금이 우리 모두가 온 생애를 거쳐 기다려온 순간일지도 몰라요."

나는 무릎을 꿇고 벌겋게 달아오른 장작 하나를 집어들었다. 그리고 그것으로 내가 들어갈 수 있도록 조그만 입구를 남기고 그녀 주위에 원을 하나 그렸다. 내 귀에도 아테나가 듣던 불의 노래가 들려왔다. 나는 그녀의 주위를 돌며 만물을 정화하고 장작, 나뭇가지, 인간, 보이지 않는 존재 등 만물에 깃든 힘을 에너지로 바꾸는 남성적 불과, 그를 두 팔과 다리로 받아들이는 대지의 결합을 기원하는 춤을 추었다. 나는 불의 노래가 계속되는 동안 춤을 추면서, 원 안에 앉아 미소 짓고 있는 소녀를 보호하는 동작을 취했다.

모닥불의 불길이 사그라들었다. 나는 재를 한줌 쥐고 아테나의 머리에 뿌렸다. 그런 후, 그녀 주위에 그렸던 원을 발로 문질러 지워버렸다.

"고마워요." 아테나가 말했다. "사랑받고 보호받는 느낌이었어요."

"시련의 순간을 겪을 때마다 지금을 기억하도록 해요."

"이제 나는 길을 찾았어요. 시련은 더이상 존재하지 않을 거예요. 내게 행해야 할 사명이 주어졌다고 믿어요. 그렇지 않나요?"

"맞아요. 우리 모두는 사명을 지니고 있지요."

그녀는 다시 불안을 느끼기 시작했다.

"하지만 시련의 순간이 오면 어떻게 해야 할까요?"

"그건 현명한 질문이 아니에요. 조금 전에 당신이 한 말을 기억하세요. 당신은 사랑받고 보호받고 있어요."

"최선을 다할 거예요."

그녀의 두 눈에 눈물이 맺혔다. 아테나는 내 대답을 이해한 것이다.

사미라 R. 칼릴, 가정주부

내 손자가! 내 손자가 그 일과 무슨 상관이 있는 거죠? 오, 하느님, 지금 세상에 마녀사냥이라니, 우리가 아직도 중세시대에 살고 있는 건가요?

나는 손자에게 달려갔어요. 아이는 코피를 흘리고 있었지만 내 걱정과는 달리 대수롭지 않게 여기는 듯했어요. 손자는 나를 밀쳐내며 말했어요.

"내 몸은 내가 지킬 수 있어요, 할머니. 아까도 그렇게 했어요."

내 자궁에 아이를 담아본 적은 없지만, 아이들의 마음은 이해할 수 있지요. 나는 사실 비오렐보다 아테나가 더 걱정됐어요. 오늘 이 사건은 비오렐이 앞으로 살아가면서 숱하게 겪어야 할 싸움들 중 하나일 뿐이고, 아이의 부어오른 두 눈에는 득의까지 떠올라 있었지요.

"학교에서 애들이 엄마가 악마를 숭배한다고 그러잖아!"

잠시 후, 셰린이 도착했어요. 아직 얼굴에 핏자국이 남아 있는 아이를 보더니 셰린의 안색이 바뀌더군요. 셰린은 당장 학교로 가서 교장을 만나려 했지만, 나는 우선 그애가 흘린 눈물이 모두 마를 때까지, 고통스런 마음이 가라앉을 때까지 꼭 안아주었어요. 그 순간 내가 할 수 있는 것이라곤 말없이 내 사랑하는 딸이 안정을 찾기를 기다리는 일뿐이었지요.

셰린이 조금 진정하고 난 뒤, 나는 집으로 돌아와서 우리와 함께 살자는 말을 조심스럽게 꺼냈어요. 셰린의 아버지는 그애가 연루된 소송에 관한 신문기사를 보고는 친분 있는 변호사들과 상의했지요. 우리는 딸이 이 상황에서 빠져나올 수 있도록 무슨 일이든 할 생각이었어요. 이웃의 수군거림이나 지인들의 의아한 눈길, 그리고 친구들의 입에 발린 위로 따위는 전혀 개의치 않고 말예요.

세상에 내 딸의 행복보다 더 소중한 것은 없지요. 무엇 때문에 셰린이 그토록 어렵고 고통스러운 길을 걸어가는지 이해할 수 없었지만, 엄마가 그 모든 걸 이해해야 하는 건 아니에요. 오직 사랑하고 보호할 줄만 알면 되지요.

그리고 나는 내 딸이 자랑스러워요. 우리가 가진 것을 모두 물려받을 수 있다는 걸 알면서도 셰린은 어린 나이에 자립하겠다고 집을 나갔어요. 장애물을 만나고 실패를 경험하고 삶의 험한 여정을 혼자 힘으로 헤쳐나간 거예요. 그애는 생모를 찾아 나서는 모험을 벌였고, 결국 그 덕분에 우리는 우리가 가족이라는 연대의식을 더욱 확고히 할 수 있었어요. 하지만 학위를 따라, 결혼을 해라, 살면서 맞닥뜨리게 마련인 어려움들을 불평 없이 받아들여라, 사회가 허용하지 않는 일은 하지 마라, 라는 내 잔소리는 딸애에겐 전혀 통하지 않았지요. 그리고 그 결과, 어떻게 되었나요?

어쨌든 내 딸의 말대로라면 나는 더 나은 사람이 된 거겠죠. 물론 나는 '어머니 여신'이라든가, 그애가 왜 항상 그렇게 낯선 사람들에게 에워싸여 살아가야 하는지, 그리고 그렇게 땀 흘려 성취한 것들에 왜 만족하지 못하는지 이해할 수 없어요. 하지만 가슴 한편으로는 셰린이 부럽다는 마음도 들었어요. 그런 것을 따라하기에는 내가 너무 늦었지만 말이에요.

일어나서 먹을 것을 준비하려고 했지만 셰린이 나를 말렸어요.

"그냥 이렇게 엄마 품에 안겨 있고 싶어요. 지금 내게 필요한 것은 그것뿐이에요. 비오렐, 방에 가서 텔레비전 볼래? 엄마는 할머니하고 얘기할 게 있어."

아이는 제 엄마 말에 따랐어요.

"엄마아빠에게 너무 큰 걱정을 끼쳤어요."

"아니야. 전혀 그렇지 않아. 오히려 너와 비오렐은 우리의 기뿜이야. 너희가 우리의 존재이유란다."

"하지만 난 아무것도 제대로 한 게 없는걸요."

"오늘 너에게 고백할 게 있단다. 네가 미워서, 너를 입양할 때 보모의 충고를 듣지 않고 너를 데리고 온 걸 후회한 적도 있었어. 그럴 때면 스스로 물었지. '어떻게 엄마라는 사람이 자기 딸을 미워할 수 있지?' 하고 말야. 내가 진정제를 먹고, 친구들과 카드게임을 하고, 충동적으로 물건을 사들이곤 했었는데, 그게 다 너에게 쏟아부었던 사랑을 메우기 위해서였어. 내 사랑에 대한 보상을 받지 못하고 있다고 생각했거든.

몇 달 전, 네가 부와 명예를 보장하는 일을 그만둬버렸을 때 정말 이 엄마는 절망했단다. 그래서 집 근처 성당을 찾아가서 성모님께 기도했지. 제발 네가 정신을 차리고 정상적인 삶을 살아갈 수 있도록 해달라고 말야. 어떻게든 네 삶의 방식을 바꿔서 지금 네가 송두리째 내던지고 있는 기회들을 최대한 누리게 해달라고 애원했단다. 그걸 위해서라면 이 엄마는 무슨 일이든 감수하겠다고.

며칠 전에도 신문기사를 보고 가슴이 떨려서 다시 성당에 갔단다. 나는 성모님과 아기예수님을 바라보다가 말했어. '당신께서는 한 아이의 어머님이시고, 지금 무슨 일이 벌어지고 있는지 알고 계십니다. 당신께서 원하시면 무슨 일이든 하겠어요. 하지만 제 딸만은 살려주세요. 그 아인 지금 스스로 파멸의 길을 향해 걷고 있습니다.'"

나를 안고 있는 셰린의 팔에 힘이 가해지는 것을 느꼈어요. 그 애는 다시 울기 시작했어요. 하지만 이번에는 다른 종류의 흐느낌이었지요. 나는 감정을 추스르기 위해 애를 썼어요.

"그때 내가 무엇을 느꼈는지 아니? 성모님께서 내게 말씀하시고 계시다는 느낌이 들었단다. '사미라, 내 말을 들어보세요. 나 역시 그렇게 생각했어요. 내 아들도 내 말을 도무지 듣지 않아서 오랫동안 힘들었어요. 나는 아들의 안위를 무척이나 걱정했지요. 아들 친구들도 마음에 들지 않았구요. 내 아들은 법이니 관습이니 계율이니 하는 것들을 전혀 존중하지 않았고 나이든 사람들의 말에도 경의를 표하지 않았지요.' 성모님은 내게 그렇게 말씀하셨어. 셰린, 이야기 듣고 있니? 계속할까?"

"네, 마저 듣고 싶어요."

"성모님께선 이렇게 말씀을 마치셨단다. '내 아들은 내 말을 귀담아듣지 않았어요. 그런데 지금 난 내 아들이 자랑스럽고 정말 기뻐요.'"

나는 부드러운 손길로 셰린의 머리를 내 어깨에서 떼어내고 몸을 일으켰어요.

"우리 뭐라도 좀 먹어야 해."

나는 부엌에 가서 양파수프와 타불라*를 준비했어요. 그리고 데운 빵을 접시에 담아 탁자 위에 놓고 함께 점심을 먹었어요.

밖에선 태풍이 불고 나무가 뿌리째 뽑히고 온 세상이 파괴되고 있다 해도, 지금 이 순간 우리는 우리가 가족임을 느끼게 해주는 식사를 함께 하며 평온하고 소소한 이야기를 나누는 게 좋았어요. 물론 이 오후가 지나면 내 딸과 손자는 저 문을 열고 나가서 다시금 거센 바람과 천둥 번개에 맞서야겠지요. 하지만 어쩌겠어요. 그게 그애가 선택한 길인데요.

"엄마, 날 위해서라면 뭐든 하신다고 하셨죠?"

"당연하지. 필요하다면 내 목숨이라도 내줄 수 있단다."

"나 역시 비오렐을 위해서 뭐든 할 준비가 되어 있어야 한다는 생각이 들어요."

"그게 엄마의 본능이란다. 하지만 본능이 아니더라도 그건 그애에 대한 네 사랑을 보여주는 가장 큰 증거이기도 하단다."

딸애는 음식을 맛있게 먹었어요.

"너도 알다시피 사람들이 소송을 건 상태고, 네 아빠는 언제든지 도와주실 준비가 되어 있어. 네가 원하기만 하면 말이다."

"당연히 도움을 받아야죠. 우린 가족인걸요."

나는 한 번, 두 번, 세 번 심사숙고하다가 그만 참지 못하고 말을 꺼냈어요.

"엄마가 조언 한 가지 해도 될까? 네게 영향력 있는 친구들이

---

* 중동식 야채 샐러드.

있다는 거 안단다. 신문기자도 있잖니. 그 사람한테 네 얘기를 써달라고 부탁하면 안 될까? 언론이 그 목사의 주장만 소개하고 있어서, 그러다간 사람들이 그가 옳다고 생각하게 될까 두려워."

"그럼 엄마는, 나를 도와줄 뿐만 아니라 내가 하는 일을 받아들이는 거예요?"

"그렇단다, 애야. 비록 내가 널 이해할 수 없다 해도, 평생을 고통받으셨을 성모님처럼 때로 나도 고통받게 되더라도, 네가 세상에 정말 소중한 메시지를 가지고 오신 예수 그리스도가 아니라 해도, 난 항상 네 편이란다. 그리고 네가 승리하는 모습을 보고 싶구나."

헤런 라이언, 신문기자

아테나가 도착한 것은, 내가 포르토벨로 사건과 여신의 재탄생에 관한 가장 이상적인 인터뷰를 머릿속에 그리며 생각나는 대로 미친 듯이 메모하고 있던 때였다. 그 사건은 정말이지 무척이나 민감한 사안이었다.

그날 사람들이 창고에서 본 여자는 이렇게 말했다. "우리는 할 수 있습니다. 사랑을 믿으면 기적이 이루어진다는 '위대한 어머니'의 가르침을 배우고 실현할 능력이 있습니다." 군중은 그 말에 동감했다. 하지만 그러한 동조는 그리 오래가지 않을 터였다. 우리는 예속이 곧 행복에 이르는 안전하고도 유일한 길이라 믿는 시대에 살고 있다. 자유의지는 한 개인이 감당하기엔 엄청난 책임감을 요구하고 번민과 고통을 가져다준다.

"내 이야기를 기사로 다뤄줬으면 해요."

그녀가 말했다.

나는 조금 기다려보자고 대답했다. 다음 주가 되면 언제 그랬냐는 듯 사건이 잠잠해져버릴 수도 있기 때문이었다. 어쨌든 그 사이에, '여성의 에너지'에 관한 몇 가지 질문은 준비할 수 있을 터였다.

"이 모든 소동은 아직까진 인근 지역신문과 황색 언론에만 알려져 있어요. 공신력 있는 신문들은 기사 한 줄 올리지 않았어요. 런던에는 이런 종류의 마찰이나 분쟁이 수도 없이 많으니까. 그리고 사실 큰 언론사에 기사가 나가는 것도 좋은 일인지 어떨지 생각해볼 일이에요. 지금으로선 두어 주 정도 모임을 자제하는 게 좋을 거 같아요. 하지만 그 '여신'이라는 주제는, 그것에 걸맞은 진지함을 갖고 접근한다면 사람들에게 몇 가지 중요한 문제제기를 할 수 있을 거라는 생각은 들어요."

"언젠가 저녁을 먹으면서 당신은 나를 사랑한다고 말했죠. 그런데 이젠, 나를 도와주지 못하겠다고 말할 뿐만 아니라 내가 믿고 있는 것들을 포기하라고 얘기하는군요."

이 말을 어떻게 해석해야 할까? 이 여자가 그날 밤 내가 했던 고백을, 그녀를 만난 이후로 내 삶에서 한순간도 떠난 적이 없는 그 사랑을 이젠 받아들이겠다는 말인가? 칼릴 지브란의 말에 따르면 받는 것보다 주는 것이 더 중요하다지만, 또 그 말이 지혜의 말인 건 사실이지만, 나는 한낱 '인간'일 뿐이다. 그저 평화롭게 살고 싶은 연약하고 우유부단한 인간, 내 사랑에 응답을 받은 건지 어쩐지도 모르면서 아무것도 묻지 못하고 내 감정에만 충실한 인간. 그러니까 아테나는 내가 자기를 사랑하게 내버려두면 되는 것이었다. 아마도 아야소피아도 이에 찬성했으리라. 아테나가 내 삶 속에 뛰어든 지도 이제 두 해 가까이 되었다. 나는 그녀가 그렇게 자신의 길을 계속 가다가 지평선 너머로 아득히 사라져버릴까봐 두려웠다. 내가 그 여정의 일부에라도 동행해보지 못한 채 말이다.

"지금 사랑 얘길 하는 거요?"

"난 지금 당신에게 도움을 청하고 있어요."

도대체 무엇을 어떻게 해야 하나. 서두르다가 일을 그르치지 않도록 자신을 통제하고 냉정을 유지한다? 아니면 다음 단계로 훌쩍 뛰어넘어 그녀를 안아주고 모든 위험으로부터 보호해준다?

머릿속에선 "아무 걱정 말아요. 난 당신을 사랑해"라고 말하라고 했지만 결국 나는 이렇게 말하고 말았다.

"나도 돕고 싶어요. 날 믿어줘요. 당신을 위해선 무슨 일이든 할 거요. 당신이 이해하지 못하더라도, 내 생각엔 아니라는 판단이 들 땐 '아니다'라고 말하는 것까지 포함해서 말이오."

나는 부편집장이 '여신의 부활'이라는 주제로 시리즈 기사를 제안했고, 그녀와의 인터뷰를 그 안에 포함시킬 예정이었다고 말했다. 그리고 처음에는 그게 아주 기발한 발상이라고 생각했지만 지금은 좀더 기다려보는 게 좋겠다는 생각이라고 덧붙였다.

"믿는 바대로 계속하든, 자기변호를 하든, 그건 당신 마음이지요. 하지만 내가 알기론, 당신은 남들이 어떻게 생각하느냐보다는 당신이 하고 있는 일 자체를 더 중요하게 생각하잖아요. 그렇지 않아요?"

"난 아들이 걱정돼요. 매일 학교에서 친구들하고 시비가 붙어 싸우고 있어요."

"그것도 지금 한때요. 다 지나갈 거야. 일주일만 지나면 그 일에 대해 이야기하는 사람은 없을 거요. 그다음엔 행동의 순간이 오는 거지. 그 바보 같은 공격들에 대해 당신 자신을 변호하기 위해서가 아니라, 당신이 하는 일을 신중하고 지혜로운 방식으로 더 크게 도모하기 위해 나서는 거지요. 만약 내 판단이 의심스럽고, 모임을 계속할 생각이라면, 다음 모임 때 나도 동참할게요. 무슨 일이 일어날지 두고 봅시다."

다음 주 월요일, 나는 그녀와 함께했다. 이번에는 군중 속의 한 사람이 아니라 그녀 곁에서 군중들을 바라볼 수 있었다.

사람들이 창고로 밀어닥쳤다. 꽃을 던지고 박수갈채를 보냈다. 젊은 여자들은 그녀에게 "여신의 사제"라고 외쳤고, 옷을 잘 차려입은 중년여인들은 가족의 안위 문제로 상담하고 싶다며 따로 만나달라고 간청했다. 입구를 막은 군중이 우리를 떠밀기 시작했다. 어떤 식으로든 안전장치가 필요하리란 생각은 하지 못했었다. 덜컥 겁이 난 나는 그녀를 팔로 감싸안고 비오렐을 품에 안았다.

창고 안은 사람들로 가득 차 있었다. 앤드리아가 잔뜩 성이 난 얼굴로 우리를 기다리고 있었다.

"오늘은 어떤 기적도 행하지 않을 거라고 사람들에게 말해야 해요!" 그녀가 아테나에게 고함을 질렀다. "당신은 지금 허영심의 덫에 스스로 빠져들고 있어요! 왜 아야소피아는 이 사람들에게 당장 돌아가라고 얘기하지 않는 거죠?"

"왜냐면 그녀가 질병들을 꿰뚫어볼 수 있기 때문이죠." 아테나가 응전하듯 대답했다. "그리고 그 혜택을 받는 사람들이 많을수록 좋은 일이니까."

아테나는 뭔가 더 말하려 했지만 군중이 박수를 쳐대는 바람에 입을 다물고 말았다. 아테나는 임시로 만든 무대 위로 올라가더니 집에서 가져온 조그만 휴대용 시디플레이어를 켰다. 그리고 사람들에게 리듬에 거슬러 춤추도록 청했고, 의식이 시작되었다.

어느 순간, 비오렐이 구석으로 가서 앉았다. 아야소피아가 현신할 시간이 온 것이다. 아테나는 내가 수없이 보아온 동작을 되풀이하고 있었다. 그녀는 음악을 끄고 두 손으로 머리를 감싸안았다. 사람들은 보이지 않는 명령에 따르듯 침묵을 지키고 있었다.

의식은 예전과 별다른 차이 없이 진행되고 있었다. 사랑에 대한 질문들은 받아들이지 않았고, 근심거리와 질병, 개인적인 문제들에 대해서는 기꺼이 응했다. 내가 선 자리에서 바라보니 어떤 이들의 눈에는 눈물이 맺혀 있었고, 어떤 이들은 성녀 앞에 선 듯한 모습이었다. '어머니'를 축도하는 단체의식이 벌어지기 전에 행하는 마지막 설교시간이 돌아왔다.

다음에 벌어질 수순을 이미 알고 있었던 나는 어떻게 해야 소동을 최소화하면서 그 자리를 빠져나갈지 궁리하기 시작했다. 나는 그녀가 앤드리아의 말을 따라, 이곳에서 기적을 찾을 생각은 하지 말라고 말해주길 내심 바랐다. 나는 아테나가 설교를 끝내는 즉시 이곳을 뜰 수 있도록 준비를 갖추기 위해 비오렐이 있는 쪽으로 건너갔다.

아야소피아의 목소리가 들려왔다.

"오늘 의식을 끝내기 전에 다이어트에 대해서 이야기해보려 합니다. 체중감량 이야기는 잊어버리십시오."

다이어트? 체중감량은 잊어버리라고?

"우리는 먹을 수 있는 능력이 있기에 수천 년 동안 생존해올 수 있었습니다. 그런데 오늘날 이 능력은 무슨 저주처럼 여겨집니다. 무엇 때문일까요? 무엇이 우리로 하여금 마흔이 되어서도 젊은 시절의 몸을 갖고 싶도록 하는 걸까요? 시간을 멈추는 게 과연 가능할까요? 당연히 불가능합니다. 그리고 우리는 왜 날씬해야 하는 거죠?"

군중 속에서 웅성거림이 들려왔다. 사람들은 뭔가 좀더 영적인 것과 관련된 이야기를 내심 기대했던 것이다.

"그럴 필요 없어요. 이 세상에 살아 있다는 기적을 축복해야 할 시간에 우리는 다이어트에 관련된 책을 사고, 피트니스클럽에 다니고, 시간을 붙들어매는 일에 엄청난 지력을 소모합니다. 어떻게 살아야 더 나은 삶을 살 수 있을까 궁리하는 대신 몸무게에 강박적으로 매달리고 있는 거죠.

그것들은 다 잊어버리세요. 시중에 나온 모든 다이어트 관련 서적을 읽을 수 있고, 원하는 만큼 운동을 할 수도 있고, 각자가 정한 벌칙에 따라 자신을 채찍질할 수도 있겠지요. 하지만 그렇게 한다면 우리는 단지 두 가지의 선택만 놓고 사는 것입니다. 삶을 포기하든지, 아니면 뚱뚱해지든지.

절제해서 먹되, 먹는 데서 즐거움을 찾으세요. 악은 입 안으로 들어가는 것이 아니라 입에서 나오는 것입니다. 지난 수천 년 동안 인류가 기아에 대항해 싸워왔다는 걸 기억하십시오. 평생을 마른 채로 살아야 한다는 이야기는 대체 누가 만들어낸 것입니까?

내가 대답하지요. 영혼의 흡혈귀, 미래에 대한 두려움 때문에 흘러가는 시간의 수레바퀴를 멈추는 게 가능하다고 생각하는 자들입니다. 아야소피아가 감히 장담하건대, 그것은 불가능합니다. 다이어트하느라 쏟는 에너지와 노력을 영혼의 양식을 살찌우는 데 사용하십시오. '위대한 어머니'께서는 아낌없이 주시는 동시에 지혜롭게 주신다는 사실을 이해하십시오. 그러면 흐르는 시간이 요구하는 것보다 더 살찌지는 않을 것입니다.

칼로리를 인위적으로 태우는 대신, 그것을 꿈을 이루기 위한 투쟁에 필요한 에너지로 승화시킬 길을 찾길 바랍니다. 다이어트라는 한 가지 목적만으로 오랜 기간 마른 몸을 유지하는 건 누구에게나 어려운 일이니까요."

완벽한 침묵이 흘렀다. 아테나가 마감 예배를 시작했고, 모두들 '어머니'의 존재를 축도했다. 나는 비오렐을 팔에 안고 나오면서, 다음번에는 예기치 못할 상황에 대비할 수 있도록 친구 몇 명이라도 데려와서 미흡하나마 신변보호를 해야겠다고 생각했다. 우리는 들어올 때와 마찬가지로 고함소리와 박수소리를 들으며 밖으로 나왔다.

인근 가게주인이 내 팔을 붙잡고 늘어졌다.

"이건 말도 안 되는 상황이야! 내 가게 유리창 하나라도 박살나면 고소해버릴 거야!"

아테나는 웃으면서 사람들에게 사인을 해주고 있었다. 비오렐은 평온해 보였다. 나는 그날 밤에 기자가 한 사람도 오지 않았기를 바랐다. 마침내 군중 속을 빠져나오자마자 우리는 택시를 잡아탔다.

아테나에게 뭐라도 먹지 않겠냐고 묻자 그녀가 대답했다.

"당연하죠, 나도 지금 그 말을 하려고 했어요."

앙투안 로카두르, 역사학자

"포르토벨로의 마녀"라 명명된 일련의 오해들 가운데서 내가 가장 놀란 건 다년간의 다큐멘터리 제작 경력과 해외특파원 경력까지 있는 헤런 라이언의 순진함이었다. 우리가 대화를 나눌 때, 그는 어느 타블로이드 신문의 헤드라인을 보고 몹시 화를 냈다.

'여신의 식이요법!'

또다른 신문의 일면은 이렇게 대서특필하고 있었다.

'포르토벨로의 마녀 다이어트, 먹으면서 살 뺀다!'

아테나는 종교처럼 아주 민감한 문제뿐 아니라, 거기서 더 나아가 초국가적인 관심의 대상이자, 전쟁이나 데모나 천재지변보다도 중요한 문제인 다이어트까지 건드린 것이다. 누구나 신을 믿지는 않지만, 누구나 살을 빼기를 원하지 않는가.

기자들이 인터뷰한 지역 상인들은 하나같이 대규모 집회 전부터 사람들이 붉거나 거무튀튀한 초를 켜고 의식을 치르는 걸 본 적이 있다고 했다. 물론 이런 일들이야 싸구려 스캔들일 뿐이지만, 헤런 라이언 정도라면 법원에 계류중인 사건의 고소인이 이 사건을 단순한 명예훼손이 아니라 사회를 지탱하는 모든 가치를 뒤흔드는 사건으로 간주하기 위해, 재판관들의 관심을 끄는 일이라면 하나라도 놓치지 않으리라는 것 정도는 알고 있어야 했다.

같은 주에 영국에서 가장 권위 있는 일간지 중 하나가 칼럼란에 켄징턴 저(低)교회파 목사인 이언 벅 목사의 기고문을 실었다.

"한 사람의 선량한 기독교인으로서 나는 부당하게 공격당하거나 명예훼손을 당했을 때, 다른 쪽 뺨까지도 댈 의무가 있다. 그러나 우리는 예수께서 하느님의 성소를 도둑소굴로 만들려 한 자들을 치기 위해 채찍을 들었다는 사실을 잊어선 안 된다. 우리가 포르토벨로 가에서 목격하고 있는 일이 바로 그런 일이다. 영혼의 구원자를 자처하는 자격 없는 자들이 거짓된 희망을 남발하고, 치유를 약속하고 있다. 또한 자신의 가르침을 따르면 평생 날씬하고 품위 있게 살 수 있다는 소리까지 하고 있다.

이와 같은 이유로, 나는 이런 상황을 방치하지 않으려는 최후의 수단으로서 법정소송 외에 다른 방도를 찾지 못한다. 일련의 움직임을 추종하는 자들은 우리가 여태 모르고 지냈던 능력을 일깨울 수 있다고 호언장담한다. 또한 전지전능한 하느님 아버지의 존재를 부정하고 이를 비너스나 아프로디테와 같은 이교도의 신으로 대체하려 하고 있다. 그들은 이 모든 것이 '사랑'이란 이름 아래 허용된다고 주장한다. 그렇다면, 무엇이 사랑인가? 어떠한 목적도 정당화하는 부도덕한 힘인가? 아니면, 가족이나 전통과 같은 사회의 진실된 가치들과 함께하는 하나의 약속인가?"

8월에 발생했던 것과 같은 사태에 대비하여 경찰은 다음번 모임에서 일어날지도 모를 소란을 막을 병력을 배치했다고 한다. 아테나는 헤런 라이언이 데리고 온 경호원들에 둘러싸인 채 집회에 나타났다. 이번에는 박수갈채뿐 아니라 저주와 비방의 목소리도 함께 들려왔다. 아테나가 다섯 살짜리 아이를 데리고 온 것을 본 한 여자는 이틀 뒤 1989년에 제정된 아동보호법에 근거해 아테나를 고발했다. 그녀의 주장에 따르면, 엄마가 아이에게 좋지 않은 영향을 미치고 있으니 아이의 양육권을 아버지에게 주어야 한다는 것이었다.

한 타블로이드 신문이 인터뷰를 거부하는 아테나의 전남편 루카스 예센 페테르센의 소재를 파악하는 데 성공했지만, 그는 만에 하나라도 비오렐의 이름을 게재한다면 자신이 무슨 짓을 저지를지 모른다고 기자를 위협했다.

다음 날 그 신문에는 다음과 같은 헤드라인이 실렸다.

"포르토벨로 마녀의 전남편, '아들을 위해서라면 살인도 저지를 수 있다.'"

같은 날 오후, 1989년 아동보호법에 입각한 두 건의 탄원서가 또 들어왔다. 이번에는 국가가 적절한 성장환경을 책임지고 아이를 보육원에 보내라는 내용이었다.

다음주 모임은 열리지 못했다. 지지자들과 반대자들 모두 문 앞에서 기다렸고, 정복 차림의 경찰들이 지키고 서 있었지만, 아테나는 끝내 나타나지 않았다. 그 다음주도 마찬가지였다. 이번에는 군중의 수나 경비를 맡은 경찰의 수도 눈에 띄게 줄었다.

셋째 주에는 모임장소에 꽃다발만 놓여 있었고, 누군가가 도착하는 사람들에게 아테나의 사진을 나눠주었을 뿐이었다.

이제 아테나의 이야기는 런던 시민들의 일상을 다루는 지면에서 사라지기 시작했다. 이언 벅 목사가 "기독교 정신에 입각하여, 자신의 행동을 회개하는 사람들"을 위해 무고죄와 명예훼손 고소장을 철회했지만 큰 신문사의 관심을 끌지는 못했고, 지역신문의 독자투고란에나 겨우 실렸을 뿐이었다.

내가 아는 바에 따르면, 이제 그 사건은 더는 국가적 차원의 관심을 끌지 못하고 지역사회면으로 축소되어 옮겨졌다. 한 달 뒤에는 의식을 위한 모임들도 없어져버렸고, 브라이튼을 여행했을 때 몇몇 친구에게 그 사건에 대해 이야기를 꺼내보려 했지만 알고 있는 사람이 아무도 없었다.

라이언이 이 모든 상황을 종합하여 기사를 작성해 그가 일하는 신문사에 게재했더라면 다른 매체에도 그 기사가 그대로 올랐을지도 모른다. 그러나 놀랍게도, 그는 셰린 칼릴에 대한 기사를 단 한 줄도 올리지 않았다.

내 사견으로는, 그 끔찍한 범죄는 포르토벨로에서 일어났던 일들과는 성격상 아무런 상관이 없어 보인다. 그것은 그저 소름 끼치는 우연의 일치였을 뿐이다.

헤런 라이언, 신문기자

아테나는 녹음을 요청했다. 그녀 역시 녹음기를 한 대 가져왔는데 처음 보는 모델로, 크기도 작고 아주 정교해 보였다.

"먼저, 내가 지금 살해위협을 받고 있다는 것부터 알았으면 해요. 둘째는, 내가 죽더라도 오 년이 지난 후에야 이 녹음을 공개할 수 있도록 보관해달라는 거예요. 훗날에는 무엇이 거짓이고 무엇이 참인지 구분이 되겠지요. 그러겠다고 말해줘요. 그러면 이제부터 법적 구속력이 발휘되는 거예요."

"동의하오. 하지만 내 생각엔……"

"당신은 아무것도 생각 안 해도 돼요. 내가 죽은 채로 발견되면, 이것이 바로 내가 남긴 유언이 될 거예요. 지금 게재하지 않는다는 조건하에서 말예요."

나는 녹음기를 껐다.

"두려워할 것 없어요. 내겐 정부에 친구들이 있고, 그들은 내게 신세를 진 적이 있거나 나를 필요로 하기 때문에 내 부탁에 귀를 기울여줄 거요. 우리는 충분히……"

"내가 전에 런던경시청에 애인이 있다고 얘기하지 않았나요?"

지금 이 자리에서 왜 또 그 소릴 하는 거지? 만일 정말이라면, 왜 그는 정작 도움이 필요했을 때, 아테나와 비오렐이 군중들로부터 습격을 당할 위기에 처했을 때 나타나지 않았을까?

의문이 하나씩 꼬리를 물고 이어졌다. 나를 시험하는 건가? 대체 이 여자 머릿속에는 무슨 생각이 들어 있는 걸까? 내 곁에 있고 싶다더니 갑자기 또 존재하지도 않는 남자 얘길 꺼내는 건 뭐야? 정신이 나간 건가, 아니면 변덕이 심한 건가?

"녹음기를 켜주세요."

그녀가 부탁했다.

불쾌했다. 항상 느끼는 것이지만 그녀에게 이용당한다는 생각을 지울 수가 없었다. 그 순간 이렇게 말하고 싶었다. '가버려. 그리고 다시는 내 앞에 나타나지 마. 당신을 알게 된 순간부터 모든 게 지옥 같았어. 그냥 날 포옹하고 입맞춤하고 내 곁에 머물겠다고 말해줘. 하지만 절대로 그럴 일은 없을 것 같군.'

"왜 그래요?"

그녀는 무언가 잘못되고 있음을 눈치 챘다. 아니, 그녀가 내

기분을 모를 리 없었다. 입밖에 내어 고백한 것은 단 한 번뿐이지만, 그녀에 대한 내 감정을 숨긴 적은 없으니까. 나는 그녀를 만나기 위해서는 어떠한 약속도 취소했고, 청하기만 하면 언제든지 그녀의 곁에서 함께했다. 언젠가 나를 '아빠'라고 불러주리라 생각하면서 그녀의 아들 비오렐과 유대감을 쌓으려고 노력하기도 했다. 나는 그녀의 삶의 방식과 결정들을 받아들였다. 그녀가 괴로워하면 나도 말없이 괴로워했고, 그녀가 성공했을 땐 나도 기뻐했다. 나는 결단력 있는 그녀가 자랑스러웠다.

"왜 녹음기를 꺼버린 거죠?"

그 짧은 순간, 나는 천국과 지옥, 반발과 복종, 차가운 이성과 파괴적인 감정 사이에 머물렀다. 결국 나는 내가 가진 모든 힘을 발휘하여 겨우 통제력을 찾았다.

나는 다시 녹음기 버튼을 눌렀다.

"계속해요."

"지금 내가 살해위협을 받고 있다고 말했죠. 이름을 밝히지 않는 사람들이 전화를 걸어와서 욕설을 퍼부으면서, 내가 사탄의 왕국을 다시 세상에 출현시킬 위협적인 존재다, 그러니 그냥 둘 수 없다고 하더군요."

"경찰에는 알렸소?"

경시청에 있다는 애인 이야기는 부러 하지 않았다. 그녀의 애인 이야기를 믿지 않는다는 것을 그녀에게 알리려는 시위였다.

"얘기했죠. 경찰이 통화내용을 녹음했어요. 그리고 우리집을 잠복 감시하고 있으니 걱정할 필요 없다고 하더군요. 게다가 혐의자 중 한 사람이 체포됐어요. 정신적으로 문제가 있어 보이는 사람이었는데, 자기가 예수의 제자로 다시 태어났다고 한대요. '이번에는 예수님이 다시 쫓겨나시지 않도록 싸우겠다'고도 했구요. 지금 그 사람은 정신병원에 있어요. 경찰 얘기로는 이미 전에도 비슷한 상황 때문에 입원했던 전력이 있대요."

"경찰이 사건을 주목하고 있다면 걱정할 필요 없어요. 영국 경찰의 능력은 세계 최고라고 해도 과언이 아니니까."

"죽음에 대한 두려움은 없어요. 만일 생이 오늘 끝나더라도 내가 경험한 순간들은 영원히 나와 함께 남아 있을 거예요. 대부분의 내 또래 사람들에겐 그런 순간들을 경험해볼 기회조차 없었죠. 내가 두려운 건, 내가 저지를지도 모를 살인이에요. 그리고 그 때문에 오늘 우리 이야기를 녹음해달라고 부탁하는 거예요."

"당신이 살인을 저지른다고?"

"당신도 알다시피, 법원에서 몇 건의 소송을 빌미로 비오렐을 내 품에서 떼어놓으려 하고 있어요. 친구들에게 도움을 구했지만, 아무도 손을 쓸 수가 없어요. 재판결과를 기다려보는 수밖에 없게 됐어요. 친구들 말로는 판사의 판단이 관건이겠지만, 결국 그 광신자들이 목적을 달성하고야 말 거라더군요. 그래서 나는 총을 하나 샀어요.

자식이 엄마 품에서 떨어진다는 게 무엇을 의미하는지 난 잘 알고 있어요. 나 자신이 겪은 일이기도 하니까요. 아이를 데리러 법원집행관이 우리집에 들어오면 그를 쏴버릴 거예요. 총알이 다 떨어질 때까지 방아쇠를 당길 거예요. 그들이 나를 사살하지 못하면 집에 있는 칼을 꺼내들고라도 맞서 싸울 거예요. 그들이 칼을 빼앗아가면 손톱과 이빨을 동원해서 싸울 거예요. 내 주검을 넘어서지 않는 한, 누구도 비오렐을 내게서 빼앗아가지 못해요. 녹음하고 있어요?"

"그래요. 하지만 다른 해결책도 있지 않을까?"

"없어요. 아버지가 재판과정을 주시하고 있지만, 가족법의 경우엔 개입할 여지가 거의 없대요. 이제 녹음기를 꺼줘요."

"이게 당신이 남기는 유언이란 거요?"

그녀는 대답하지 않았다. 내가 넋을 놓고 꼼짝 않고 있자, 그녀가 먼저 움직였다. 그녀는 오디오로 다가가서 이제 나도 제법 익숙해진 그 스텝 지역의 음악을 틀더니, 의식을 거행하던 때처럼 천천히 리듬을 벗어난 춤을 추었다. 그리고 나는 그녀가 무엇을 하려는지 깨달았다. 아직 켜져 있는 그녀의 녹음기만이 그곳에서 일어나는 모든 일을 조용히 지켜본 목격자였다. 늦은 오후의 햇살이 유리창을 통해 비추고 있었지만, 아테나는 다른 빛을 찾아 잠겨들어갔다. 다른 빛, 천지창조 때부터 존재해온 그 빛을 찾아.

문득, '어머니'의 불꽃이 춤을 멈췄다. 아테나는 음악을 끄더니 두 손 사이에 머리를 묻었다. 그리고 침묵을 지켰다. 잠시 후 그녀는 두 눈을 뜨고 나를 똑바로 보았다.

"여기에 누가 와 있는지 알고 있나요?"

"알고 있어요. 아테나와 그녀의 신성한 일부인 아야소피아지."

"이제 꽤 익숙해졌기 때문에 이 과정이 꼭 필요하다고는 생각지 않아요. 하지만 그녀를 만나기 위해 발견한 이 방법이 하나의 습관이 되어버렸어요. 당신, 지금 누구와 이야기하고 있는지 알고 있죠? 당신은 아테나에게 말하고 있어요. 그리고 아야소피아는 바로 나랍니다."

"그래, 알아요. 당신 집에서 두번째로 춤을 출 때 나 역시 나를 인도하는 영혼, 필레몬을 만났어요. 하지만 그와 많은 대화를 나누지는 않아요. 그가 말하는 것을 귀담아듣지도 않고요. 그저 내 안에 필레몬이 자리할 때에만, 나와 필레몬, 둘의 영혼이 드디어 만난다는 걸 알고 있을 뿐이죠."

"맞아요. 필레몬과 아야소피아는 이제 사랑에 대해서 이야기할 거예요."

"그럼 나도 춤을 춰야 해요?"

"그럴 필요 없어요. 필레몬은 이해해줄 거라고 생각해요. 내 춤이 당신을 감동시켰다는 걸 알고 있으니까요. 지금 내 앞에 있는 남자는 이제 자신이 얻을 수 없을 거라고 단정해버린 무언가 때문에 괴로워하고 있어요. 내 사랑 말이죠.

하지만 당신 너머에 존재하는 그는 고통, 분노, 버림받았다는 느낌, 그 모든 게 불필요하고 유치한 감정들이란 걸 이해하고 있어요. 나는 당신을 사랑해요. 인간으로서 당신이 원하는 방식대로가 아니라, 신성한 불꽃이 원하는 방식으로 당신을 사랑해요. '어머니'는 우리의 행로에 천막 하나를 세워두셨어요. 그곳에 기거하는 우리는 우리가 감정의 노예가 아니라 그 주인이라는 것을 이해하죠.

우리는 섬기고 또 섬김을 받아요. 우리는 서로의 방문을 열고 포옹해요. 아마 키스도 하겠죠. 대지 위에 일어나는 일들 중에서도 매우 강렬한 일들은, 우리 눈에는 보이지 않는 다른 세계에 그 쌍을 두고 있기 때문이에요. 평행우주와 대칭을 이루어 일어나는 거죠. 나는 지금 당신을 자극하거나 당신의 감정을 가지고 장난을 치려는 게 아니에요."

"그렇다면, 대체 사랑은 뭐죠?"

"'위대한 어머니'의 영혼, 피 그리고 육신이죠. 나는 유배된 두 영혼이 사막에서 만나 서로 사랑하듯 당신을 사랑해요. 우리 사이에 육체적 관계는 없겠지만 우리의 열정과 사랑만은 헛되이 버려지지 않을 거예요. '어머니'가 당신의 가슴에 사랑을 일깨워주셨듯, 비록 당신처럼 잘 받아들이지는 못해도 내 가슴에도 역시 그분은 사랑을 불어넣어주셨어요. 사랑의 힘은 그 무엇보다 강력해요. 그것은 모습을 바꾸고 나타날지언정, 결코 사라지지는 않아요."

"나는 그걸 감당할 만큼 강하지 못해요. 그런 추상적인 얘기들은 나를 더욱 우울하게 하고 전에 없던 고독으로 몰아넣을 뿐이오."

"나도 그런걸요. 나 역시 누군가 곁에 있어줄 사람이 필요해요. 하지만 언젠가 우리가 두 눈을 뜨고 사랑의 다른 모습들을 보게 되는 날, 대지에 새겨진 우리의 고통도 사라질 거예요. 그날이 멀지 않았어요. 우리 중 많은 사람들이 어쩔 수 없이 헛된 것들을 쫓아 헤매던 여행에서 돌아오기 시작했어요. 이제야 그것이 허상임을 깨닫게 된 거죠. 하지만 그 귀로에는 고통이 수반될 수밖에 없어요. 너무나 긴 시간을 떠나 있었기 때문에, 우리는 우리의 땅에 왔는데도 이방인처럼 느끼게 되었거든요. 또한 우리의 뿌리와 보물이 묻힌 곳을 찾고, 귀환한 다른 친구들을 찾으려면 시간이 좀 걸릴 거예요. 하지만 이 모든 게 이루어질 날은 반드시 와요."

이유는 알 수 없었지만 내 마음속은 감동으로 젖어들었고, 덕분에 나는 용기를 얻었다.

"사랑에 대해서 계속 이야기하고 싶어요."

"지금 하고 있잖아요. 그것이야말로 내가 온 생을 바쳐 찾아 헤맨 건데요. 나는 내 안에서 사랑이 그 모습을 드러내게 했고,

그것으로 내 안의 공백을 채웠어요. 오직 사랑 때문에 춤추고, 웃었고, 내 삶을 받아들였고, 내 아들을 보호했고, 저 하늘의 신들, 남자들과 여자들과 내 운명의 길에 놓인 모든 이들과 만났어요. 나 역시 '이 사람은 내 사랑을 받을 자격이 있어', 또는 '그럴 자격이 없어'라고 하면서 내 감정을 통제하려 했죠. 하지만 내 인생에서 가장 중요한 것을 잃을 수도 있다는 사실을 직시하면서 내 운명을 깨달았어요."

"당신 아들 말이지요."

"맞아요. 그 아인 내게 사랑의 가장 완벽한 현신이죠. 사람들이 내게서 내 아일 떼어놓을 수도 있다는 사실을 알게 되면서부터 나는 정신을 차렸고, 애초부터 더 가질 것도 잃을 것도 없다는 사실을 깨달았어요. 오랫동안 눈물을 흘리고 고통스러운 시간을 보낸 뒤에야 아야소피아가 나타나 말했죠. '무슨 바보짓인가요? 사랑이란 늘 머물러 있는 거예요. 사랑은 늘 그 자리에 있어요. 늦든 빠르든, 언젠가 당신 아들이 당신을 떠난다 해도.'"

그녀의 말이 서서히 이해되기 시작했다.

"사랑은 습관도, 헌신도, 부채도 아니에요. 낭만적인 노래 가사들이 말하는 그런 것도 아니죠. 사랑은 그냥 사랑일 뿐. 이것이 바로 아테나, 혹은 셰린, 혹은 아야소피아의 유언이에요. 사랑은 사랑입니다. 그 어떤 정의도 필요 없어요. 사랑하되 너무 많은 것을 묻지 마세요. 그냥 사랑하세요."

"어려운 일이오."

"녹음하고 있나요?"

"아까 끄라고 했잖아요."

"그럼 다시 녹음을 시작해주세요."

그녀가 시키는 대로 했다. 아테나가 말을 이었다.

"내게도 어려운 건 마찬가지예요. 그래서 오늘부턴 집으로 돌아가지 않고 몸을 숨기려 해요. 경찰은 광신자들로부터 날 보호해줄지는 몰라도 사람들이 내리는 심판으로부터 보호해주진 못할 거예요. 내겐 완수해야 할 사명이 있었고, 그것 때문에 나는 아들의 양육권까지 빼앗길지도 모를 만큼 먼 길을 왔어요. 하지만 그렇다 해도 난 후회하지 않아요. 나는 내 운명을 완수했으니까."

"그 사명이란 게 뭐죠?"

"당신도 알 거예요. 처음부터 함께 있었으니까. '어머니'의 길을 준비하는 것이죠. 수세기에 걸쳐 억압되어온 전통을 부활시키려는 거예요."

"아마도……"

나는 말을 멈췄다. 하지만 그녀는 내가 말을 이을 때까지 입을 다물고 있었다.

"……아마도 당신이 너무 일찍 왔는지도 몰라요. 사람들은 아직 준비가 안 되어 있고."

아테나가 웃었다.

"당연히 그들은 준비가 안 됐죠. 대립과 적개심, 그 무지몽매함이 어디서 왔겠어요. 어둠의 힘은 필사적으로 이 순간에도 마지막 안간힘을 쓰고 있어요. 마치 숨이 끊어지기 직전의 짐승처럼 겉보기엔 맹렬해 보이지만 그 순간이 지나면 더는 발 딛고 일어나지 못할 거예요. 나는 수많은 가슴들에 씨앗을 뿌렸어요. 그리고 그 가슴들은 각자의 방식으로 그 부활을 드러낼 테죠. 하지만 단 하나의 가슴만은 '전통'을 온전히 계승할 거예요. 앤드리아죠."

앤드리아.

아테나를 증오하는 그녀, 우리 관계가 깨진 것을 아테나의 탓으로 돌리고, 들어주는 사람만 있으면 누구에게나 아테나가 이기심과 허영심에 사로잡혀 힘들게 일궈낸 모든 것을 망쳐버렸다고 얘기하고 다니는 그녀.

아테나는 자리에서 일어나 핸드백을 집어들었다. 아야소피아는 여전히 그녀와 함께 있었다.

"당신의 아우라가 보여요. 이제 불필요한 고통으로부터 치유되고 있군요."

"앤드리아가 당신을 좋아하지 않는다는 건 알고 있죠?"

"알다마다요. 그녀와 삼십 분쯤 사랑에 대해 이야기를 나눈 적이 있어요. 사랑은 좋아하는 것과는 아무 상관이 없어요. 앤드리아는 자신의 사명을 완벽하게 해낼 수 있는 사람이에요. 나보다 경험도 더 많고 카리스마를 갖춘 사람이죠. 그녀는 나를 반면교사로 삼을 거예요. 그녀는 몽매함의 야수가 죽어가고 있는 이 시대가 대립의 시간이기 때문에 신중을 기해야 한다는 걸 잘 알고 있어요. 앤드리아가 나를 개인적으로 싫어할 수도 있어요. 어쩌면 그 때문에 그토록 짧은 시간에 자신의 능력을 발전시킬 수 있었던 건지도 모르고요. 나보다 더 뛰어나다는 것을 증명해 보이려고 말예요. 증오가 한 사람을 성장하게 해줄 때, 그것은 수많은 사랑의 방법 중 하나로 바뀌게 되는 거죠."

그녀는 녹음기를 집어들더니 백 안에 넣었다. 그러곤 가버렸다.

바로 그 주말에 재판이 열렸다. 다양한 증언들이 동원됐고, '아테나'라 알려진 셰린 칼릴은 자기 아들을 부양할 권리를 인정받았다. 또한 그 외에, 비오렐이 다니는 학교 교장에게도 어떤 식으로든 차별행위가 행해지면 법으로 다스려질 것이라는 공식 경고가 내려졌다.

나는 그녀가 살던 집에 전화해봤자 아무 소용이 없다는 걸 알고 있었다. 그녀는 열쇠를 앤드리아에게 맡기고 시디플레이어와 옷가지 몇 개만 챙겨들고는 한동안 돌아오지 않을 것이라고 말했었다.

나는 아테나에게서 승리를 함께 축하하자는 초대전화가 오기를 기다렸다. 시간이 흘러감에 따라, 고통의 샘이었던 아테나를 향한 내 사랑은 기쁨과 평온의 호수로 바뀌어갔다. 이제 나는 혼자가 아니었다. 어딘가로 유배되었다가 다시 돌아온 우리의 영혼들이 그 해후를 기쁜 마음으로 축하하고 있었으니까.

아테나로부터 아무 소식 없이 일주일이 지날 즈음, 나는 그녀가 최근에 겪은 불안으로 쌓인 긴장을 풀고 있으려니 생각했다. 한 달이 지났을 때는, 두바이로 돌아가 이전 일자리를 다시 찾았을 거라고 생각했다. 그녀가 일했던 두바이 회사에 전화를 걸었지만 그녀의 행적을 아는 사람은 없었다. 대신 그쪽에서 들은 얘기는, 그녀가 어디 있는지 알게 되면, 문은 언제라도 열려 있으며 그녀를 몹시 그리워하고 있다고 전해달라는 것이었다.

나는 '어머니'의 깨어남에 관한 연재기사를 썼다. 그 기사로 인해 "이교적인 것을 부추긴다"고 비난하는 독자들의 항의서신이 쏟아졌지만 대체로 대중에게서 호응을 거둔 성공적인 기사로 평가받았다.

그리고 두 달이 지날 무렵, 막 점심을 먹으러 나가려는데 편집부의 한 동료기자가 전화를 걸어와서 말했다. 포르토벨로의 마녀로 불리던 셰린 칼릴의 시체가 햄스테드에서 발견되었다고, 그녀가 참혹하게 살해당했다고.

이제 모든 녹음을 풀었다. 나는 이 녹취록을 그녀에게 건네줄 것이다. 지금 그녀는 매일 오후에 그러듯 스노도니안 국립공원을 거닐고 있을 터이다. 오늘은 그녀의 생일이다. 정확히 말하자면, 양부모가 그녀를 입양할 때 생일로 정해준 날이다. 이 녹취록은 그녀에게 주는 내 생일선물이다.

비오렐 역시 할아버지 할머니와 함께 깜짝 선물을 마련했다. 오늘 그 아이는 내 친구의 스튜디오에서 자작곡을 처음으로 녹음했는데, 오늘 저녁식사 때 그걸 들려주겠다고 한다.

내 선물을 받고 그녀는 물어볼 것이다.

"왜 이런 일을 했어?"

그러면 나는 대답할 것이다.

"당신이라는 사람을 이해하고 싶었거든."

우리가 함께한 그 여러 해 동안, 나는 그녀에 관한 전설들—사실 나는 전설이라고만 생각했다—을 전해 듣기만 했다. 하지만 이제는 그것이 전설이 아니라 사실이라는 것을 안다.

나는 언제나 그녀와 자리를 함께하려 했다. 월요일마다 그녀의 아파트에서 열리는 모임에 참석하려 했고, 루마니아에 따라가려 했고, 친구들과의 모임에도 가려 했다. 하지만 그녀는 그러지 말아달라고 부탁했다. 그녀는 자유롭고 싶어했고, 내가 경찰이란 걸 알면 사람들이 긴장할 거라고 했다. 나 같은 사람 앞에선 결백한 사람들도 죄의식을 느끼게 된다는 거였다.

나는 포르토벨로의 창고 집회에 두 번 갔었다. 물론 그녀 몰래. 그녀가 눈치 채지 못하도록 부하들을 시켜 그녀가 현장에 들어올 때와 나갈 때 주위에서 보호하도록 했다. 한번은 어느 교파의 과격분자가 단검을 소지하고 있다가 체포된 적이 있었다. 그는 제물을 신성하게 하기 위해 '어머니'로 현신한 포르토벨로 마녀의 피를 조금 얻으라는 계시를 받았다고 했다. 그녀를 죽일 의도는 없었고 단지 손수건에 묻힐 정도로 소량의 피를 얻으려 했다고 진술했다. 조사해본바, 실제로 살인미수 혐의는 없다고 판명되었지만 그는 육 개월의 형을 살았다.

그녀가 '살해당한 것'처럼 보이게 하자는 건 원래 내 아이디어가 아니었다. 아테나는 멀리 사라져버리고 싶다고 했고 그것이 가능할지 내게 물어왔다. 나는 만약 비오렐을 국가가 보호해야 한다는 판결이 나오면 그것을 어길 수는 없다고 했다. 그러나 판사가 그녀의 손을 들어줬고 우리는 계획을 실행하는 데 거리낄 게 없어졌다.

아테나는 창고 집회가 가십거리가 되면, 그녀의 사명이 잘못된 길로 들어서리라는 걸 깨달았다. 군중 앞에서 자신이 여왕도, 마녀도, 성녀의 현신도 아니라고 골백번 얘기해봤자 아무 소용 없는 노릇이었다. 힘을 숭배하는 군중은 그 힘을 하나로 모아줄 누군가를 필요로 한다. 이것은 그녀가 설파해온 선택의 자유, 스스로 영혼을 정화하고, 목자나 안내자의 도움 없이 각자 자신의 능력을 일깨우는 것에 정면으로 배치되는 것이었다.

갑자기 자취를 감춘다고 해서 해결될 문제도 아니었다. 그러면 사람들은 그녀가 사막으로 은신했다거나, 하늘로 승천했다거나, 히말라야에 사는 스승을 찾아 떠났다고 소문을 퍼뜨리며 계속해서 그녀의 귀환을 기다리게 될 것이기 때문이다. 그녀를 둘러싼 전설은 커져갈 것이고 그녀를 추종하던 사람들을 중심으로 종파가 형성될 것이다. 그녀가 포르토벨로 방문을 중단하면서부터 이미 이런 조짐은 시작되었다. 정보원들의 말을 빌리면, 많은 이들의 기대와는 반대로 아테나라는 개인에 대한 숭배가 무서운 속도로 세를 늘려나가기 시작했다는 것이다. 유사한 모임들이 형성되기 시작했고, 아야소피아의 '후계자'를 자처하는 이들이 출현하기 시작했다. 두 팔에 아이를 안은 채 신문에 등장했던 아야소피아의 사진이 암거래로 팔리고 있었다. 그녀는 불관용의 피해자이자 순교자로 비춰졌다. 비교(祕敎)의식을 거행하는 자들이 소위

'아테나의 명령'이라는 것에 대해 입을 열기 시작했는데, 그것은 돈을 지불하면 아테나와 접촉할 수 있게 해준다는 것이었다.

남은 대안은 '죽음'뿐이었다. 하지만 대도시에서 살아가다가 재수 없이 강도의 손에 목숨을 잃어버린 보통 사람들처럼 자연스러운 상황이어야 했다. 우리에겐 몇 가지 전제조건이 필요했다.

첫째, 종교적 순교와 연관되어서는 안 됨. 만약 그렇게 되면 우리가 피하려고 하는 바로 그 상황을 악화시키는 것밖에 안 될 것이므로.

둘째, 희생자의 시체는 누구인지조차 알아볼 수 없을 만큼 심하게 손상된 상태여야 함.

셋째, 범인이 체포되어서는 안 됨.

넷째, 연고 없는 시체가 한 구 필요함.

런던 같은 도시에서는 매일 멀쩡하거나 형체를 알아보기 힘들거나 불에 탄 것에 이르기까지 오만 가지 시체들이 발견되지만, 대개 범인이 잡힌다. 그래서 우리는 햄스테드에서 살인사건이 발생하기까지 거의 두 달이라는 시간을 기다려야 했다. 물론 살해범도 찾았다. 그런데 살해범이 숨진 상태로 발견되면서 일이 쉽게 해결됐다. 범인은 포르투갈로 도망친 뒤, 머리에 총을 쏴 자살해버린 것이다. 정의는 그것으로 실현되었으니, 이제 내게 필요한 건 믿을 만한 몇몇 친구들의 도움이었다. 상부상조라고 했던가. 중대한 법의 테두리를 망가뜨리지 않는 선에서 그들 역시 가끔 정상 루트를 벗어난 일을 내게 부탁한 적이 있었다. 말하자면 사건을 해결하는 데 융통성이 필요했다는 말이다.

사건의 내막은 이러하다. 시체가 발견되자, 나는 나와 수년간 호흡을 맞춰온 한 동료와 사건을 맡았다. 그와 거의 동시에 포르투갈 경찰이 기마랑이스에서 자살한 시체 한 구를 발견했다는 소식이 들려왔다. 시체와 함께 쪽지도 발견되었는데, 그 쪽지에는 우리가 담당하고 있던 사건과 일치하는 살인을 고백하는 내용과, 자신의 전재산을 자선단체에 기부해달라는 부탁이 적혀 있었다. 치정살인이었다. 때때로 사랑은 그렇게 끝나기도 한다.

자살한 남자는 옛 소비에트 연방이었던 지역에서 여자를 한 명 데려왔는데 그 여자를 돕는 일이라면 무엇이든 할 준비가 되어 있었다고 밝혔다. 그는 여자가 영국 시민권을 받을 수 있게끔 결혼할 각오까지 하고 있었다. 하지만 마침 그 여자가 한 독일 남자에게 부치려던 편지를 발견했는데, 독일 남자가 그녀를 자기 소유의 성(城)으로 초대했다는 사실을 알게 되었다.

편지에서 여자는 어서 떠나고 싶다며 남자에게 한시 바삐 비행기표를 보내달라고 재촉하고 있었다. 그 둘은 런던의 한 카페에서 만났었고, 그때까지 둘 사이엔 편지 두 통이 오갔을 뿐이었다.

이제 모든 정황은 갖추어졌다.

친구는 약간 동요의 기색을 보였다. 어떤 경찰도 자기 경력에 미제 사건을 남겨두길 원하지 않기 때문이다. 발생할 수 있는 불이익은 모두 내가 책임지기로 하고 나는 친구와 합의를 보았다.

그리고 아테나가 있는 곳으로 갔다. 옥스퍼드에 있는 아름다운 집이었다. 주삿바늘로 그녀의 피를 조금 뽑아냈다. 머리카락은 조금 잘라내 완전히 태우지는 않고 약간 그슬렸다. 현장에 돌아가 그 '증거물'들을 슬쩍 남겨놓았다. 친부모가 누군지 아무도 모르기 때문에 DNA 검사도 불가능하리라는 사실을 나는 알고 있었다. 이제 필요한 것은 팔짱을 낀 채 관망하며, 사건에 대한 언론의 반향이 크지 않기만을 바라며 기다리는 것뿐이었다.

몇몇 언론에서 기사를 다뤘다. 나는 기자들에게 범인의 자살에 대해 브리핑하면서도 시체가 발견된 나라 이름만 언급하고 도시 이름은 말하지 않았다. 사건의 분명한 동기는 드러나지 않았지만, 보복살인이나 종교적 동기가 있을 가능성도 배제하지 않는다고 덧붙였다. 그리고 내가 아는 바로는—물론 경찰도 실수할 수 있지만—살해된 여자는 폭행을 당했다, 아마도 범인의 얼굴을 목격했기 때문에 죽인 다음 시신을 훼손한 것 같다고 말했다.

만일 독일 남자가 다시 편지를 썼다면 그 편지들은 수취인불명으로 반송되었을 터이다. 아테나의 사진은 신문지상에 단 한 번밖에 등장하지 않았기 때문에 사람들이 그녀의 얼굴을 기억해낼 확률은 극히 적었다. 이런 사실을 알고 있는 건, 나와 동료를 제외하고는, 아테나의 부모와 아들뿐이다. 우린 모두 '그녀'의 장례식에 참석했고, 비석에는 아테나의 이름이 새겨졌다.

아테나의 아들은 매주 주말 엄마를 찾아왔고 학업성적도 아주 우수한 편이다.

분명히, 언젠가는 아테나도 그런 고립된 은거생활에 지친 나머지 런던으로 돌아가려 할지도 모른다. 하지만 인간의 기억력이란 유한하고, 아주 가까운 사람들을 제외하고는 아무도 그녀의 모습을 기억하지 못할 것이다. 또 그때까진 앤드리아가 촉매제 역할을 해낼 터이다. 공정하게 말하자면, 사명을 수행하는 데는 아테나보다 앤드리아가 더 적합한 사람이다. 그녀는 필요한 재능을 갖췄을 뿐 아니라 배우로서 대중을 어떻게 다뤄야 하는지도 잘 알고 있으니까.

내가 듣기로 앤드리아의 사업은 괄목할 만하게 확장되고 있다고 한다. 물론 불필요한 불협화음도 없다. 그녀와 접촉하고 있는 사회 각 분야 사람들의 이야기도 들려오는데, 그들은 때가 되었을 때, 그리고 세력이 적정한 규모에 도달했을 때, 이 세상의 모든 이언 벅 목사들의 위선을 끝장낼 작정이라고 한다.

바로 그것이 아테나가 원했던 것이었다. 앤드리아를 비롯해 많은 사람들이 오해했듯이 그녀의 명성을 위해서가 아니라, 그녀의 사명은 반드시 이루어져야 하는 것이기 때문이다.

처음 조사를 시작할 때—이 녹취록이 그 조사의 결과물이다—나는 내가 그녀의 삶을 재구성해내면 그녀 자신도 스스로의 용기와 의지를 받아들일 수 있게 되리라 생각했다. 하지만 계속되는 대화를 통해, 나 스스로도 믿기 어렵지만, 그녀가 얘기한 것들이 처음부터 내 안에도 담겨 있음을 깨닫게 되었다. 그리고 이 모든 작업의 이면에는 내가 한 번도 답을 알아내지 못한 한 질문에 대한 대답을 얻고 싶다는 욕망이 드리워 있다. '우리는 서로 그토록 다른데다 같은 세계관을 공유하고 있지도 않은데, 그녀는 왜 날 사랑하는 걸까?'

그녀와 처음으로 입맞춤한 때가 기억난다. 빅토리아 역 근처의 바에서였다. 그녀는 은행에서 일하고 있었고, 나는 런던경시청 소속 수사관이었다. 몇 번 만난 뒤, 그녀는 나를 세든 아파트 주인집에서 열리는 춤 모임에 초대했다. 하지만 나는 내 스타일에 맞지 않아 더는 초대에 응하지 않았다.

그녀는 실망하거나 화내는 기색 없이 내 의견을 존중한다고 말했다. 그녀의 친구들이 보내준 증언들을 다시 읽으면서 나는 새삼 으쓱한 기분이 든다. 아테나가 다른 이들의 의견은 그다지 존중했던 것 같지 않기 때문이다.

몇 달 뒤 두바이로 출발하기 전에 나는 그녀에게 사랑한다고 말했다. 그녀 역시 나와 같은 마음이라고 대답했다. 그리고 서로 떨어져 있는 긴 시간 동안 잘 견뎌내야 한다는 말을 덧붙였다. 각자 다른 나라에서 일하느라 멀리 떨어져 있겠지만, 진정한 사랑을 통해 그런 곤경을 이겨낼 수 있다며.

바로 그때, 나는 딱 한 번 그녀에게 물었다.

"왜 날 사랑하지?"

그녀가 대답했다.

"모르겠어요. 하지만 그런 건 중요하지 않아요."

이제 모든 이야기를 마칠 때가 왔다. 나는 아마도 그 해답을 그녀와 신문기자의 마지막 대화에서 찾은 것 같다.

사랑은 그저 사랑일 뿐이라는 것을.

> 2006년 2월 25일 저녁 7시 47분
> 성 엑스페디투스의 날에 완성한 수정본

한국 독자들에게

 몇 마디 말로 책 한 권을 요약한다는 것은 어려운 일이다. 하지만 나는 『포르토벨로의 마녀』를 통해 신의 여성성을 탐구하고 싶었다. 모성의 근원과 그 본질을 탐구하고 싶었고, 이 사회가 왜 신의 여성성을 속박해왔는지 묻고 싶었다.
 『포르토벨로의 마녀』는 허구인 동시에 실화이기도 하다. 2005년 10월, 트란실바니아를 여행하던 나는 이 소설의 모티프가 된 여승무원을 만났다. 그녀는 내게 자신이 어떻게 호주의 한 가정에 입양되었는지, 그리고 자신의 몸속에 흐르는 집시의 피에 대해 이야기했다. 물론 그녀는 단지 이 소설의 시작이었을 뿐이다. 소설을 쓰면서 만난 많은 사람과 많은 이야기들이 『포르토벨로의 마녀』를 탄생케 했고, 나 자신의 모습 또한 이 소설에 투영되어 있다.
 어떤 이는 내게 물을지도 모른다. 왜 신의 다른 모습, 신의 여성적 면모를 탐구해야 하느냐고. 때로 나는 마녀의 존재를 믿느

나는 질문도 받는다. 그럴 때마다 나는 한결같이 '그렇다'고 대답한다. 불행히도 우리는 '마녀(Witch)'라는 말에 많은 편견을 가지고 있다. 나에게 마녀란, 직관을 통해 자신의 행동을 통제하는 여성, 자신을 둘러싼 것들과 대화를 나누는 여성, 도전을 두려워하지 않는 여성이다. 『포르토벨로의 마녀』에서 나는 이 시대의 새로운 마녀들이 직면하고 있는 편견에 대해 말하고 싶었다.

오늘날의 사회는 "모든 것은 설명 가능하다"는 오해에 사로잡혀 있다. 사회는 우리가 세상에, 또 우리 자신에게 완벽하게 투명할 것을 강요한다. 하지만 그 속엔 커다란 위험이 도사리고 있다. 우리는 우리가 손에 잡을 수 없는 무언가가 존재한다는 것을, 우리에게 어떤 공백이 있다는 것을, 그리고 그러한 신비를 인정하고 존중해야 한다는 것을 받아들여야 한다.

『포르토벨로의 마녀』의 주인공이자 자유롭고 용기 있는 여자 아테나는, 내가 이러한 통념에 맞서는 방법이자, 우리 사회가 채운 통념의 족쇄를 세상에 드러내 보이는 방법이기도 하다.

플로베르는 "마담 보바리는 바로 나다"라고 말했다.

내 영혼도 역시 내 책들에 깃들어 있다.

내 모든 의문과 소망은 내 소설의 주인공들이 되어 내 영혼을 탐구한다.

아테나는 내 안의 여성성, 그리고 자비로움의 또다른 이름이다.

2007년 9월
파울로 코엘료

지은이 파울로 코엘료
전 세계 170개국 이상 88개 언어로 번역되어 3억 2천만 부가 넘는 판매고를 기록한 우리 시대 가장 사랑받는 작가. 1986년 산티아고데콤포스텔라 순례에 감화되어 첫 작품 『순례자』를 썼고, 이듬해 자아의 연금술을 신비롭게 그려낸 『연금술사』로 세계적인 작가의 반열에 오른다. 이후 『브리다』 『베로니카, 죽기로 결심하다』 『피에트라 강가에서 나는 울었네』 『악마와 미스 프랭』 『오 자히르』 『알레프』 『아크라 문서』 『불륜』 『스파이』 『히피』 『아처』 『다섯번째 산』 등 발표하는 작품마다 전 세계적으로 큰 반향을 일으킨다. 2009년 『연금술사』로 '한 권의 책이 가장 많은 언어로 번역된 작가'로 기네스북에 기록되었다.

옮긴이 임두빈
부산외국어대학교 포르투갈어과와 한국외국어대학교 포르투갈어과 대학원을 졸업한 후, 브라질 상파울로주립대학교에서 박사학위를 받았다. 『오푸스데이의 비밀』 『전갈의 달콤한 독』 『나를 변화시키는 힘』 등을 우리말로 옮겼다. 현재 부산외국어대학교 포르투갈어과에서 강의를 하고 있으며, 국제지역문화연구센터 전임연구원으로 일하고 있다.

문학동네 세계문학
포르토벨로의 마녀

1판 1쇄 2007년 10월 11일 | 1판 13쇄 2025년 10월 27일

지은이 파울로 코엘료 | 옮긴이 임두빈
책임편집 김지연 박여영 | **디자인** 윤종윤 이원경
저작권 박지영 형소진 주은수 오서영 조경은
마케팅 정민호 서지화 한민아 이민경 왕지경 정유진 정경주 김혜원 김예진 이서진
브랜딩 함유지 박민재 이송이 박다솔 조다현 김하연 이준희
제작 강신은 김동욱 이순호 | **제작처** 한영문화사(인쇄) 경일제책사(제본)

펴낸곳 (주)문학동네 | **펴낸이** 김소영
출판등록 1993년 10월 22일 제2003-000045호
주소 10881 경기도 파주시 회동길 210
전자우편 editor@munhak.com | **대표전화** 031) 955-8888 | **팩스** 031) 955-8855
문학동네카페 http://cafe.naver.com/mhdn
인스타그램 @munhakdongne | **트위터** @munhakdongne
북클럽문학동네 http://bookclubmunhak.com

ISBN 978-89-546-0390-4 03890

잘못된 책은 구입하신 서점에서 교환해드립니다.
기타 교환 문의 031) 955-2661, 3580

www.munhak.com

자신의 생을 성취로 이끈 사람들,
치열한 열정으로 자신의 길을 개척한 이들이
소중한 이에게 추천하는 책!

연주여행을 가기 위해 비행기에서 긴 시간을 보낼 때면 이 책을 거듭 손에 잡게 된다. 성악가로서 세계를 떠돌다보니 왜 난 이렇게 집시처럼 떠돌아다녀야 하는지 생각을 많이 했다. 그런데 『연금술사』를 읽고 나서 인생은 자아를 발견하기 위한 영원한 여행이라는 생각에 위안을 얻게 됐다. 내가 찾아 헤매던 답을 찾아준 책이라고나 할까. **조수미**(성악가)

인생에서 진정 찾고자 하는 것은 무엇인지 차분히 생각해볼 기회를 주는 책. 주인공 산티아고의 여정을 통해 그동안 잊고 지내던 인생을 살아가는 진리를 다시 한번 되새기게 된다. **한완상**(전 대한적십자 총재)

코엘료의 책을 잔뜩 쌓아두고 읽고 싶다. **빌 클린턴**(전 미국 대통령)

학창시절, 비겁했던 나의 여고시절에 이 책을 접했더라면 얼마나 좋았을까.
추상미(영화배우)

『연금술사』를 읽으면 자기 앞에 놓인 빈 공간을 새로운 색깔들로 채워나가고 싶은 마음이 든다. **최윤영**(아나운서)

기막히게 멋진 영혼의 모험이다. **폴 진델**(퓰리처상 수상작가)

아름다운 문체, 결 고운 이야기, 마음을 움직이는 감동… 코엘료는 혼탁한 생의 현실 속에서도 참 자아를 지켜갈 수 있는 힘을 보여준다. **정진홍**(서울대 종교학과 명예교수)